약편

仙道 체험기

2

신선神仙되는 길이 보인다
경이적인 현상이 눈앞에 펼쳐진다!!
선도수련의 현장을 체험으로 파헤친 충격과 화제의 소설

글터
GEUL TER

약편 선도체험기 2권을 내면서

　약편 선도체험기 1권은 『선도체험기』 1권과 2권에서 선별한 내용으로, 시기적으로도 1986년 1월 20일부터 1988년 7월까지의 수련 체험이다. 단전호흡을 하면서 일어나는 획기적인 심신의 변화에 놀라움을 금치 못했으나, 의외의 부작용에 시달렸다. 그 원인은 축기가 안 된 상태에서 기운이 돌았기 때문인데, 체험을 통해 단전호흡은 축기가 가장 중요한 기초임을 알게 되었다.

　이번 약편 선도체험기 2권은 『선도체험기』 2권에서 5권까지의 내용을 선별하여 구성하였다. 1988년 7월부터 1990년 9월까지의 기간에 벌어진 이야기가 되겠다.

　이 기간에 『선도체험기』가 발간되자 수련생이 늘고, 독자로부터 문의가 쇄도하고, 강연할 기회가 생기는 등 바야흐로 선도 붐을 일으키기도 했다. 그만큼 독자에 대한 책임감도 높아졌다. 몸공부, 기공부, 마음공부를 진리에의 깨달음에 다가서는 한편으로 깊은 아상에서 벗어나지 못한 나머지 바위에서 낙상하는 사고를 당했다. 이 때문에 회사도 그만두고 집에서 요양하게 되었지만 오히려 수련이 깊어지는 전화위복의 기회가 되었다.

선도는 『천부경』, 『삼일신고』, 『참전계경』을 선도의 경전으로 삼고, 이에 근거한 원칙과 가르침에 따라 수련함으로써 내 안에 있는 하느님, 자성, 참나를 찾는 과정이므로 지극 정성으로 임해야 한다. 이것이 『약편 선도체험기』 2권의 요지라 할 수 있겠다. 마지막으로 편집 작업을 도와준 조광, 책을 출판해 준 글터 한신규 사장님에게 감사의 뜻을 전한다.

단기 4353년(2020년) 11월 10일
서울 강남구 삼성동 우거에서 김태영 씀

차 례

Contents

투시(透視) 체험

1988년 7월 22일 금요일 23~27℃ 비

지난 6월 30일 『선도체험기』 1,905매를 써 넘긴 뒤 오늘까지 아직도 다음에 집필할 작품을 구상하지 못하고 있다. 22일간을 아무것도 안 쓰고 지내서 그런지 팔이 조금씩 욱신대면서 어떤 거역할 수 없는 충동이 속에서 서서히 꿈틀대기 시작한다. 무엇을 써야 했다. 하늘에 물어보는 수밖에 없다. 무슨 지시가 있을 것 같다.

오후 7시부터 8시 사이 선원에서 신공 중 기운이 환상 운동을 하다가 딱 멈추고 입정하는 순간 상단전에 의식을 집중하자 분명 지상에서는 볼 수 없는 종잡을 수 없는 여러 장면이 나타나다가 현준(대학 2년생 아들)이가 소파에 앉아 있는 아내한테서 용돈을 받아 가지고 현관으로 나가는 장면이 크게 클로즈업되어 나타난다. 처음 겪는 일이다. 도대체 무엇을 의미하는 것일까? 서둘러 귀가한 나는 아내에게 물었다.

"여보, 당신 현준이에게 한 시간쯤 전에 용돈 주지 않았소?"

"뭘 사겠다고 하기에 주었어요. 그런데 그걸 어떻게 알았죠?"

"현준이가 당신이 이 소파에 앉아 있는데 돈을 타가지고 현관으로 나가는 장면이 내 심안(心眼)에 나타나더라고."

"뭐요? 도대체 무슨 꿈같은 말을 하는 거예요?"

"꿈같은 말이 아니라 분명 수련 중에 그런 장면이 떠오르더라니까.

어때요? 당신이 바로 이 소파에 앉아 있지 않았소? 현준이 돈 타가지고 나갈 때 말요."

"그래요. 맞아요."

"그럼 됐어요. 이제 확인했으니까."

"투시 현상이 틀림없어."

"투시 현상이라니 그게 뭔데요?"

"멀리서 실제로 일어난 장면이 마음속에 나타나는 현상을 투시라고 하지. 그런데, 돈은 얼마나 줬소?"

"3백 원요."

"뭘 하는데?"

"담배 사겠다고 떼쓰는데 안 주고 배겨내는 장사 있는 줄 아세요?"

적어도 2천 원 정도의 액수가 아닐까 하고 예상했었는데 그것만은 빗나갔다. 아들이 담배 피우지 못하게 단속하지 못한 것이 크게 후회되었지만 이제 와서 어쩔 수 없는 일이었다. 고교 졸업하고 대입에 실패한 후 1년 동안 재수하는 사이에 배운 못된 버릇이다. 그 눈치를 일찍부터 알아냈지만, 집밖에서 친구들과 어울려 피우는데 일일이 따라다니면서 말릴 수도 없는 일이었다. 집에서는 지금도 안 피우려고 애쓰지만, 부모가 없을 때는 집안에서도 피우는 모양이다. 담배 안 피우는 아버지의 본을 안 따르는 아들의 소행이 심히 못마땅하다.

1988년 7월 23일 토요일 20~27℃ 흐림

서재에서 오전 11시부터 12시 사이 선정에 들자 갖가지 형상들이 종잡을 수 없이 연이어 나타나다가 나무판자가 얼기설기 엇갈린 마치 고층 건물 공사장의 비계와도 같고 콘크리트 골조공사를 하기 위해서 나무판자로 상자처럼 짜놓은 케이싱 작업장 같은 것이 흑백 사진처럼 나타난다.

그 공사장 사이로 인부들의 모습이 간혹 나타나기도 하고 못질하는 장면이 보이기도 한다. 얼마 후 이 광경은 반가부좌하고 실내 옷을 입고 수련하는 사나이의 모습으로 변한다. 얼굴을 자세히 살펴보았다. 그것은 나 자신의 모습이었다. 두 눈을 감고 편안한 자세로 양 손바닥을 위로 향한 채 무릎 양 끝에 올려놓고 앉아 있다. 전에도 수련 중에 나 자신의 모습을 본 일이 있지만, 그때와는 비교도 안 되게 선명하고 생생하다.

정면에서만 보이는 게 아니라 전후좌우 상하, 온갖 각도에서 차례로 보였다. 마치 카메라의 각도가 자유자재로 이전하면서 피사체를 비춰주는 것과도 같다. 특히 인상적인 것은 위에서 내려다본 나 자신의 모습이다. 내 눈이 공중에 매달려 있지 않은 한 이러한 내 모습은 현실적으로 도저히 볼 수 없는 일이었다. 앞 머리칼이 훤하게 반 이상이나 빠져나간 내 머리 모양은 다소 충격적이었다. 나는 이렇게 앉아서 수련하는데 육체적인 눈이 아닌 분명 다른 눈이 내 자신을 관찰하고 있는 것이 틀림없었다.

머리에서 흰빛이 발산된다. 수련하는 나 자신을 내 몸 뒤에서 서서 내려다보는 자세가 아니면 결코 볼 수 없는 모습이었다. 앞머리가 성겨서 훤히 트여서 마치 숲속의 광장처럼 된 머리 모양이 초라하기조차

했다. 나는 젊은 시절에 머리숱이 많아서 늘 이발사들이 "이담에 나이 드시면 대머리가 되시겠습니다"하는 말을 들었었다.

"왜 그렇습니까?"하고 내가 물으면,

"그야 나도 알 도리가 없죠. 순전히 경험으로 알게 되었을 뿐이죠. 단골손님들을 관찰하면 거의가 다 예외 없이 젊었을 때 머리숱이 많은 분은 나이 들수록 빠지더군요."

"서글픈 얘기인데요. 무슨 대책은 없습니까?"

"글쎄요. 아직은 대머리를 사전에 막을 만한 양모제는 발명되지 않았습니다. 그러나 손님은 뭐 벌써부터 걱정하실 필요는 없습니다. 아직 그렇게 되려면 앞날이 창창하시니까요."

이런 대화가 오고간 일이 바로 엊그제 같은데 벌써 내 머리가 저 지경으로 훤해졌단 말인가 하는 비애도 순간적으로 스쳐 갔다.

투시 현상임이 틀림없다. 수련이 끝나자 나는 짚이는 데가 있어서 밖으로 나가 보았다. 내가 아까 수련 중에 보았던 건설 현장 장면이 실제와 일치하는가를 확인해 보기 위해서였다. 수련 중에 본 장면이 햇볕 아래 그대로 재현되고 있다. 바로 이웃에서 벌어지고 있는 빌딩 공사 현장이었던 것이다.

투시 현상에 대하여 쓴 『심령의 세계』(유석형 저)라는 책을 뒤져 보았다. 투시에는 세 가지가 있다. 첫째는 멀리 떨어져 있는 장면이 심안에 떠오르는 것. 이것을 천리안(千里眼)이라고 했다. 두 번째는 완전한 유체이탈이다. 이때의 육체는 하나의 숨 쉬는 등신에 지나지 않는다. 달마대사는 바로 이러한 유체이탈 중에 험상궂은 얼굴을 한 영이 들어

10

왔기 때문에 본래의 미남형 얼굴은 끝내 회복하지 못했다는 말이 전해온다. 이처럼 완전 유체이탈은 위험을 내포하고 있다. 세 번째는 부분 유체이탈이다. 유체가 부분적으로 이탈하기 때문에 투시를 하면서도 현재 의식은 그대로 작용하고 있다.

나는 분명 첫 번째 아니면 세 번째에 해당하는 것 같은데 어느 쪽인지 확실히 알 수 없다. 어제와 오늘 이틀 동안에 내 의도와는 상관없이 수련 중에 우연히 투시 현상이 일어난 것이다. 내 수련이 그만큼 향상되었다는 증거가 아닐 수 없었다.

오후 네 시쯤 회사에 나와서 일을 하다가 문득 떠오른 일이 있었다. 지난번 등산 때 내 등산용 바지가 다 헤어졌다면서 아내가 쓰레기통에 내다버린 것이다. 내일 등산을 하러 가야 하는데 아직도 새 등산용 바지를 준비하지 않은 것이 생각났다. 마침 아내가 집에 있는 날이어서 전화를 걸었다.

"여보, 내일 등산을 해야 하는데 지난번에 등산 갔다 와서 헤어진 바지 버리고 아직 새로 장만하지 못했지?"

"아이고, 참 내 정신 좀 봐. 미처 준비하지 못했어요. 오늘 퇴근하시다가 남대문 단골 등산용구점에 가서 사오세요."

"너무 늦어서 안 되겠는데. 그냥 짧은 바지라도 입고 가지 뭐."

나는 약간 기분이 상했다. 내가 보기엔 한두 번 더 입을 수 있는 등산바지를 아내는 쓰레기통에 버리고 나서도 이제껏 새것을 준비하지 않는 것을 섭섭해하고 있는데, 10분쯤 뒤에 아내에게서 전화가 걸려왔다.

"제가 남대문 시장에 다른 물건 살 것도 있고 해서 나갈 테니까 퇴근 후에 남대문 시장에 들르지 말고 그냥 오세요. 알았죠" 하고는 전화를 끊었다.

이로부터 50분쯤 뒤에 원고를 한 꼭지 쓰고 나서 잠시 멍하니 앉아 있자니까 백회로 기가 무더기로 쏟아져 들어오기에 눈을 감고 받아들이고 있었다. 혹시 이때쯤 아내가 남대문 시장에 도착했을 것이라는 생각이 들었다. 어디 한번 비춰볼까 하면서 계속 청량한 기운을 받아들이다가 보니까 나도 모르게 순간적으로 입정 상태에 빠지면서 한 장면이 나타났다. 천연색이었다. 아내가 옷가게 앞으로 다가간다. 그런데 아무리 살펴보아도 단골 등산용구점이 아니다. 그냥 평범한 옷가게였는데 가게 앞에 통로를 사이에 두고 두 줄의 옷걸이가 직각으로 3미터쯤 나와 있고 여러 가지 옷들이 걸려 있다. 아내가 옷걸이 쪽으로 다가가더니 왼쪽 옷걸이에서 바지를 고르고 있다. 이때 가게 안에서 주인 남자가 뛰어나온다. 그 장면은 곧 지워졌다. 눈을 뜬 나는 생각했다. 아내는 분명 남대문 단골가게로 간다고 전화까지 걸어왔는데, 엉뚱한 장면이 나타나다니 투시가 잘못된 게 아닐까? 아니면 내가 색다른 환상을 본 것일까? 직장에서 집에 돌아오자 아내가 바지를 사 왔다며 입어보라고 했다.

"아니 이건 등산용 바지가 아닌데. 남대문 단골 가게에 안 갔었소?"

"요 앞에 새로 생긴 의류 상점에 갔었어요."

"당신이 바지 고를 때 안에서 주인이 뛰어오지 않았소?"

"뛰어나왔어요. 그걸 어떻게 알았죠?"

"다 아는 수가 있지."

투시 장면을 자세히 말해주었다.

"마치 그 자리에 있었던 사람처럼 얘기하네요."

내가 의식적으로 투시했던 장면은 결코 환상이 아니었다. 실제와 꼭 맞는다는 것이 드러난 셈이다. 선도수련 2년 6개월 만의 개가였다.

1988년 7월 24일 일요일 22~29℃ 흐림

등산길 내내 어제 있었던 투시 장면을 곱씹어 보았다. 이제 내가 원하는 장면을 투시할 수 있다면 오랫동안 소식이 두절된 부모형제, 친지들의 모습도 볼 수 있을 것이 아닌가 하는 생각이 들었다.

내가 부모 형제자매들과 헤어진 것은 지금으로부터 꼭 38년 전 6.25 때였다. 18세의 소년이었던 나는 이제 56세가 되었다. 인민군으로 징발되어 일선으로 떠날 때 역에 나와 전송하면서 자꾸만 눈물을 찍어대던 43세의 어머니의 모습이 지금도 어제 일이듯 생생하게 떠오르건만 (졸저 대하소설『人民軍』참조) 어느덧 38년이란 세월이 흘러간 것이다. 만약에 부모님이 살아계신다면 아버지는 86세, 어머니는 81세가 되었을 것이다. 아버지는 모르지만, 어머님이라도 혹 생존해 계시지 않을까? 비록 그 열악한 환경 속에서나마. 나에게 만약에 투시 능력이 있다면 과연 제일 먼저 보고 싶은 대상이 부모님과 형제자매들이다.

그러나 겨우 두 번 경험한 것을 가지고, 내 투시 능력을 확인할 수 있단 말인가? 좀 더 실험이 필요하지 않을까? 이북의 부모형제들을 투시해 보기 전에 우선 나와 가장 가까운 핏줄부터 실험을 해보는 것이 순서일 것 같았다. 주봉 앞 능선에서 아내와 같이 점심을 들고 나서 잠시 쉬는 동안, 집에 있을 아들애가 지금 무엇을 하고 있을까 알아보기로 했다. 그 결과는 집에 가면 곧 확인할 수 있을 테니까 말이다. 시간은 12시 30분이었다.

전과 같은 요령으로 투시를 해보았다. 우리집 주방이 나타나고 현준(아들)이가 식탁과 가스 버너와 싱크대 사이에서 얼쩡대는 장면이 보인다. 점심을 먹으려고 준비를 하는 것이 틀림없었다. 다음엔 내침 김에 지금 스위스에 있다고 일전에 엽서가 날아온 현아(딸애)를 비춰보았다. 현아는 언어 연수차 유럽여행을 떠난 지 한 달이 되었다.

그 애는 중학교 때부터 유럽여행을 평생소원으로 삼고 끈질기게 준비를 해왔다. 용돈을 아껴서 저축을 하는가 하면 유럽 각지에 펜팔 친구를 사귀어 무려 10년 가까이 서로 서신 연락을 꾸준히 해왔다. 이게 다 유럽여행 때를 대비해서라는 것이었다. 크리스마스 같은 명절 때면 꼭 선물을 주고받았는데, 언제나 상대방보다도 더 나은 것을 보내려고 애썼다. 한 달에 우표 값만 해도 상당한 액수였다. 좌우간 그 끈질긴 준비 노력에는 부모로서도 감탄을 금할 수 없을 정도였다. 푼돈을 10년 가까이 모은 것이 1백 5십만 원에다가 부모가 2백만 원을 보태어 여비를 장만해준 것이다. 물론 여러 동료 여학생들과 지도교수들이 팀을 짜서 떠나긴 했지만 은근히 걱정이 안 될 수 없는 일이었다.

투시를 시작하자 과연 희미한 장면이 나타났다. 그런데 이건 전연 뜻밖의 광경이 아닌가? 현아가 한 동료와 같이 자고 있었다. 아무리 살펴보아도 딸애의 자는 모습이 틀림없었다. 그런데 이상한 것은 현아의

14

단짝 친구도 같이 갔는데 분명 그 애 옆자리에 누워 잘 터인데도 얼굴을 알아볼 수가 없다. 현아 이외의 얼굴들은 희미해서 뚜렷이 누군지 구분이 안 되었다. 같이 간 현아 친구는 여러 번 보아서 나도 얼굴을 식별할 수 있는데도 알아볼 수 없을 정도로 흐릿하게 윤곽만 보일 뿐이었다. 아직도 내 능력이 그 정도밖에 안 되는 모양인가. 겨우 자기의 핏줄이나 알아 볼 수 있는 정도에 지나지 않는 것 같았다. 등산에서 돌아오자마자 나는 현준이에게 물었다.

"애, 현준아 너 오늘 몇 시에 밥 먹었지?"

"왜요? 열두 시 좀 넘어서요."

"정확히 말해봐. 열두 시 몇 분쯤인지."

"아마 정확히 열두 시 30분쯤 됐을 거예요. TV 뉴스 화면에 자막으로 시간이 나왔으니까요."

이로써 나는 세 번째로, 아들을 투시한 것도 적중했다는 것을 알 수 있었다. 그러나 딸의 경우는 앞으로 한 달 뒤에 집에 돌아오기 전에는 정확히 알 수 없는 일이다. 나중에 서독과 우리나라의 시차를 알아보았더니 그쪽이 우리나라보다도 8시간 정도 늦다고 한다. 그렇다면 12시 반에서 8시간을 빼면 4시 반쯤 되었을 것이다. 과연 잠을 자고 있을 때가 아닌가?

투시 현상은 왜 일어나는 것일까? 어떤 사람은 우주 안에 가득 차 있는 생체에너지에 자신의 생체에너지가 연결되었을 경우 일어나는 현상이라고 한다. 생체에너지 즉 기는 시간과 공간을 초월한 존재이므로 사람의 기와 연결되는 순간 그가 염원하는 대상을 금방 볼 수 있다고

15

한다. 그렇다면 생체에너지는 사물을 식별할 수 있는 의식이 있는 존재란 말인가? 알쏭달쏭한 얘기다. 어찌 생각하면 그럴 것도 같고 그렇지 않을 것도 같다.

또 어떤 책에는 인간의 유체가 투시를 하는 순간에 육체에서 이탈하여 그 대상물에 접근한다는 것이다. 유체(幽體)란 그 윤곽이 육체의 모습과 비슷하면서 밀도가 아주 낮은 물질로 형성되어 있으므로 보통 사람의 눈으로는 볼 수 없다고 한다. 이 유체가 육체를 떠나 원하는 대상물에 접근하는 시간은 빛의 속도보다 더 빠르다고 한다. 우주 내의 어떠한 곳에라도 거의 투시가 시작되는 것과 동시에 대상물에 접근한다는 것이다. 그러므로 공간을 초월한 존재라는 것이다.

그렇다면 시간은 어떤가? 도력과 계제가 높은 수련자는 과거와 현재와 미래를 동시에 드나들 수 있다는 것이다. 따라서 자신의 전생도 그 전생의 전생, 다시 말해서 석가모니처럼 삼 생, 사 생... 백 생까지도 볼 수 있고 미래도 얼마든지 내다볼 수 있다는 것이다. 다시 말해서 우리가 살고 있는 3차원의 세계와는 차원이 다른 높은 차원에서는 시간과 공간이 하나로 결합되어 있다는 것이다. 곧 기는 시간과 공간을 초월한 존재라는 것이다.

그러나 그 말을 어디까지 믿어야 할지 나는 아직 자신이 없다. 다만 확실한 건 어제와 오늘 아내와 아들애를 투시해 본 결과 신통하게도 맞아떨어졌으므로 그 공간을 좀 더 확대해 볼 여지는 있지 않을까 하는 것이었다.

드디어 나는 부모님과 형제자매들을 투시해 보기로 작정했다. 밑져야 본전이므로 크게 손해될 것도 없는 일이었다. 등산에서 돌아온 뒤 목욕하고 내의를 갈아입고 약간 휴식을 취한 뒤 다섯 시에 서재에서 나는 반가부좌를 틀고 앉아 선정에 들었다. 38년 만에 혈육을 만난다는 생각을 하니 가슴이 설레었다. 그러나 언제나 무사무념의 상태에 들어가지 않으면 선정에 들 수 없다는 것을 잘 아는 나는 흥분을 애써 진정시켰다.

이 세상에 내가 존재할 수 있는 것은 뭐니뭐니해도 부모가 있었기 때문에 가능한 일이 아닌가? 제아무리 분단의 비극이 혈육의 정을 갈라놓았다 해도 결과적으로 나는 어쨌든 불효를 저지르고 있는 것이 아닌가? 능력이 미치지 못한다면 몰라도 내 능력이 미치는 한 이 세상에서 누구보다도 먼저 부모님을 찾아뵙는 것이 자식된 도리가 아니겠는가?

반가부좌를 틀고, 앉은 지 얼마 안 되어 마침내 선정에 들었다. 나는 아버지를 계속 찾았다. 이윽고 희미한 형상이 나타난다. 자세히 살펴보니 그것은 흙속이었고 희끗하고 거무스럼한 물체가 그곳에 파묻혀 있다. 아버지가 돌아가셔서 이렇게 땅속에 묻혀 계시구나 하는 느낌이 전해온다. 그것은 꼭 묘지의 단면도 같기도 했다. 그 장면은 슬그머니 사라져 버린다. 이제 아버지의 생사는 확인된 셈이다.

다음엔 어머니를 불렀다. 어머니, 어머니, 어머니를 계속 부르자 한 노파가 나타난다. 머리가 파뿌리 모양 완전히 세었고 흰 치마에 회색 저고리 차림에 지팡이를 짚고 있는데, 얼굴은 주름살투성이어서 도저히 누군지 알아볼 수가 없었다. 그러나 내 속마음은 어머니임을 자꾸만 일깨워 주는 것이었다. 사람은 언제나 이성보다는 감성이 앞서는 법이다. 나는 지난 38년 동안 어머니를 생각할 때마다 마지막 본 43세 때의 중년의 어머니 모습이 줄곧 떠오르곤 했지 이렇게 하얗게 머리가 센 할머니로는 상상해 본 일조차 없었다. 그저 지금 살아계신다면 몇 살이시겠지 하는 정도의 추산은 해 보았지만 그 모습은 여전히 43세 때의 중년의 모습 그대로였다.

그런데 이렇게 변한 모습으로 나타나다니. 하긴 KBS 텔레비전에서 벌인 이산가족 찾기 운동에서 서로가 변한 모습으로 나타난 혈육들을 확인하느라고 애쓰는 장면들을 보기는 했지만 그저 그러려니 했을 뿐 지금처럼 절실하게 내 심정에 와 닿지는 않았었다. 역시 내가 직접 당한 일이 아니기 때문이다. 그저 막연하게 나 역시 통일이 되어 가족을 만나면 저럴 수 있겠지 하는 상상만을 해보았을 뿐이었다. 파파노인이 된 어머니는 불편한 걸음걸이로 지팡이를 짚고는 뒤뚱뒤뚱 어디론지 가고 있었다. 그것뿐 그 장면은 시야에서 사라졌다.

그다음에는 나보다 일곱 살 손위 누이와 그녀보다 서너 살 위인 자형(姉兄)을 투시해 보았다. 60대의 선명한 표정들이었다. 잔주름까지도 또렷이 구분할 수 있을 정도였다. 이들 역시 헤어질 때는 모두가 20대였는데, 이처럼 60대 초로의 인생으로 변했다. 이북 사람들이 흔히 입는 촌스러운 복장을 했을 뿐 지금 무엇을 하고 있는지 알 수 없었고 그들과 대화를 나누어보지도 못했다. 아직도 내 능력은 그 정도밖에는 못 미치는 모양이었다. 그러나 이처럼 살아있는 모습이나마 볼 수 있는 것을 다행으로 알아야 했다.

누이와 자형의 모습이 사라지자 다음에는 누이동생과 세 남동생 모습을 찾아보기로 했다. 누이동생은 지금 살아있다면 48세쯤 되었을 것이고 남동생들은 46세, 44세, 43세쯤 되었을 것이다. 그런데 이상한 일은 이들 네 명의 동생들의 모습은 하나같이 초점이 흐린 흑백 사진 모양 어렴풋이 나타난다. 더구나 음울한 환경 속에서 힘겨운 노동을 하고 있는 광경이었다. 그 어둑어둑한 분위기로 보아 탄광이 아닌가 하는 생각이 들었다. 좌우간 힘겨운 노역을 하고 있는 것만은 틀림없었다.

인민군으로 동원된 내가 경남 함안이라는 곳에서 한·미 연합 군부대에 포로가 된 후 부산, 거제도, 가야 수용소 등을 거치면서 3년간 포로생활을 하는 동안 수용소 안에서의 좌우익 충돌의 와중에서 숱한 죽음의 고비를 넘긴 후 송환 분류 심사 때 대한민국에 남기로 결심한 뒤에 내 명단은 북한 당국에 통보되었을 것이다. 이북에 남아 있는 내 가족들은 심한 박해를 받았을 것은 뻔한 일이었다. 그 후 탈북자들의 얘기를 종합해 보면 내 가족과 같은 경우는 반동분자의 가족으로 분류되어 제아무리 머리가 우수해도 중학교 이상은 절대로 공부를 시키지 않고 탄광지대나 벽지로 추방되어 심한 노역에 종사케 한다는 것이었다.

이로 미루어 보더라도 가족들의 참상을 가히 상상할 수 있는 일이다. 내가 투시한 장면들은 바로 이것을 뒷받침해 주는 것이 틀림없었다. 그런데 무엇 때문에 동생들의 얼굴이 하나같이 흐릿하여 얼굴을 분간할 수 없었을까? 하긴 나와 헤어질 때는 십대 또는 그 이하였으니까 지금 보아도 얼굴을 알아볼 재간은 없겠지만 누나나 자형처럼 또렷하고 선명하게 나타나지 않는 이유는 무엇인지 알 도리가 없었다.

현아를 비춰 보았다. 떠날 때 입었던 흰 바지와 까만 블라우스 차림으로 사방이 트인 전망차에 앉아 바깥 풍경을 구경하면서 친구와 담소하는 장면이 나오고, 뒤이어 친구들과 어울려 거리를 걸어가는데 서양아이들이 호기심 어린 표정으로 쳐다보는 장면이 보인다.

1988년 7월 25일 월요일 19.9~25.1℃ 갬

비록 불완전하고 아쉽기는 하지만 이북 가족들의 근황을 대강 알아본 나는 쉽사리 숙면을 취할 수 없었다. 한마디로 북한의 내 핏줄들의 표정은 우울하고 암담한 것이었다. 머릿속으로 막연히 생각할 때와는 달리 그처럼 생생한 모습들을 대하고 보니 역시 기분이 가벼울 수 없었다.

특히 충격적인 장면은 땅속에 아무렇게나 파묻은 듯한 아버지의 시신이었다. 아무리 생각해 보아도 관을 쓴 흔적이 보이지 않았다. 비록오랜 세월이 흘러 관이 썩었다고 해도 그 흔적 같은 것은 보여야 할것이 아닌가. 그런데 투시 장면에는 그런 자취조차 보이지 않는 것이었다. 나는 그것이 제일 안타까웠다. 또 파파노인이 된 어머니는 지팡이를 짚고 불편한 걸음걸이로 어디를 그렇게 가고 있었을까? 아버지, 어머니 모습은 내 머릿속에 깊이 찍혀져서 내내 사라지지 않았다.

그리고 나 때문에 고역에서 헤어나지 못하는 동생들의 참상이 자꾸만 눈앞에 어른대는 것이었다. 혹시 어제는 등산에서 돌아온 길이라피로한 상태여서 투시가 불완전한 것은 아니었을까 하는 생각도 들었다. 그렇다면 피로가 회복되어 기가 가장 왕성한 오전 중에 다시 한번투시를 해보는 것이 어떨까 하는 생각이 들었다.

오전 11시 10분부터 나는 다시 투시를 시작했다. 어제와 마찬가지로 아버지부터 찾았다. 과연 어제보다는 선명한 장면이 나타났다. 역시 흙속에 묻힌 장면이 나타난다. 어제는 희끗하고 거무스름하게 윤곽만 보였는데 오늘은 해골이 다 된 모습이 영화 장면처럼 클로즈업되어 나타난다. 이제 더 이상 의문의 여지가 없었다. 관은 다 삭아서 녹아 없어졌는지 그 장면만으로는 구분이 안 되었지만 이제 모든 것은 확실해졌다. 이렇게 생각되자 나는 도대체 아버지가 묻힌 장소가 어디쯤일까 하는 의문이 일었다.

바로 이러한 의문이 이는 것과 함께 풀과 관목이 뒤덮인 야산이 나타난다. 구릉도 보인다. 그러나 사람의 모습은 찾아볼 수 없이 한적하다. 지도상으로 어디쯤인지는 끝내 알아낼 수 없었다. 야산과 둔덕이 시야에서 사라지면서 나는 다시 어머니를 불렀다. 금방 어제와 똑같은 모습의 어머니가 나타난다. 지팡이를 짚고 불편한 걸음걸이로 뒤뚱뒤뚱 어디론가 걸어가고 있다. 내 시선이 뒤를 따라간다. 어머니는 그렇게 한참 걸어가다가 발길을 멈춘다. 앞에는 높은 암벽이 있고, 그 밑은 보통 산에서 산신령이나 삼신에게 치성드리는 데 쓰이는 제단 비슷한 곳이었다.

어머니는 그 제단 앞에서 지팡이를 짚은 채 수없이 절을 하고 있다. 아주 익숙한 몸놀림이다. 그 절하는 몸짓이 하도 숙련되어 있어서 적어도 몇 년, 아니 몇십 년을 그러한 몸짓을 했을 것 같은 느낌이 들었다. 물론 건강했을 때는 큰절을 했을 것이다. 그러나 이제는 하도 늙은 몸이어서 큰절을 올리지 못하고 지팡이를 짚은 채 자꾸만 허리 굽혀

방아깨비 모양 반절만 되풀이하는 것 같다.

아버지는 외독자였다. 그 외독자에게 시집온 어머니의 첫 번째 임무는 아들을 낳는 것이었다. 그런데 첫 아이를 낳고 보니 딸이었다. 어제 투시했을 때 나타난 나보다 일곱 살 손위 누이였다. 다음에는 꼭 아들을 낳아야겠다고 별렀다. 그런데 두 번째도 딸이었다. 할아버지, 할머니의 실망은 가히 짐작이 가는 일이었고 어머니의 충격도 컸다. 시부모 앞에 얼굴을 못들 정도였다. 50여 년 전의 우리나라의 풍속도였다. 물론 지금도 남아선호 사상이 완전히 뿌리 뽑힌 것은 아니지만, 첫 번째 딸은 그렇다 치고 이 두 번째 딸은 정말 천덕꾸러기였다.

사내아이가 태어나야 하는 건데 잘못 태어났다는 것이었다. 이러한 환경 속이어서 그랬던지 둘째 딸은 잔병치레가 잦았다. 딸이 앓을 때마다 어머니는 속으로 '어서 죽어 없어지고 사내애나 대신 하나 낳았으면' 하는 생각이 문득문득 치밀었다. 그 눈치를 챘던지 아이는 얼마 살지 못하고 숨을 거두었다. 어머니는 심한 자책에 빠졌다. 자기가 그런 사위스런 생각을 했기 때문에 아이가 미련 없이 떠나간 것이라고 눈물을 흘렸다. 어렸을 때 어머니가 동네 아낙네들과 어울리면 늘 이런 얘기를 하는 것을 들으면서 나는 자랐다.

둘째 딸을 여읜 어머니는 목욕재계하고 백일 동안 삼신님께 치성을 드렸다. 부디 훌륭한 아들을 하나 점지해 주소서 하고, 그 염원이 하늘에 닿았던지 어머니는 잉태를 하게 되었다. 태몽이 아주 특이했다. 비행기가 땅 위에 내려와 앉아 있더라는 것이었다. 생시에도 하늘에 떠가는 것밖에는 볼 기회가 없었는데 어떻게 된 셈판인지 비행기가 땅

위에 내려와 앉아 있더라는 것이었다.

　장소는 내가 출생한 경기도 개풍군 영북면 길상리라는 곳인데 지금 은 휴전선 북쪽에 있다. 개성에서도 30리나 떨어진 벽촌이었으니까 그 런 곳에서는 날아가는 항공기 이외에는 볼 수 없었을 것이다. 불의의 사고로 불시착이나 하기 전에는 비행기가 지상에 내려올 만한 곳이 아 니었다. 그런데도 비록 꿈속이지만 비행기를 볼 수 있었다는 것 자체 는 범상한 일이 아니었다. 더욱 이상한 일은 어머니가 그 비행기 안으 로 들어갔다는 것이다. 곱게 단장한 여자가 좌석에 앉아서 창문을 내 다보고 있더라는 것이다.

　호기심에 이끌려 여자 쪽으로 다가가 보았다. 꼼짝 않고 그린 듯이 앉아서 창밖만 응시하고 있는 여자의 뒷머리에서 번쩍번쩍 빛이 났다. 자세히 다가가 보니 쪽에 낀 화려한 황금비녀에서 나오는 광채였다. 어떻게 하든지 저걸 입수해야겠다는 욕심이 속에서 불일 듯했다. 숨 막힐 듯 두근대는 가슴의 동계(動悸). 어머니는 살그머니 여자 쪽으로 다가갔다. 마침 비행기 안에서 다른 사람은 눈에 띄지 않았다. 여인은 아무런 눈치도 못 챈 듯 꼼짝 않고 앉아 있었다. 어머니는 눈 딱 감고 후들거리는 손으로 금비녀를 살그머니 뽑아 품속에 감추고는 뒤돌아 서기가 바쁘게 비행기를 빠져 나와 걸음아 날 살려라 꽁지가 빠지게 삼십육계 줄행랑을 쳤는데 다행히도 따라오는 사람은 아무도 없었다 는 것이다. 그 꿈이 하도 생생하여 꼭 생시에 저지른 일 같았다는 것이 다. 틀림없는 태몽이라고 했다.

　좌우간 이러한 과정을 거쳐 내가 세상에 태어나게 되었다. 할머니,

할아버지는 말할 것도 없고 어머니 아버지의 기쁨은 비길 데가 없었을 것이다. 더구나 어머니는 백일기도 끝에 태어난 맏아들이니 삼신께 대한 고마움은 이루 말할 수 없었다. 그러한 아들이 전쟁터에 나갔고 남한에 떨어져 안 돌아오게 되었다는 통보를 분명 받았을 것이다. 어머니는 나 때문에 온 가족이 감시 대상이 되고 내 동생들이 벽지나 탄광같은 데 끌려가서 고된 노역에 종사하지 않을 수 없는 비운에 빠졌다고 해도 우선 맏아들이 살아있다는 것을 삼신께 감사했을 것이다.

그러니까 큰 아들의 안전을 위해서 지금도 삼신께 저처럼 빌고 있으리라는 느낌이 금방 가슴에 와닿았다. 어쩌면 어머니는 맏아들인 나를 전쟁터로 떠나보내고 나서 이날 이때까지 38년 동안을 틈나는 대로 맏아들을 점지해 주었다고 믿는 삼신께 나의 안전을 빌었을 것이다. 43세의 중년이 81세의 할머니가 될 때까지 어머니는 저처럼 아들을 위해서 기원을 하고 계시다는 사실 앞에 핏줄의 숙연함을 느꼈다. 역시 치사랑은 없어도 내리사랑은 하늘의 순리라는 옛말이 틀림없다는 생각이 들었다. 어머니의 자식 사랑에 비해 나의 효성은 얼마나 초라한가?

절하는 어머니의 모습이 시야에서 사라지자 나는 선도수련을 한 보람을 다시금 되새기지 않을 수 없었다. 이산가족들은 흔히 창공을 나는 새라도 되어 갈 수 없는 이북 땅의 핏줄을 만나보았으면 하고 염원을 하고 있지만, 나는 새가 되지 않고도 앉아서 부모님을 만나볼 수 있었던 것이다.

이제 나는 약간의 자신을 가지게 되었다. 그렇지 않아도 애초에 선도수련을 시작할 때 어느 정도의 수준에 이르면 공중부양 현상이 일어나고 투시 현상도 일어난다는 얘기를 어느 단학 책에서 읽고는 공중부양보다는 투시 현상에 깊은 매력을 느꼈었다. 투시 현상이 정말 일어난다면 생사조차 알 수 없는 이북 가족들의 소식을 알아볼 수 있지 않겠는가 하는 기대를 아니 가질 수 없었던 것이다. 그 기대가 이제 현실로 입증된 것이다.

핏줄 다음으로 호기심을 가진 것은 내 보호령은 어떤 분일까 하는 것이었다. 사람에게는 누구에게나 2, 3명씩의 보호령이 달려 있어서 피보호자의 행동을 감시하고 위기에서 구해주기도 하는 등의 임무를 수행하고 있다는 것을 나는 일찍부터 심령과학책을 읽어서 알고 있었던 것이다. 지나온 과거를 곰곰이 생각해 보면 나는 아슬아슬하게 죽음의 고비에서 살아남은 일이 너무나도 많았다. 전쟁터에서도 그랬고 포로수용소 안에서도 그랬고 최근에는 등산을 하면서 특히 암벽을 타면서 숱하게 죽을 고비를 용하게 넘긴 것을 생각하면 분명 나를 보호해 주는 보호령의 작용이 컸다는 것을 절실히 깨달을 때가 많았다.

지금 내가 이처럼 이북의 가족들을 만나볼 수 있었던 것도 보호령의 협조 없이는 불가능한 일이라는 것을 나는 잘 알고 있다. 나의 온갖 행동규범과 안전을 관장하고 있는 보호령을 나는 늘 보고 싶었던 것이다. 내친 김에 나는 보호령을 찾았다. 부른 지 한참 만에 암흑 속에서 작은 빛이 움직인다. 그 빛이 점점 확대되면서 마침내 하나의 형상이 이루어져 가까이 다가오는 것이었다. 흰 내리다지 도복 차림에 오른손에 육환장을 들었다.

전체적인 모습은 환웅천황상 비슷한 데가 있었다. 환웅천황상은 오른손에 천부인을 쥐고 왼손에 육환장을 들었는데 내 보호령은 오른손에 육환장만 들었다. 신이(神異)하고 신령스런 기운이 발산되었다. 보호령의 모습을 자세히 관찰했다. 얼굴과 몸 전체가 빛이었고 그 빛이 끊임없이 움직이고 있었다. 일종의 빛 에너지의 파동체라는 느낌이 들었다. 가까이 다가온 보호령은 두 팔을 들고 나에게 뭐라고 열심히 말을 하고 있었는데 도저히 알아들을 수가 없다.

그것이 내 능력의 한계인 것 같았다. 그러나 느낌은 가슴에 닿았다. 그것은 아직 이럴 때가 아니라는 뜻 같았다. 다시 말해서 이제 겨우 영안(靈眼)을 뜨기 시작한 단계인데 어쩌자고 자꾸만 이런 데 에너지를 많이 소모하는가 하고 경계하는 것 같았다. 그러나 내친 김에 한 가지만 더 알아보기로 했다. 어떤 사람은 내 전생이 도인이라고 했는데 그게 맞는지 확인하고 싶었던 것이다. 그가 말한 내 전생이 수많은 전생들 중에서 어느 전생에 속하는지 역시 알고 싶었다.

내가 알고 싶은 것은 바로 내가 지금의 이 세상에 태어나기 직전의 전생이다. 나는 그 전생을 찾았다. 잠시 후 한 장면이 희미하게 나타나더니 점점 더 윤곽이 뚜렷해지기 시작했다. 그것은 마치 고구려 고분 벽화에서 흔히 볼 수 있는 광경이었다. 원근법을 무시하고 인물의 중요성에 따라 크고 작게 그리는 수법으로 그린 그림 같기도 했다. 고구려 고분 중에서도 덕흥리 고분 속의 주인공 진(鎭)의 형상 비슷한 모습이 나타난다. 처음엔 벽화와 같은 모습으로 보였는데 자세히 살펴보니 실제 인물이었다. 혈색 좋은 얼굴에 귀인의 복장을 했다.

진한 천연색으로 생생하게 살아 숨 쉬는 듯한 모습이었다. 얼굴은 약간 웃음을 머금었다. 어쨌든 대단히 높은 지위에 있는 고관 아니면 귀족 또는 왕자 같기도 했다. 채색이 영롱한 관복과 관모가 매우 인상적이었다. 서있는 체구는 우람하고 믿음직하고 요지부동의 자세 그대로였다. 상냥한 미소 띤 표정이 은은하게 가슴에 사무쳐 온다. 저것이 과연 내 전생의 모습이란 말인가? 지금까지 전연 상상치도 못했던 모습이었다. 12시 10분에 선정에서 깨어나다.

1988년 7월 26일 화요일 20~26℃ 갬

토요일, 일요일, 월요일 지난 연사흘 동안 투시를 하느라고 에너지를 지나치게 소모해서일까 아침부터 몸이 나른하고 졸음이 왔다. 사실은 어제 오전에 투시를 한 이후로는 이상하게도 마음이 안정이 안 되고 약간 기분이 들떠 있었다. 여태까지 책에서 읽거나 남의 입에서 얘기로만 들었던 투시 현상을 직접 경험한 데서 온 흥분이었다.

게다가 이북의 가족들의 참상을 본 뒤로는 우울하기까지 했다. 차라리 안 보았을 때는 쉽게 잊을 수도 있는 일이었는데, 이제 그 생생한 모습들을 보고나니 허탈감마저 엄습했다. 평소보다 1시간 반이나 더 잤는데도 머리가 개운치 않았다. 온몸이 나른한 게 마치 암벽등반을 쉬지 않고 여섯 시간쯤 했을 때와 같은 피로가 몰려 왔다.

수련 중에, 나에게 투시 현상이 일어난 것은 무엇을 의미하는 것일까? 이렇게 나 개인의 용무만을 보라는 것은 분명 아닐 텐데, 하는 후회도 일었다. 마치 공금을 개인 용도로 유용했을 때와 같은 가책과 불안감 비슷한 느낌이 들었다. 신공도 시원치 않고 보호령을 불러도 나타나지 않았다. 아무리 생각해도 지난 사흘 동안의 내 행동은 좀 지나쳤던 것이다. 그것은 마치 힘들게 벌어들인 돈을 함부로 써버렸을 때와 같은 뉘우침이기도 했다. 힘들게 번 돈인 만큼 함부로 써버릴 것이 아니라 차곡차곡 저축을 하여 재정적인 기반을 완전히 다진 뒤에라도 얼마든지 쓸 수 있는 것을 너무나도 성급하게 낭비를 한 것 같았다. 몸이 이처럼 피로하고 보호령을 불러도 나타나지 않는 것은 너무 옆길로 빗나간 데 대한 응징 같았다.

오전 11시부터 신공에 들어갔는데 11시 45분까지도 만족하게 수련이 진행되지 않고 배만 고프기에 점심을 들고 다시 시작해 보았지만 역시 시원치 않았다. 소파에 무심코 앉아 있다가 깜빡 잠이 들었다 깨어보니 어느덧 1시 반이었다. 부랴부랴 회사에 나가 일을 마치고 6시 40분에 선원에 도착. 6시 50분에 입정, 7시 50분에 깨어났다. 의도적인 투시에 일절 관심을 안 두고 무사무념의 상태에서 삼원조화신공에만 전념했더니 그렇게 마음이 편할 수가 없었다. 이런 상태로 계속 정진해야겠다.

저녁 8시부터 2층에서 강의에 들어갔다. 수련생들과 함께 사범들도 참가했는데 전부 15명 내외였다. 『환단고기』를 강의하면서 최근의 수련체험을 곁들여 얘기했다. 모두 진지하게 들어주기에 이야기에 신이 났다. 비잉 원형으로 둘러앉은 수강자들 사이에 끼어 앉아서 도란도란 이야기에 열중하다 보니 분위기도 화기애애해졌다. 투시 능력을 갖게 되자 38년 만에 부모부터 찾던 얘기를 할 때는 나도 모르게 목이 메어 눈물이 나오는 것을 간신히 참았다. 강의에 익숙하지 못한 증거였다.

1988년 7월 28일 목요일 20~30℃ 갬

8시쯤 선원에서 수련 중 입정. 천계의 전각 같기도 하고 궁전 같기도 한 곳, 한가운데 서 있었다. 옛날 관복 같은 울긋불긋한 옷을 입은 사람들이 분주히 오간다. 홀연 선녀 같기도 하고 궁녀 같기도 한 여자가 날보고 따라오라고 손짓한다. 한참 그 여자의 뒤를 따라가던 나의 뇌리에는 이런 때 누구든지 따라가면 안 된다는 금기 사항이 떠올랐다.

나는 가던 걸음을 멈추고 절대로 따라가선 안 된다고 속으로 다짐했다. 그 순간 나를 인도하던 여자의 모습은 간 곳이 없다. 눈을 뜬 나는 한동안 생각했다. 신공에 들어간 수련생은, 사기(邪氣)의 침입을 받기 쉽다고 했는데 나에게도 어느덧 유혹의 손길이 뻗쳐왔는가 하는 의혹이 일었다.

평생회원 6명들과 함께 대선사와 대좌했다. 이날의 하이라이트는 '본성광명 천부경(本性光明 天符經)'을 외우면서 양 손가락을 부챗살모양 쫙악 펴서 마주 부딪치면서 단전에 쌓인 기를 손끝으로 모으는 수련을 처음으로 배운 것이다. 참으로 신기한 일이 아닐 수 없다. '본성광명 천부경'을 외우면서 수련을 하면 강한 기운이 백회로 창끝처럼 내리 꽂히는 것 같다. 이 수련은 사기가 범접하지 못하게 하는 데 큰 효과가 있고 가장 빠른 수련 효과를 거둘 수 있다고 한다. 그러나 어느 정도의 수준에 도달된 수련자에게 해당하는 얘기이다.

1988년 7월 29일 금요일 19~30℃

투시 현상이 일어나는 것은 그만큼 수련이 진전되고 있다는 증거이기도 하지만 까딱하면 이상한 길로 빠질 위험이 있다는 것을 차츰 깨닫게 되었다. 만약 이 능력을 사리사욕에 이용하려 든다면 어떻게 될까? 가령 증권을 하는 사람이라면 미리 앞날을 투시로 내다보고 유리한 종목을 구입할 수도 있다. 부동산 투기도 그런 방법으로 할 수 있을 것이다. 아마 몇 번 정도는 그렇게 해서 치부를 할 수 있겠지만 곧 보복을 받게 될 것이다.

사욕에 눈이 어두워지면 수련 자체도 무산될 우려가 있다. 따라서 초능력도 곧 사라지게 될 것이다. 또 까딱하면 점쟁이나 염탐꾼으로 전락될 소지도 있다. 성통공완하겠다고 시작한 선도수련이 고작 점쟁이나 염탐꾼으로 그친다면 웃음거리가 되고 말 것이다. 그뿐 아니라 곧 초능력 자체도 사라지게 될 것이다. 세속적인 욕망에 사로잡힌 자가 선도수련을 한다는 것은 그야말로 낙타가 바늘구멍으로 들어가려는 것처럼 어리석은 일이 될 것이다. 또 그러한 자에게는 무서운 하늘의 보복이 있게 될 것이다. 일종의 배신행위이기 때문이다. 인과응보의 법칙은 우주의 보편적인 원리이기 때문이다. 내가 이런 생각을 하게 된 것도 보호령의 작용일 것이다. 의도적으로 투시를 해보고 싶은 유혹은 더 이상 일어나지 않았다.

1988년 7월 30일 토요일 19~31℃

아내에게 반가부좌하고 내 옆에 앉게 하고는 '본성광명 천부경'을 외우면서 양 손바닥을 무릎 위에 놓으라고 했다. 나 역시 같은 자세를 취하고 백회와 장심, 용천으로 받아들인 기를 마음으로 아내 쪽으로 보냈더니 아내는 양 장심에 짜릿짜릿 기를 느낄 수 있었단다. 불면증으로 고생하는 아내에게 기를 넣어준 일은 있었지만 이처럼 아내 스스로 기를 느껴보기는 드문 일이다.

아내의 말을 들어보면 작년 6월에 W선원에 나간 첫날에 희한하게도 기를 느꼈었단다. 그러나 바로 그날뿐이고 그 나머지 닷새 동안의 수련 시에는 기를 전혀 느껴보지 못했단다. 아내는 천성이 게으르지는 않는데도 단전호흡을 하려고 아무리 애를 써도 안 되었는데 이렇게 기를 느낄 수 있었다는 것은 놀라운 일이 아닐 수 없다. 간혹 가다가 수련생 중에서 6개월 내지 1년씩이나 수련을 꾸준히 했는데도 기를 전연 느끼지 못하는 경우가 있는데 거기다 대면 수련도 하지 않는 사람이 기를 느꼈다는 것 자체가 희한하다. 어제부터 그런 현상이 일어났는데 밤에는 숙면을 취할 수 있었단다. 그게 얼마나 계속될지는 두고 볼 일이지만 제발 옆에서 도 닦는 남편 덕분에 아내가 힘들이지 않고 계속 기를 받아들일 수 있었으면 오죽 좋으랴.

1988년 8월 1일 월요일 22~34°C 갬

현준이가 고적발굴을 간다면서 아침 일찍 떠났다. 11시부터 신공에 들어갔는데 의도적인 투시는 안 한다고 하면서도 나도 모르게 현준이를 비춰보았다. 현준이가 어둑어둑한 곳에서 사다리를 타고 오르내리는 장면이 나온다. 나는 속으로 발굴 현장일 것이라고 생각했다. 저녁에 집에 돌아오자 현준이에게,

"애, 너 오늘 발굴현장에서 사다리 탄 일 있었니?" 하고 물어 보았다.

"그런 일 없는데요, 그냥 구경만 했는데요."

"그래, 그럼 내가 빗나갔나?"

나는 고개를 외로 꼬면서 화장실로 들어갔다. 한창 목욕을 하고 있는데,

"아빠 아빠" 하고 현준이가 화장실 문을 두드린다.

"왜 그러니?"

"지난 금요일(7월 29일)에 공사장에서 사다리 타고 하수구 속으로 내려갔다 올라왔다 한 일이 있어요."

"그래! 알았다."

그렇다면 어떻게 된 것일까? 사흘 전에 있었던 일이 오늘에야 투시가 되었단 말인가? 기는 시간과 공간을 초월한 존재니까 그런 일이 있을 수 있단 말인가? 알쏭달쏭한 일이다. 연구해 볼 과제다.

오후에 직장에서 한창 일을 하고 있는데 아내에게서 전화가 걸려왔다. 버스로 출근하면서 '본성광명 천부경'을 외우고 기를 불러 보았더니 안 들어 왔단다. 저녁에 퇴근한 후에 아내가 또 말했다. 집에 와서 해보니 신통하게도 기가 들어 왔단다. 집안에서는 내가 항상 기를 받아들이고 있으니까 어느 정도의 기는 상존하고 있는지도 모를 일이다.

오기조화신공(五氣調和神功)

1988년 8월 2일 화요일 23.4~32.5℃ 갬

11시 20분 신사동 본부에 볼일이 있어서 들렀다가 대선사를 만났다. 지난 7월 12일 천제 지낸 후에 일어난 변화를 얘기했다.

"대선사님, 혹시 대부전(大府殿)이란 데가 있습니까?"

"있죠."

"도대체 뭘 하는 뎁니까? 수련 중에 대부전이 떠오르기에 혹시 이런 곳이 역사적으로 존재했던 일이 있는가 알아보려고 백과사전을 들춰 보았지만 그런 데는 없고, 대부사(大府寺)라는 것은 있더군요. 서문당 판 『세계백과대사전』을 보니까 '고려 때 어의(御衣)의 원료인 여러 가지 면직물을 저장하고 이를 조달하던 관청. 조선조의 내수사(內需司)의 모체라 할 수 있다'로 나와 있던데요. 아무래도 그런 곳과는 관련이 없는 것 같습니다."

"혹시 대부전에서 누구와 만난 일은 없습니까?"

"그런 일은 없고 그냥 구경만 했습니다."

"대부전은 천계(天界)에서 가장 낮은 위치에 있는 지구상의 온갖 영들을 통제 관리하는 곳입니다. 대부전 위에는 천부전(天符殿)이 있습니다."

"천부전은 뭘 하는 곳입니까?"

"그곳에서는 여러 대부전의 일을 총 관할하는데, 천부경의 원리가 직접 작용되는 총본산입니다."

아버지와 어머니를 투시했던 얘기를 하고 특히 어머니가 맏아들인 나를 위해서 삼신께 비는 장면을 보았다고 했더니,

"바로 그분의 간곡한 기원 덕분에 숱한 위기를 넘길 수 있었습니다."

"또 전생을 보았는데, 고구려 고분벽화에 나오는 주인공 같은데 고구려의 대관인지 임금인지 모르겠습니다."

"대관입니다."

그는 이미 알고 있다는 듯 단정적으로 말했다.

"또 보호령을 불렀더니 육환장을 짚은 도복차림의 일종의 빛과 에너지의 파동체와도 같은 형상이 나타나던데요?"

"보호령은 그분 외에 또 한 분이 있습니다."

"그래요? 또 한 분은 어떻게 생겼을까요?"

"이제 차차 아시게 될 겁니다. 의도적인 투시는 기를 소모시키므로 이제 막 영안(靈眼)을 뜨기 시작한 이때에는 사기(邪氣)의 침입을 받기 쉽습니다. 그러니까 의식적으로 투시를 하려고 하지 말아야 합니다."

"잘 알겠습니다. 그럼 앞으로 어떤 수련을 해야 됩니까?"

"천부경신공만 하십시오."

"삼원조화신공과 같이 말입니까?"

"삼원조화신공은 이제 안 해도 됩니다. 천부경신공 속에는 삼원조화신공도 다 포함되어 있으니까요. 원래 김 선생은 삼원조화신공은 1년간 할 예정이었지만 이젠 그 단계가 끝났습니다. 앞으로는 천부경신공

만 하시면 됩니다.”

그러니까 1년 예정으로 시작되었던 삼원조화신공은 겨우 1개월 4일 만에 끝난 셈이다. 그만큼 수련 속도가 빨랐다는 얘기일까?

“대부전 얘기 좀 더 상세히 해주십시오.”

“대부전에서는 지구상에 영들을 파견하는데 잘못한 영들은 소환하여 처벌도 하고 포상도 합니다. 필요하다면 다시 수련을 시키기도 합니다. 이곳에는 또 9층 석탑이 있는데 여기가 바로 수련장입니다.”

“그 말을 들으니까 생각나는 것이 있는데요. 작년 10월쯤 백회가 열린 직후에 수련 중에 본 장면입니다. 까마득하게 높은 거대한 백색 석탑 주위에서 도복 차림의 도인들이 모여 앉아 수련을 하고 있었는데, 숲속에 서 있는 내가 바로 그 도인들 중에 내가 있다고 하면서 고개를 힘껏 빼고 살펴보았던 일이 있었습니다.”

“그건 아마도 대부전에서 김 선생이 전생에 수련하던 모습일 겁니다.”

대선사는 내가 영안을 뜨기 시작했고 대부전에까지 갔다 온 것을 내 수련의 큰 성과로 받아들이는 것 같았다. 대부전에 대해서 나는 비상한 흥미를 느꼈고 이것저것 많은 질문을 했다. 따라서 많은 얘기가 오갔지만, 대화의 성질상 지금 발표할 수 없어서 후일을 기약하기로 한다.

그건 그렇고 나는 선도수련을 통해서 전연 새로운 미지의 세계가 감각적으로 내 앞에 다가오고 있음을 뚜렷이 의식했다. 문제는 앞으로 수련 과정에서 예상되는 사기(邪氣)의 침입을 어떻게 효과적으로 막아내느냐 하는 데 성패가 달려 있다. 사기는 전연 예상치 않았던 방향에서 기상천외의 모습으로 접근해 올지도 모른다. 단단한 각오가 있어야 할 것이다.

　선배 수련가들의 얘기를 들어보면 이 사기는 가장 친근한 친구의 모습으로도, 가장 존경하는 선배와 스승의 모습으로도 나타나므로 감쪽같이 속지 않을 수 없다는 것이다. 이때는 수련자의 자세는 항상 담담하고 여유 있는 태도로 무슨 일에든지 집착을 하지 말고 모든 것을 물위에 흘려버리듯 해버리라는 것이다. 다시 말해서 무슨 일에든지 사로잡히지 말고 관조하고 달관하라는 것이다. 그러면 어떠한 사기도 달라붙지 못하고 물러간다는 것이다.

1988년 8월 3일 수요일 22.2~32.5℃ 갬

　8시 반부터 천부경신공, 입정, 해수욕장 장면이 지루하게 연속적으로 나타난다. 그것도 동해안 해수욕장이다. 동해안 해수욕장은 80년도와 81년도에 설악 해수욕장과 화진포 해수욕장밖에는 다녀온 일이 없었다. 바로 그러한 해수욕장 장면이었다.

1988년 8월 4일 목요일 22.4~33.2℃ 갬

　신공에 들어갈 때는 원래 오기조화신공(五氣調和神功)을 끝낸 뒤에 삼원조화신공에 들어가는 것이 순서란다. 그런데 내 경우는 이것을 생략한 채 삼원조화신공부터 하게 된 것이다. 그러면 오기조화신공이란 어떤 것인가?

　그것은 목화토금수(木火土金水)의 장부의 순서로 기를 돌리는 것을 말한다. 목은 간담, 화는 심소장, 토는 비위, 금은 폐대장, 수는 신방광인데 이러한 장기의 순서대로 기운을 돌리는 것을 말한다. 삼원조화신공에서 이미 훈련이 되어 있어서 그런지 이들 장기를 의식하면서 기를 돌려 보았더니 신기하게도 제대로 기운이 돌아간다. 기운이 해당 장기에 닿을 때마다 따뜻한 기운을 느낄 수 있다.

1988년 8월 7일 일요일 23~36℃

등산을 하기에는 너무나 더운 날씨였다. 요즘 더위는 36년 만에 처음 보는 무더위란다. 내가 등산을 시작한 이래 오늘처럼 더운 날은 처음이다. 무더울 때는 중간에 자주 쉬면서 그때마다 소모된 기력을 회복하는 것이 요령이다. 평소에는 그냥 지나치던 매점에서도 두 번이나 음료수를 사 마셔야 했다. 중간에 잠깐잠깐 쉴 때마다 천부경신공을 했더니 어김없이 많은 기가 들어와 금방 피로가 회복되었다.

안정된 운기조식(運氣調息)

1988년 8월 22일 월요일 23~28℃

10시 40분부터 11시 40분까지 서재에서 수련. 들어오는 기운이 전보다 한결 안정된 것 같고 새로운 단계에 들어선 느낌이다. 내 몸 전체가 2입방미터쯤 되는 얼음덩이 속에 들어 있는데 바닥에서는 2미터쯤 공중에 떠 있는 기분이다. 엄청난 기운이 머리 전체로 시원하고 상쾌하게 들어오는데 뭐라고 필설로 표현할 수 없을 정도로 기분이 황홀한 망아(忘我)의 삼매경 속에 있는 것 같다. 이게 바로 천당이 아닐까 하는 생각이 든다.

이러한 입정 상태는 시간만 허락한다면 얼마든지 지속되어도 결코 지루하지 않을 것이다. 12시에 집을 떠나 출근하는 길에도 청량한 기운은 계속 나를 감싸고 있었고 백회로 계속 시원한 물줄기 모양 쏟아져 들어오는 것이었다. 5시 45분에 선원에 도착. 6시 30까지 입정. 도인법 체조 끝내고 7시 45분까지 40분간 다시 입정. 지금까지 그 어느 때보다도 강한 기운이 지속적으로 들어와 나를 황홀케 했다.

그러나 어제와 같은 기적 현상(氣的現象)은 일어나지 않았다. 지극히 안정된 청량한 기운만이 강하게 들어온다. 자연 피로도 회복되고 마음도 차분히 안정되고 허심탄회한 기분으로 세상일을 관조할 수 있는 여유도 갖게 되었다. 수련 시에 일어나는 기적(氣的) 현상뿐 아니라

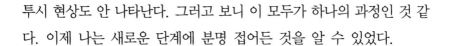

투시 현상도 안 나타난다. 그러고 보니 이 모두가 하나의 과정인 것 같다. 이제 나는 새로운 단계에 분명 접어든 것을 알 수 있었다.

1988년 8월 24일 수요일 20∼29℃

9시 45분부터 서재에서 1시간 동안 정좌. 며칠 만에 격벽투시가 되었다. 벽 너머의 차량과 행인이 보인다. 그런가 하면 서울올림픽 휘장과도 같은 삼태극이 그전보다도 선명하게 여러 개 나타났다가 사라지곤 했다.

선원에서 6시 50분부터 정좌, 내 몸 전체가 시원하고 청량한 기운에 싸여 위로 번쩍 들어올려질 것 같다. 공중부양 현상이 당장에라도 일어날 것만 같다. 만약에 내 몸이 막상 공중으로 떠오른다면 어떻게 될까? 수련실 천장에 닿을까 말까 하게 붕 떠올라 이리저리 움직인다면 수련 상황을 지켜보던 담당 사범이 두 눈이 휘둥그래서 쳐다볼 것이고, 눈을 감고 와공에 전념하던 수련생들도 이상한 낌새를 알아채고 눈을 뜨게 될 것이다.

사범은 이 사실을 알리려 사무실로 뛰어나갈 것이고 그렇게 되면 수석 사범과 양 법사도 뛰어들어올 것이다. 그들은 감탄의 눈으로 공중에 떠서 부유하는 내 모습을 지켜볼 것이다. 나는 이러한 그들의 움직임을 손금처럼 환하게 굽어보게 될 것이다. 그러면서 이러한 공중부양은 수련의 한 단계로서 일어나는 것이니까 이때를 놓치면 다시는 반복되는 일이 없을지도 모른다는 생각이 들자, 사범에게 "카메라를 구해다가 한 장 찍어두라"고 말할 것이다. 사범은 그제야 내가 왜 진작 그 생각을 못했나 하고 밖으로 카메라를 구하러 뛰어나갈 것이다... 이러한 공상을 하면서 나는 속으로 픽 웃음이 나왔다.

떡 줄 놈은 생각도 않는데 김칫국부터 마시는 격이었기 때문이다. 나는 부질없는 공상들을 몰아내었다. 일체의 망상들을 물 위에 흘려버리듯 해야 한다. 무사무념의 상태, 무심의 상태가 되어야 한다고 다짐해 본다. 그래도 망상에서 완전히 헤어나지는 못한다. 본성광명 천부경을 되풀이해서 외워본다. 기운이 무더기로 들어온다. 수련 마치고 집에 돌아오니 아내가 말했다.

"이젠 앉아서 손바닥만 벌리고 본성광명 천부경만 외워도 기가 들어와요. 집에서만 그런 게 아니고 버스를 타고 앉아서도 해 보았더니 역시 들어와요."

"당신, 남편 덕에 공짜로 도사 되는 거 아뇨?"

"그렇게 돼서 나쁠 것 없지 않아요?"

"나쁠거야 없지. 하지만 그렇게 기가 들어오면 어떻게 하고 있소?"

"어떻게 하긴 어떻게 해요. 그냥 받아들이기만 하는 거죠."

"그렇게 막연히 받아들이기만 하면 애써 몸안에 들어온 기가 머리에 몰려 두통을 일으키든가 흩어지기 쉬우니까 배꼽 아래 5센티쯤 되는 하단전에 의식을 집중해야 한다는 것을 잠시도 잊지 말아야 해요. 그렇게 해야 그 기운이 단전에 모여들어 똘똘 뭉쳐서 단(丹)이 형성된단 말요. 그다음엔 기의 방이 형성되어 축기가 되어야 비로소 저수지에 찬 물이 논으로 들어가듯 임독맥을 통해서 전신으로 순환한다고요. 그렇게 되면 당신이 지금 앓고 있는 불면증도, 빈혈증세도 조만간 나을 것이고 손발 트는 피부질환도 나을 것이란 말요."

"알았어요. 그런데 단전에 의식을 집중한다는 게 말처럼 그렇게 쉬운 일이 아니더라고요. 그렇게 한다고 늘 생각하면서도 어느새 딴 생각을 하다 보면 의식은 단전에서 멀어지더라고요."

"도 닦기가 그렇게 식은 죽 먹기라면 세상에 도사 안 될 사람이 어디 있겠소."

"알았어요."

투시(透視) 확인

1988년 9월 27일 토요일 22~27°C

지난 2개월 동안의 유럽 여행에서 돌아온 딸애가 이틀 동안 코가 삐뚤어지게 잠을 자고 나더니 이제는 제법 생기를 되찾았다. 펜팔 친구들의 집에서 하도 좋은 대접을 받아서 떠날 때보다 얼굴이 좋아지고 제법 살이 통통해졌다. 스위스, 네덜란드, 프랑스, 이탈리아, 영국, 프랑켄슈타인, 서독 등을 다녀왔단다.

"현아야, 너 혹시 7월 24일에 어디 있었는지 생각나니?" 하고 내가 물어보았다. 바로 이날 나는 도봉산 주봉 앞에서 점심을 들고 나서 현아를 투시해 보았더니 잠자는 장면을 보았고, 그날 저녁 때 두 번째 투시했을 때는 사방이 탁 트인 전망차를 타고 관광을 하는 장면과 친구와 함께 거리를 걷는데 백인 소년들이 쳐다보는 장면을 보았던 것이다. 이것을 직접 확인해 보기 위해서였다.

"그때쯤이면 아마 스위스에 있었을 거예요. 잠깐요. 일기장을 뒤져보고 올께요" 하면서 제방으로 올라갔다가 곧 내려왔다.

"맞아요. 그때 스위스에 있었어요. 그런데 왜 그러세요?"

"너 말야, 혹시 그때 사방이 툭 트인 전망차 같은 거 타고 돌아다닌 일 있냐?"

"네?"

"사방이 탁 트인 차 말야."

이때 아내가 말했다.

"애, 아빠는 이젠 도사가 다 되셔서, 여기 앉아서도 네가 유럽에서 뭘 하고 있었는지 다 알고 계셨단다."

"네에? 그게 무슨 말에요? 내 참 오래 살다 보니…"

아내가 질색을 하며 현아를 때리는 시늉을 하면서 말했다.

"애, 네가 몇 살이나 먹었다고 어른들 앞에서 버릇없이 그런 말을 함부로 지껄이는 거냐? 그저 그렇다면 그런 줄이나 알고, 아빠가 묻는 말에 순순히 대답이나 하지 않고."

"맞아요. 아빠, 그때가 스위스 쥬리히에서였는데, 트램카라고 해서 여섯 차량씩 연결된 전차를 탔어요. 사방팔방을 다 볼 수 있었어요."

현아는 분명 그 전차를 타고 시내를 돌면서 관광을 즐기고 있었는데, 내가 투시한 것은 그 애가 바깥 광경에 황홀해 하면서 정신이 빼앗겨 있는 근접 장면이었다. 그러나 그 장면은 금방 지나가버렸었다.

"그리고 참 거리를 걸어가는데 서양 아이들이 널 자꾸만 쳐다보지 않던?"

현아가 옆 친구와 뭐라고 한창 지껄이면서 거리를 걸어가는데 백인 소년들이 호기심 어린 눈으로 현아를 찬찬히 쳐다보는 투시장면을 나는 떠올렸다.

"그야 당연하죠. 우리나라에서도 시골 같은 데서는 아직도 서양 여자가 지나가면 호기심으로 아이들이 쳐다보는 것과 똑같이, 흔히 못 보던 동양 여자들이 지나가니까 쳐다보는 거야 당연하죠. 그리고 참

그때는 일정 때문에 할 수 없이, 펜팔이 없는 쥬리히에 들렀어요. 그래서 큰 가방을 끌고 다니느라고 혼이 났었는데. 그건 보시지 않았어요?"

"근접 장면이어서 무릎 아래는 안보였어. 그리고 그날 아침에 어디서 잤니? 혹시 몇 명이 어울려서 자지 않았니?"

어두운 방에서 침대에 친구와 어울려 자는 투시 장면을 떠올리면서 내가 물었다.

"제가 자는 것까지 다 보셨어요? 맞아요. 그곳에는 펜팔 친구가 없어서 할 수 없이 유스호스텔에서 잤어요."

"한 방에서 몇 명이 같이 잤니?"

"보통 유스호스텔에선 두 명이 한방에서 자요."

"알았다. 그러니까 네가 잔 곳이 바로 유스호스텔이었구나."

어찌 보면 한갓 환상처럼 흘깃흘깃 스쳐간 장면들이 이처럼 실제와 일치한 것을 생각해 보니 스스로 경탄을 금할 수 없었다. 한국과 스위스는 지구의 반대편인데도 내가 본 투시 장면은 실제와 꼭 같았다는 것을 확인할 수 있었다. 이로써 나는 이북의 혈육들을 투시한 장면도 틀림없는 사실이라는 확신을 가질 수 있었다.

그러나 이번 투시로 확인할 수 있었던 것은 나의 직계 존속이나 비속 그리고 나의 배우자와 같이 나와 가장 접촉이 많았거나 비록 내 핏줄은 아니라고 해도 오랫동안 밀접한 관계를 유지해온 사람들은 투시에서는 똑똑하고 명료하게 보이는데 반해서 비록 내 핏줄이라고 해도 나와 접촉이 없었던 형제자매들은 확연하게 보이지 않았다는 사실이다. 이것은 아무래도 능력의 범위가 제한되어 있다는 증거가 아닐까?

아직도 나는 수련이 낮은 단계에 머물러 있다는 것을 알 수 있다.

불교에서는 초능력으로 여섯 가지를 들고 있다. 육신통(六神通)이라고 하는데, 신족통(神足通), 숙명통(宿命通), 천안통(天眼通), 천이통(天耳通), 타심통(他心通), 누진통(漏盡通)이 그것이다.

신족통은 이 세상뿐 아니라 천상이고 지옥이고 어디에도 마음대로 다닐 수 있는 능력을 말한다. 우리나라에 전해 내려오는 축지법이니 비월(飛越)이니 하는 것도 수련을 통해서 선인이나 신선들이 터득한 원거리를 갈 때 쓴 신족통 같은 초능력임은 말할 것도 없다.

숙명통은 무엇일까? 그것은 이 세상 사람들의 전생에 있었던 일을 환히 알아낼 뿐만 아니고 현세에서도 과거의 행적과 내세까지도 환히 내다보는 능력을 말한다. 전생은 한 번만 있었던 게 결코 아니다. 열 번도 백 번도 천 번도 만 번도 있을 수 있는 것이다. 능력에 따라 과거세를 얼마든지 소급해서 알아낼 수도 있고 미래 역시 마찬가지다. 누구나 전생에 지은 선업이나 악업에 따라 현세에서 지금의 생을 받고 있고 현세의 업에 따라서 내세가 결정되는데, 숙명통을 터득한 능력자는 이 삼세를 꿰뚫어 볼 수 있는 것이다.

천안통은 그럼 어떤 것인가? 그것은 공간과 시간의 구애를 받지 않고 어떠한 물질적인 장애, 예컨대 무쇠로 막혀 있는 실내라고 하더라도 전연 구애받지 않고 꿰뚫어 볼 수 있는 능력을 말한다. 공간적인 거리는 거의 무한정이다. 그러니까 지구상에서 일어나는 일뿐만 아니라 멀리 떨어진 다른 천체나 태양계 또는 은하계와 같은 몇백억 광년이나 떨어진 곳이라도 원하기만 하면 즉시 가 볼 수 있는 능력을 말한다. 시간도 역시 마찬가지다. 과거와 현재와 미래를 통틀어 거의 무한한 시간의 장애를 넘어서 볼 수 있는 것이다.

그렇다면 숙명통과는 어떻게 다를까? 숙명통은 인간의 운명을 전생, 현생, 내세 즉 삼세를 통해서 볼 수 있는 것이지 인간의 운명 이외의 다른 사물은 여기에 포함되어 있지 않는 것이다. 그러니까 천안통은 인간의 운명 이외의 온갖 일과 현상을 볼 수 있다는 말이 된다. 선도 수련을 통해서 얻게 되는 투시 능력은 바로 이것을 말하는 것이다. 투시할 수 있는 시간과 공간의 범위는 순전히 수련자의 능력에 따라 차이가 날 수밖에 없다. 실제로 내가 아는 수련생 중의 한 사람은 다른 천체에 갔다가 온 사람도 있다. 물론 그의 몸뚱이가 갔다 온 것이 아니라 유체이탈로 갔다 온 것이다. 이것을 영안(靈眼)이 트였다고도 한다. 육체의 시각의 한계를 벗어나 하늘의 눈을 가진 것을 말한다.

천이통은 보통 인간의 육체의 귀가 들을 수 없는 모든 소리를 감지하는 능력을 말한다. 중생들이 속으로 부르짖는 고통의 소리는 물론이고 하늘이 내리는 경고의 소리도 들을 수 있다. 심지어 중생들의 마음의 움직임이 나타내는 소리마저 들을 수 있는 것이다.

타심통은 남이 무엇을 생각하는지 무슨 의도를 가지고 있는지 명확하게 알아내는 능력을 말한다. 몇십 년 동안 고락을 같이 해온 부부나 부모 자식 사이는 상대의 표정 하나 눈짓 하나로도 능히 그 속마음을 꿰뚫어 볼 수 있다. 이와 마찬가지로 남의 속마음을 정확히 읽어낼 수 있는 힘을 말한다. 과거 티베트에서는 외국 사신들과 담판이 벌어질 때는 바로 그 실내의 포장 뒤에 초능력자를 숨겨놓고 외국 사신들의 표정을 몰래 엿보고는 그 속셈을 알아맞추는 데 이용했다고 한다. 우리나라에도 과거에 선도수련을 많이 쌓은 사람 중에는 남의 속마음을 족집게처럼 알아맞춘 실례들이 얼마든지 있다.

그러나 이상 말한 다섯 가지 초능력은 제아무리 뛰어나다고 해도 누진통만은 못하다. 누진통을 터득한 사람은 이상의 다섯 가지 능력이 저절로 따라붙게 마련이기 때문이다. 그러면 과연 누진통(漏盡通)이란 무엇을 말하는가? 그것은 일체의 번뇌가 없어져서 미망의 세계에는 절대로 다시 빠지지 않는 것을 말한다. 다시 말해서 성통공완의 경지이고 견성의 경지이며 해탈의 경지를 말한다. 누진통이 큰 나무의 둥치라면 위에 말한 다섯 가지 능력은 그 둥치에서 뻗어나간 잔가지에 지나지 않는다. 가지가 제아무리 잘 뻗었다고 해 봤자 둥치를 따를 수 없는 것이 숙명이다. 가령 숙명통이나 천안통 능력이 아무리 뛰어난 사람이 있다고 해도 누진통에 이르지 못한 사람은 한갓 점쟁이나 무당밖에는 될 수 없다. 누진통을 이룩하지 못하는 한 다른 어떠한 능력에 뛰어나다고 해도 하나의 지엽적인 초능력자에 지나지 않는다.

그뿐만 아니라 그러한 초능력에만 집착하면 그 초능력에 지배당하고 만다. 까딱하면 직업적인 점쟁이나 돌팔이 의사가 되어 치부를 하게 되는데 그렇게 되면 물질에 눈이 어두워 마침내 그 초능력마저 잃게 되어 중병을 얻게 되거나 생명을 잃는 수가 왕왕 있다. 그래서 역대 조사들과 같은 성인도 신통력을 함부로 쓰지 말라고 경고 했다. 그렇다면 참으로 견성한 사람, 성통공완한 사람, 해탈의 경지에 도달한 사람은 구체적으로 어떠한 징후를 나타내는 것일까.

보통사람과 구도자가 다른 점

미국의 심리학자 부크는 순수의식, 곧 삼매 상태의 절정에 도달되었을 때에는 다음과 같은 증후가 나타난다고 말한다.

첫째, 그런 사람은 눈을 감고 있어도 눈 속에 환한 빛이 보이고 마음 속에도 항상 빛이 보인다.

둘째, 성품이 고도로 연마되어 도덕에 어긋나는 일을 하지 않게 된다. "나는 깨달았다", "나는 하느님을 봤다"고 말하는 사람이라도 도덕과 윤리에 어긋나는 짓을 하여, 남에게 감화를 줄 수 없다면 그는 거짓말쟁이다. 금전에 욕심을 부린다든가. 여신도들을 온갖 감언이설로 성적으로 농락한다든가, 제멋대로 분노를 터뜨린다든가 식언을 하든가 하면 일반 속인과 다를 게 없게 된다.

셋째, 지혜가 나타난다. 지혜는 지식과는 다르다. 아무리 지식이 많고 훌륭한 학벌을 가지고 있는 사람이라도 지혜가 모자라는 사람이 있다. 그런가 하면 지식은 없어도 지혜로운 사람이 있다. 지혜로운 사람은 누가 보아도 어딘가 침착한 데가 있고 사물의 이치와 도리를 잘 밝혀서 판단한다. 실례를 한 가지 들겠다. 필자의 집에 8년 동안이나 가정부로 있다가 환갑이 되어, 일을 그만 둔 아주머니에 대한 얘기는 이미 했다. 그녀는 초등학교도 못 나와서 낫 놓고 기역자도 몰랐으므로 시집을 가서야 남편한테서 한글을 깨쳤다고 한다. 남편은 6·25때 교

48

도소 간수로 일하다가 순직하고 그가 남긴 5남매를 홀로 키웠다. 그녀는 비록 지식은 없어도 지혜로웠다. 복잡한 인간관계에 얽히고설켜서 어떻게 해야 할지 실마리가 잡히지 않을 때, 나는 곧잘 그녀와 상의했다. 그녀가 일러준 대로 일을 처리하면 일은 뜻밖에도 원만하게 풀리곤 했다. 그녀는 우리집에서뿐만 아니라, 자기가 사는 동네에서도 바로 이 지혜 때문에 이름이 나서 마을 사람들의 대소사에 상담역이 되었다. 이처럼 지식과 지혜는 엄청난 차이가 있다.

넷째, 살고 죽는 생명의 실상을 잘 알고 있으므로 죽음에 대한 공포가 없어진다. 이 세상의 생명은 생겨났다가 없어지지만 그 뒤에는 영원불멸하는 우주의 실상에 합류하게 된다는 것을 깨닫는다. 이 실상이 바로 신(神)이며 불(佛)이며 도(道)이며 한이고 원리이다. 따라서 사람이 한평생 살다가 죽는 것을 일장춘몽 정도로 파악하고 있을 뿐이다.

다섯째, 죄악감이 없어진다. 기독교에서는 우리가 이 세상에 태어나기 전 인류의 조상적부터 숙명적으로 원죄가 있으므로 예수 그리스도의 십자가의 보혈에 의지하지 않고는 아무도 그 죄에서 풀려날 수 없다고 단언한다. 그러나 아무리 독실한 기독교 신자라도 속마음으로 자기는 정말 예수의 보혈로 죄에서 벗어났다고 자신 있게 말할 사람이 어디 있겠는가? 따라서 그들은 언제나 그 원죄에서 벗어날 수 없다는 숙명 속에 오직 신앙에만 매달리다가 한평생을 보내기 일쑤다. 바로 이러한 죄악감에 매어 있는 사람은 항상 자책에 빠져 위축되거나 자포자기하거나 이것이 자기도 모르는 사이에 잠재의식이 되어 언제나 죄의 중압감 속에서 허덕이게 된다. 본성을 찾은 사람, 본성에 불이 붙은 사람은 자기 자신이 바로 하느님 자신이 되므로 죄의식에 사로잡혀 지낼 필요가 없게 된다.

여섯째, 영성(靈性)이 밝아진다.

일곱째, 풍모가 바뀐다. 이것은 자기 자신보다도 남이 더 잘 알게 된다. 자기 자신은 조석으로 거울을 대하고 있으므로 자신의 변모를 잘 모른다. 가족 역시 항상 같이 지내고 있으므로 그 변화를 뚜렷이 감지하지 못하지만 오래간만에 만난 친지들은 그 변모를 금방 알아차린다. 이 밖에도 본성을 찾은 사람은 의통(醫通)이 열리는 수가 있다. 환자의 눈을 주시하거나 병이 나았다고 말만 해도 병이 낫는가 하면 손으로 만지기만 해도 난치병이 낫는 수가 있다. 예수가 앉은뱅이를 일으켜 세우고 눈먼 사람의 눈을 뜨게 하고 귀신들린 자를 고쳐주고 나병환자를 낫게 해 준 것은 바로 이 의통이 열렸기 때문이다.

딸의 해외여행 중에 있었던 일을 투시한 이야기를 하다가 엉뚱하게도 여섯 가지 초능력 즉 육신통에 대해서 아는 대로 적어보았다. 그렇다면 나는 지금까지의 수련의 결과로 무슨 능력을 얻을 수 있었단 말인가 하고 자문해 본다. 나 자신의 전생의 한 모습을 볼 수 있었던 것은 숙명통의 극히 초보적인 현상이 아닐까 생각해 본다. 또 지금까지 그 일부가 확인된 북한에 살고 있는 내 가족에 대한 투시 현상은 천안통의 지극히 초보적인 단계가 아닌가 생각해 본다. 그러나 그것도 언제나 원하는 대로 투시가 가능한 것은 아니다. 어쩌다가 기운이 잘 들어오고 비몽사몽간의 입정(入定) 상태에 들었을 때에 한한 일이다. 어찌 생각하면 내 경우 초능력이란 거론할 가치조차 할 수 없는 일로 여겨진다. 그러나 그러한 현상이 전연 안 일어난 것에다가 대면 약간의 진전은 있었음을 알 수 있다. 바로 이것이다. 수련이 약간씩이나마 진전되고 있다는 데 의미가 있는 것이지 초능력이 발휘되었다는 데에는 별로 가치가 없다는 것을 알 수 있다.

뿌리와 본줄기가 튼튼하게 자라다 보면 어느새 잔가지가 뻗어나가는 것은 자연의 이치다. 바로 이 잔가지에 현혹되어 뿌리와 둥치를 키우는 일에 소홀히 해서는 안 된다는 것을 스스로 다짐해 본다. 이렇게 볼 때 여러 관중들 앞에서 자기의 초능력을 과시해 보이는 사람들은 바른길에서 벗어난 지극히 유치하기 짝이 없는 어린애 장난 같은 짓을 하여 옆길로 한참 빗나간 사람들임을 알 수 있다.

이 밖에도 선도의 깊은 경지에 들어 견성한 사람에게는 도저히 움직일 수 없는 물리적이고 생리적인 특징이 나타난다. 그것은 먹지 않아도 배고픈 줄 모르고, 자지 않아도 졸리지 않다는 것이다. 이러한 현상은 역대 선배 선도 수련인들의 실례에서도 확인할 수 있는 일이고 현재에도 깊은 경지에 들어 본성에 불이 붙은 수도인에게서 필자가 직접 확인도 해 본 일이다. 우리나라뿐 아니라 인도의 요기들 중에도 이런 사람은 허다하다. 실제로 땅 속에서 40일 동안이나 먹지도 않고 배겨낸 실례들이 있다. 인도 빈민구제에 일생을 바치고 있는 저 유명한 테레사 수녀 같은 분도 거의 식사를 안 하거나 해도 극소량밖에는 안 하는 것으로 널리 알려져 있다. 이러한 현상은 수도승 중에서도 흔히 볼 수 있다.

적어도 우리의 생리구조가 이 정도로 변하지 않고는 함부로 견성했다고 말할 수 없다. 전연 자지 않고 먹지 않는다는 것이 힘이 든다면 하루에 세 시간 정도 수면으로 만족할 수 있고 밥도 하루에 한끼 정도로 지낼 수만 있어도 상당한 경지에 들었다고 할 수 있을 것이다. 물론 이 정도의 수면과 식사를 취하고도 정상인 이상으로 건강해야 할 뿐 아니라 초능력까지도 원한다면 구사할 수 있어야 한다. 최소한 이쯤은 되어야 한다. 그렇지 않고는 함부로 수련 정도를 자랑할 수 없는 일이다. 자랑할 수 없을 뿐만 아니라 막상 이 정도에 이른 사람이라면 자신의 능력을 구태여 남에게 과시하거나 자랑하려 들지 않을 것이다.

혹 후배 수련자들에게 교육시킨다는 입장에서 잠시 자신의 초능력을 보여줄 수는 있겠지만, 이 세상에서 초능력으로 명성을 얻거나 치부를 해보겠다는 발상 자체가 아직 수련이 한참 덜되었다는 증거가 아닐까 한다. 세속적인 명예나 부는 진정한 수도와는 하등 관계가 없을 뿐만 아니라 오히려 방해가 되기 때문이다. 따라서 수련인들은 생명이 위급하거나 그 밖의 어쩔 수 없는 필요에서가 아닌 이상 절대로 자신의 초능력을 보여주지 않는 것을 불문율로 삼고 있다. 유리 겔라가 스푼을 구부리고 배추씨의 싹을 틔우고 고장난 시계를 고치는 것과 같은 초능력을 과시하는 행위는 진정한 수도와는 아무 상관도 없는 일이다.

1988년 9월 28일 수요일 13~25도 갬

어제보다 기운이 한결 더 잘 들어온다. 전에는 정좌를 해도 그때그때의 컨디션에 따라 기운이 들어오기도 하고 안 들어오기도 하고 또 들어오는 양도 늘었다 줄었다 대중이 없었다. 선원에서 정좌 수련을 하다가도 어떤 땐 곧잘 들어오다가 또 어떤 때는 시원치 않게 들어오든가 아예 막혀버리기도 하여 수련을 걷어치우고 일어나 나오기도 했었다. 그런데 요즘은 희한하게도 아무 때나 어느 장소를 막론하고 앉기만 하면 기다렸다는 듯이 기운이 들어온다.

오후 6시부터 7시 40분까지 줄곧 선원에서 정좌 수련을 했다. 오래간만에 입정 상태에 들었다. 투시나 해볼까 하고 나도 모르게 생각하니 과연 뜻대로 되었다. 7시 좀 못 미쳐서였다. 아내가 버스를 타고 앉아서 무심히 창밖을 내다보는 모습이 비친다. 그런가 하면 요즘 자주 만나 대화를 나누는 노재철 씨가 자가용을 운전하는 모습도 비친다. 이북의 어머니를 떠올려 보았다. 하얀 수건을 쓴 어머니가 냇가의 채마밭을 가꾸고 있었다. 그 장면이 스러지자 이번에는 늘 하던 대로 아들과 딸애가 텔레비전 앞에서 치고받고 장난질하고 있었다.

귀갓길에 전철간에 앉아서도 기운이 줄기차게 들어왔다. 마음이 차분하게 가라앉으면서 편안하고 즐겁다. 밤 10시 10분경 서재에서 좌정에 들어갔다. 곧 입정 상태에 들자마자 어머니를 불러 보았다. 낮에 채마밭 가꾸는 것을 얼핏 보았기 때문에 좀 더 구체적으로 보고 싶어서였다.

어머니는 그 채마밭에서 채소를 솎음질하는데, 거무스름한 헤어진 교복 같은 것을 입은 열서너 살쯤 된 사내아이들이 어머니 주위에서 왔다 갔다 한다. 중년의 사내와 그의 아내인 듯한 여인도 남루한 옷차림으로 나타났다. 내 동생 도영이는 43년생이니까 지금 살았으면 46세다. 30이 넘어서 결혼을 했다면 아이들 나이가 열서너 살밖에는 안 되었을 것이다. 그런데 나는 지금껏 그저 막연히 조카들이 있다면 18, 19세쯤 되었으려니 생각했었다. 실상과는 거리가 먼 상상을 하고 있었다는 것을 알 수 있다.

나는 어느덧 그간의 경험으로 미루어 투시 현상에 신뢰를 갖게 되었다. 누이와 매부도 비춰보았다. 전과 같이 아이는 안 보이고 얼굴의 원형이 또렷한 환갑이 넘은 늙은 모습으로 나타난다. 누이는 나보다 일곱 살 위니까 63세. 매부는 그보다 두 살 위인 65세가 되었을 거고. 누이동생 금옥의 모습도 또렷이 보인다. 나이를 따져보니까 48세다. 어렸을 때의 미모의 흔적을 그대로 간직하고 있다. 과연 별명 값을 나이 들어서도 한다고 여겨졌다. 그녀의 별명은 '이쁜이'였던 것이다.

작년 3월 14일에 작고한 문우 신석상을 떠올렸더니 그 모습이 어쩐지 희미하게 나타난다. 미국 이민간 장인 장모의 모습이 아주 생시처럼 또렷하게 나타난다. 특히 장모의 표정이 아주 생생하다. 두 노인이 침대 옆에 앉아 뭐라고 얘기를 주고받다가 장모가 장인을 눈으로 꼬집듯 하는 흔히 지어 보이던 표정을 짓는다. 목사이며 반핵운동가이며 평론가인, 나와 같은 전업작가회 회원인 정하은 씨가 침대에 누워 있고 그 옆에 부인이 눈물짓는 모습이 보인다.

1988년 10월 3일 월요일 13~24 갬

그저께 서재에서 좌선 중에 실로 묘한 현상이 일어났었다. 비몽사몽 간에 대선사의 좌정한 모습 수십 개가 온 공간을 메우면서 나를 향해 위에서 덮쳐 내려오고 있었다. 어젯밤에는 한밤중에 자다가 나도 모르게 잠이 깨었는데, 가만히 나 자신을 살펴보니 호흡을 할 때마다 율동적으로 기운이 백회로 들어오는 것이었다. 이처럼 기운이 들어오면서 유통되자 마치 보일러에서 데워진 물이 온돌을 구석구석 데워주듯 내 온몸을 데워놓는 것이었다. 한동안 그러고 있으니까 몸이 달아오르면서 덮었던 이불을 나도 모르게 걷어찼다.

1988년 10월 15일 토요일 9~23 갬

어제부터 백회와 상단전으로 들어오는 기운의 양이 갑자기 늘어나기 시작했다. 특히 상단전에 시원한 기운이 묏뿌리에 걸린 구름처럼 맴돌고 있다. 주먹만 한 선풍기가 한 대 공중에 매달려 있으면서 상단전으로 시원한 바람을 끊임없이 보내주고 있는 것 같다.

그동안 슬그머니 마음 한 모퉁이를 갉아먹어 들어온 소외감, 그리고 요즘 창작을 쉬고 있는 데서 오는 초조감 따위가 흔적도 없이 사라지는가 하면 느긋한 마음의 여유가 생겨난다. 거의 하루 종일 이러한 기세로 기운이 들어온다. 하도 강하게 기운이 들어오니까 백회에 아릿한 통증이 일 정도다. 잠자리에서도 의식이 깨어 있는 한 기운은 계속 퍼붓듯 쏟아져 들어온다.

어떤 때는 상단전 부위가 뻐근하고 묵직한 저울추가 짓누르는 것 같으면서도 시원한 기운이 계속 감돌고 있다. 따라서 마음이 잔잔한 호수처럼 차분하게 안정된다. 그전 같으면 벌컥 화를 낼 일이 생겨도 마음이 흔들리지 않는다. 일단 화가 치밀어 오르다가도 이래선 안 되지 하는 소리가 귀에 들리는 듯하여 자제력이 발동되곤 한다.

1988년 10월 18일 화요일 9~21 갬

식량이 조금씩 줄어든다. 전에도 경험한 일이지만 기운이 강하게 들어올 때는 언제나 식량이 줄어드는 함수관계가 양자 간에는 있는 것 같다. 도인이나 신선들이 이슬만 먹고도 산다는 말이 허황된 소리가 아님을 알 수 있다. 또 하루 한끼만 먹든가, 빵 한 쪽과 물 한 컵만으로 생활하는 현대인도 이 때문에 생존할 수 있는 모양이다. 그들은 알게 모르게 기운을 흡수하기 때문에 그런 일이 가능한 것이다.

기운은 에너지다. 이렇게 에너지를 보충하지 않는다면 무슨 수로 그처럼 소량의 식사로 연명할 수 있겠는가? 식량이 줄어드는 것과 식욕이 떨어지는 것과는 상당한 차이가 있다. 식욕이 떨어지면 우선 기운이 떨어지고 의욕이 줄어드는 게 정상이다. 그런데 지금의 내 경우 단지 식량이 줄어들었다 뿐이지 식욕이 없는 것은 아니다. 식욕은 여전한데 그전에 먹던 양의 반만 먹어도 배가 부른 것이다. 그래도 기운이 줄어드는 일은 없다.

또 한 가지 변화는 식사 때가 되어도 그전처럼 못 견딜 정도로 배가 고프지 않다는 것이다. 간혹 허기가 일더라도 단전에 의식을 집중하고 있으면 어느덧 시장기는 사라진다. 신기한 일은 끼니때가 지나도 속은 언제나 든든하다는 것이다. 며칠 전부터 생겨난 현상이다. 여느 때 같으면 일요일에 등산을 하고 나면 기운이 소모되어서 그런지 월요일, 화요일, 수요일까지는 식욕이 왕성하여 많은 밥이 먹히곤 했는데 그런 현상도 없어졌다.

1988년 11월 14일 월요일 0.5~8℃ 갬

지난 목요일부터 또다시 식량이 줄어들면서 기운이 부쩍 많이 들어 온다. 특히 백회와 인당에서 활발한 운동이 벌어지고 있다. 이 두 경혈 에서 각각 대여섯 살 어린이의 손바닥 넓이만 한 부위에 수백 마리의 개미떼가 일시에 설설 바쁜 걸음으로 기어가는 것 같은 느낌이다.

그런가 하면 그 부위에 시원한 액체가 흘러넘치고 있는 것 같기도 하다. 전에는 정좌 수련을 해야만 그런 상태를 경험할 수 있었는데 이 제는 깊이 잠든 시간을 빼놓고 의식이 깨어 있는 한 장소와 시간을 가 리지 않고 늘 그렇다. 특히 몸이 피로하거나 수면 부족일 때에는 기운 이 더 많이 들어온다.

세 가지 공덕

무위자연을 표방하여 은둔생활을 권장하는 지나의 도교와는 달리 우리나라 선도는 예부터 세 가지 공덕을 내세우고 있다. 이 공덕을 쌓으면 수련의 진도가 빨라지고 성과도 빨리 오른다고 한다. 그것이 무엇인가?

첫째 법을 전하는 것, 둘째 의통을 베푸는 것, 셋째가 궁핍한 이웃을 물질적으로 돕는 것이다. 남을 도울 만한 풍부한 재산도 없고, 병든 사람을 치료할 만한 의술도 없는 내가 할 수 있는 일은 고작 법을 전하는 것 정도이다. 이스라엘의 상고사가 유태교와 불가분의 관계에 있는 것과 같이 우리나라 상고사는 선도와는 뗄래야 뗄 수 없는 유기적인 관계를 맺고 있다. 우리나라 상고사는 어찌 보면 선도의 역사라고 해도 과언이 아니다. 따라서 우리나라의 잃었던 상고사를 제대로 찾는다는 것은 선도의 역사를 되찾는 것과도 같은 것이라고 할 수 있다.

요즘 수련이 이처럼 진척을 보이고 있는 것은 혹시 내가 국민대에서 학생들에게 상고사 복원을 위한 역사 찾기 강연을 했기 때문일까 하는 생각도 해본다. 앞으로 더 많은 법을 세상에 전하라는 격려의 메시지 같은 느낌이 든다. 기운이 이렇게 활발하게 들어올 때는 될수록 그 기운을 운용하라고 한다. 그러면 더 많은 기운을 받아들일 수 있다고 한다. 기운을 받아들이기만 하고 쓰지 않는 것은 샘물이 우물에 고이기만

58

하고 흐르지 않는 것과 같다고 한다. 샘물도 장시간 고여 있으면 썩기 마련이다. 기운도 그렇다는 것이다. 기운을 쓴다는 것은 무엇을 말하는가? 단공과 같은 전신 운동을 하여 기운이 전신에 골고루 퍼져 나가게 하거나 활공을 하여 다른 사람에게 기운을 넣어주는 방법이 있다.

가장 간단한 방법은 다른 수련자의 경혈에 중지나 손바닥을 대어 기운을 넣어주는 것과 떨어져 앉아 있는 자세로 보내주는 방법도 있다. 나는 이 두 가지를 실험해 보았다. 내가 잘 아는 수련생을 골라 기를 넣어 보았다. 주로 장심과 인당으로 기를 넣어주었다. 상대의 장심에 내 중지를 대고 의식으로 기운이 들어간다고 생각하면 된다. 그러자 공기가 꽉 찬 타이어에서 공기가 덜 찬 타이어로 흘러 들어가듯 기운이 상대의 장심으로 빨려 들어가는 것을 알 수 있었다. 그와 동시에 나의 백회와 상단전을 통하여 빠져나가는 것 이상으로 강한 기운이 몰려 들어 오는 것을 느낄 수 있었다. 이렇게 되니 내 몸은 일종의 전기 변압기와 같이 에너지를 전달해 주는 역할을 하는 것이다. 샘물을 퍼내면 더 많은 샘물이 고이는 것과 같은 원리다. 또 어찌 생각하면 불붙은 횃불은 아무리 다른 곳에 불을 옮겨 주어도 줄어들거나 꺼지는 일이 없이 계속 활활 타오르는 이치와 같다고 할 수 있다.

그런데 내 기운을 받는 사람들이 느끼는 감각이 일정치 않았다. 나는 분명 내 쪽에서 기운이 물줄기마냥 흘러 들어가는 것을 느끼는데도 기운을 받은 상대방은 아무 느낌도 못 받는 수가 있었다. 그런가 하면 그것을 뚜렷이 감지하는 사람도 있다. 곰곰이 생각해 보니 그것은 수련 정도의 차이 때문이었다. 수련이 깊어질수록 시각, 청각, 촉각, 후각, 미각이 예민해진다. 수련 전에는 마비되었던 감각이 원상회복이 되면서 그전보다 더 예민해지는 것이다.

이상 말한 다섯 가지 감각뿐만이 아니고 육감, 즉 직감까지도 발달하게 되는 것이다. 직감이 발달하면 예지력과 통찰력도 발달하게 된다. 수련을 통한 감각 회복 정도는 사람에 따라 천차만별이다. 내 경우는 후각과 촉각이 다른 감각보다 유달리 더 예민하다. 기운이 들어오고 나가는 것을 아는 것은 바로 촉각이 민감하기 때문이다. 수련을 통해서 나는 후각이 유달리 예민해졌는데, 이제는 눈을 감고도 내 앞을 지나가는 사람의 연령과 성과 건강상태는 알아맞출 수 있을 것 같다.

1988년 11월 21일 월요일 3～-1℃ 갬

오늘도 여느 날과 달리 하루 종일 기운이 대하(大河)와 같이 도도히 머리 전체로 흘러 들어온다. 선원에서 수련할 때는 하도 세차게 기운이 들어오는 통에 황홀할 지경이었다. 그런데도 무슨 형상이 나타나거나 투시 현상이 일어나는 일은 없다. 작은 변화임에 틀림없다. 미구에 큰 변화가 일어날 것 같은 예감이 든다. 무심코 거울에 얼굴을 비추어 보았다. 환한 빛이 발산하는 것 같다. 보얗게 피어나는 복사꽃 같다는 느낌이 든다. 기분도 전에 없이 상쾌하고 마음이 까닭 없이 즐겁다.

1988년 11월 25일 금요일 -3～1℃ 갬 바람

요즘 들어 단전이 더욱 단단해지고 찰고무 마냥 탄력이 생겨서 내가 보기에도 대견하다. 그전 같으면 지금과 같은 환절기에는 으실으실 한

기를 느끼든가 심한 재채기를 하게 되면 영락없이 감기로 며칠씩 앓게
마련인데, 이젠 그렇지 않다. 선원에서 도복 한 겹만 입고 세 시간이나
지냈는데도 끄떡없다. 그동안 내 체질이 그만큼 강화된 것이다. 이 밖
에도 두드러진 변화는 식량이 현저히 감소된 것이다. 때가 되면 시장
기가 들게 마련인데 이제는 그렇지 않다. 끼니때가 되어도 배고픔을
모르겠다. 먹어도 그만 안 먹어도 그만이다. 8시에 먹던 저녁을 11시
반에 들었는데 그동안에 별로 허기를 느끼지 못한다.

식량이 줄어드니까 체중도 줄어들기 시작했다. 그런데도 안색이 나
빠지지 않고 힘도 줄어들지 않았다. 식량이 줄고 안색도 나빠지고 기
력도 줄어든다면 그건 틀림없이 병일 것이다. 병이 아니라는 것은 요
즘 등산 시에도 입증이 되었다. 전보다 힘을 덜 들이고도 더 빨리 같은
코스를 탄다. 사람은 나이 들수록, 특히 50줄이 넘은 사람은 기력이 급
속도로 줄어드는 게 정상이다. 그런데 나는 분명 그와는 정반대 현상
을 체험한다. 수련이 아니라면 어찌 이런 일을 기대나 할 수 있으랴.
수련초기에도 기력이 갑자기 세어지는 현상이 있었지만 들쭉날쭉이었
다. 꾸준한 상승 곡선을 긋는 것은 아니었다. 그런데 지금은 차분히 안
정된 상태에서 지속적으로 기력이 향상되고 있다.

1988년 12월 7일 수요일 5~14℃ 갬

점심을 설쳤더니 4시경부터 시장기가 왔다. 그런 걸 무릅쓰고 선원에
서 수련에 들어갔다. 뜻밖에도 기운이 엄청나게 들어온다. 허기가 질
때 수련을 하면 전에는 허기에 신경이 쓰여서 오히려 수련이 안되었는

데, 지금은 그와 반대다. 수련도 더 잘되고 기운도 더 많이 들어온다. 백회와 단전이 속이 텅 빈 관으로 연결되어 있어서 기운이 위에서 무한정 쏟아져 들어오는 것 같다. 한 시간 동안 계속 기운을 받아들였다. 기분이 황홀하고 내 세상 만난 것 같다. 불안도 초조도 시름도 다 사라져버리고 구름 위에 둥둥 떠가는 깃털마냥 홀가분하면서도 마음은 무쇠덩이처럼 차분히 가라앉는다. 승유지기(乘遊至氣)란 이런 경지일까? 이미 나라고 하는 존재는 거대한 우주 속에 합일되어 녹아버렸다.

나를 버리고 잊는 곳에 우주와의 합일이 있고, 여기서 환희심이 샘솟는다. 정의와 불의, 선과 악의 개념은 '나'를 중심으로 하는 아전인수격의 사고방식에서 생겨난다. 나를 버리고 비우는 곳에서만이 참된 깨달음과 화합이 있고 조화가 있다. '내'가 있는 곳에는 비교, 욕심, 전쟁, 갈등, 경쟁, 파괴가 있을 뿐이다. 개인주의가 극도로 발달한 서구문명의 몰락은 바로 여기서 엿볼 수 있다. 단학 수련은 머리로 이해하고 추리하고 연역하고 사고하는 것이 아니라 감각과 직감으로 자기도 모르게 깨닫는 것이다. 따라서 선도에는 세속적인 의미의 스승은 있을 수 없다. 선도의 스승은 다만 제자에게 방향만 제시해줄 뿐이다.

자기 자신의 몸과 마음이 스승이다. 감각과 체험을 통해서 진리는 저절로 깨달아진다. 정(精)이 충만해지고 기운이 몸안에 꽉 차게 되면 저절로 정신이 밝아지면서 집중이 된다. 이 경지에 이르면 잡념은 자연히 가라앉게 되고 심파(心波) 역시 안정되어 내면세계의 변화를 예의 주시할 수 있게 되고 호흡 속에 의식이 녹아들어 무아의 경지에 이르러 대우주의 본령, 다시 말해서 '한'과 공(空)과 본성(本性)과 하느님과 합쳐지게 된다.

정기(正氣) 즉 올바른 기운이 몸속에 머물게 되면 사기(邪氣)는 스스로 알아서 도망을 치게 된다(正氣留則風邪自走). 따라서 사람은 누구나 자기 자신 속에 세상만사를 깨달을 수 있는 지혜와 능력을 가지고 있는데 이것도 모르고 외부에서만 모든 것을 구하려고 한다. 나는 나 자신의 의사요, 약이고 구원자이고 내 속에 도가 있고 하늘이 있고 진리가 있고 우주가 있다. 내가 우주고 도이고 하느님인 것이다. 그런데 내가 길이요 진리요 생명이니 나로 말미암지 않고는 하늘나라에 갈 자가 없느니라 하고 자신 있게 말할 수 있는 사람이 몇이나 되는가?

1958년 전에 예수가 이런 말을 거리낌 없이 했을 때 그는 이미 신인합일(神人合一)의 경지에 도달해 있었다. 그런 의미에서 예수 그리스도는 진리를 깨달은 도인이었고 신선이었던 것이다. 그는 그 자신이 하느님의 아들임을 자부했고 온갖 초능력을 발휘하여 이를 스스로 입증하려고 했다. 예수는 근 2천 년 전에 신선이 되었지만, 단군왕검 성조는 4321년 전에, 그리고 거발한 환웅천황은 5885년 전에 이미 신선이 된 우리들의 조상이다. 이 밖에도 18명의 배달국 환웅천황들과 47명의 단군조선 역대 임금들을 비롯하여 우리나라와 동양에는 신선의 경지에 든 사람이 부지기수였다. 다만 세상에 널리 알려져 있지 않았을 뿐이다. 이 모든 것은 사람들이 곧 하느님이라는, 우리 민족의 전통 신앙을 입증하는 자료들이다.

그렇다. 사람은 바로 하느님 자신인 것이다. 그런데 우리 속인들이 자신을 하느님이라고 자신 있게 말할 수 없는 것은 하느님과 너무 동떨어져 있기 때문이다. 나를 내세우고 아집에 빠져서 욕심을 채우려다가 우리는 하늘과 너무 멀어지게 된 것이다. 하늘과 가까이 하고 하늘과 일치가 되는 길은 우리가 하늘과 멀어진 그 과정을 거꾸로 거슬러 올라가면 된다. 다시 말해서 나를 버리고 내 욕심을 버리고 그릇된 원죄의식까지도 버리면 자연히 하늘과 가까워지고 원래의 본성으로 되돌아가게 된다.

어떻게 하면 그렇게 될 수 있을까? 신앙과 기도를 통해서 이에 접근할 수 있다고 한 것이 종교이고, 누구나 스스로 심신을 수련함으로써 이에 도달할 수 있다고 한 것이 우리 민족의 전통적인 접근 방법인 선도이고 단학인 것이다. 전자의 대표적인 종교가 기독교, 회교이고 후자가 바로 선도와 이에서 파생된 도교와 불교이다. 그러나 도교, 불교는 장구한 세월에 걸쳐서 정치의 도구로 전락되고 기복신앙과 뒤섞이고 해당 지역 주민의 특성과 융합되고 이질화되고 세속화되어 복잡다단한 형식과 절차로 양식화되어 그 본래의 목적이 흐려졌다.

그러나 선도만은 단군조선이 멸망된 이래 점차 쇠퇴하여 삼국시대를 거치는 동안 명맥을 이어오다가 고려 때부터는 몽골의 침략과 간섭과 사대주의(事大主義), 모화(慕華)사상의 득세로 아예 지하로 잠적하여 8백여 년의 긴 동면 끝에 이제 겨우 기지개를 켜게 되었다. 좀 더 정확히 말하면 김부식의 『삼국사기』가 완성된 고려 인종 때, 서기 1145년을 기점으로 삼는다면 꼭 844년 전에 선도는 지하에 들어간 것이다. 김부식의 『삼국사기』를 통해서 이 나라에는 사대 모화사상이 사상적으로 확고히 뿌리를 내렸기 때문이다.

1988년 12월 20일 화요일 1~5℃ 갬

저녁 아홉 시에 귀가했더니 한옥련 아주머니가 기다리고 있었다. 우리 집에 8년 동안이나 가정부로 있다가 환갑이 되자 자녀들의 권유로 하던 일을 그만 둔 뒤로는 줄곧 불도에 열심이라 한다. 강화 전등사에서 3천배를 하는 동안 신기한 치유능력도 얻게 되어 가난한 환자들을 어루만지는 것만으로 숱하게 치료해주었단다. 특별한 용무가 있어서가 아니라 5개월 만에 그냥 지나가다 들렀단다. 수도 생활을 해서 그런지 그녀의 얼굴에는 내부에서부터 범치 못 할 빛이 밖으로 발산되는 것 같은 느낌을 받았다.

"아주머니, 요즘도 절에 자주 다니시죠?" 내가 물었다.

"늙은이가 먹고 할 일이 있어야죠. 절에나 자주 갈밖에."

"아주머니 요즘 수도가 잘되시죠?"

"그걸 어떻게 아시우?"

"얼굴에 다 씌어 있는 걸요."

"아이구, 좋아라."

"아주머니 손 좀 내보이세요. 제가 기운을 넣어드릴 테니 그 기운을 받아들인다고 생각하세요."

"아이구 고마와라, 내가 다니는 절에도 용한 도승이 이따금 들러서 기를 넣어준다우" 하면서 손바닥을 무릎 위에 폈다. 중지를 그녀의 장심에 대자마자 수도꼭지에서 콸콸 쏟아지는 물줄기마냥 기운이 빨려 들어감을 느낄 수 있었다. 한 3분 넣어주다가 말고,

"어떠세요?"

"따뜻하고 시원한 기운이 폭포처럼 막 쏟아져 들어와요."

이만큼 감각이 회복되었다면 그녀의 수도가 대단히 높은 경지에 올라 있음을 알 수 있었다. 그녀는 내 얼굴을 요모조모 살펴보더니,

"현아 아빠 얼굴이 어쩐지 부처님 얼굴을 닮아가는 것 같네" 했다.

"그 말을 들으니 얼굴이 뜨거워지네요."

듣기 좋으라고 한 말이겠지만 기분이 좋았다. 내 수련이 약간은 진전을 보았다는 것을 객관적으로 인정받는 것 같아서 말이다.

단기 4322(1989)년 1월 10일 화요일 5~8℃ 비

해가 바뀌고도 열흘이 되었다. 그동안 수련은 꾸준한 상승곡선을 긋고 있다. 그렇다고 이렇다 할 변화가 있는 것은 아니었다. 안파견 환인 천제가 한국 연방을 세운 지 금년이 9186년째 되는 해다. 거발한 환웅 천황이 배달국을 세운 지는 5886년이 되었고, 단군왕검이 단군조선을 세운 지는 4322년, 서기로는 1989년이다. 선도수련을 시작한 것이 3년 전 1986년 1월 28일부터니까 이달로 만 3년이 된 셈이다.

그동안 나는 솔직히 말해서 수련에 뚜렷한 진전을 보아온 것이 사실이다. 단학 수련에 대하여 그동안 나는 기회가 닿는 대로 글도 쓰고 강연 같은 것도 하면서 이 소중한 법을 여러 사람들에게 전하려고 애도 써 보았다. 내 글을 읽고 단학 수련을 시작한 사람도 한둘이 아니다. 따라서 이 방면에선 약간의 공덕이 있다고 할 수 있다. 그러나 나와 일상생활을 같이하는 내 가족에게는 지금껏 이 법을 전하는 데 별 성과를 거두지 못했음을 솔직하게 자인하지 않을 수 없다.

이것이 나를 항상 우울하게 했다. 아내에게 전하려고 시도했지만 겨우 선원에 6일간 나가는 것으로 끝나버렸고 두 아이들에게 전해보려고 여러 가지로 시도해 보았지만, 지금껏 이렇다 할 성과를 올리지 못했었다. 물론 기회 있을 때마다 단전호흡이 얼마나 몸에 좋고 집중력을 길러주어 공부하는 데도 큰 능률을 올릴 수 있는가를 열심히 설명해 보았지만 별 호응을 못 얻어 왔다. 아내는 시간이 없어서 못하고 아이들은 관심이 없어서 못하는 판이었다. 열심히 설명을 하고 설교를 한다고 해서 될 일이 아니었다.

선도수련은 자기 스스로 하겠다는 확고한 의지가 선행되어야 한다. 호기심만으로 될 일도 결코 아니다. 생각 끝에 나는 내가 빨리 견성의 경지에 도달하여 아내나 아이들이 갑자기 몸이 아플 때 어루만져주기만 해도 아픔이 싹 가실 정도의 치유능력이 생길 때까지는 별 수 없다고 생각하게 되었다. 이치로 깨닫지 못할 때는 체험으로 깨닫게 하는 수밖에 없을 것이기 때문이다.

1989년 1월 23일 월요일 3~5℃ 비

오후에 선원서 정좌 수련 중, 뚜렷한 모습을 갖추지 않은 황금빛 또는 적황빛 형상들이 무수히 나타났다가 사라진다. 그러다가 상단전에 황금빛이, 주위를 환하게 밝히는 것이 눈에 보이는 것 같았다.

대시전(大始殿)

1989년 2월 6일 월요일 -3∼-7℃ 갬 설날

11시에 며칠 전에 약속한 대로 신사동 선원에서 대선사, 최창주 씨 등과 마리산으로 향했다. 설날이라 묘지 참배객 차량들로 도로가 붐벼서 2시경에야 마리산 입구에 겨우 도착했다. 3시에야 참성단에 올랐다. 제주, 부산, 대구, 대전, 수원 등지에서도 많은 수련생들이 이미 도착하여 제물을 준비해 놓고 있었다. 3년 전 10월 18일에 왔을 때(졸저 『소설 한단고기』 192 - 203쪽 참조 바람)보다는 모든 것이 안정된 것 같은 기분이 들었다.

단학 수련생들이 미리 와서 제물을 준비하고 출입금지 표지판을 제단 층계 밑에 설치해 놓고 지키고 있었기 때문인지 숱한 사람들이 미끄러운 빙판길을 무릅쓰고 올라왔건만 감히 제단 위로 올라갈 생각들은 하지 않고 제단 주위에 서서 주변 경치를 감상하다가 내려가곤 했다. 어쨌든 그때보다는 분위기가 정화된 것 같아 마음이 흡족했다. 그러나 우물 옆에 서 있던 오리나무는 간 곳이 없고 우물엔 양철 씌운 판대기가 덮여 있었다.

3년 전에 올라왔을 때는 단학 수련을 단독으로 시작한 지 9개월쯤 되었었는데 백회가 열리기 전이어서 느끼지 못했던 것을 이번 기회에는 확연히 느낄 수 있었다. 참성단 입구에서부터 우선 들어오는 기운이 달랐다. 참성단에 가까워질수록 그 기운은 그 밀도와 강도가 짙어졌다. 단군왕검께서 이곳에 제단을 마련했을 때, 이미 이러한 기운이 모이는 명당임을 환히 알고 있었을 것이다. 백회와 상단전 그리고 내 온몸의 경혈로 성스러운 하늘의 기운이 끊임없이 스며들어옴을 감지할 수 있었다.

더구나 대선사의 집전으로 천제를 지낼 때는 그 기운이 폭우마냥 쏟아져 내림을 의식했다. 천제 지내고 제사 음식 나누어 먹고 한 시간쯤 휴식을 취했다. 멀리 제주도에서 잎사귀 달린 단감을 선물로 가져온 회원들이 인상적이었다. 그들은 비행기를 타고 천제를 지내려고 달려온 것이다. 그 정성에 저절로 머리가 숙여졌다. 옆에 앉은 최창주 씨가 참성단의 정기가 눈에 보인다고 했다. 하늘을 향해 눈앞을 응시하니까 과연 눈꽃의 결정체가 축소된 것 같은 갖가지 까만 형상들이 무수히 떠돌아다니는 것이 보였다.

하산하다가 환단학회에서 운영하는 대시전(大始殿)에 참배했다.『환단고기』에 보면 11세 단군 도해 임금 때 환웅천황을 모신 대시전을 세웠다는 기록이 나오는데 여기에서 따온 이름인 것 같았다. 건평 10여 평밖에 안 되어 보이는 기와집 안에는 꼭 초등학교 학생들의 조각 실습품 수준의 서툰 솜씨로 된 환웅천황상이 가운데 모셔져 있고, 나라에 신명을 바친 역대 제왕과 충신들의 초상이 좌우에 진열되어 있는데 빛이 바래어져 초라하기 짝이 없었다. 두 노파가 건물을 지키고 있었는데, 그녀들은 참배객들에게 열띤 어조로『환단고기』의 줄거리를 설명해 주고 있었다.

"10월에 대시전을 세우도록 명령을 내려 준공되었는데 매우 웅장하고 화려했다. 그 안에는 돌아가신 환웅천황의 모습을 그린 초상화를 받들어 모셨는데 그 머리 위에는 광채가 번쩍번쩍하여 큰 해와 같았다. 그 둥근 빛은 온 우주를 비추고 있었고 박달나무 밑 무궁화 위에는 천제가 앉아 있는데 마치 하나의 살아있는 신이 둥근 원의 한가운데 좌정한 것 같았다. 천부인을 가진 대원일(大圓一)의 그림을 누전에 걸어 놓았는데, 이를 거발한이라고 했다. 단제(檀帝)가 사흘 동안 재계하고 이레 동안 강론을 하니 온 세상이 감동해 마지않았다."

제 11세 단군 도해 임금 원년(서기전 1891)조의 기록이다. 대시전의 원래의 모습이 얼마나 웅장하고 장려했었는지 알만하다. 지금 눈앞에 서 있는 대시전과는 하늘과 땅의 차이가 있어, 황량한 느낌마저 들었다. 갈 때와 마찬가지로 돌아올 때도 최창주 씨의 차에 편승했다. 그와 끊임없는 도담을 나누는 동안 지루한 줄도 모르고 유쾌한 여행을 할 수 있었다.

갈 때보다 돌아올 때는 더 많은 기운이 들어왔다. 국조와 조상에게 제사를 지내는 일은 과연 하나의 큰 수련임이 틀림없다는 생각이 자꾸만 굳어진다. 더구나 조상들의 얼이 깃든 성지에서의 천제(天祭)는 그 효과가 배가 되는 것 같았다. 기운이 하도 강하게 들어오니까 순간순간 한기까지 느낄 정도였다. 최창주 씨는 단학 공부 시작한 지 불과 반년 남짓 만에 심신은 말할 것도 없고 인생관까지 깡그리 바뀌어버렸단다.

"이것 보세요. 몸에서 허연 가루가 이렇게 쏟아집니다" 하면서 그는 내복도 안 입은 맨다리를 바지를 걷어 올리면서 쓸어 보이는 것이었다. 아닌 게 아니라 그의 손바닥에는 허연 밀가루 같은 것이 묻어있다. 신진대사가 활발하여 죽은 세포가 가루가 되어 떨어져 나가고 새살이 돋는 현상이다.

"과연 환골탈태(換骨奪胎)를 하시는 모양이군요."

"그뿐인 줄 아세요. 열두 시쯤 잠이 들면 꼭 세 시경에 자동적으로 잠이 깹니다. 그리고 다시 잠은 안 옵니다."

"그럼 하루에 세 시간밖에 안 잔단 말입니까?"

"그렇죠."

"그럼 남들보다 하루에 다섯 시간쯤은 더 사시는군요. 남들이 하루에 보통 여덟 시간 잘 때 세 시간밖에 안자니 그럴 수밖에 없지 않겠습니까?"

"옳은 말씀입니다. 참으로 내가 생각해도 희한한 일입니다. 하긴 대선사님이나 월산장 같은 분들은 거의 수면을 취하지 않고도 견딜 수 있는데 비하면 저는 아직 햇병아리입니다만."

"이제 수련이 좀 더 진행되면 그렇게 되겠죠. 그러면 남들이 다 자는 나머지 다섯 시간 동안은 뭘 하십니까?"

"수련도 하고 명상도 하고 독서도 하고 참신한 아이디어가 연속 떠오르니까 사업계획도 세우면서 시간을 보내죠. 또 한 가지 희한한 일은 말입니다. 전 원래 술을 못했었는데, 두 달 전에는 갑자기 주량이 늘어나 두주(斗酒)를 불사할 지경에 이르더니 이제는 술이 또 싫어지는 겁니다."

"그래요? 혹 성생활 같은 데도 어떤 변화가 오지 않았습니까?"

"이것 참 함부로 누구에게 말하기 좀 거북한 일이긴 합니다만 얘기를 해야 할지, 말아야 할지 모르겠습니다."

"뭘 가지고 그러십니까? 같은 도우끼리 숨길 거 뭐 있습니까?"

"남한텐 말하지 마십시오. 창피한 일이니까?"

"아이구, 걱정 말고 어서 하십쇼. 최 선생님껜 누를 끼치지 않을 테니까요."

"제 나이 금년에 갓 쉰입니다. 그런데 단학 수련을 하고 나서 정력이 어떻게 강해지는지 한번 일을 벌이면 최소한 세 시간 길게는 일곱 시간까지도 끄떡없다니까요."

"하하 그럼 사모님이 꽤 좋아하시겠네요."

그의 말에는 나도 수긍이 갔으므로 그 진실성을 의심하지 않으므로 이렇게 말하고 나자 그는 또 말했다.

"그렇다고 기운을 너무 그런 데만 낭비하진 마십시오."

"그럼요. 그저 그렇다는 얘기지. 그 일만 너무 밝히면 수련이 제대로 되겠습니까?"

"배우자를 즐겁게 해 주는 정도라면 나쁠 것도 없겠죠. 그로 해서 가정이 화목해지면 다 좋은 일이 아니겠습니까?"

"옳은 말씀입니다. 이럴 때 까딱 잘못하면 팔난봉꾼으로 전락할 가능성은 충분히 있겠습디다. 매사에 절제라는 게 필요하다는 건 이런 때를 두고 하는 말일 겁니다."

작년 가을엔 최창주 씨가 나보다 훨씬 늦게 수련을 시작했으면서도 청띠를 먼저 매는 것을 보고 속으로 은근히 부럽기까지 했었는데, 이제는 그런 것을 초월할 수 있게 되어 마음이 가볍다. 최창주 씨는 그 사람대로 갈 길이 있고 나는 나대로 갈 길이 있는데, 굳이 그것을 비교해서 갈등을 느낀다는 것 자체가 다 부질없고 어리석은 짓으로 생각되었기 때문이다.

이렇게 차 속에 나란히 앉아 얘기로 시간 가는 줄 모르는 가운데서도 내 맘 한구석에는 마리산 산기슭에서 본 대시전과 환웅천황상이 자꾸만 떠오르는 것이었다. 우리나라에는 떼돈을 번 재벌도 숱하건만 대시전 같은 민족의 전당을 짓는 데 투자할 만한 사람이 그렇게도 없단 말인가? 또 우리나라에는 조각가도 많을 터인데 환웅천황상을 제대로 만들어 기증할 만한 조각가도 한 사람 없단 말인가? 언제까지나 대시전이 그처럼 초라하게 방치되어야 한단 말인가?

단군조선 11대 도해 임금 때 처음 세워진 대시전은 그 후 환웅전(桓雄殿) 또는 대웅전(大雄殿)으로도 불리었다. 대웅전은 불교가 이 땅에 들어오면서 슬그머니 부처를 모시는 전각으로 탈바꿈되고 말았다. 불교만큼 융화력과 토착력이 강한 종교는 이 세상에도 또 없을 것이다. 초기불교는 선교(수두교)의 엄격한 감시와 통제를 받으면서 포교를 해왔으므로 그 탈바꿈 과정은 장시간에 걸쳐 진행되었을 것이다. 그래서 불교사찰 경내에 대웅전이라는 이름이 붙은 건물을 가진 나라는 한국 밖에 없다.

그뿐인가? 4월 초8일 석탄일 역시 한국에만 있는 현상이다. 월남에서는 4월 15일이 석탄일이다. 서기 1956년 11월 네팔 수도 카트만두에서 열린 제4차 세계불교대회에서는 세계 공통 석탄일을 양력 5월 15일로 확정했다. 그렇다면 4월 초 8일은 어디서 왔을까? 이날은 바로 북부여의 해모수가 웅심산(熊心山)에서 단군으로 즉위한 날이다. 따라서이 날은 원래 우리의 민족적인 대축제일이었던 것이다. 불교는 이 명절까지도 슬쩍 불교의 것으로 바꿔치기 한 것이다. 그렇게 함으로써이색 종교였던 불교에 대한 주민들의 거센 반발과 위화감(違和感)을무마할 수 있었던 것이다.

대웅전 안에 부처상이 들어앉기 전에는 거발한 환웅천황상이 그 중심에, 그 좌우에는 배달국 역대 환웅천황과 단군왕검을 비롯한 역대단군천제의 상이 안치되어 있었을 것이다. 그리고 불교 수입 초기에는그 좌우에 부처상이 자리하였을 것으로 보인다. 선교 즉 수두교의 엄격한 통제를 받았던 초기불교의 위상이었다. 그것이 세월이 흐르는 동안 환인, 환웅, 단군으로 축약된 삼신상은 차츰 부처상에게 밀리다가나중에는 대웅전에 뒤쪽, 약간 떨어진 오늘날의 삼신각으로 밀려나게되었던 것이다.

결국 한국 사찰에는 대웅전이라는 중심 건물의 이름만 남고 그 안에마땅히 모셔져야 할 환인, 환웅천황상이나 삼신상은 자그마하고 초라한산신각으로 옮겨지게 되었는데도 아무도 이의를 제기하는 사람이 없는형편이 되어버리고 말았다. 낙타가 선심을 베푼 주인을 몰아내고 천막을 아예 통째로 다 차지한 꼴이 되고 말았다. 주객이 전도된 것이다.

그러나 주목할 일은 우리나라 외래 종교 중에서 그래도 불교는 가장한국적인 것을 많이 내포한 종교라는 사실이다. 로마 가톨릭이 로마

재래의 고유 종교의 흔적을 가장 많이 보유하고 있는 것과 같이, 한국 불교는 한국 고유의 종교인 선교의 흔적을 가장 많이 보유한 종교이다. 그러기 때문에 오늘날에도 불교는 솔선하여 단기연호 병용운동을 벌이고 있다. 고려 때의 묘청대사 같은 분은 한국의 선교가 마땅히 해야 할 일을 맡아서 실천했다. 유교나 기독교가 우리 국조를 외면하거나 부인할 때도 불교는 끝까지 외면하지 않고 삼신각에 봉안해 왔고, 대웅전이라는 이름까지도 그대로 유지하고 있다. 또한 국란이 있을 때마다 승군(僧軍)이 일어나, 조의선인이나 화랑을 대신하여 호국정신을 발휘하여 나라를 위기에서 구했다. 그 공을 우리는 잊어서는 안 된다.

그러나 이제는 원시반본의 시대다. 우리 것을 되찾아야 할 때인 것이다. 대웅(大雄) 즉 환웅(천황)의 이름에 걸 맞는 대웅전 본래의 모습을 찾아야 한다. 대웅과 환웅은 같은 말이기 때문이다. 따라서 앞으로 우리는 어떠한 외국 종교의 전당보다도 더 크고 웅장한 우리 국조를 모신 대시전이나 대웅전을 세워야 한다. 그리하여 이 민족의 정기와 기상을 되찾아야 한다. 객은 어디까지나 객이지 주인일 수는 없기 때문이다.

주인이 잠시 한눈을 파는 사이에 대리주인이 본주인 역할을 할 수는 있어도 언제까지나 본격적으로 주인 행세를 해서는 안 된다. 외국 종교에 국조를 모신 전당을 빼앗기는 수치는 더 이상 감내할 수 없는 것이다. 대시전, 대웅전, 단군성전을 제대로 세우고 주인 된 도리를 다하는 것이 오늘날 우리 세대에 맡겨진 사명이다.

〈3권〉

심해지는 기몸살

1989년 2월 9일 목요일 −1~5℃ 갬

대선사, 최창주 씨 등과 같이 마리산에 가서 천제를 지내고 온 지 오늘로 사흘째다. 참성단에 접근하면서부터 전보다 많은 기운이 들어오기 시작하더니 강화도를 떠날 때는 갈 때보다 더 많은 기운이 온몸으로 스며들어 오기 시작했다. 이렇게 갑자기 많은 기운이 들어오니까, 으실으실 몸살기가 엄습하기 시작했다. 그뿐만 아니고 온몸에서 미숫가루 같은 허연 피부 껍질이 우수수 떨어져 나간다. 발가락이나 정강이 같은 특정한 부위가 공연히 가렵고 벌겋게 충혈이 되곤 한다. 뼈까지 쑤시고 거북하다. 양순옥 법사에게 이런 말을 했더니,

"그게 다 수련이 진척되느라고 그런 겁니다. 수련이 잘되기 때문에 심신이 정화되는 과정에 일어나는 부작용입니다. 환골탈태(換骨奪胎)라고도 하죠. 온몸의 뼈마디와 오장육부, 온갖 기관들에 온통 혁명이 일어난 것입니다. 전 김 선생님보다 더 심하게 앓았을 겁니다. 어떤 때는 하도 몸이 쑤시고 아파서 죽어버리고 싶을 때도 있었어요. 며칠 전에는 갑자기 입이 벌어지지 않아서 겨우 빨대로 주스를 빨아 마시는

걸로 식사를 대신했는데도 이상하게도 배가 고프지 않고 속이 든든한 거 있죠."

"있죠. 있고 말구요. 그것뿐이에요? 혹시 그렇게 기몸살을 앓을 때는 기운이 다른 때보다 더 많이 들어오지 않습니까?"

"왜 아니겠어요? 다른 때보다 기운이 엄청나게 더 많이 들어왔습니다."

그렇다. 기몸살의 특징은 바로 여기에 있다. 보통 몸살과 다른 것은 바로 여느 때보다 더 많은 기운이 들어오고, 따라서 허기가 지는 일이 없어 속이 언제나 든든한 것이다. 단학 수련을 시작한 지 어느덧 만 3년이 넘었다. 혼자서 수련한 기간이 1년 6개월이고 W선원에 들어온 지도 어느덧 1년 7개월이나 되었다. 수련생 중에서는 제법 고참급에 속하게 되었다.

그러고 보니 1년 7개월 전에 같이 수련하던 사람은 지금은 별로 눈에 뜨이지 않는다. 겨우 다섯 손가락으로 헤아릴 정도다. 지난 3년여 동안에 내 수련에도 많은 진전이 있는 것은 사실이다. 이제 시작한 지 한두 달 된 사람들과는 확실히 다르다. 그런데도 W선원에서는 여전히 이런 초보자들과 같이 수련을 받아야 한다. 마치 초등학교 6학년생이 1, 2학년생과 함께 어울려 공부할 때와 같이 싱겁고 어색할 때가 있다. 수련 정도에 따라 수련 방법도 의당 달라져야 하는데 선원에는 아직도 그런 시설이나 준비가 되어 있지 않았다. 선원에서 하는 도인법 체조도 하도 많이 해서 이제는 혼자서도 능히 할 수 있는 정도이고 사범의 수련 정도가 나보다 낮을 때도 있다. 그러니 자연 그들과 함께 어울리기가 거북하다. 따라서 집에서 혼자 수련을 하는 시간이 늘어나기 시작했다.

1989년 2월 10일 금요일 -4~3℃ 갬

다섯 시부터 집에서 정좌 수련을 하려니까 몸살기가 하도 심해서 도저히 앉아있을 수가 없었다. 할 수 없이 6시 45분까지 누워 있었다. 왼쪽 정강이에 보름 전부터 돈짝만한 붉은 반점이 생겼는데, 무척 가렵다. 이상하게도 환부는 그 이상 확대되지는 않는다. 전승배 법사한테 물어 보았다.

"그게 다 환골탈태하는 과정입니다. 누에가 변해서 나비가 되려면 얼마나 많은 변화 과정을 거쳐야 됩니까? 욕망의 때에 절었던 보통 사람도 신선이 되려면 그 정도의 변화는 겪어야 하지 않겠습니까? 그 돈짝만한 반점은 몸속에 있는 독기가 빠져나가는 구멍입니다. 때가 되면 자연히 아물어버립니다."

"그래요?"

"그렇고말고요. 저도 그런 과정을 얼마나 많이 겪었는지 모릅니다."

"아아 그렇군요. 그럼 전 법사님은 요즘 수면 시간이 얼마나 됩니까?"

나는 요즘 수면 시간의 길이로 수련의 정도를 파악해 보려는 묘한 습성이 생겼다. 연정원이나 구차원단원 같은 데서는 호흡 시간의 길이로 수련 정도를 파악하는 것과 대조적이다.

"다섯 시간입니다." 전 법사가 말했다.

물론 이 수면 시간이 수련 정도를 알아낼 수 있는 절대적인 기준은 될 수 없다. 그러나 판단의 한 요인은 될 수 있다. 호흡의 길이도 수면 시간도 수련이 진척될수록 자연스럽게 변화가 되어야 한다. 무리하게 수면 시간을 줄이려면 불면증에 걸릴 위험이 있는 것과 마찬가지로 호흡 시간을 억지로 늘이려다가 엉뚱하게 심장병을 얻는 수도 흔히 있다. 조급하게 인위적으로 욕심만 앞세운다고 해서 되는 일이 결코 아니다. 모두가 물 흐르듯 자연스럽게 항심을 갖고 꾸준히 수련을 쌓는 데서 점차 보이지 않는 심신의 변화가 일어나는 것이다. 이것은 그동안 수련을 통해서 내가 얻은 깨달음이요 지혜라고 할 수 있다.

1989년 2월 11일 토요일 −5~4℃ 갬

온몸이 찌뿌듯하다. 미숫가루가 아니라 이제는 하얀 밀가루 같은 피부 껍질이 양말을 갈아 신을 때마다 수북하게 묻어난다. 오전 10시경 서재에서 독서를 하고 있는데 느닷없이 등에 찬물을 끼얹는 듯한 오한이 엄습하면서 앉아 있을만한 기력도 없었다. 될수록 눕지는 않으려고 해 보았지만 도저히 더 이상 버틸 수가 없었다. 어쩔 수 없이 11시 45분까지 침대에 누워 있었더니 어느 정도 기력이 회복되었다. 상단전으로 많은 기운이 들어왔다.

점심 먹고 출근하여 3시 반에 신문사 일 끝내고 선원에 들렀다. 으실으실 추우면서 몸살기가 다시 몰려오기 시작했다. 도인체조를 간신히 끝내고 나니 몸이 나른해서 정좌 수련을 할 수가 없었다. 할 수 없이 팔다리를 내던지고 와공 1번 자세로 누워 단전에 열심히 기를 모았다. 기력이 약간 회복되자 일어나 정좌했다. 그러나 20분 이상을 버틸 수가 없었다. 꼭 중병이 든 것처럼 기운이 없고 만사가 귀찮다. 기운도 들어오기는 하지만 여느 때처럼 세차게 들어오지는 않았다. 도복을 평상복으로 갈아입고 나니 오히려 더 기운이 많이 들어왔다.

선릉역에서 내려 집으로 걸어오면서 생각했다. 앞으로 언제까지나 이런 고통을 더 겪어야 할까? 누구는 어떤 때는 수련이 하도 고통스러워서 차라리 죽는 것이 훨씬 낫다고 생각될 때가 여러 번 있었단다. 나는 아직 그 정도는 아니다. 죽고 싶은 생각은 조금도 없을 뿐 아니라, 신성(神性)을 되찾는 것이 확실하다면 이보다 좀 더 고통스러워도 감내해 내리라고 속으로 다짐했다.

이렇게 생각하니 오히려 마음이 편했다. 이제 내 몸은 하늘의 신령한 기운에 의해 보이지 않는 법칙에 따라 심신 공히 질적으로 양적으로 서서히 변해가고 있다는 자각이 일었다. 바로 이러한 자각이 있기 때문에 웬만한 기몸살쯤은 능히 극복해 낼 각오가 서 있었다. 나는 결전을 앞둔 병사처럼 속으로 단단한 각오를 했다. 일단 이 길로 들어선 이상 절대 후퇴란 있을 수 없다고 재삼 다짐했다. 어제부터는 낮에도 두 시간씩 누워 있어야만 정신을 차릴 수 있었다. 그러나 단단한 각오를 하고 나니 조금도 걱정은 되지 않았다.

1989년 2월 13일 월요일 −1~9℃ 갬

평소대로 아침 6시에 깨어났다. 아침상을 받았지만 식욕은 없었다.

"밤새 끙끙 앓더니만 얼굴은 멀쩡하네요."

아내는 이렇게 말하면서 안심하는 빛이었다. 여느 때 같았으면 그렇게 밤새도록 신음을 하고 끙끙 앓았으면 얼굴이 수척해야 한다. 그러나 거울을 들여다보아도 별로 고통의 흔적도 찾아볼 수 없고 수척하지도 않았다. 속으로 역시 수련의 부작용이라는 심증이 굳어졌다.

그러나 화장실에서 변을 보고 휴지를 뜯어 들고 밑을 닦으려다가 숨이 콱 막혔다. 통증 때문이었다. 팔이 뒤로 돌아가질 않았던 것이다. 고관절뿐만 아니고 온몸이 제대로 말을 듣지 않았다. 팔다리를 움직일 때마다 무서운 통증이 어김없이 따라다녔다. 옷을 입고 벗는 데 팔 다리가 제대로 움직여지지 않았다. 할 수 없이 아내의 도움을 받고서야 겨우 옷을 입을 수 있었다. 반백 년 이상을 살아오는 동안 처음 겪는 이변이었다.

오전 내내 침상에 누워 앓았다. 도대체 몸을 움직일 수가 없었다. 움직이기만 하면 엄청난 고통이 기다렸다는 듯이 달려들었다. 그러나 아무리 움직이기만 하면 사지백체가 쑤셔 온다고 해도, 꼼짝 않고 누워서만 지낼 수는 없는 노릇이었다. 11시 반에 간신히 일어났다. 집안에 사람이 없으므로 심부름을 시킬 수도 없었다. 집 근처에 있는 "구세 약국"에 가서 1천 원짜리 대일 파스를 사다가 제일 통증이 심한 고관절 부위에 붙였다.

수련 이후 여지까지 여러 번 앓아왔지만 이번 기몸살처럼 심한 일은 없었다. 전에는 비록 앓기는 했어도 이렇게 정신을 못 차릴 정도는 아니었다. 그처럼 기몸살을 앓으면서 깨달은 사실은 이것은 여느 병과는 달라서 약이나 그 밖의 물리치료 따위가 별 효험이 없다는 것이다. 내 경험에 따르면 기몸살 때는 비록 고통스럽다고 해도 다 나을 때까지 꾹 참고 견디는 것이 가장 현명하다. 그런데 사람이란 막상 고통이 엄습해 오면 어떻게 하든지 그 고통을 피해놓고 보자는 심리가 작용하는 게 상례다. 나 역시 나중엔 삼수갑산엘 가는 한이 있더라도 우선은 당장 닥쳐온 고통부터 피해놓고 보자는 조급한 충동에 못 이겨 약을 찾고 그 밖의 치료 방법에 의존하게 되는 것이다.

'내 몸은 내가 아니라 내 것이다'라는 활구를 깊이 명심해 본다면 나는 아직도 내 몸을 나로 착각을 하고 있는 것이 분명하다는 느낌이 든다. 시간이 지나면 다 해소될 일을 가지고 일시적인 신체의 고통을 못 참아 약방을 찾았으니 말이다. 그런 의미에서 단학 수련은 어찌 보면 내가 내 몸을 이겨내는 노력의 과정이라고 할 수 있다. 다시 말해서 자기 자신을 이겨내는 힘을 기르는 것이다.

기다시피 회사에 나가 기사 써주고 곧바로 집에 돌아와 세수하고 다시 침대에 누웠다. 몸은 천근 같은데도 기운은 강하게 들어와 12정경과 기경팔맥을 통하여 활발하게 돌아가고 있음을 느낄 수 있었다.

1989년 2월 20일 월요일 2~8℃ 흐림

기몸살을 앓기 시작하면서 요즘은 생활 리듬이 엉망이 되어버렸다. 밤 11시에 잠이 들면 아침 6시엔 깨어나곤 했는데, 11시에 잠이 들었다가도 2시나 세시면 깨어나서 계속 잠이 오지 않는다. 이런 날이 3, 4일 계속되다가 어떤 날은 아홉 시간 이상씩 깊은 잠 속으로 곯아떨어지는 날이 있는가 하면 그다음 날에는 또 서너 시간밖에는 잠을 못 이룬다.

격심한 요통(腰痛)

1989년 2월 21일 화요일 1~5℃ 갬

오전에 집안 보수공사 문제로 구청과 은행엘 갔다가 12시가 되어 집에 와서 밥상을 차려서 먹고 난 뒤 상을 들고 막 일어서는데, 느닷없이 왼쪽 고관절 위 허리가 뜨끔했다. 마치 화살이라도 맞은 것처럼 격심한 통증으로 맥이 빠지면서 그 자리에 주저앉고 말았다.

밥상을 둘러엎지 않은 것만도 다행이었다. 그 자리에 주저앉았다가 잠시 후에 다시 일어나려고 하니까 꼼짝도 할 수 없었다. 지팡이 같은 거라도 짚지 않고는 도저히 일어날 수가 없었다. 등산을 하다가 떨어져서 낙상을 입었다던가, 아니면 자동차 사고로 부상을 당했다던가 하면 그것은 치료를 받기 위해서 집에서 쉴 만한 충분한 이유가 될 수 있으리라. 그런데 내 경우는 순전히 수련 때문에 일어난 일이니 누구한테 말을 해도 인정해 주는 사람이 없다.

따라서 쉴 만한 이유도 되지 못한다. 남들은 말할 것도 없고 우선 나 자신이 이것을 병으로 인정을 할 수 없다. 그러니 아무리 주저앉아서 일어날 수가 없는 지경이 되었다고 해도 이 때문에 직장 일을 쉬어야 한다는 것을 나 자신이 용납할 수 없었다. 그래서 어떻게 하든지 일어나서 일상적인 일을 차질 없이 수행하려고 했다.

아들이 나간 후, 잠시 그 자리에 앉아 있다가 앉은 채로 문 앞까지 양팔로 방바닥을 밀면서 몸을 움직여 갔다. 양팔로 간신히 문틀을 잡고 몸을 일으켰다. 일단 몸을 일으키고 나니 그런 대로 걸음은 떼어 놓을 수 있었지만 바닥에 있는 물건을 집으려면 허리의 통증 때문에 한참씩 쩔쩔매야 했다. 우리집에서 서너 집 건너 있는 건물 3층에 한의원이 있기에 들렀더니 의사가 외출 중이라고 하기에 그냥 나와 버리고 말았다.

1989년 2월 22일 수요일 −4∼6℃ 갬

일찍이 내 생애에 이처럼 무서운 통증으로 시달려보기는 처음이다. 밤새 끙끙 앓았다. 화장실에도 갈 수 없을 정도로 부자유스러워서 아내의 부축을 받고서야 몸을 추수를 수 있었다. 반백 년을 넘는 적지 않는 세월을 살아오면서도 나는 아직 이처럼 격심한 진통을 겪은 일이 일찍이 없었다.

1989년 2월 24일 금요일 2∼8℃ 비오고 흐림

며칠 만에 숙면을 취했다. 이제 병은 고개를 조금씩 숙이기 시작했다. 보일러 공사가 끝났다. 6년 만에 침대를 치워버리고 온돌방 바닥에서 잠을 잤다. 처음 누울 때는 좀 배기는 것 같더니 곧 익숙해졌다. 침대생활 하느라고 가슴이 안으로 우그러졌던 것이 쭉 펴지는 것 같고 등허리 굽은 것도 제대로 반듯하게 펴지는 것 같았다.

이틀을 쉬고 사흘 만에 직장에 나가 일을 끝내고 어제 갔던 한의원에 들렀다. 어제 붙였던 고약을 떼어, 변색한 것을 본 의사는 상당한 통증이 있었음을 알 수 있다고 했다. 고약은 더 이상 안 붙이고 침만 맞고 돌아왔다. 침을 맞았다고 해서 또는 고약을 붙였다고 해서 통증이 완화되는 것 같지는 않다. 수련이 진전되면서 일어나는 심신의 자정작용(自淨作用)이라는 것을 확실히 안 이상 더 이상 한의원에 가 보았자 대세에 별 영향을 끼칠 것 같지는 않았다.

오늘을 끝으로 한의원에는 더 이상 다니지 않기로 작정했다. 나을 때까지 그저 꾹 참고 기다리는 것이 상책이라는 것을 그동안의 경험으로 충분히 알고 있었기 때문이다. 한의원엘 가고 엑스레이를 찍고 한 것은 애초부터 아내의 의심을 풀어주기 위한 제스추어에 지나지 않다. 그 대신 나는 대맥에 지속적으로 기운을 유통시키기 시작했다. 몸속에 숨어있던 병이 어떤 계기로 재발되어 자연치유되는 것을 명현(暝眩)현상이라고 한다.

1989년 2월 26일 일요일 0~1℃ 갬

일요일인데도 등산을 할 엄두도 내지 못할 정도로 몸이 부자유스러웠다. 10년 전 79년 10월 중순에 등산을 시작한 이래 일요일에 등산을 못한 것이 오늘로 두 번째다. 처음엔 10.26 사건 당시 신문사 전체가 일요일에도 근무하는 바람에 못 갔었고 오늘이 두 번째다. 3년 전 즉 86년 가을에 기몸살로 도봉산 냇골 정상까지 올라갔다가 돌아온 일은 있었지만, 처음부터 몸이 아파서 등산을 못한 것은 오늘이 처음이다.

전에도 심한 감기몸살 때문에 등산을 단념했던 일이 몇 번 있었다. 그러나 집에 누워서 앓고 있다가도 여느 때 같으면 한창 산에 오를 시간이 되면 온몸이 쑤시고 저려서 도저히 누워 있을 수가 없게 된다. 눈에 보이지 않는 어떤 초자연적인 존재에 이끌리듯 나는 벌떡 일어나 등산복을 찾아 입고 배낭을 메고 뒤늦게나마 산에 올라야만 직성이 풀렸다. 그런데 오늘은 그렇지 않았다. 내 체질이 이번 기몸살을 계기로 하여 서서히 바뀌어 가고 있는 듯한 느낌이 들었다.

한창 산에 오를 때가 되었는데도 몸이 쑤시거나 저리지도 않았다. 그 대신 그전보다 점점 더 강한 기운이 열탕처럼 흘러 들어와 왼쪽 골반의 통증 있는 부위가 뜨겁게 달아오른다. 이번 기몸살은 3년 1개월 동안 수련을 해 오는 동안 숱하게 앓아온 선병과는 비교도 안 될 정도로 격심한 것이었다. 2월 6일 설날에 마리산 천제 지낼 때 너무나 강한 기운을 받은 것 같다. 마리산 갔다 온 지 나흘 뒤인 지난 10일부터 앓기 시작했으니까 벌써 16일이나 되었다. 이틀이나 전에 없이 결근을 하고 등산을 처음 단념해야 할 정도로 나에게는 획기적인 사건이었다.

1989년 2월 27일 월요일 0.4~11.8℃ 갬

이번 몸살로 대맥이 크게 열렸다. 대맥은 물론 전에도 열렸었고 의식적으로 기를 유통도 시켜보았고 뜨거운 기의 흐름을 확인하기도 했었다. 지난 21일엔 대선사가 대추혈을 만져보더니 대맥 유통이 약하다고 했었다. 그 말을 듣고 처음엔 그때도 의식으로 기를 돌리면 분명 대맥 유통이 되는데 그게 무슨 말일까 하고 의아해 했었다. 좌우간 그때 이후 생각날 때마다 의식적으로 대맥 유통을 시켜왔었는데, 어제부터는 대맥의 왼쪽 고관절 부위 통증이 있는 곳이 뜨끈뜨끈해지고 시원하기까지 했다. 그런 상태가 일시적이 아니고 장시간 계속되었다. 그런 뒤부터는 통증도 많이 완화되었고, 앉았다 일어서든가, 누웠다 일어날 때도 한결 부드러워졌다.

이 밖에도 이번 몸살로 크게 달라진 것은 등산으로 거의 운동 중독증에 빠져있던 내 체질이 서서히 변해가고 있다는 것이다. 전에는 어쩌다 등산을 거르는 일이 있으면 온몸이 쑤시고 저리고 기분이 우울해서 만사에 의욕을 잃곤 했었다. 그런데 어제는 등산을 못 했는데도 이틀 동안이나 그전과 같은 중독현상을 느끼지 않게 되었다. 이것은 나에게는 정말 희한한 일이다. 선도수련은 운동 중독증까지 해소시켜 주는 것을 알아낸 것이다.

1989년 3월 1일 수요일 −0.2~11.8℃ 갬

어제보다는 몸살이 한결 나았다. 이제는 지하철 층계를 평소처럼 두 계단씩 건너뛸 수도 있다. 몸이 거의 그전처럼 가벼워졌다. 그러나 몸을 굽힐 때, 앉았다 일어설 때 약간씩 통증을 느낀다. 6시 반 경에는 실로 20일 만에 도인체조를 간신히 할 수 있었다. 장장 20일 동안이나 정상적인 생활을 못 한 셈이다. 새삼 수련의 어려움을 되새기게 된다. 웬만한 끈기와 결심이 아니고는 뚫고 나가기 힘들다는 것을 깨달았다.

기몸살 후유증

1989년 3월 5일 일요일 -2~3℃ 눈 흐림

기몸살이 제법 나은 것 같아서 2주 만에 등산길에 올랐다. 그러나 마음대로 몸이 움직여지지 않았다. 도봉산 냇골 입구까지 갔다가 되돌아서고 말았다. 아직도 기몸살에서 완전히 해방되려면 멀었는가 보다.

1989년 3월 7일 화요일 -3~2℃ 갬

이번 몸살은 내가 평생 앓아본 일이 있는 어떠한 병보다도 더 심했고, 기간도 27일이 넘었다. 얼굴도 남 보기에 눈에 띌 정도로 수척해진 모양이다. 직장 엘리베이터에서 오래간만에 만난 동료들이 한결같이 얼굴이 안됐다고 했다. 그런데도 기운은 요즘 엄청나게 들어온다. 직장에서 글을 쓸 때는 인당과 백회를 비롯하여 머리 전체로 힘차게 빨려 들어오는 기운이 마치 밀물 때의 세찬 물살과도 같아서 현기증이 일 정도였다.

너무나 기운이 강하게 들어오니까 이러다가 무엇이 잘못되는 게 아닌가 하는 의구심까지 일었다. 양 법사에게 이런 사정을 얘기 했더니, "두려워 말라. 한얼이 되어 너희 머릿속에 내려와 계시니라! 하는 좌우명을 명심하시고 계속 정진하십시오. 아마 신기(神氣)가 크게 발동될 겁니다" 했다. 역시 오르막이 있으면 내리막도 꼭 있게 마련인가 보다.

1989년 3월 8일 수요일 -5~4℃ 갬

입술과 혀가 헤어지고 이빨이 흔들린다. 칫솔질할 때는 피가 난다. 이 밖에도 이번 기몸살의 특징은 음식이 유난히 많이 먹힌다는 것이다. 점심과 저녁 식사 전에 꼭 새참을 들어야 했다. 그렇지 않으면 허기가 진다. 밤 11시가 넘으면 또 배가 고파온다. 여자가 해산한 뒤에 겪는 후유증과 흡사하다.

1989년 3월 13일 월요일 7~14℃ 흐림

무심코 요추(腰椎)를 만져 보았다. 이번 기몸살을 통해서 휘었던 척추도 좀 바로잡혔나 알아보기 위해서였다. 그럴싸해서 그런진 몰라도 전보다는 많이 펴진 것 같다. 내 허리가 S자로 굽어진 것은 소년 시절부터 앉는 자세가 잘못된 데 그 원인이 있었다. 그리고 왼쪽 골반의 통증은 20세 전후에 군대생활을 하면서 몽둥이찜질을 자주 당했기 때문이었다.

이번에 기몸살로 이 두 가지 원인으로 뼛속 깊이 잠재해 있던 병독이 일시에 자정작용을 일으킨 것을 알 수 있다. 소년 시절부터 휘었던 요추가 40년 동안이나 굳어 있다가 이제야 풀렸으니 그 부작용이 엄청나다는 것을 알 수 있었다. 척추는 몸 전체의 균형을 좌우하는, 집으로 말하면 대들보와 같은 것인데, 이것이 휘었으니 그 밖의 잔뼈며 온갖 기관들이 전부 그 영향을 받았을 것은 당연한 일이다. 회사일 끝내고 오래간만에 선원에 들렀다. 이중연 사범과 양순옥 법사가 앓고 난 사연을 듣고는 한마디씩 했다.

"아마 6개월은 되어야 완전해질 겁니다."

"아니 한 달 동안 앓은 것도 지루해서 못 견딜 지경인데 그렇게 오래 걸린단 말이예요?"

"그럼은요. 척추와 골반에 혁명이 일어난 격인데 그렇게 금방 낫겠습니까?"

이중연 사범의 말이 끝나자 이번에는 양 법사가 말했다.

"굽었거나 휘었던 뼈나 잘못되었던 신체의 기관들이 바로잡히고 나면 운기(運氣)가 활발해지면서 자기도 모르는 환희지심(歡喜之心)이 일어나는데, 이런 때 마음공부가 신실치 못한 사람은 옆길로 빗나가는 수가 있습니다."

"그렇게 빗나가는 원인은 뭐죠?"

"사신(邪神)이나 저급령(低級靈)의 침입을 막지 못했기 때문이죠."

"겁나는데요."

"아마 김 선생님은 그런 위험은 없을 겁니다. 삼원조화신공을 하는 이유 중의 하나는 바로 이 사신(邪神)이나 저급령의 접근을 아예 봉쇄해버리자는 것인데, 김 선생님은 삼원조화신공을 남보다 일찍 끝내지 않았습니까?"

"그렇긴 하지만, 그렇다고 마음을 놓을 수 있겠습니까?"

작년 여름 삼원조화신공 때 나는 격벽투시, 유체이탈, 전생과 보호령을 보는 현상을 겪기는 했지만, 이것으로 사신이나 저급령의 침입은 완전히 막을 수 있다고는 생각지 않는다. 사람의 마음이란 항상 물처럼 변하는 것이고 대상과 환경이 바뀌면 어떠한 반응을 일으킬지 모른다. 지금이라도 마음을 푹 놓고 수련을 게을리한다면 비록 삼원조화신공을 끝냈다고 해도 무슨 일이 벌어질지 모른다.

삼원조화신공을 성공리에 끝낸 것은 이를테면 장수가 하나의 성을 함락시킨 것과 같다. 성을 함락시키는 것과 수성(守城)을 계속하면서 다음 성을 공략할 준비를 하는가 아니면 그것으로 만족하고 수성을 게을리하여, 패주한 적군의 역습을 자초하는가 하는 것은 전적으로 그 장수 자신의 의지에 달려 있는 것이다. 나는 기몸살 이후 엄청난 기운이 계속 들어오는 것을 감지할 수 있었지만 아직은 사신이나 저급령에 빙의된 것 같지는 않다.

1989년 3월 14일 화요일 4~11℃ 갬

오른쪽 귀가 거북하지만 그전처럼 이상한 소리가 들리지는 않는다. 병원엘 가볼까 말까 한참을 망설였다. 좌우간 수련 시작한 다음에 일어나는 일체의 신체적인 장애는 모조리 명현현상으로 치부하면 대차가 없다는 것을 깨달았기 때문이다. 심신이 서서히 변화를 일으키면서 잘못되었던 부위가 하나하나 스스로 고쳐져 나가는 과정에 일어나는 부작용에 지나지 않는다는 것을 거듭되는 경험을 통해 깨달았기 때문이다.

전에도 귀가 거북해서 그때마다 병원엘 갔지만 별로 효험을 보지 못했다. 아무리 귓속을 후벼내고 약을 먹어도 별로 뚜렷한 차도가 없었다. 그 이유를 물어보아도 이비인후과 의사는 머리만 가로 저을 뿐이었다. 당연한 일이다. 종래의 의학 상식으로는 풀 수 없는 수수께끼였기 때문이다. 그 의사도 만약에 나처럼 선도수련을 해 본 사람이라면 그 이유를 알 수 있었을 것이다.

그러나 선도가 무엇인지, 단학 수련이 무엇인지 모르는 사람이 그 원인을 알 까닭이 없다. 끝내 병원 가는 것은 단념키로 했다. 그 이유는 지금은 좀 거북하더라도 때가 되면 자연히 낫는다는 것을 잘 알고 있었기 때문이다. 인내력을 발휘할 수밖에 없다. 수련을 통해서 터득한 지혜다.

1989년 3월 15일 수요일 3~11℃ 갬

간밤엔 깊은 숙면을 취했는데도 자꾸만 피곤하고 졸립다. 어제보다도 더한 것 같다. 그렇다고 누워서 앓거나 일상생활을 포기할 정도는 아니지만 괴로운 일이 아닐 수 없다. 난 지금까지 살아오는 동안 이렇게 장기간 앓아본 일이 전에는 딱 한 번밖에는 없었다.

청년 장교 시절에 급성 폐결핵으로 서울 육군병원, 온양의 109육군 병원, 여수 육군병원을 전전하면서 앓았었다. 그러나 그때는 뚜렷한 병명이 있었고 약과 주사와 요양으로 능히 치료될 수 있는 병이었다. 그러나 지금 앓는 병은 순전히 단학 수련 때문이라는 것을 충분히 알고 있으면서도 하도 오래 완쾌되지 않으니까 때때로 이상한 생각이 들었다. 혹시 단학 수련 때문이 아니고 일반적인 노쇠 현상이 아닌가 하는 의구심도 일었다. 아직은 노쇠 현상을 일으킬 나이가 아니라면 혹시 나도 모르게 중병이든 게 아닌가 하는 의심도 문득문득 일었다. 이러다가 영영 폐인이 되는 건 아닐까 하는 망상도 일었다. 온갖 의혹이 줄을 이었다.

이렇게 은근히 속으로 앓으면서도 아침 7시에 식사를 하고 11시만 되면 배가 고파지고 점심 식사 후 다섯 시만 되면 또 허기가 진다. 게다가 조금만 몸을 움직이면 몸에서 힘이 빠져나가 움직이기도 겁이 난다. 허기질 때는 간식이라도 하지 않으면 정신을 차릴 수가 없다. 만약에 이때 상단전과 백회와 머리의 전후좌우 상하의 각종 경혈에서 시원한 기운만 줄기차게 들어오지 않는다면 나는 영락없이 중병에 걸렸다고 치부하지 않을 수 없었을 것이다. 이것이 비록 위안은 된다고 해도 앓는 기간이 너무나 오랫동안 계속될 뿐만 아니고 당장 몸이 부실하니 괴롭다. 언제까지 이런 상태가 계속될 것인가?

이것이 흔히 말하는 뼈를 깎는 구도(求道)의 아픔일까? 또 어떤 구도인의 술회처럼 죽음보다 더 괴로운 과정일까. 이것이 잃었던 신성을 되찾고 성통공완에 이르는 길이라는 것은 분명히 머릿속에 각인되어 있으면서도 하도 괴로운 날들이 끝도 없이 지속되니 하소연이 나올 수밖에 없었다. 그러나 그 과정이 제아무리 험하다고 해도 이왕에 시작한 일, 무슨 일이 있더라도 끝장을 보고 말리라. 혹시 지난 일요일 등산이 무리였던 게 아닐까 하는 후회도 일었다. 좀 더 회복이 된 뒤에 가도 되는 걸 너무 성급히 서둔 것 같았다.

1989년 3월 16일 목요일 1~7℃ 흐리고 갬

어제 저녁엔 내가 기운을 못 차리고 비실비실하니까 아내가 기운차리라고 옆 건물에 있는 삼성면옥에서 설렁탕을 한 그릇 시켜주어서 맛있게 먹었다. 음식이 잘 먹히는 걸 보면 역시 중병에 걸린 것은 아니고 회복 단계에 접어든 것은 확실한 것 같았다.

꽃샘바람이 불면서 찬 기운이 품속으로 스며들었다. 봄옷으로 그제부터 바꾸어 입은 것이 후회될 정도로 으시시 한기를 느꼈다. 이것이 다 몸이 약해졌다는 증거였다. 작년엔 이런 일이 없었다. 지하철 파업으로 버스로 출근을 하자니까 승차 중에 책 읽기가 거북하여 내내 눈 감고 졸기만 했다. 해설판을 써놓고 나니 기운이 빠져서 그런지 전보다 더 으실으실 한기가 몰려와서 곧바로 집으로 오고 말았다.

앓기 전보다 들어오는 기운의 양은 무척 많아서 그전 같으면 며칠 동안 들어와야 했을 기운이 지금은 불과 몇 시간 안에 들어오는 것 같다. 시원하고 상쾌한 기운이 마냥 쉬지 않고 들어오니 기분은 좋건만 어쩌다가 거울을 비추어 보면 얼굴이 부석부석하다. 꼭 중병 앓고 난 사람 같다. 오래 앉아만 있기도 거북하다. 곧 자리에 눕게 된다. 이게 다 앓는 징조가 아니고 무엇인가?

1989년 3월 17일 금요일 0~11℃ 갬

아내가 뭐 특별히 먹고 싶은 것 없느냐고 물었다. 식사는 여느 때보다 오히려 더 잘하는데도 계속 기운을 못 차리고 비실비실하니까 안타까운 모양이다. 내장탕이 먹고 싶다니까 어제 저녁엔 소 내장을 사다가 요리를 하느라고 늦게까지 수고를 했다. 처음 하는 요리라서 직장 동료들에게 요리법을 물어서 알아 왔다고 했다. 그런데 무를 너무 많이 넣어서 내장 맛보다는 무 맛으로 먹었다. 그래도 애쓴 보람이 있어선지 그런대로 맛있게 먹었다. 이처럼 먹고 싶은 것까지 이것저것 찾아 먹는데도 기몸살은 끈질기게 물러나지 않았다. 보통 감기몸살이라면 벌써 열두 번도 더 나았을 것이다.

오늘은 좀 희한한 경험을 했다. 간밤엔 숙면을 취했는데 아침 식사후에 공연히 눕고만 싶고 눈이 저절로 스르르 감겨 왔다. 억지로 참으면서 독서를 하다가 오전 11시가 다 되어 잠시 자리에 누웠다. 약간 졸다가 일어났는데도 몸이 개운치 않았다. 회사에 나가서 일을 끝낼 즈음에는 갑자기 몸이 오싹오싹해지면서 한기가 들어왔다. 곧 쓰러질 것만 같았다. 하도 기진맥진했으므로 몸을 제대로 가눌 수조차 없었다. 분명 사기(邪氣)의 침입을 받은 것 같았다. 이런 때는 사법(瀉法)을 써 사기를 토해내야 한다는 것을 알고 있으면서도 그럴만한 기력도 없어서 망연자실하고 간신히 의자에 몸을 기대고 있을 뿐이었다.

바로 이 순간이었다. 따뜻한 기운이 일시에 물밀듯이 몸 전체로 스며들어오는 것이 아닌가? 적군의 불의의 침공을 받아 국가존망지추(國家存亡之秋)에 뜻하지 아니한 백만 원군을 맞는듯한 느낌이 들었다. 원군은 내 몸에 침습해 들어온 적군을 순식간에 추방해버렸다. 따뜻한 양기가 위기일발로 사기를 몰아낸 것을 알 수 있다. 양기가 엄청난 기세로 밀고 들어오면서 나는 차츰 기운을 회복해 나갔다. 마치 죽음의 위기를 순식간에 극복하고 되살아난 느낌이었다. 사기의 침습을 순식간에 격퇴한 천지기운의 놀라운 힘에 나는 감탄했다.

이러한 과정 자체가 결코 평범한 일일 수 없고 하늘의 역사가 바로 내 몸속에서 이루어지고 있다는 강한 텔레파시가 전달되어 왔다. 그렇다면 하늘이 내게 이 세상에서 다해야 할 무슨 큰 역할을 맡기려고 내 몸속에서 이런 거창한 역사가 이루어지는 것은 아닐까? 아무리 생각해 보아도 한갓 과대망상 같지만은 않았다.

그러나 한편으로 곰곰이 생각해 보면 지금 나는 무슨 일을 하기에는 수련 정도가 너무나 낮다는 것을 자인하지 않을 수 없다. 좀 더 영안이 트이고 도력도 높아지고 잃었던 신성도 되찾고 하기 전에는 큰일을 맡기는 어렵다는 자각이 일었다. 뭐니뭐니 해도 한참 더 수련이 깊어져야 한다는 것이 내 결론이었다. 수련이 어느 정도의 수준에 이르러 일단 마무리가 되지 않은 상태에서는 큰일을 맡을 수 없다는 것은 너무나 명백한 일이다. 그것은 공부에 전념해야 할 학생이 사회 개혁의 주역으로 참가하겠다는 것만큼 어리석은 일이다. 오래간만에 도인체조를 했는데도 어지럽거나 피곤하지 않았다.

귓병이 뿌리 뽑혔다

1989년 3월 20일 월요일 6~14℃ 흐리고 갬

오른쪽 귀가 말썽이다. 수련 시작한 뒤 기몸살을 앓을 때마다 일어
나는 현상이다. 처음에는 수련 때문에 일어나는 명현현상이라는 것을
모르고 병원에 다녀 보았지만 낫지 않았다. 귀 안이 곪은 것은 아니지
만 습기가 있고 이물질이 들어간 듯 갑갑하고, 멍멍한가 하면 때로는
매미나 풀벌레 울음소리 같은 이상한 소리가 난다. 또 어떤 때는 바람
소리와 빗물 흐르는 소리가 들려오기도 한다. 의사에게 물어 보았더니
곰팡이 같은 것이 붙어 있어서 그렇단다. 그 이유를 물어 보았지만 정
확히 알 수 없단다. 내가 생각하기엔 나도 모르는 사이에 귓속에 잠재
해 있던 병의 뿌리가 서서히 뽑혀져 나가느라고 그러는 것 같다.

수련만 아니면 증상이 이처럼 노출되지 않고 서서히 나이 먹어가면
서 기능이 약화되어 드디어 청각 장애가 일어날 것이다. 그때쯤 나이
는 이미 60을 넘게 될 것이고, 나이 들면 으레 그렇겠거니 하고 관심도
두지 않게 될 것이다. 노화현상으로 치부해 버리고 고작 보청기 같은
것을 이용할 것이다. 그러나 수련으로 운기가 활발해지면서 귓속에 숨
어 있던 병의 뿌리가 뽑혀 나가느라고 이런 부작용이 일어난 것이다.
이비인후과 의사는 이런 사정을 모르니까 원인을 정확히 알 수 없다고
말할 뿐이다. 수십 년 동안 내 귓속에 숨어 있던 귓병의 뿌리가 뽑혀져

나간 뒤에는 청각 기능도 완전히 회복될 것을 나는 확신한다.

수련 후에 시각, 촉각, 후각, 미각은 그전 보다 많이 회복되어 예민해졌다는 것은 이미 말한 바 있지만, 청각만은 아직 변화를 모르고 있었다. 좀 더 수련이 진전되면 내 청각은 지금보다 훨씬 더 예민해질 것이다. 이것도 모르고 전에는 병원에 가서 자꾸만 쑤시기만 하다가 염증만 덧나게 했었다. 운기를 통한 자연치유력에 기대해 볼 작정이다.

3월 22일 수요일 3~15℃ 갬

간밤엔 12시부터 아침 5시 15분까지 오래간만에 깊은 숙면을 취했다. 그래서 몸도 거뜬하겠거니 생각했었는데, 그게 아니었다. 아침을 들고 나니 졸리고 무력증이 엄습해 왔다. 병은 일진일퇴를 거듭하고 있는 것 같았다. 9시부터 10시 반까지 누워서 잤다. 그래도 여전히 몸은 무겁고 기분도 침울했다. 밥맛도 없다. 어제 너무 과로한 것 같았다. 오른쪽 귀도 아프고 밤사이에 진물이 나왔다. 회사에서 일 끝내고 돌아오는 버스 칸에서도 계속 졸았다. 집에 와서도 졸았다. 몸이 오싹오싹하면서 독서하던 눈이 스르르 감겨왔다.

몸만 허락한다면 선원에는 나가는 게 좋겠다. 혼자서는 아무래도 외롭고 뒤쳐지는 느낌이 든다. 오래간만에 도반들과 어울려 서로의 경험담을 나누는 일은 즐겁고, 수행에도 무척 도움이 되고 활력소 구실을 한다. 어제 같아서는 병이 다 나은 줄 알았는데 그건 착각이었다. 아내는 내가 병도 채 낫지 않았는데, 선원에 나가 무리한 운동을 했기 때문에 병이 도졌다고 푸념이다. 제발 그것 좀 그만둘 수 없느냐고 성화다.

부부간에 이렇듯 가치관이 다르니 탈이다. 아내 하나 제대로 설득 못 시키는 나에게도 문제는 있다.

1989년 3월 23일 목요일 5~13℃ 흐리고 부슬비

회사일 끝내고 3시 40분경 선원에 들렀다. 전승배 법사에게 귀가 먹먹하다고 했더니 목 뒤의 제3경추에 이상이 있다면서 누우라고 하더니 활공을 해주었다. 제3경추가 왼쪽으로 퉁겨나왔는데 바로잡아 넣었단다. 요추도 보아 달라고 했더니 아직도 왼쪽으로 약간 휘었단다. 이것도 역시 활공으로 바로잡았지만 완전히 제자리에 들어가진 못했단다.

1989년 3월 24일 금요일 6~8℃ 비

아침에 깨어나니 영 기분이 좋지 않다. 밥맛도 싹 가셔버리고 짜증만 났다. 오른쪽 귀가 견딜 수 없을 정도로 먹먹하다. 어제 활공까지 받았는데 나아야 할 귀가 더 악화되었단 말인가? 이것도 근본적인 치료가 되기 위한 과정일까? 마치 진동이 일면서 잠재해 있던 병의 뿌리가 뽑혀질 때 일시적으로 잊고 있던 병이 도지는 것과 같이 말이다. 어제 활공을 받은 제3경추와 요추도 얼얼하다. 흠씬 두들겨 맞은 놈처럼 기신(起身)을 할 수가 없다. 나으라고 활공을 받는데 더 악화되었으니 혼란이 일었다. 소파에도 앉아 있을 수 없을 정도로 기운을 차릴 수 없어서 자리 펴고 누웠다. 11시 반까지 비몽사몽간을 헤맸다. 정신 집중이 되질 않아서 독서도 할 수 없었다.

1989년 3월 25일 토요일 2~12℃ 갬

잠이 모자랐는지 정신이 멍멍하고 공중에 붕 떠 있는 기분이다. 귀가 근지러워서 솜방망이로 두 번 후벼 냈더니 노란 진물이 묻어 나왔다. 그전 같았으면 당장 이비인후과로 달려갔을 것이지만, 명현현상이라는 것을 안 뒤로는 가지 않기로 했다. 가보았자 긁어 부스럼만 되어 염증만 더해지기 때문이다. 솜방망이로 후벼냈는데도 시원치 않고 쏴아 하고 물 흐르는 소리만 들려온다.

그러고 보니 나는 평소 약간의 청각 장애가 있었는데, 그것이 이번 기회에 자정작용(自淨作用)을 일으키는 것 같았다. 전에는 운기가 잘 되면 귀의 통증도 완화되곤 했었는데, 이제는 그렇지도 않다. 솜방망이로 후벼 낸 것이 잘못인 것 같다.

선병을 앓을 때는 환부를 다치지 말고 몸을 무리하게 움직이거나 운동도 하지 말아야 한다는 철칙을 위반했기 때문에 이러한 고통을 당하는 것 같다. 혀끝도 빨갛게 벗겨지고 입술도 껍질이 벗겨지면서 새살이 나오느라고 쓰리고 아프다. 몸 전체가 와해되어 개조 작업이 진행되는 것 같다.

1989년 3월 26일 일요일 3~4℃ 갬

벌써 네 번이나 기몸살 때문에 등산을 못했다. 독서도 못할 정도로 정신 집중이 안되었다. 입술과 혀의 피부가 벗겨지는 통에 고추나 마늘이 들어간 음식은 근처에도 갈 수 없게 되었다. 기운이 강하게 들어와 제3경추와 요추 부위가 화끈화끈 달아올랐다.

1989년 3월 28일 화요일 5~13℃ 갬

어제도 하루 종일 괴로운 투병으로 하루를 보냈다. 그래도 정신 집중은 잘되어 그동안 미뤄두었던 잡지를 여섯 권이나 읽었다. 지루하게 끌어오던 기몸살도 이제 차츰 물러가는 것 같다.

새벽 3시와 5시 사이에는 기운이 강하게 들어오는 것을 누워서도 분명히 감지할 수 있었다. 새벽 3시부터 5시 사이는 인시(寅時)다. 양기가 발동되는 시간이다. 기(氣)을 강화시키는 수련은 이 시간대가 적합하다고 한다. 그 대신 밤 11시부터 1시 사이는 음기가 발동하는 때이므로 신명(神明) 수련에 적합한 시간대이다. 5시에 잠이 깼다. 이 모든 증상들이 정상으로 돌아오는 증거다. 오전 내내 졸리지도 않고 기분도 좋았다.

전승배 법사가 내 증상을 듣고는 이럴 때는 단전호흡을 깊게 하란다. 전에도 몇 번 이런 얘길 듣고도 실천을 못했었는데, 오늘은 정규 수련을 받으면서 의식적으로 호흡을 깊게 해 보았다. 한결 몸이 가벼워졌다. 도인체조할 때도 의외로 몸이 부드럽게 잘 놀려졌다. 한 달 20일만에야 거의 정상을 되찾은 것 같다. 기운이 머리 전체로 들어온다. 구멍 뚫린 창문으로 시원한 바람이 들어오듯 한다.

1989년 3월 30일 목요일 4~6℃ 흐림

5시부터 집에서 오래간만에 도인체조하고 정좌 수련에 들어갔다. 1시간 45분 동안 반가부좌하는 사이 주로 경추와 7, 8, 9번 흉추에 진동을 주면서 허리를 전후좌우로 굽히고 젖히고 비틀고 하면서 온갖 동작을 다 구사했다. 그 부분에서 막혔던 무엇이 시원하게 뚫려나가는 듯 상쾌했다. 지금껏 3년 3개월 동안이나 수련을 한다고 해야 경추와 요추 굽은 것을 바로잡는 경지에 도달한 것이 고작이란 말인가. 그래도 요즘은 이번 기몸살을 앓은 효과가 있는지 제법 손이 더워지고 젊을 때 모양 땀이 촉촉이 내배이곤 한다.

1989년 4월 1일 토요일 4~15℃ 갬

아침에 일어나니 여느 때보다도 귀가 끈쩍끈쩍하다. 면봉으로 닦아 냈다. 맑은 진물이 묻어 나왔다. 고름이 아닌 게 다행이었다. 그런 뒤에는 갑갑하고 물소리 나던 것이 한결 완화되었다. 역시 전승배 법사 말대로 경추 3번과 큰 연관이 있는 것이 틀림없었다.

경추는 바로 목뼈로서 척추 상단부터 세 번째 뼈마디인데 오른손잡이는 주로 오른손만을 많이 쓰기 때문에 바로 이 제3경추가 왼쪽으로 퉁겨나가기 쉽다. 또 왼손잡이는 오른쪽으로 튕겨나가기 쉽다. 이 제3경추와 귀와는 밀접한 관련이 있어서 이 뼈가 정상 위치에서 옆으로 튕겨나가면 틀림없이 귀에 장애가 오게 되어 있다.

이것을 방지하려면 오른손과 왼손을 될 수 있는 대로 공평하고 균등하게 사용해야 한다는 것이다. 피로와 스트레스가 쌓이기만 하고 제때에 풀어주지 못하면 목뼈가 굳어지기 쉽고 방금 말한 대로 양손을 균등하게 사용하지 않으면 탈골(脫骨)을 하게 된다. 활공은 바로 이 탈골된 경추를 제 위치에 바로 끼어 놓고 굳어진 신경을 풀어주는 것이다. 돈을 벌거나 지위가 높아지면 목에 힘을 주고 다니는 사람이 많은데 사실 알고 보면 경계할 일이다. 목에 계속 힘을 주고 다니면 목은 자연 굳어지기 쉽고 그렇게 되면 각종 장애가 오게 마련이다.

전 법사의 말대로 목운동을 이틀간 집중적으로 했더니 목 회전이 한결 부드러워지고 귀 아픈 것도 상당히 완화되었다. 오른쪽 귀의 증상은 많이 호전되었다. 시간이 흐르니까 이처럼 저절로 낳는 것을 보니 기다린 보람이 있다. 오른쪽 귀는 거의 다 나았는데 왼쪽 귀에서는 아직도 매미소리가 났다.

오후 늦게 선원에 들렀을 때였다. 갑자기 양 귀가 확 뚫리는 것 같은 느낌이 들면서 양 귀 부위에 시원한 기운이 들어오기 시작했다. 언제나 귀에 무슨 막이 한 꺼풀 씌워진 것 같이 멍멍하거나 통증이 있거나 냇물 흐르는 소리, 파도소리, 매미 울음소리들이 번갈아 들려오곤 했었는데 한순간에 이 모든 증상들이 사라졌다. 수련 초기에 막혔던 중단전이 확 뚫리면서 10년 묵은 체증이 무너져 내릴 때와 같은 통쾌한 느낌을 받은 일이 있었는데, 지금은 바로 막혔던 귓속의 장애물이 대번에 확 뚫려버린 것이다. 이 순간 나는 단학 수련이 자연치유력과 자정 능력을 가속화시켰다는 것을 깨달았다. 수련을 통해서 활발한 운기가 되지 않고, 활공을 통해서 제3경추를 바로잡거나 목운동을 하지 않았더라면 이렇게 시원하고 통쾌하게 낫지는 않았을 것이다.

1989년 4월 2일 일요일 4∼17℃ 갬

청각 장애가 해소된 것을 계기로 이번 기몸살은 어지간히 나은 것 같다. 2월 10일부터 앓기 시작한 기몸살이 4월 2일이 되어서야 대강 뿌리가 뽑혔다. 한 달 20일이 넘게 지독하게 앓은 것이다.

어제는 밤 11시에 취침을 했는데 새벽 4시에 자동적으로 깨어났다. 잠은 오지 않고 계속 기운만 들어왔다. 3월 28일부터 벌써 6일째나 이런 현상이 지속되고 있다. 와공 1번 자세로 누운 채 강하게 들어오는 기운을 모조리 받아들였다. 오늘 아침엔 5시부터 가부좌하고 앉아서 기운을 받아들였다. 그런데도 낮에 별로 졸리거나 피곤하지 않았다. 그전 같으면 이렇게 다섯 시간밖에 잠을 못 자면 낮에 졸리거나 피곤했을 것이다.

기공부와 마음공부

1989년 4월 4일 화요일 6~20℃ 갬

단학 수련은 도인체조를 통하여 진동을 일으키고 기를 느끼고 이 기를 단전에 저장한 후 임독맥과 기경팔맥, 12정경으로 돌리고, 남에게 줄 수도 있고 받을 수도 있고 아픈 곳으로 보낼 수도 있어야 한다. 기를 터득하고 운용하는 것을 말한다. 그러나 이것만으로는 아무런 의미가 없다. 건강만을 유지하는 데는 효과가 있을지 몰라도 그 이상도 이하도 아니다.

기공부가 어느 정도 마무리되면 곧 마음공부로 들어가야 한다. 기공부와 마음공부가 병행되어 나가는 것이 기성 종교와는 근본적으로 다른 특징이다. 기공부는 도인법과 소주천, 대주천을 완성함으로써 일단 마무리를 할 수 있지만 마음공부는 어떻게 해야 될까.

기공(氣功)이라면 와공, 좌공, 입공, 단무, 단공, 그 밖의 도인체조 등으로 가능하지만 마음공부는 어떻게 해야 될까? 불교에는 바로 이 마음공부를 위해서 8만대장경이 있다. 기독교에는 신구약 성경이 있고, 유교에는 사서삼경이 있다. 그러면 선도 수련자는 무엇을 기준으로 하여 마음공부를 할 수 있을까? 선도의 마음공부에도 불경, 성경, 사서삼경 같은 것이 있을까? 있다면 그것이 무엇일까? 그게 바로 『천부경』, 『삼일신고』, 『참전계경』이다.

『천부경』과 『삼일신고』는 짧아서 금방 외워버릴 수도 있지만 『참전계경』만은 그렇게 쉽게 외울 수도 없다. 책 한 권의 분량이 되기 때문이다. 그러나 『참전계경』을 하나하나 읽어나가노라면 신과 인간, 인간과 인간의 관계와 생활 규범이 아주 간단명료하고 의미심장하게 비교적 함축된 문장 속에 구체적으로 언급되어 있다. 이 속에는 우리 민족의 역사가 시작된 이래 면면히 이어져 내려온 미풍양속과 고귀한 인심의 원형이 속속들이 배어 있다. 『천부경』, 『삼일신고』와 『참전계경』을 매일 일정 분량을 숙독하는 것만으로도 마음공부는 충분히 될 수 있다.

이 삼대경전 중 『참전계경』이야말로 마음공부의 원전이다. 읽을수록 새록새록 수련의 진의를 파악해 나갈 수 있고, 수련의 참된 길잡이가 된다는 것을 알 수 있다.

"숙정(肅靜)이란 몸의 정기를 바로잡고 마음을 맑게 가라앉히는 것을 말한다. 몸의 정기를 바로잡으면 물질에 대한 욕심을 내지 않게 되고 마음이 맑게 가라앉으며 하늘의 이치가 저절로 밝아져 마치 햇빛 아래 거울을 걸어 놓은 것과 같아서 그늘지고 어두운 곳을 밝게 비친다. 따라서 몸의 기운을 바로 세우고 마음을 밝게 가져 하늘의 이치를 공경하면 능히 하늘에 있는 신령을 볼 것이다."

『참전계경』 제9조를 인용해 보았다. 『참전계경』에는 이처럼 매력적인 구절들이 얼마든지 있다. 단학 수련인에게는 피가 되고 살이 되고 뼈가 되는 금언이고 마음공부의 참된 길잡이가 아닐 수 없다. 오른쪽

106

귀는 감쪽같이 나아버렸지만 이젠 왼쪽 귀에서 가늘게 매미 우는 소리
가 난다.

노추(老醜)를 추방한다

1989년 4월 6일 목요일 6~23℃ 갬

의학이 발달되고 생활수준이 향상되면서 노인 인구는 날이 갈수록 늘어만 간다. 늙지 않는 사람은 이 세상에 없다. 따라서 노인 문제는 그 누구도 소홀히 할 수 없다. 이십대 청춘이라고 해서 삼사십대 장년이라고 해서 노인 문제는 자기와는 상관없다고 생각해서는 안 된다. 이제 십년 이십 년 뒤면 그들 자신도 어쩔 수 없이 노인이 되기 때문이다.

노인 문제를 생각할 때 가장 딱한 것은 아직도 기력이 있고 손발을 충분히 놀릴 수 있는데도 할일이 없이 거리를 방황하거나 공원 벤치에 무료하게 앉아서 멍청하니 세월을 보내거나 기껏 잡담이나 술추렴이나 장기, 바둑, 화투로 시간을 죽이는 것이다. 그런가 하면 노인 무임승차를 기화로 버스나 전철 같은 데서 왔다 갔다 하릴없이 세월을 보내는 것이다.

나이 60을 넘으면 특별한 경우가 아닌 이상 대개 노인 특유의 냄새를 피우게 된다. 신체의 기관들이 노쇠해가면서 나타나는 어쩔 수 없는 현상이다. 바로 이 때문에 노인이 버스나 전철 같은 데서 옆에 앉으면 좋아할 사람은 별로 없다. 몇 해 만에 만나는 친지의 얼굴을 유심히 살펴보면 영락없이 주름살이 늘고 왕년의 윤기가 사라지고 생기가 빠져 나갔고 허옇게 색이 바래져 있는 경우가 대부분이다. 늙지 않는 사람은 없기 때문이다. 이 늙음이 좀 더 진행되면 누구나 보기에 추해지고 고약한 냄새를 피우게 마련이다. 이쯤 되면 친자식들이나 손자들에게서도 별로 환영을 못 받게 된다. 이런 걸 생각하면 우리 조상들의 지혜에 탄복을 금할 수 없다.

이처럼 누구나 싫어하는 노인을 공경하라고 가르쳤고, 그런 경로사상은 우리 민족 특유의 미풍양속이 되어 일상생활 속에 뿌리 박혀 있다. 그러나 우리나라가 전통적인 농업사회에서 산업사회로 이행되면서 경제력도 없고 대가족을 거느릴 권위와 자격과 능력도 없고 연하 사람들의 존경을 받을 만한 인격도 학문도 지식도 기술도 갖추지 못한 노인을 과연 누가 존경할 수 있단 말인가? 기껏 존경한다고 해야 전통의 틀을 외면할 수 없는 형식적인 것에 지나지 않을 것이다. 그렇다면 늙어가면서도 진정으로 뭇사람들의 존경을 받고 사랑까지도 받을 수 있는 무슨 특별한 묘안은 없을까? 나는 있다고 본다. 그 무료한 시간에 선도수련을 하면 된다.

내가 다니는 선원에는 70이 넘은 노인이 몇 명 있다. 나는 이들 노인들을 유심히 관찰해 오고 있다. 처음에 들어올 때는 몸에서 일반 노인과 똑같은 냄새를 풍겼는데 수련이 진척될수록 그 노인 특유의 냄새가 점점 엷어져가는 것이었다. 축기에 합격이 되고 소주천 대주천의 경지에 이른 노인들에게서는 거의 냄새가 나지 않는다. 더구나 그러한 노인들은 수련 받기 전보다 오히려 젊어진다. 왜 그럴까? 그것은 어제까지 노쇠하기만 하던 세포들이 운기가 활발해지면 다시 젊어지기 때문이다.

그래서 그런지 수련에 맛들인 몇몇 노인들은 하루도 빠짐없이 어떤 분은 하루에도 몇 바탕씩 수련을 받는 것이었다. 아침 6시 30분부터 밤 늦게 까지 6회에 걸쳐 매번 한 시간 10분씩 수련이 진행되는데, 이들은 여느 노인들처럼 남아도는 시간을 잡담이나 장기 두기나 공원에 앉아서 멍청하니 시간을 죽이는 대신에 수련에 열중하는 것이다.

오류동에 집이 있는 김광일이라는 노인은 나이가 75세이고 처음 들어올 때는 입회비를 마련할 길이 없어서 외상으로 다녔다. 꾀죄죄한 차림에 깡마른 얼굴에는 우수의 그림자가 짙게 깔려 있었다. 그는 어떻게 된 셈판인지 수련 때는 꼭 내 옆자리만을 차지하려고 했다. 역시 노인 냄새가 코를 찔렀다. 수련 이후 냄새에 유독 민감해진 나에게는 일종의 고역이었다. 그렇다고 매정하게 냄새 맡기 싫다고 자리를 옮긴다는 것은 차마 인정상 할 수 없는 일이었다.

그런데 그 노인에게서는 수련이 진척되면서 놀라운 역사가 이루어지고 있었다. 그는 보통 오전 10시쯤 나오면 한바탕 수련을 하고 오후에도 두 바탕을 더 수련을 한 뒤에 저녁때 일반 회사의 퇴근 시간쯤에 선원을 나선다. 한 달쯤 지났다. 그동안에 그는 진동도 하고 기운을 느끼면서부터 얼굴색이 달라지기 시작했다. 짙게 깔려 있던 우수의 그림자는 간 곳이 없고 환한 광택이 비치기 시작했다. 두 달이 지나면서부터는 그의 몸에서 거의 냄새가 나지 않았다. 물론 억지로 그의 몸 가까이 코를 대고 킁킁 맡아보면 약간의 노인 냄새가 안 나는 것은 아니지만 이제는 그를 보고 버스나 전철간에서 냄새 나는 늙은이라고 하여 피할 사람은 없게 되었다. 그는 수련만 열심히 하는 것이 아니라 단학과 상고사에 관한 책도 열심히 읽었다. 6개월이 지나면서부터 이제 그의 몸에서는 완연히 일종의 오라 현상이 일면서 도골선풍(道骨仙風)이라고 할까, 신기(神氣)라고 할까, 누구도 함부로 범접할 수 없는 위엄이 서리기 시작하는 것이었다. 이러한 어느 날 나는 그와 수련실이 한가해진 틈에 마주앉아 대화를 나누었다.

"아저씨 요즘 수련 잘되시죠?"

"아이구, 잘되구 말구요. 다 김 선생 같은 분이 옆에서 돌보아 주시고 또 귀중한 책들도 빌려주시고 한 덕분이죠."

"겸손의 말씀이십니다."

"그런데, 내가 수련이 잘된다는 것을 어떻게 아셨습니까?"

"아저씨한테서 기운이 발산되는 것이 보입니다. 6개월 전에 처음에 오실 때보다는 몰라보게 달라지셨습니다."

"아이, 그렇게 좋게 보아주시니 정말 고맙습니다."

"아들 며느리, 손주들도 좋아하시죠?"

"그럼요. 전에는 냄새 난다고 곁에 오려고도 하지 않던 손주애들이 이제는 할아버지 할아버지 하고 따른답니다."

"그럴 겁니다. 물이 높은 데서 낮은 데로 흐르듯 아저씨께서는 그들이 갖고 있지 않은 무엇인가를 갖고 계시다는 것을 본능적으로 알아차린 것이죠."

"허허허 그럴까요?"

홍소를 터뜨리는 김 노인의 얼굴에서 나는 퍼뜩 스치고 지나가는 도인의 풍모를 보았다. 홍안백발의 도인의 모습은 신화나 '전설 따라 삼천리' 속에서만 나오는 것이 아니라는 것을 나는 실감했다.

"아저씨는 머지않아 도골선풍이 몸에 꽉 배이게 될 것 같습니다."

"과찬이십니다. 무엇보다도 이 공부를 하고부터는 잔병이 없어지고 수십 년 앓던 안면신경통이 나아버리고 불면증과 위장장애가 없어져서 우선은 살 것 같습니다. 어디 그뿐이겠습니까?"

이렇게 말하면서 김 노인은 주위를 둘러보았다. 아직은 휴식 시간이어서 이 구석 저 구석에 젊은 수련생들이 끼리끼리 모여 앉아 담소를 나누고 있었다.

"다음 수련 시작하려면 아직 한 30분 남았으니까 염려하실 것 없습니다. 어서 얘기 계속하시죠."

"마음이 우선 편해서 좋습니다. 내일 당장 지구의 종말이 온다고 해도 조금도 걱정이 되지 않으니, 참 공부 쳐놓고 이렇게 좋은 공부가 어디 있겠습니까?"

사실 나는 이 말을 듣고 속으로 적지 않은 충격을 받았다. 어느새 김 노인은 이렇게 높은 경지에 도달했단 말인가? 시공과 생사와 명리를 초월한 선도의 지극히 높은 경지를 체험한 사람이 아니면 나올 수 없는 말이기 때문이었다. 나는 그 자리에서 벌떡 일어나 도복 깃을 엄숙하게 여미고

"아저씨, 제가 삼배를 드리겠습니다" 했다.

"아니, 김 선생, 왜 갑자기 그러시오? 망령이 나셨을 리는 없는데, 난 오히려 선생의 도움을 얼마나 많이 받은 사람이오?"

"아니 그게 아닙니다. 그런 것과는 차원이 다릅니다. 자 제 절부터 받으신 다음에 다시 말씀드리겠습니다."

"아아 아니 정 그렇다면 맞절을 하도록 합시다."

"그러지 마시고, 어서 거기 좌정하십시오."

그러나 그는 끝내 고집을 굽히지 않는 바람에 우리 둘은 맞절을 하게 되었다.

"아저씨께서 그렇게까지 높은 경지에 오르신 줄은 미처 몰랐습니다."

먼저 된 자가 나중이 되고 나중 온 자가 먼저가 되는 움직일 수 없는 진실을 앞에 하고 나는 속으로 감격했다. 역시 그의 몸에서 은은히 풍겨나오는 광배(光背) 현상은 우연히 그렇게 된 것이 아님을 알 수 있었다. 지극정성으로 공부에 임한 사람이 아니면 불가능한 일이었다. 내일 당장 지구의 종말이 온다고 해도 조금도 걱정이 되지 않는다는 그의 말은 진정으로 얼이 깨어난 사람이 아니고는 할 수 없다. '한얼'이 깨어난 사람은 그 자체가 하늘과 하나가 되어 있기 때문에 이 세상의 그 무엇에도 구애받지 않는다. 부처가 말한 천상천하유아독존(天上天下唯我獨尊), 삼세개고오당안지(三世皆苦吾當安之)는 바로 이런 경지를 두고 하는 말이다.

김 노인이 수련 시작한 지 1년 뒤에는 자기 동네 노인정을 단학 수련장으로 바꾸어 버릴 정도로 그는 단학을, 시간이 남아도는 노인들에게도, 전수하는 데 열심이었다. 그러면서도 그는 하루 한 번씩은 꼭 선원에 나와서 정규 수련을 받았다. 1년 전 초라하고 꾀죄죄하던 모습은 이제 간곳없고, 위풍당당한 도인 풍모를 갖춘 그는 이제 누구에게도 눌리지 않는 품위로 주위를 압도했다. 젊은 수련생들이 그에게서 자문을 구하는 일이 이젠 다반사가 되었다. 드디어 그는 오나가나 앉으나서나 주위 사람들의 사랑과 존경을 한몸에 받는 소중한 존재가 되고 말았다.

생활수준이 향상되면서 노인 인구는 자꾸만 늘어나고 수명도 계속 연장되는 추세에 있다는 것은 최근의 통계가 구체적으로 말해주고 있다. 노인들의 대다수는 옛날처럼 대접을 못 받고 소외당하고 있다. 자식들에게 외면당한 설움과 원한을 견디다 못해 스스로 목숨을 끊는 현상도 가끔 신문 사회면을 장식한다. 오래 사는 것을 오히려 저주하는 일까지 있다. 과거에는 전통적인 농업 기술과 경험, 인생의 온갖 쓴맛 단맛을 다 겪어 온 노인들은 자녀들을 가르치고 집안에 문제가 생겼을 때는 최종 결정권을 행사하고, 온갖 자문에 응하느라고 할 일이 얼마든지 있었다.

자연 자녀들과 주변 사람들의 존경을 한몸에 받지 않을 수 없었다. 따라서 오래 산다는 것은 본인과 가문에게도 영광이었다. 그러나 산업 사회가 정착되면서 핵가족화가 촉진되어 전통적인 가족관도 무너지고 대가족 제도도 없어지고 노인들의 경륜과 체험을 필요로 하는 일도 없어지게 되었다. 한마디로 이제 노인은 경제적으로 사회적으로 별 볼일 없는 귀찮은 존재로 전락하게 된 것이다.

이에 대한 대책으로 우리 민족의 미풍양속인 경로사상을 고취하고 노부모를 모시는 가족에게 특혜를 베풀고 대중 교통수단 요금을 할인하는 등 갖가지 대책이 강구되고 있지만 근본적인 해결책은 될 수 없다. 그러면 근본적인 대책은 무엇일까? 곰곰이 생각해 볼 필요가 있다. 그것은 노인도 이 사회에 기여할 수 있는 필수불가결한 존재로 스스로 탈바꿈하는 것이다. 그것은 정부나 사회가 할 일이 아니라 노인들 스스로의 자각에 의해서만 가능한 일이다. 다시 말해서 노인들 자신이 가족에게, 이 사회에, 꼭 필요한 존재가 되기 위해서는 그들 스스로가 그 필요를 창출해 내는 슬기가 필요하다.

그러면 구체적으로 어떻게 하는 것이 필요한 존재가 되는 것일까? 우선 손쉽게 말할 수 있는 것은 학문, 예술, 기타 전문 분야에서 남이 도저히 추종할 수 없는 경지를 개척하여 독보적인 존재가 되는 것이다. 피카소처럼 그림을 그리던 붓을 잡은 채 숨을 거두는 예술가는 소외감이나 고독감을 느끼기는커녕 항상 존경과 선망의 대상이었다.

인간문화재가 되어 끝까지 자기 길을 가는 것도 한 가지 방법이다. 눈을 감는 순간까지도 제자들의 존경을 한몸에 받을 수 있을 것이다. 문필가가 한창 집필을 하다가 펜을 쥔 채 문득 이 세상을 떠나버리는 일도 있다. 그러나 위에 말한 경우는 극소수의 엘리트층에게나 해당되는 말이다. 이들은 노인 인구의 극히 일부분에 지나지 않는다. 그러면 그렇지 못한 대다수의 노인들은 어떻게 하라는 말인가? 그중에는 자발적으로 자연보호운동을 벌인다든가, 도로 청소를 한다든가, 사고 다발 지점에서 교통정리를 한다든가 하는 뜻있는 노인들도 있다.

그러나 이러한 것만으로 이들 노인들은 과연 마음 편하게 이 세상을 하직할 수 있을까? 죽음이 한 발짝 한 발짝 다가오면서 누구나 느끼지 않을 수 없는 인생의 허무, 비애, 후회, 원망, 두려움, 노여움, 자기혐오, 소외감, 쓸쓸함, 우수에서 해방될 수 있을까? 나는 그렇지 않다고 본다. 제아무리 자기 전공 분야에서 뛰어난 성과를 올렸다고 해도, 제

아무리 훌륭한 걸작을 남긴 예술가라고 해도, 위에 든 인생의 시름에서 완전히 해방될 수 있다고는 생각지 않는다.

바로 이러한 정신의 공백을 메우기 위해서 종교가 예부터 번창해 왔다. 우리 민족은 선천적으로 종교적이다. 그래서 우리나라는 세계의 각종 종교의 전시장처럼 되어버린 감이 없지 않다. 심지어 어떤 사람은 한국은 세계 종교의 전시장이요 쓰레기장이 되어버렸다고 한탄까지 한다. 종교는 이제 한갓 기복신앙으로 변하여 돈벌이 수단으로 타락해버리고 말았다는 비난을 사고 있다. 많은 사람들이 종교에서 이탈하는 원인은 그것이 영혼을 구제하는 궁극적인 해결책이 된다고 생각되지 않았기 때문이다.

종교는 금전만능주의에 너무나 오염되어 제 기능을 상실하여 매력을 잃어가고 있다. 현 단계로는 종교도 노인 문제 해결에는 속수무책이다. 신과 인간과의 관계를 창조주와 피조물의 관계로 보는 한, 인간은 언제나 신의 노예일 수밖에 없다. 인간은 제아무리 잘났다고 해 봐야 손오공 모양 부처나 신의 손바닥에서 벗어날 수 없는 숙명을 감수해야 한다는 것이 기성 종교의 맹점이 아닌가 생각된다.

따라서 인간은 신의 품안에 안길 때는 평화를 느끼지만 품안을 일단 벗어나서는 살 수가 없게 된다는 논리다. 그러니까 인간은 언제나 신의 노여움을 사서 언제 어떻게 될지 몰라 전전긍긍하게 된다. 일단 신의 노여움을 사면 소돔과 고모라처럼 끝장이 나기 때문이다. 그러므로 인간은 언제나 신의 품에서 쫓겨나지 않기 위하여 신의 계율 속에서 살아야 한다. 이렇게 되어가지고는 진정한 의미의 마음의 평화는 누릴 수 없다. 항상 두려움에 떨어야 하기 때문이다. 인간은 신의 의지에 따라 움직이는 한갓 피조물이요, 로봇에 지나지 않는다. 이러한 상태에서는 내일 당장 지구의 종말이 온다고 해도 조금도 걱정이 되지 않는 상태가 될 수는 없다.

그러나 선도는 처음부터 섬기거나 믿어야 할 신 같은 것은 안중에 없다. 꾸준한 수련을 통하여 계속 정진하다 보면 우리의 심신이 다 같이 변하면서 수련자 자신이 신이 되기 때문이다. 인간은 원래가 신이었다. 신이 인간의 본성인 것이다. 물질에 대한 욕심 때문에, 시기, 증오, 원망, 선망, 애욕과 같은 저급한 욕망 때문에 인간은 오랫동안 그 본성을 잃고 지내 온 것에 지나지 않는다. 따라서 지극정성을 다하여 수련에 정진에 정진을 거듭하면 인간은 마침내 신의 경지에 도달하는 것이다.

이 경지에 도달한 수련자는 기를 타고 용신(用神)을 할 수 있게 된다. 기성 종교의 한계를 뛰어넘어 신의 노예의 처지에서 신을 부리는 처지로 일대전환을 하게 되는 것이다. 노인 문제를 근본적으로 해결할 수 있는 최후의 방안은 노인 스스로가 이것을 깨닫고 열심히 수련을 하여 김 노인의 경우처럼 자기 자신을 신의 위치로 격상시키는 도리밖에 없다. 김 노인 정도의 경지에 도달하면 이미 노인들만이 겪는 외로움, 쓸쓸함, 소외감 같은 것에서는 해방이 되고도 남는다.

그렇기 때문에 그는 마을의 노인정을 단학 수련장으로 바꿀 수 있었던 것이다. 김 노인은 그 후 가족과 함께 미국으로 이민을 가버렸다. 그는 미국에 가서도 고국 쪽을 바라보면서 쓸쓸히 늙어가는 동료들에게 열심히 선도수련을 권하겠다고 했다.

1989년 4월 7일 금요일 신문의 날 8~20℃ 갬

'신문의 날'은 일 년 중 남들이 일할 때 신문 기자들만이 쉬는 유일한 날이다. 선장 경력이 있는 서정조 씨와 함께 원효 능선에 올랐다. 기몸 살 후 두 번째 등산이다. 그렇게도 심한 기몸살을 근 두 달이나 앓고 났는데도 난코스를 타보니까 작년보다 오히려 기력이 향상된 것을 알 수 있었다. 나이 50이 넘으면 해마다 기력이 줄어들고, 60이 넘으면 달마다, 70이 넘으면 보름마다, 80이 넘으면 1주일마다 기력이 쇠해간다고 한다. 그런데 나는 거꾸로 작년보다 더 기력이 향상되었으니 놀라운 일이 아닐 수 없었다.

그 무서운 기몸살을 앓고 난 보람을 이제야 찾은 것 같아서 마음 흐뭇했다. 작년 이맘 때 기를 쓰고 간신히 오르던 바위를 거뜬히 올려 챌 수 있을 때는 하늘을 날을 것 같은 기분이었다. 원효 능선으로 하여 백운대를 지나 위문 벽을 기어올라, 만장대, 병풍바위를 다 타고 났는데도 오히려 힘이 남아돌았다. 단학 수련한 것을 은근히 자랑하고 싶은 생각이 굴뚝같았지만 상대인 서성조 씨는 단학에 대한 이해가 전현 없으니 말을 해도 알아들을 것 같지 않아서 혼자서만 속으로 기쁨을 삭일 수밖에 없었다.

단학 수련이 진전되면 몸속에 숨어 있던 병이 하나하나 밖으로 노출되어, 기몸살을 한번 앓을 때마다 자연치유가 된다. 이처럼 몸속에 숨어 있다가 어떤 계기로 밖으로 노출되어 치료되는 것을 의학술어로는 명현(冥顯)현상이라고 한다. 바로 이 명현현상으로 보이지 않던 병이 하나하나 치유되면서 그만큼 기력이 향상되는 것을 뚜렷이 감지할 수 있었다.

1989년 4월 9일 일요일 7~22℃ 갬

오늘도 원효능선에 올랐다. 지난 금요일에도 올랐었는데 겨우 하루 쉬고 다시 오른 것이다. 오늘도 기운이 남아돌 정도로 왕성했다. 더구나 그저께보다 등산 시간을 50분이나 단축시켰다. 지난번엔 5시간 50분이 걸렸었는데 오늘은 5시간밖에 안 걸린 것이다. 집에 와서는 충분한 휴식을 취해 두려고 9시 반부터 일찍 잠자리에 들었건만 3시에 깨어난 뒤에는 다시 잠이 오지 않았다.

4시부터 5시 10분까지 정좌 수련을 했다. 작업을 하느라고 잔뜩 긴장만 않는다면, 깨어있는 동안엔 누워 있든 앉아 있든 걸어가든 기운이 계속 줄기차게 들어왔다. 기몸살은 새 기운이 들어오고 묵은 탁기가 빠지면서 일어나는 일종의 변혁이다. 마치 어항에 새 물을 갈아 넣으면 금붕어가 몸살을 앓는 것과 같은 이치다. 새 기운이 들어오면서 묵은 기운을 몰아내게 되는데, 이때 새 기운과 묵은 기운은 일대 격전을 벌이는 것이다. 당연히 새 기운이 묵은 탁기를 몰아내야 된다. 이 과정에 명현현상이 일어나게 된다. 단학 수련과 명현현상의 관계를 모르는 수련자들은 간혹 단학 수련이 묵은 병까지 도지게 한다고 하면서 수련을 중단해 버리는 수가 있다.

그렇게 되면 새 기운은 묵은 탁기를 몰아내지 못하고 묵은 탁기에 밀려 기껏 들어왔던 몸에서 쫓겨나가게 된다. 이렇게 되면 수련은 원점으로 되돌아간다. 수련자들은 이것을 똑똑히 알고 미리미리 대비했다가 적절히 대응할 줄 알아야 한다. 일단 그 고비를 넘기고 나면 이처럼 엄청난 새 기운이 계속 들어오게 되는 것이다. 수련의 보람은 바로 이런 때 진정으로 맛볼 수 있다. 고진감래(苦盡甘來)요, 오르막이 있으면 반드시 내리막이 있게 마련이다. 이것이 바로 수련의 묘미다.

다시 도진 육식 기피증

1989년 4월 25일 화요일 9∼23℃ 갬

요즘은 86년도 수련 시작한 해 가을에 있었던 육식 기피 현상과 비슷한 증세가 일어나고 있다. 공교롭게도 이양희 교수와 균형식에 대한 얘기를 나눈 시기와 일치한다. 그는 육식 기피 현상이 일어났을 때 육식을 아예 끊어버렸더라면 수련에도 더 큰 진전이 있었을 것이라고 아쉬워했다. 반드시 그의 얘기를 들어서는 아니겠지만 공연히 육식이 싫어지고 심지어 생선까지도 싫어졌다. 전에는 생선만은 먹을 수 있었는데. 게다가 고춧가루 들어간 김치는 물에 씻어서 먹어야 했다.

또 어제부터는 밥을 들고 나면 속이 거북하고 윗배가 아프다. 과식 때문이라는 것을 알아냈다. 식사량이 줄어든 것을 모르고 습관적으로 그전처럼 식사를 한 게 잘못이었다. 고춧가루나 마늘 같은 자극적인 양념이 들어가지 않은 산나물을 먹음직스럽게 무쳐놓은 것이 눈앞에 어른댄다. 3년 전에는 육식을 못 하면 몸에 여러 가지 장애가 있었다. 일시적인 무력감이 온다든가, 몸이 바싹 마른다든가, 고기가 싫으면서도 소증(素症)이 일고 속이 허했었다. 배는 고픈데도 식욕은 일지 않으니까 불안하고 초조하고 안타깝기까지 했었다.

그러나 지금은 그런 증상은 전연 없다. 끼니때가 몇 시간씩 지나도 별로 시장기를 느끼지 않는다. 그 대신 뱃속에 따스한 기운이 가득 차면서 기운이 넘친다. 일주일 혹은 열흘씩 단식을 하는 원리를 이제야 알 것 같다.

1989년 4월 26일 수요일 8~19℃ 오전 개이고 오후 비

요즘 갑작스런 육식 기피 현상을 말하자 전승배 법사가 말했다.

"육식이 싫어질 때는 오곡밥이나 콩밥이 좋습니다. 그것보다는 단식을 하면 아주 회복이 빨라집니다. 탁기가 빠지고 체질이 개선되는 과정을 단축하니까요."

생각 같아서는 단식을 한 열흘 동안 해보았으면 좋겠는데 가족과 함께 생활하면서 그러기는 어려울 것 같다. 가족과 분리되고 일상생활에서 벗어난 장소에서 충분한 여유를 가지지 않고는 힘들 것이다. 밤 11시가 넘었는데 평소와는 달리 잠은 오지 않고 기운이 엄청나게 들어오면서 내 체질이 서서히 바뀌어 가고 있는 것을 실감하고 있다. 하단전과 임독맥이 뜨겁게 달아오른다. 중단전과 등줄기에 뜨거운 열기가 흐르고 있다.

1989년 4월 29일 토요일 8~22℃ 갬

육식을 못한 지 꼭 일주일이 되었다. 오늘부터 서서히 그 영향이 오기 시작한다. 약간의 무력증을 느낀다. 확실히 슬럼프다. 걸을 때, 계단을 오를 때면 그전처럼 몸이 가볍지 않다. 조금씩 몸이 무거워지기 시작한다. 오후에 책을 읽다가 느닷없이 눈이 감기면서 축 늘어졌다. 과자, 땅콩, 젤리 같은 간식을 했더니 무력증이 다소 가셨다.

이런 땐 잡곡밥이 좋다고 해서 일전에 아내가 콩밥을 해주어 좋아했는데, 현아가 콩이라면 질색을 하는 통에 그나마 먹을 수 없게 됐다. 이런 땐 또 찰밥이나 오곡밥도 좋다는데 아무도 해줄 사람이 없다. 아내는 요즘 다시 팔꿈치 병이 도져서 팔을 제대로 못 쓴다.

근 2년간이나 선원에서 사범이나 법사의 지도를 받아가면서 수련을 하는데도 왜 이런 부작용이 일어나는지 알 수가 없다. 워낙 내 몸이 유달리 까다로워서 그럴까? 아니면 통과해야만 할 수련의 한 과정일까? 아무래도 그런 것 같다.

이런 때 까딱하면 심한 갈등에 빠지기 쉽겠다. 그러나 난 아직은 그런 정도는 아니다. 3년 전에 한번 겪은 일이어서 이젠 제법 여유를 갖게 되었다. 오히려 지난번 경험이 있으므로 그때보다 더 쉽게 극복해낼 수 있을 것 같다. 우선 그때보다 기운이 더 많이 들어오고 그 양도 그때와 지금은 하늘과 땅의 차이다. 그리고 그때처럼 고통이 심하지도 않다. 이럴 때 조건만 허락한다면 단식을 단행했으면 좋겠는데 그럴 수 없는 것이 안타깝다.

기(氣) 넣어주기

1989년 5월 26일 금요일 11~23℃ 갬

4시 20분경 선원에서 세 명의 수련생에게 기운을 넣어주었다. 내가 기운을 넣어 주는 방법은 흔히 사범들이 하듯 상대방의 장심이나 명문, 상단전 같은 데 중지를 대는 게 아니다. 1미터 이상 떨어져서 내 장심에서 상대방 장심으로 기를 보내는 것이다. 기운을 넣어 주다가 보니 나도 모르게 규정된 시간을 놓쳐 버렸다. 원래 5분을 초과하지 말아야 하는데 20분이나 지속적으로 기를 보낸 것이다. 기를 넣어 줄 때는 미처 깨닫지 못했었는데 나중에 시간을 보고 황급히 중단했다.

수련이 잘 안된다든가, 몸의 컨디션이 좋지 않다든가 할 때에 수련 정도가 높은 사람에게서 기운을 받으면 의외에도 생기가 나고, 명랑해지는 수가 있다. 그런데 기를 보내는 쪽은 5분 이상 지속적으로 보내지 않도록 조심해야 한다. 앉아 있을 때는 미처 몰랐는데, 일어서서 선원을 나와 신문사 쪽으로 걸어가는데 느닷없이 다리가 헛짚어지고 떨려왔다. 손기(損氣)를 당한 것을 깨달았지만 이제 어쩔 수 없는 일. 후회막급이었다.

해설판을 쓰는 데도 힘이 달렸다. 기운이 머리 전체로 지속적으로 들어오니까 금방금방 보충이 될 줄 알았는데 그것은 큰 착각이었다. 꼭 세 시간쯤 중노동을 하고 난 뒤처럼 몸이 나른했다. 젊을 때 무모하게 과음(過淫)했을 때처럼 다리가 후들후들 떨리기 시작했다. 기운은 금방 보충이 되지 않았다. 손기 때문인지 숙면도 취할 수 없었다.

기운을 넣어 보면 상대방의 수련 정도를 금방 파악할 수 있다. 수련 정도가 높은 사람일수록 기운을 잘 받아들인다. 단시간 내에 이쪽의 기운을 다량으로 흡입한다. 그러나 수련 정도가 낮은 사람은 경혈도 열려 있지 않고 운기도 제대로 안 되어서 그런지 기운을 흡입하지도 못하고 들어오는 기운을 느끼지도 못한다. 수련이 어느 단계에 오른 사람은 그에게서 기를 받아 보면 상대의 수련 상황이라든가 건강 상태까지도 알아낼 수 있다. 기의 양과 질을 보고 판단을 내리는 것이다. 이것은 여러 사람에게서 실제로 체험을 함으로써만이 감각으로 느낄 수 있다.

기운이 왕성하게 들어오는 사람은 3분 내지 5분 이내라면 상대 수련자에게 기운을 보내는 것도 하나의 수련 방법이 될 수 있다. 기운을 보냄으로써 상대의 수련에 도움을 줄 수 있을 뿐만 아니라 자신의 기운을 이렇게 좋은 데 씀으로써 많은 기운을 새로 받아들일 수 있는 이중 효과를 얻을 수 있기 때문이다. 그러나 5분 이상 기를 넣어 주는 일은 어떠한 일이 있어도 삼갈 일이다. 기운을 상대방에 넣어 줄 때 또 한 가지 조심할 일은 언제나 자신의 단전에 고인 기운을 임독맥이나 기타 경혈을 통해 끌어올려 양팔을 거쳐 장심을 통해 내보낸다고 생각해야 한다. 덮어놓고 장심으로 내보내기만 하면 손기(損氣)당하기 쉽다는 것을 잊지 말아야 한다.

1989년 5월 30일 화요일 15~24℃ 구름

신(神)이 밝아지면 한 시간 내지 세 시간만 잠을 자도 낮에 피곤을 조금도 모른다는데 나는 아직 그 경지에 이르려면 멀었나 보다. 수련 시작할 때는 수면 시간이 여덟 시간이었는데, 지금은 일곱 시간으로 줄어들긴 했지만 그 이상은 변화가 없다.

신(神)이 밝으면 불사수(不思睡)라 했다. 즉 신이 밝아지면 잠이 적어진다는 말이다. 또 기(氣)가 장(壯)하면 불사식(不思食)이라 했다. 즉 운기가 활발해지면 밥이 덜 먹힌다는 뜻이다. 또 정(精)이 충만하면 불사색(不思色)이라 했다. 다시 말해서 정력이 충만해지면 색을 밝히지 않는다는 말이다.

언뜻 생각하면 그 반대인 것 같지만 사실은 그렇지 않다. 실례로 폐결핵 환자는 이상할 정도로 여색을 밝힌다. 정력이 충만해서 그렇다고는 볼 수 없다. 폐결핵 환자는 정력이 충만할 리가 없기 때문이다. 정력이 모자라기 때문에 오히려 더 색을 탐한다고 보아야 한다. 마치 배고픈 젖먹이가 젖을 더 탐하듯이. 집안에 쌀이 그득 쌓여 있는 사람은 한두 끼쯤 굶어도 느긋하지만 집안에 쌀이 떨어진 사람은 한끼만 굶어도 못 견디게 배가 고파온다. 그와 마찬가지로 정력이 충만한 사람은 색을 탐하지 않는다는 말이다. 내 경우 불사식과 불사색은 어느 정도 체험적으로 알듯한데, 불사수의 경지는 뚜렷한 체험을 못해서 아직 모르겠다.

왼쪽 귀에서 매미 소리가 줄곧 난다. 분명 청각 장애임에 틀림없다. 수련의 부작용이라는 것을 안 이상 병원에 가는 것은 금물이고 활공이나 받아 볼까 했지만 그것 역시 별 효과가 없음을 과거의 체험은 말해준다. 좌우간 명현(瞑眩)현상은 수련이 발전되고 있다는 뚜렷한 증거이므로 걱정하지 않기로 했다. 좀 거북하더라도 그대로 놔두기로 했다. 수련이 진전되면 그만큼 자연치유력도 향상되니까 걱정할 것은 조금도 없다. 문제는 인내력이다. 수련은 자기 자신과의 싸움이다. 이 싸움의 성패가 단학 수련의 성패도 좌우한다. 이렇게 단단히 마음을 먹고 나니까. 귀가 좀 거북하더라도 참아야겠다는 인내력이 배가되는 것 같았다.

1989년 6월 1일 목요일 16~28℃ 구름조금

기몸살이 또 오는가 보다. 으실으실 한기가 몰려오기 시작한다. 대선사의 말대로라면 내가 수련에 전력투구를 안 하니까 이런 장애를 겪는 것이 된다. 너무 자주 기몸살을 앓게 되니까 이제는 만성이 되었다. 그렇지만 번번이 그때마다 몸이 괴로우니까 성가시기도 하다. 그러나 좋게 생각하면 어찌되었든 간에 수련이 그만큼 빠른 템포로 진행되고 있다는 증거도 된다.

그렇지만 순간순간 물리칠 수 없는 회의가 고개를 추켜들기도 한다. 과연 수련이 향상되고 있을까? 혹시 나이 들면서 몸이 약해지는 증상은 아닐까? 아무리 생각해도 그런 것 같지는 않다. 그 증거로는 기몸살을 앓을 때마다 새로운 기운이 전보다 조금씩 강하게 들어오기 때문이다. 그래서 백회나 상단전에는 항상 큰 구멍이 뻥 뚫려있는 것 같다.

내 경우 단학 수련에는 기적적인 발전은 없는 것 같다. 어쩌면 모든 것은 예비된 절차에 따라 한치의 오차도 없이 프로그래밍된 대로 착착 진행되어 가고 있다는 인상을 받는다. 벽돌이 한장 한장 쌓여 올라가는 기분이다. 정상을 향하여 한발 한발 올라가는 느낌이기도 하다. 그런데 이상한 것은 정충, 기장, 신명이 단계적으로 진행되는 것이 아니라 이 세 가지가 혼합되어 한꺼번에 병행되고 있는 것 같다. 환절기도 아닌데 몸살을 앓다니. 한기 때문에 재채기가 자꾸만 나온다.

1989년 6월 5일 월요일 17∼25℃ 오전 비

기운이 점점 더 강하게 들어온다. 하루하루 시간이 흐를수록 들어오는 기운의 강도는 늘어나고 있음을 확연히 알 수 있다. 이제는 육식을 안 해도 3년 전처럼 지장이 없다. 채소와 곡물과 생선만 먹는데도 3년 전처럼 힘이 달리는 일은 거의 없다. 정력도 여전히 강하고, 근육도 한때 빠졌다가 요즘 다시 불기 시작했다.

1989년 6월 10일 토요일 14∼25℃ 갬

오후 선원에서였다. 군대생활 때 장교 선배이기도 한, 나보다 나이가 세 살쯤 손위인 이범세(李範世) 씨가 자꾸만 내 옆 자리에만 앉기에 쉬는 시간에 물었다.

"수련 잘되십니까?"

"네, 잘되는 편입니다. 그런데 이거 미안한 얘기지만 김 선생 옆에만 가면 기운이 한결 더 많이 들어옵니다. 그래서 자꾸만 옆 자리에 나도 모르게 앉게 됩니다. 양해해 주십시오."

"원 별말씀을. 얼마든지 제 옆에 와서 앉으셔도 좋습니다. 특별 좌석료 내라고 안 할 테니까."

"하하하... 감사합니다."

"그런데 수련하신 지 얼마나 되셨는데, 벌써 그렇게 기운을 느끼십니까?"

"한 3개월 됐죠. 아마."

"어디 그럼 제가 의식적으로 이 선생님에게 기운을 좀 넣어드릴까요?"

"아이구, 정말 불감청(不敢請)이언정 고소원(固所願)이올시다."

"그게 무슨 말씀이세요?"

우리의 대화를 아까부터 지켜보던 아가씨 수련생이 눈을 반짝이면서 물었다.

"아아, 그건 감히 청할 수는 없는 일이지만, 속으로는 그렇게 했으면 하고 소원했던 일이라는 뜻이에요."

이범세 씨가 말했다.

"아아 그렇군요. 아 참, 그리고 보니 그전에 국어 시간에 배운 기억이 나네요."

아가씨가 말했다.

"그럼 제가 기운을 넣어드리겠습니다."

나는 이범세 씨의 양 장심과 인당에 교대로 가운데 손가락으로 촉수했다.

"어떻습니까?"

"아이구, 대단한데요. 장심과 인당에 손이 닿을 때마다 강한 기운이 감전됐을 때처럼 찌르르하고 들어오면서 금방 단전이 훅훅 달아오릅니다."

이렇게 말하면서 이범세 씨는 합장하고 상체를 깊숙이 숙여 고마움을 표시했다. 나도 마주 인사를 했다. 내 직감으로는 이범세 씨는 전생에 많은 수도를 한 사람 같았다. 그리고 나와도 수도생활을 같이한 경험이 있는 것 같다. 경험에 의하면 내가 기운을 넣어줄 때 유난히 잘 받아들이는 사람은 어쩐지 전생에도 이와 같은 일을 했다는 강한 텔레파시가 전해오기 때문이다.

"그럼 이번에는 좀 떨어진 자리에 앉아서 장심으로 기운을 보내겠습니다. 기운이 들어온다고 생각하시고 왼손 장심으로 받아들이세요. 일단 들어온 기는 단전으로 모으셔야 합니다."

3분 동안 정확히 이범세 씨에게 기운을 보냈다. 1분쯤 지나자 그의 손이 가늘게 떨리기 시작하더니 점점 더 진동이 심해졌다. 창백한 편이었던 얼굴에 붉그스름한 홍조가 나타나기 시작했다. 3분이 되자 기 넣는 일을 중단했다.

"어떻습니까?"

"시원하고 말할 수 없이 상쾌한 기운이 물줄기처럼 빨려 들어오면서 몸이 떨리고 기분이 날아갈 것 같습니다."

이렇게 말하고 나서 이범세 씨는 아까처럼 또 엄숙하게 합장배례를 하는 것이었다.

"김 선생님 저도 좀 넣어주세요."

아까의 아가씨가 청해 왔다.

1989년 6월 15일 목요일 16~22℃ 흐림

우리집 근처에 닭튀김 집이 있는데 그 앞을 지날 때는 언제나 요리 냄새가 역해서 될수록 숨을 안 쉬고 빠른 걸음으로 지나쳐 버리곤 한 지가 어느덧 52일이나 되었다. 그런데 어제 저녁에는 그 집 앞을 지나는데도 그 냄새가 이상하게 역하지 않았다. 나는 직감적으로 이제는 육식 기피증이 사라졌다는 것을 알았다. 저녁 식사에 육류 요리를 먹어 보았더니 아무렇지도 않았다. 거부 반응이 감쪽같이 사라진 것이다.

금년도 벌써 반이나 지났다. 돌이켜보면 금년 전반기는 내내 기몸살로 세월을 보냈다. 2월 6일 설날에 마리산 참성단에서 천제 지내고 온 뒤 2월 9일부터 슬금슬금 몸살기가 일기 시작한 것이 수련 시작한 이래 가장 심하게 앓았다. 2월 22일, 23일엔 직장도 못 나갈 정도 악화되었다가 차츰차츰 회복되기 시작했다. 2월 26일, 3월 5일, 19일, 26일엔 일요일인데도 그렇게 좋아하는 등산도 못했다. 3월 12일에 가서야 억지로 등산을 했지만 바위는 탈 엄두도 못 내고 겨우 워킹 코스만 걷는 데 그쳤다. 사실상 5주 동안이나 등산도 못할 정도로 심하게 앓았다.

그 뒤 4월 2일부터는 다소 회복되어 등산을 다시 시작하기는 했지만 완전히 건강을 회복한 것은 아니었다. 4월 22일부터는 육식 기피 현상이 재발. 그러다가 6월 11일에야 그전의 건강을 회복한 셈이다. 무려 4개월 이상이나 시름시름 앓은 것이다.

좌우간 6월 12일을 계기로 나의 수련도 한 단계 높아진 것을 실감할 수 있었다. 그것은 들어오는 기운의 양과 질을 보고도 알 수 있다. 또 남에게 기를 넣어보고 객관적으로 확인할 수도 있다.

1989년 6월 18일 일요일 16~26℃ 흐리고 소나기

아내와 같이 도봉산에 오르다. 지난주보다 오늘은 몸이 한결 더 가벼워 기분이 좋았다. 모든 난코스를 하나도 **빼놓지** 않고 가볍게 탈 수 있었다. 등산길에 내내 생각한 것은 내가 지금까지 지내온 대로 나 자신과 가족 중심의 생활에서 벗어나 양심과 공익을 중심 삼는, 다시 말해서 남에게 유익한 일을 하고 베푸는 문제를 골똘히 생각했다. 아무리 생각해 보아도 그것은 내 능력의 범위 안에서 나에게 주어진 재능을 완전히 발휘하는 길이라는 생각이 들었다. 이것이 바로 지난 3년 5개월 동안 선도수련을 통해서 내가 깨달은 것이다.

이 깨달음은 내 마음과 몸이 동시에 변화하면서 자연스럽게 이루어진 것이다. 어느 종교에서처럼 갑자기 믿음을 통해서 새사람으로 거듭난 것과는 차원이 다르다. 믿음을 통해서 거듭난 인생은 그 믿음이 사라지면 거듭난 인생도 사라져버리지만, 몸과 마음이 함께 질적으로 바뀌어버린 사람은 움직일 수 없는 실상으로 구체화되어 누구도 감히 손을 댈 수 없는 객관적인 실체가 되어 버리고 만다.

그것은 마치 손쉽게 대량 생산할 수 있는 플라스틱 제품과는 달리 복잡하고 까다롭고 정교한 제련 과정을 거친 귀금속과도 같이 확고부동한 것이다. 그것은 스스로의 내부 작용에 의해서만 더욱더 질 높은 변화를 초래할 수 있는 것이기도 하다.

나는 하나의 소우주다. 이 소우주의 목표는 원래 하나였던 대우주와 일치시키는 것이다. 선도수련을 통해서 나는 이 소우주를 대우주에 접근시켜 다시금 하나가 되는 과정을 걷고 있다. 이 소우주와 대우주가 일치할 때에 비로소 신인일치가 되고 성통공완의 대역사가 이루어지는 것이다.

만유인력의 법칙은 수련에도 어김없이 적용된다. 소우주는 대우주에서 멀리 떨어져 나가면 나갈수록 대우주의 인력권에게 멀어져 간다. 그러나 이와 반대로 소우주가 대우주에 접근하면 할수록 인력(引力)은 점점 더 강하게 작용한다. 우리가 수련이 잘 진행될 때 기운이 강하게 들어오는 것을 느끼는 것은 바로 이 소우주인 우리가 대우주에 그만큼 가까워지고 있다는 증거다. 가까워지면 가까워질수록 더욱 더 강한 기운을 분명 느끼게 될 것이다. 그러나 더 이상 가까워질 수 없이 접근하여 하나로 합치는 순간 우리는 대우주의 본질과 같아지게 될 것이다. 이것이 바로 성통공완하는 순간이요, 불교에서 말하는 대각의 순간이며 구경각(究竟覺)의 순간이다. 생사와 시간과 공간의 구속을 받지 않는 경지를 말한다.

그러나 이 소우주가 대우주로 접근하여 가다가도 중간에 방해를 만나는 수가 흔히 있다. 곁눈을 파는 수도 있고, 그러다가 엉뚱하게 우주 공간을 날아다니는 운석에 얻어맞아 정신을 잃고 미아가 되어 지향 없이 헤맬 수도 있다. 들어오던 기운이 갑자기 줄어들 때는 수련자는 깊은 반성을 해야 한다. 무엇이 잘못되었는지 알아내어 스스로를 재정비 강화하고 심기일전하여 다시 대우주를 향한 항해를 계속해야 하는 것이다.

이른바 자정(自淨) 능력을 발휘하는 것이다. 그것은 마치 목성이나 해왕성을 목표로 먼 우주 여행길에 나선 우주선이 고장이 났을 때 스스로 수리한 뒤 여행을 계속하는 것과 같다. 바로 이 자정 능력을 상실한 수련자는 가망이 없다. 자정 능력을 상실한 순간 그는 미아가 되어 정처 없이 떠돌거나 깊은 우주의 나락으로 추락해 버릴 것이기 때문이다. 그러나 이 자정 능력이 있는 한 그에게는 언제나 희망이 있다. 비록 이번 생에 마칠 수 없는 일이라도 다음 생에라도 기대를 걸 수 있을 것이다. 피나는 수련 끝에 일단 성통의 경지에 들었던 사람도 자신의 성취감에 도취되어 자만심에 빠지게 되면 깜빡하는 사이에 사리사욕과 탐욕에 사로잡혀 자정 능력을 상실해버리는 수가 있다.

하늘은 그에게 어느 정도의 자성(自省)의 유예 기간은 허락할 수도 있지만 반성을 할 줄 모르고, 겸손할 줄 모르고 끝끝내 자만심에 빠져서 탐욕의 늪에서 헤어나오지 못한다면 결국 파멸을 면할 수 없다. 뒤늦게라도 자신의 과오를 깨달은 사람은 단식하고 참회하여 스스로 탐욕의 늪에서 빠져나올 수 있지만 그렇지 못한 사람은 영영 구제받을 수 없게 될 것이다. 인과응보야말로 예외가 있을 수 없는 가장 보편타당한 우주의 법칙이기 때문이다.

인과응보의 법칙을 벗어날 수 있는 것은 아무것도 없다. 인과응보의 법칙이 적용되지 않는 특권이나 특혜는 존재할 수 없다. 인간 사회에 흔히 눈에 띄는 특혜나 특권은 지극히 일시적인 왜곡 현상에 지나지 않는다. 장기적인 안목으로 보면 그 역시 엄격한 인과응보의 원리에 따라 조만간 응징을 받게 된다.

"몸의 정기를 바로잡으면 물질에 대한 욕심을 내지 않게 되고 마음이 맑게 가라앉으면 하늘의 이치가 저절로 밝아 마치 햇빛 아래 거울

을 걸어놓은 것과 같아서 그늘지고 어두운 곳을 밝게 비친다."(『참전계경』 제9조)

수련자들은 깊이 명심할 일이다. 수련이 잘될 때 특히 조심할 일이다. 아직 수련이 끝나지 않았는데도 성통했다고 자부하는 사람도 바로 그 자만심 때문에 스스로 파멸될 위기를 안고 있다.

1989년 7월 3일 월요일 18~28℃ 갬

교정을 보느라고 애를 써서 그런지 요즘은 평소보다 더 많은 기운이 들어온다. 특히 출판사에서 열심히 교정을 보든가, 신문사에서 원고를 써 넘기고 귀갓길에 전철 칸에 앉아 잠시 긴장을 풀고 있노라면 전에 없이 강한 기운이 물밀듯이 들어온다. 들어오는 기운의 강도가 분명 그저께 다르고 어저께 다르다.

전체적으로 보면 조금씩 조금씩 점진적으로 들어오는 기운의 양이 증가하고 있다는 것을 분명히 감지할 수 있다. 이처럼 기운을 받아들이면서 두 눈을 감고 곰곰이 생각해 보면 이 모든 과정이 어떤 예정된 코스를 따라 한치의 오차도 없이 진행되고 있다는 느낌이 문득문득 든다.

기운을 받아들이면서 책을 읽는다. 그래도 들어오는 기운의 강도는 조금도 줄어들지 않는다. 그러다가 전철을 내리면 전철을 탈 때의 피곤은 어느새 무산되어 버리고 몸은 새털처럼 가벼워진다. 층계를 두 계단 세 계단씩 단숨에 뛰어오른다.

1989년 7월 7일 금요일 20∼30℃ 갬

요즘 그렇게 바쁘게 돌아가는데도 기운이 여느 때보다 세차게 들어오니까 일하는 데 많은 도움을 받는다. 피로가 쌓일 틈도 없이 금방금방 회복이 된다.

대선사의 말에 따르면, 정(精)이 충만해지면 성욕에서 해방이 된다. 다시 말해서 불사색(不思色)의 경지에 들어가게 된다. 색탐은 정이 모자라서 생기는 현상이다. 그다음은 기장(氣壯)이면 불사식(不思食)이다. 좀 더 진전이 되어 신명(神明)이면 불사수(不思睡)의 경지에 이른다. 다시 말해서 운기(運氣)가 활발하여지고 그것이 점차 안정이 되면 식탐을 하지 않게 되고 식사량도 줄어들게 되고 신(神)이 밝아지면 잠도 덜 자게 된다는 것이다.

내 경우는 이상 세 가지가 단계적으로 진행된 것이 아니고 한꺼번에 진행되어 가고 있다. 정은 충만하면서도 성욕은 거의 느끼지 않게 되었고, 식사량도 수련 전보다는 훨씬 줄어들었는데도 기력은 오히려 늘어났다. 때가 되어도 허기가 지는 일은 이제 없어졌다. 수면 시간이 8시간에서 7시간으로 줄어들었을 뿐 그 이상은 아직 진전이 없다. 솔직히 말해서 식사와 수면에서는 큰 변화가 없다고 보아야 한다. 다만 위안이 되는 것은 조금씩이나마 수련은 향상되고 있다는 엄연한 사실이다.

그런데 다행히도 요즘 들어 하나의 변화가 분명 일고 있다. 좌정하고 있노라면 금방 강한 기운이 백회와 상단전으로 기다리고 있었다는 듯이 쏟아져 들어오면서 망아(忘我)의 상태가 된다. 자동차 기어로 말하면 뉴트럴 즉 중립 상태가 된다. 일체의 사고(思考)는 정지되고 망상이나 화면도 떠오르지 않는다. 멍청한 상태가 된다. 머릿속은 텅 비어 버린다. 그러면서도 마음은 그지없이 평온하다.

그야말로 무(無)와 공(空)의 세계가 이럴까 싶다. 바로 이 아무것도 느낄 수도 생각할 수도 없는 상태가 '한'의 세계요, 진리의 세계요, 신(神)의 세계가 아닐까. 색즉시공(色卽是空), 공즉시색(空卽是色), 일시무시일(一始無始一), 일종무종일(一終無終一)의 절대계가 바로 이러한 경지가 아닐까?

일체의 관념에서 벗어난 절대의 허공의 세계. 이곳에서 삼라만상이 생겨나고 변화하다가 다시 이곳으로 돌아오는 것이 아닐까? 시공(時空)을 초월한 진리와 도(道)와 무(無)와 공(空) 그리고 성(性)의 세계이다. 또한 사람 속에 천지가 하나로 무르녹아 있는 인중천지일(人中天地一)의 상태가 아닐까? 지지부진한 것 같으면서도 내 수련은 거북이나 소걸음처럼 착실히 진전을 거듭하고 있다는 자각을 갖게 된다.

1989년 7월 23일 일요일 23~32℃ 구름

더위가 한창이다. 오랫동안 선장(船長)으로 해외에서 근무한 일이 일는 서성조 씨를 리드하고 북한산 원효 능선에 올랐다. 그런데 이상하게도 오늘 등산에서는 예상 외로 기력이 달렸다. 5시간이면 거뜬히 타던 코스인데도 6시간 반이나 걸렸다. 자꾸만 걸음이 뒤쳐지는 통에 서성조 씨에게 미안할 정도였다. 삼복더위에 『인민군』 교정을 보느라고 기운을 지나치게 소모한 때문일까?

더위는 기승을 떨치고 더구나 따가운 햇살까지 내리쬐는 가운데 우리는 북한산 입구 버스 정류장에서 원효암까지 오르는 가파른 비탈을 오르고 있었다. 나는 여느 때와 같이 원효암에 가서 물을 뜰 생각으로 따로 음료수를 준비하지 않았다. 전 같으면 단숨에 원효암까지 올랐을 텐데 오늘은 뜻밖에도 기운이 빠지고 다리가 천근같고 목까지 말랐다.

"어이구 오늘은 이상한데. 잠깐 쉬었다 갑시다."

7부 능선쯤 되는 곳 소나무 그늘진 돌계단에 걸터앉았다. 산 아래 풍경이 한가롭다. 송추로 가는 버스들이 쉴 새 없이 달리고, 북한산 성터가 환히 내려다보이고 왼쪽에는 노적봉이 우뚝 서 있다. 모두가 더위로 축 쳐져 있었다. 서성조 씨도 내 옆 자리에 앉았다.

"오늘은 이상하게 목이 마르네."

"김 선생님도 뭘 그런 걸 가지고 그러십니까? 전 산에 와서 물을 마셔 본 일이 없습니다."

"정말이요?"

"정말이잖고요."

서 씨가 자신 있게 말했다.

"무슨 비결이라도 있어요?"

"있고말고요. 그런데 이건 아무한테나 함부로 아르켜 주지 않는 건데."

"그래요?"

"그렇지만 특별히 김 선생님한테만은 알려드리겠습니다. 그 대신 아무한테도 알려주진 마십시오. 자연이 훼손될 우려가 있으니까요?"

"걱정 마십시오. 내 입 하나는 무거운 사람이니까."

"다른 게 아니고 바로 이 솔잎입니다" 하면서 그는 솔잎 중에서도 파랗고 연한 부분을 따서 입에 넣어 씹어 먹는 것이었다.

"이걸 씹어 먹으면 갈증도 해소되고요. 배도 덜 고프고요. 탈모도 방지될 뿐 아니고요. 센머리가 검어집니다. 제 머리 한번 보세요. 나이 40을 넘기니까 몇 해 전까지만 해도 센 머리가 처음엔 드문드문 나기 시작하더니 점점 늘어나더라고요. 그런데 산에 올 때마다 이렇게 솔잎을 따먹기 시작한 이후로는 이것 보세요. 센머리가 하나도 없지 않습니까?"

나는 그의 머리를 유심히 살펴보았다.

"정말 센머리가 하나도 없는데요."

"그렇죠? 그리고 이 솔잎을 상식하면 항상 배가 든든해서 점심 같은 것은 들지 않아도 됩니다. 과일이나 몇 개 먹으면 그것으로 점심을 때우곤 합니다. 옛날 도사들은 솔잎만 먹고도 기운이 펄펄 넘쳐서 갖가지 도술까지 다 부렸답니다. 벽곡(辟穀)하는 데는 솔잎이 필수적이랍니다."

이 말을 듣자 나는 어쩐지 가슴이 찡하니 울려왔다. 오랫동안 망각되었던 귀중한 것을 되찾은 순간에 느끼는 감격과 환희라고 할까? 그 길로 일어서서 파아랗게 새로 돋아 오르는 연하고 보드라운 솔잎을 따서 입에 넣고 자근자근 씹어 보았다. 콤하고 텁텁하고 향기로워서 먹을 만했다. 그러고 보니 서성조 씨가 전에도 산에서 동행할 때 지나다가 솔잎을 자꾸만 따먹던 일이 떠올랐다. 떫은맛만 아니라면 얼마든지 먹을 수 있을 것 같았다. 우리는 번갈아 솔잎을 따먹으면서 산길을 올랐다. 과연 갈증은 금방 사라졌다. 자꾸만 먹기 시작했더니 어느새 떫은맛도 마비가 되고 새콤한 맛만 남는 것이었다.

저녁에 집에 돌아와서도 평소의 반밖에 식사를 못했다. 솔잎은 전에도 많이 먹어 본 경험이 있는 것 같은 느낌이 드는 것은 웬일일까? 그렇지 않으면 그렇게 금방 친숙해질 수는 없었을 것이라는 생각이 들었다. 아무리 내 기억을 더듬어 보아도 내 생전에 솔잎을 먹어 본 경험은 없었다. 그런데도 전에 많이 먹어 본 것 같은 느낌이 들고 그렇게 금방 친숙해질 수 있었던 것은 무엇 때문일까. 곰곰이 생각해 보았다. 아무래도 전생에 산에서 수련을 할 때 솔잎을 상식했었던 것 같은 느낌이 들었다. 곽재우 장군이 솔잎과 송홧가루만으로 여생을 마쳤다는 말이 떠올랐다.

1989년 7월 29일 토요일 21~25℃ 흐리고 갬

지난주 토요일 보신탕을 든 이후 오늘까지 내내 수련은 부진했었다. 수련이 부진했다는 것은 무엇으로 알 수 있는가? 나는 그것을 들어오는 기운의 양과 질로 즉각적으로 판단을 내릴 수 있다. 그런데 들어오던 기운이 막혀 버리니 답답한 일이 아닐 수 없었다. 수련하는 즐거움이 없어지고 그전보다 불안하고 초조하고 기분도 좋지 않았다. 우울한 나날이었다.

오늘 회사일 끝내고 귀가하는 전철간에서였다. 문득 시원한 기운이 백회와 상단전으로 흘러 들어오면서 왼쪽 귀가 멍멍하고 바람 소리와 냇물 흐르는 소리가 났다. 귀만 아니라면, 평소의 컨디션을 일주일 만에 회복한 셈이다.

1989년 8월 10일 목요일 21~30℃ 맑음

요즘은 그전 어느 때보다도 강한 기운이 들어온다. 정수리가 아릴 정도로 세찬 기운이 들어온다. 점심 후에 어제 회사에서 구입한 두유를 마셨는데 그게 탈이었다. 역시 가공식품이 받지 않는 체질로 변한 것이다. 그걸 깜박 잊고 두유를 마셨다가 봉변을 당한 것이다. 가슴이 꽉 막히면서 명치끝에 무엇이 걸려 있는 것 같다. 운기는 되는데도 그전처럼 활발하지는 않았다.

현아의 해외 유학

1989년 8월 14일 월요일 24~33℃ 갬

금년에 대학을 졸업하자 딸애는 한때 유학을 단념하고 취직을 해보려고 했지만 마땅한 자리가 나서지 않았다. 어느 직장에서든지 여자는 정당한 직업인으로 대우받지 못하고 차 시중 정도나 드는 직장의 꽃 정도로 알고 심한 차별 대우를 받는다는 것이었다. 3, 4십만 원씩 받고 몇 해 직장에 다니다가 시집가는 것보다는 당당한 전문 직업을 가질 수 있도록 유학을 시켜달라는 것이었다. 끝내 안 된다고 했더니 어느 날 현아는 다음과 같이 제안해 왔다.

"아빠, 엄마 그러면 이렇게 하는 게 어떻겠어요?"

"뭘 말이냐?"

"제가 시집갈 때 아무래도 결혼 비용이 들 게 아니예요?"

"그야 그렇겠지?"

"그 비용으로 유학을 시켜주세요."

"그럼 무슨 돈으로 결혼할 꺼냐?"

"결혼 비용은 제가 유학 끝내고 와서 취직하여 번 돈으로 충당할 꺼예요."

"도대체 프랑스에 가서 뭘 전공하려고 그러니?"

"동시통역이나 분장학(扮裝學)을 전공하려고 그래요. 그곳에 가면 6

개월 동안 현지언어 적응훈련을 받게 되는데 그동안에 둘 중 어느 하나를 택할 거예요."

제아무리 딸애라고는 해도 이렇게까지 나오는데 거절 일변도로만 밀고 나갈 수는 없는 일이었다. 딸애의 결의가 너무나도 확고부동해서 이것까지 거절하면 일생의 한이 될 것도 같았다. 자식이란 무엇인가? 부모를 통해 그들이 이 세상에 태어나는 것은 보이지 않는 인과로 인한 운명의 작용에 의한 것이다. 아이들은 제각기 뚜렷한 개성을 갖고 자신들의 진로가 프로그래밍된 채 이 세상에 태어난다.

부모는 그들의 진로에 가로 놓인 장애물을 치워주지는 못할망정 방해를 하거나 가로막을 권리는 없다. 따라서 애초부터 자녀에게 부모의 의사를 강요할 수는 없는 것이다. 어찌 생각하면 부모는 자식을 일시 맡아서 양육하여 결혼시켜 주는 것으로 그 책임을 완수할 뿐이지 그들의 예정된 진로를 가로막아 좌절감을 안겨주어서는 안 된다. 마침내 우리 부부는 어느 정도의 금전적인 출혈을 각오하고라도 딸애를 유학을 시키지 않을 수 없다는 결론에 도달한 것이다.

말띠 태생답게 개성이 유독 강하고 영문과를 나와 영어회화에 능통하고 활달하고 외향적이어서 아무한테나 척척 말을 잘 건네고 외국인과도 잘 사귀는 것을 보면 오히려 부모보다 나은 점도 있다.

남녀평등은 말이나 캠페인만으로 되는 것이 아니라 여성의 경제적 자립을 통해야만 실질적으로 달성된다고 본다. 이러한 의미에서 딸애에게 확실한 전문직업을 갖게 하는 것은 재산을 물려주는 것 이상으로 가치 있는 유산이 될 것이다.

다만 하나 걱정이 되는 것은 외로움을 견딜 수 있는 신앙이 없다는 것이다. 중·고등학교 때 교회에 다니더니 목사들이 돈만 밝힌다고 집어치워 버리고 말았다. 애비 된 입장에서 나는 딸애에게 선도수련을 전수하려고 여러 번 시도해 보았지만 번번이 실패해 버리고 말았다. 아들애는 선원에서 한 달쯤 수련을 한 경력까지 있지만 딸애는 전연 관심을 보이지 않았다. 현아가 만약에 운기만 할 수 있을 정도로 수련이 되었다면 제아무리 멀리 떨어져 있다고 해도 서로 기운을 보내고 받을 수 있을 텐데 하는 아쉬움이 있지만 이젠 어쩔 수 없는 일이었다.

1989년 8월 17일 목요일 21~31℃ 구름 약간

그저께 오후부터 어제 오늘, 만 사흘 동안 현아 친구들이 끊임없이 찾아와서 북새판을 벌였다. 친구들에겐 의리가 있었던지 초등학교, 중고등학교, 대학교 동창들이 멀리 떠나는 현아를 아쉬워하며 교대로 밤을 고스란히 새워가면서 재잘거리는 것이었다. 그 통에 막상 부모나 남동생과는 떠나는 시각까지 오손도손 앉아서 대화를 나눌 시간도 가져 보지 못했다.

더구나 3년간이나 해외에 떠나 있게 되었는데도 부모에게 큰절을 할 줄도 몰랐다. 하긴 아이들도 할아버지와 할머니가 안 계시니 부모가 할아버지 할머니에게 명절이나 특별한 경우에 큰절하는 시범을 보여주지 못한 것도 원인이 아닐 수 없었다. 어떻게 된 영문인진 몰라도 미국에 이민 간 장인장모는 명절 때에도 우리가 절하는 것을 한사코 마다하는 통에 아이들에게 산교육을 할 수 있는 기회조차 잃어버리고 만

것이다.

집에서 김포공항으로 출발해야 할 시간이 오후 2시였는데 현아는 2시 반이나 되어서야 출발 준비를 끝냈다. 아내 친구가 자가용을 몰고 와 주어서 우리 네 식구가 전부 한 차에 편승했다. 현아는 집에서 떠나는 마지막 순간까지 부모의 맘을 편안케 해줄 줄 몰랐다. 먼 길을 떠나면서도 친구들하고 재갈거릴 줄만 알았지 식구들에게는 일절 관심을 기울일 줄 몰랐던 것이다. 그런 면에선 아직 어린애였다. 공항 대합실에서 부산하게 돌아가면서 송영객들과 사진을 찍느라고 작별의 인사 한마디 제대로 나누지 못했다.

현아는 끝까지 친구들에게만 둘러싸여 있는 통에 식구들은 접근조차 할 수 없었다. 그러다가 막상 배낭을 짊어지고 손을 흔들면서 키만 껑충한 게 혼자서 비행기 탑승장으로 걸어가는 뒷모습을 보니 왈칵 애처로운 생각이 들면서 눈시울이 뜨거워 왔다. 아내는 끝내 눈물을 줄줄 흘렸다.

현아 친구가 넷, 아내 친구가 셋이 나왔는데, 내 친구는 하나도 나오지 않았다. 물론 사전에 알려주었더라면 나올 만한 친구가 노상 없으란 법은 없겠지만 이런 자리에 굳이 나와 달라고 하고 싶지도 않았다. 허전하고 외로웠다. 일행과 헤어져 좌석버스로 회사로 돌아오면서도 내내 울적하기만 했다. 나는 빨리 이러한 감정에서 헤어나 안정을 찾으려고 마음으로 기를 불러들이면서 단전호흡을 의식적으로 강하게 했다.

선도의 기본은 지감 조식 금촉이다. 지감(止感)이란 무엇인가.『삼일

145

신고』의 진리훈(眞理訓)에 따르면 "참과 망녕됨이 서로 맞서 세 갈래 길이 있으니, 느낌과 숨 쉼과 부딪침이라. 이것이 또다시 열여덟 경지를 이루나니, 느낌에는 기쁨, 두려움, 슬픔, 성냄, 탐냄, 싫어함이 있으며"라는 구절이 있다. 지감은 바로 이러한 여섯 가지 감정을 제어하는 것을 말한다.

그런데 나는 수련을 3년이나 한 주제에 바로 이러한 지감의 경지도 제대로 터득하지 못했단 말인가, 하는 후회가 일었다. 이 여섯 가지 감정을 제대로 다스리지 못한다면 우선 마음의 안정을 찾을 수 없는 것이다.

30년 동안 참선을 해 왔다는 내 문우(文友) 중의 한 사람이 연세대에 다니는 자기 아들이 데모에 참가했다가 최루탄에 머리를 얻어맞아 뇌수술을 하고 사경을 헤매는 것을 보고는 속이 뒤집히고 눈에 천불이 일더라는 말을 듣고 나는 속으로 생각했었다. 30년 참선이 말짱 다 헛것이란 말인가. 그 정도의 수련을 쌓았다면 비록 자식이 비명횡사를 당하더라도 초연하게 받아들이고 감정의 흔들림이 없어야 할 텐데. 사고가 터진 것은 이미 벌어진 일이다. 속이 뒤집히고 눈에서 천불이 난다고 해서 변하는 것은 아무것도 없지 않은가? 아무 수련도 쌓지 않은 범인들과 다른 점이 뭐란 말인가? 30년 동안이나 참선을 했다는 것이 곧이들리지 않았었다.

장자(莊子)는 아내의 주검을 앞에 놓고 앉아서 태연히 거문고를 키면서 흥겨운 노래를 부르고 있었다. 지나던 사람이 하도 이상하여 그 까닭을 물었더니 "죽음은 바로 새로운 삶의 시작이니 이 어찌 즐겁고

경하할 일이 아니오" 했다고 한다.

어떤 등산 친구는 사무실에서 일을 하는데 아내로부터 초등학교 다니는 아들이 교통사고로 다리에 골절상을 입었다는 긴급 연락을 받았다. 응당 만사를 제쳐놓고 집으로 달려갔어야 했다. 그러나 공교롭게도 그는 외국 상사와 긴급 상담을 위해 막 해외로 출발하려던 참이었다. 어떻게 해야 할 것인가를 놓고 그는 잠시 갈등을 겪었다. 그는 아내에게 전화를 걸어 긴급 출장을 가니 잘 부탁한다는 말을 남겨놓고는 예약된 비행기로 해외 출장을 떠나고 말았다. 그는 생각했다. 아들이 비록 교통사고로 중상을 당했다고는 해도 이미 저질러진 일이고 내가 달려갔다고 해서 달라질 것은 아무것도 없지 않은가? 입원을 했으면 의사가 알아서 할 일이지 내가 할 일은 아무것도 없다. 그러나 예정된 해외 상사와의 상담 성패는 전적으로 나에게 달려 있다. 부상당한 아들 문제는 하늘의 뜻에 맡겨버리자. 식구들에게는 좀 안됐지만 그 쪽이 그에게는 마음 편했던 것이다.

결국 세상만사는 마음먹기에 달린 것이다. 이러한 일들을 반추하면서 단전호흡에 열중을 한 탓인지 백회로 시원한 기운이 쏟아져 들어오면서 나는 어느새 평온을 되찾을 수 있었다. 결국 내 마음이 울적하다고 해서 변한 것은 아무것도 없었던 것이다.

1989년 8월 24일 목요일 21~30℃ 갬

10시에서 11시 반까지 좌선했다. 오래간만에 하는 정좌 수련이어서 그런지 그전 어느 때보다도 기운이 잘 들어왔다. 내 수련 정도는 하루

하루, 시간시간 조금씩 조금씩 향상되고 있다는 것을 실감한다. 그것을 들어오는 기운의 양과 질로 느낄 수 있다. 땅속에서 끊임없이 신선한 샘물이 솟구쳐 올라오는 것 같기도 하다. 참으로 다행한 일이 아닐 수 없다. 이러한 과정이 꾸준히 쉬지 않고 계속 쌓여가다 보면 어느 순간 결정적인 단계에 도달할 것이다. 한발한발 오른 끝에 드디어 정상에 도달하듯 말이다.

기운이 한창 신나게 들어오다 보니 몸이 공중으로 부웅 떠오르는 순간, 전화벨이 따르릉 울리는 통에 수련은 중단되고 말았다. 전화는 벌써 끊어져 있었다. 그렇다면 그동안 전화벨이 여러 번 울렸는데 내가 알아듣지 못했단 말인가? 다시 좌선에 들어갔지만 그 황홀했던 순간은 놓쳐버리고 말았다.

1989년 8월 28일 월요일 21~29℃ 흐림

11시부터 좌선에 들어갔다. 작년 이맘때 이후 오래간만에 입정(入定). 프랑스에 유학 간 현아의 자는 모습이 보인다. (프랑스 현지 시간은 오전 3시) 집에서 입던 까만 멜빵이 달린 실내의를 입고 침대 위에 정신없이 곯아떨어져 있다.

뒤이어 채마밭에서 일하는 늙으신 어머니의 모습이 보였다. 작년보다 훨씬 더 늙으셨다. 작년에 입었던 흰옷 대신에 남루하고 우중충하고 초라한 모습이었다. 금년 82세. 얼굴의 주름살도 훨씬 골이 더 깊어지고 허리도 더 꼬부라졌다. 딱하고 애처로웠다. 내 감정의 동요가 심해서일까 그 장면은 곧 사라져 버리고 말았다.

이번 투시의 특징은 내가 보려고 특별히 원하지 않았는데도 저절로 나타났다는 것이다. 평소에 늘 그 안위가 걱정이 되었기 때문일까? 어머님 생전에 통일이 되든 남북 교류가 되든, 투시를 통하지 않고도 직접 만나볼 수 있을지. 아내는 그 동안 현아에게 몇 번이나 전화를 걸었으나 제대로 연결이 되지 않아 애를 태웠었지만, 나는 이렇게 투시를 통하여 딸애가 무사한 것을 확인할 수 있으니 얼마나 다행인가. 모두가 수련 덕분이다.

단학 수련은 어떠한 환상이나 기성관념에 사로잡히지 않고 누구나 직접적인 체험을 통해 느끼고 깨닫는 공부이다. 따라서 선도 수련자에게는 천국이니 극락이니 지옥이니 하는 것이 따로 있을 수 없다. 동시에 부처도 중생도 창조주도 피조물도 따로 구분되는 일이 있을 수 없다. 공부하는 중에 느끼고 깨닫는 사람이 바로 창조주고 하느님이고 부처고 미륵불이고 옥황상제이고, 그러한 일이 벌어지는 자리가 바로 천국이고 극락이고, 공의 자리, 한의 자리, 조화의 자리이다. 생사(生死)와, 시공(時空)과 영욕(榮辱)을 초월하는 자리이다.

이러한 자리에 갈 수 있는 첫째 조건이 희로애락의 경지를 벗어나 지감을 터득하고 조식을 하고 금촉 수련을 하면서 각자 능력에 따라 홍익인간 재세이화를 위해서 전력투구하는 것이다. 이 공부를 꾸준히 밀고 나가는 동안에 누구나 이기적인 욕망의 때가 한 겹씩 벗겨지면서 오감과 육감이 되살아나고 예민해진다. 투시를 하고 전생을 보고, 예지 능력을 갖게 되는 것은 바로 이러한 과정이 천지기운의 조화로 서서히 진행되고 있음을 증명하는 것이다.

149

　　그런데 나는 아직 직계 존속인 어머니와 직계 비속인 딸애밖에는 투시할 수 없는 것을 보니 초보의 경지를 벗어나지 못했음을 실감한다. 더욱 분발하여 수련에 매진해야겠다고 거듭 다짐해 본다.

〈4권〉

낙상(落傷)

단기 4322(서기 1989)년 8월 31일 목요일 21∼28℃ 흐림

어제 오늘 부쩍 강한 기운이 줄기차게 주로 머리 전체로 들어온다. 이젠 밤 열한 시가 넘어도 그전처럼 피곤하고 졸려서 못 견딜 정도가 아니다. 새벽 다섯 시에 깨어나도 몸이 거뜬하다. 수면 시간이 드디어 여섯 시간대로 줄어든 것이다. 수련 전에는 보통 여덟 시간을 잤었는데, 수련 덕분에 한 시간이 줄어들어 일곱 시간이 되었다가 이제는 여섯 시간대로 줄어들었으니 반갑고 흐뭇한 일이 아닐 수 없다. 그만큼 수련이 진전되고 있다는 뚜렷한 증거이기 때문이다.

그뿐이 아니다. 한 시간을 더 생산적인 일에 쓸 수 있다는 것은 얼마나 다행한 일인가? 기운이 하도 세게 들어오니까 미구에 무슨 큰 변화가 내 심신에 또 일어날 것만 같은 예감이 든다. 상·중·하 단전에 다같이 기운이 충만하다. 중·하 단전에는 더운 기운이 상단전엔 시원한 기운이 소용돌이치면서 온몸을 휘감고 돌아다닌다. 끼니때가 되어도 별로 배고픈 줄을 모르겠다. 있으면 먹고 없어도 그런대로 배겨낼 것만 같은 느낌이 든다. 배고픔 따위는 이제 얼마든지 참아 낼 수 있을 것만 같다. 팔다리에 불끈불끈 나도 알 수 없는 힘이 용솟음친다.

그러나 기운만 가지고 문제가 다 해결되는 것은 아니라는 것을 나는 잘 알고 있다. 이 기운을 잘 운용할 줄도 알아야 한다. 바로 이 기운을 타고 수련에 매진할 줄도 알아야 하는 것이다. 천지기운을 타고 그 기운의 힘을 빌어 수련을 하는 것이 바로 선도이다. 불교에서처럼 마음공부만을 위주로 하는 참선이나, 기도를 주요 수단으로 삼는 기독교의 묵상과는 근본적으로 다르다. 바로 기를 타고, 기를 운용함으로써 수련에 박차를 가하는 것이 바로 단학과 선도의 핵심인 것이다. 그렇다고 해서 기 자체가 선도의 최종 목표는 될 수 없다.

성통공완이 바로 선도의 종착점이다. 성통공완을 한다는 것은 바로 '한'의 자리에 도달하여 바로 하느님과 똑같은 조화의 주체가 되는 것을 말한다. 그러므로 내 경우 바로 기장(氣壯)의 경지를 넘어 성통에 이르려면 무엇보다도 신명의 경지에 들어가야 하는 것이다. 신명의 경지에 들어가기 위해서는 우선 마음공부가 되어야 한다. 마음공부라고 하면 지극히 막연한 느낌이 든다. 그러나 바로 이 마음의 향방에 따라 수련의 진로가 결정된다는 것을 생각하면 기 수련과 마음 수련이야말로 뗄래야 뗄 수 없는 유기적인 연관이 있다고 아니 할 수 없다.

망망대해에 떠 있는 배에 제아무리 식량이 많고 연료가 충분하다고 해도 뚜렷한 방향 설정이 되어 있지 않으면 그 배는 정처 없이 표류할 수밖에 없다. 기운이라는 것은 식량이나 연료에 해당되고 배의 향방을 가리키는 키 즉 방향타는 마음의 자세와 같다고 할 수 있다. 초능력자가 되기를 원하는지, 무당이나 점쟁이가 되기를 바라는지 아니면 사이

비 종교의 교주가 되려고 하는지 그것도 아니라면 성통공완 하기를 진정으로 바라는지는 전적으로 그 사람 마음먹기에 달려있는 것이다.

밤 10시 20분경, 선원에서 있은 특별 수련에 참가했다. 평생회원들을 몇 달 만에 만났는데도, 얼굴들이 그전과 조금도 변함이 없다. 운기가 잘되어서 그런지 여느 사람들과는 다른 것을 알 수 있었다. 다시 말해서 수련을 안 하는 지기들은 대개 오래간만에 만나면 세월이 흐른 만큼 얼굴이 조금씩 허옇게 바래든가 피부가 탄력이 없고 심한 경우는 주름살이 늘어난다든가 하는 경우를 흔히 보게 되는데, 열심히 수련하는 도우들에게서는 그런 흔적을 거의 찾아볼 수 없다. 선도수련을 하는 사람과 안 하는 사람들은 이런 점에서 큰 차이를 느끼게 된다.

1989년 9월 3일 일요일 16~26℃ 갬

요즘 나는 암벽을 타노라면 묘한 생각이 자꾸만 든다. 그것은 일종의 메시지 같은 것이기도 하다. 저 무의식의 깊은 곳에서 문득문득 치솟아 올라 무엇에 취한 듯이 휘청대는 나를 일깨워주는 것만 같은 그러한 것이다. 이런 것을 원격감응이라고 하는지 모르겠다. 영어로는 텔레파시라고도 한다. 그것을 언어로 굳이 표현해 본다면 이러한 것이다.

"이보게 자네, 정신 좀 차리게. 도대체 무엇 때문에 그렇게 죽기살기로 암벽에만 매달리려고 그러는가? 이제는 한 10년 암벽 맛을 보았으니 그만 둘 때도 되지 않았나. 자네가 암벽을 시작할 때는 그것 아니면 다른 데 취미 붙일 만한 데가 없어서 그랬겠지만 이제는 사정이 달라지지 않았는가 말일세."

이에 대해서 나는 "사정이 달라졌다니 무엇을 말하는 겁니까?" 하고 그 정체 모를 메시지에 대고 반문한다.

"그걸 몰라서 묻는가? 자넨 지금 선도수련을 하고 있지 않은가? 지금 자네는 수련이 상당한 경지에 올라있네. 그 수련에 더욱더 정성을 쏟게. 암벽 타기는 아무리 해 보았자 건강 외에 무슨 소득이 있겠나. 그러나 수련은 깊어지면 깊어질수록 건강 차원을 넘어 신령스러워지지 않는가. 영격(靈格)을 높이란 말일세."

"영격을 높이다니요?"

"자네 또 딴소리하긴가. 뻔히 알면서. 사람은 영격이 높아져서 신령스러워져야 견성할 수 있네. 견성을 하도록 수련에 더욱 박차를 가하게."

"견성하면 어떻게 됩니까?"

"우선 견성부터 해 놓고 보세. 그렇게 되면 지금과 같은 의문은 스스로 사라지게 될 걸세. 겨레를 위하여, 인류를 위하여 큰일을 해야 하지 않겠나. 어찌 사내대장부로 태어나서 암벽 타기 따위에 매달려 허송세월할 수 있단 말인가? 물론 암벽 타기에서 오는 짜릿짜릿한 스릴과 전율, 홀드 하나 스텝 하나에 목숨이 왔다갔다하는 난코스를 벗어났을 때의 뿌듯한 성취감을 모르지 않지만 그 이상은 없지 않은가. 암벽을 아무리 잘 탄다고 해도 그것은 사회에 보탬이 되는 것은 아무것도 없네. 오히려 까딱하면 암벽에서 추락하여 목숨을 잃던가 운이 좋아야 큰 부상을 입는 것이 고작이지."

이것은 분명 나를 위해서 보이지 않는 세계에서 보내오는 경고였다. 경고 쳐놓고는 구구절절이 다 옳았다. 그러나 암벽 타기의 즐거움을 어떻게 포기할 수 있단 말인가? 한두 해도 아니고 벌써 근 10년 동안이나 길들여 온 것을 어떻게 하루아침에 그만둘 수 있단 말인가. 나는 이미 등산 중독증에 걸린 지 오래되었다. 그것도 단순한 등산 정도가 아니라 암벽 타기에 깊숙이 빠져있는 것이다. 내 무의식의 깊은 곳에서 들려오는 이 내면의 소리가 옳다는 것은 알고 있으면서도 선뜻 단념하지 못하는 것은 바로 바위 타기의 묘미 때문이었다.

"바위 타기는 흡사 도박이나 마약중독과도 같느니라. 깨닫는 순간 빨리 손을 떼는 것밖에는 살길이 없느니라. 선도수련이라는 대안이 엄연히 마련되어 있지 않은가? 덮어놓고 그만두라는 것이 아니라 바위 타기를 대신할 수 있는 훌륭하고 유익하고, 영생의 길에 들어설 수 있는 더없이 좋은 길을 발견했는데 무엇 때문에 주저한단 말인가?"

이러한 소리도 들려오곤 했었다. 그러나 나는 아직 바위 타기에 연연하고 있었다. 장차는 결국 그만두어야 할 것을 뻔히 알면서도 타성과 습관의 멍에를 지고 질질 끌려가고 있었다. 이러지도 저러지도 못하는 갈등 속에서 갈팡질팡하는 나날이 계속되었다. 그러면서도 일요일만 되면 배낭을 짊어지고 아내와 함께 출근 시간에 맞추듯 집을 나서곤 했다.

도봉산 냇골에 접어들어 바위 코스만 눈앞에 나타나면 그때까지 머릿속에서 떠나지 않던 갈등은 온데간데 없이 사라지고 바위에 달라붙곤 하는 것이었다. 깊은 내면의 소리, 하늘의 소리를 계속 외면만 하는 나를 하늘은 그냥 내버려둘 수만은 없었던지 나는 끝내 사고를 내고야 말았다. 냇골 레이백 암벽에서였다. 전에 다니던 코스대로만 갔더라도 아무 일도 없었을 텐데, 오늘은 어쩐지 새로운 길을 개척하고 싶었다. 다른 바위꾼들이 몇 명이 다니는 것을 보아왔지만 하도 위험해서 선뜻 내키지 않았던 가파른 슬라브였다. 바로 그곳에서 미끄러졌다.

재작년엔가 나이가 65세나 된 김영종 씨가 슬립을 당하여 손바닥이 벌겋게 피가 배어 나오도록 부상을 당했던 곳이기도 했다. 가파른 슬라브에서는 일단 미끄러졌다 하면 몸이 구르지 않도록 손발과 몸 전체를 바위에 찰싹 붙이고 있어야 한다. 물론 미끄러져 내리면서 손바닥이 벗겨지고 무릎이 까지는 한이 있더라도 굴러 내리다가 바위에 부딪쳐 뇌진탕을 일으키는 것보다는 훨씬 낫다. 그러나 바위꾼들은 바로 이러한 위험 때문에 한층 더 스릴을 느끼고 도전을 하게 된다. 얼마 전에는 나이가 70이 다 된 한영수 영감도, 처녀 아이도 어렵지 않게 이곳을 통과하는 것을 보았다. 물론 모두가 암벽화를 신기는 했지만 말이다.

35년 만에 우연히 내 저서 때문에 연락이 닿은 옛 친구를 달려가서 만나지 못하고 암벽 타기에 연연하는 내 자신에 대한 자책도 찰거머리 모양 머리를 떠나지 않고 나를 괴롭혔다. 나에게 있어서 갈등과 괴로움에서 해방이 되는 길은 아슬아슬한 바위 타기에 전념하여 모든 것을 잊는 것이었다. 이러한 무의식적인 충동에 사로잡힌 나는 바로 이 난코스에 도전해 보기로 했다. 앞뒤 재어볼 틈도 없이 순간적으로 선택한 일이었다.

그 순간 나는 결정적인 실수를 저질렀는데, 그것을 미처 깨닫지 못하고 있었다. 그것은 암벽화를 신지 않고 있었다는 것이다. 나는 이때 암벽 보행 겸용화를 신고 있었는데, 이것은 아무래도 암벽화하고는 고

무의 질이 근본적으로 달랐다. 암벽화는 바닥이 민짜로 되어 있어서 어떠한 암벽에든 붙기만 하면 찰떡처럼 달라붙는 성질이 있지만 암벽 보행 겸용화는 그렇지 못했다. 지금은 성능이 좋지 않아서 생산도 되지 않는 겸용화를 나는 벌써 여러 해 동안 습관적으로 신고 다니고 있었다.

게다가 바위가 푸석푸석하여 잘 부서져 내렸다. 암벽화였다면 능히 감당을 할 수 있었겠지만 겸용화는 그대로 미끄러지고 말았다. 위기를 깨달은 순간엔 이미 때는 늦어있었다. 오른쪽은 아무것도 의지할 데 없는 절벽에 가까운 급경사였고 왼쪽은 레이백 코스여서 5미터쯤 떨어진 곳에 미끄럼틀 난간처럼 되어 있는 바위 모서리가 길게 아래로 뻗어 있었다.

내가 미끄러지는 것을 밑에서 지켜보던 바위꾼들이 "위험해요!" 하고 소리치는 것이 들렸다. 그러나 이러한 절규는 위기에 처한 나에게는 아무런 도움도 되지 못했다. 나는 이미 위기에 빠져 있었고 무사히 벗어날 수 있는 길은 완전히 차단되어 있었기 때문이었다. 오히려 위기감만 더 조장하여 당황케 하는 데만 도움을 줄 수 있었을 뿐이었다. 나는 필사적으로 두 발을 번갈아 디뎠지만 계속 아래로 미끄러져 내릴 뿐이었다. 더 이상 어쩔 수없이 아래로 추락할 수밖에 없다는 판단이 내렸다.

아래는 75도의 가파른 절벽이었다. 그대로 추락하면 뼈도 못 추릴 것 같은 느낌이 들자 몸을 홱 왼쪽으로 굴리면서 미끄럼틀 난간 같은 바위 쪽으로 몸을 던졌다. 그다음은 일시 정신을 잃었다. 몇 순간이 지난 뒤 딱 소리와 함께 무엇이 뒤통수를 되게 때리는 것을 의식하면서 나는 바위 구석 발판 같은 곳에 털썩 엉덩방아를 찧었다. 15미터 정도를 암벽에 몸을 부딪치면서 추락한 것이다. 밑에서 내가 굴러떨어지는 것을 역력히 지켜보던 사람들이 일제히 다가왔다. 한 사람이 내 뒤통수를 유심히 살펴보더니 "어느 틈에 벌써 지혈이 되었군요"하고 대수롭지 않은 듯이 말했다. 또 한 사람은 흰 두루마리 휴지를 한 움큼 풀어내어 찰과상 입은 내 눈썹 부위에서 피를 닦아주었다.

선원(船員)으로 일했었다는 서성조 씨가 두 눈이 휘둥그래가지고 "아니 김 선생님 아니십니까? 어쩌다가 이렇게 되셨습니까?"하고 다급하게 물어왔다. 다정한 바위꾼 친구를 만나자 나는 내심 부끄러워 얼굴을 제대로 들 수가 없었다.

"뭐, 대단한 부상은 아닌 것 같아요. 오른쪽 슬라브에 붙었다가 그만 슬립을 먹었어요."

"아니 김 선생님도, 암벽화도 안 신으시고 어쩌자고 거기엘 붙으십니까?" 하고는 몹시 근심스러운 표정을 감추지 못하고 나를 부추겨 일으켜 세우려고 하기에

"괜찮으니 그냥 먼저 가세요. 혹시 집사람 만나더라도 아무 말 말고 그냥 지나쳐 가세요."

나 때문에 아내의 일요일 등산을 망치게 하고 싶지 않았던 것이다.

"괜찮겠어요? 그럼 먼저 갑니다" 하고 그는 올라가 버렸다. 머리가 띠잉하고 오른손 엄지가 겹질렸는지 밑 부분이 부어올라 있었다. 잠시 앉아 충격을 가라앉히고 나자 나는 다시 전에 다니던 코스로 올랐다.

냇골 정상을 지나 한참을 오르다가 아내를 만났다.

"아니 여보, 눈두덩이가 왜 그래요?" 하고 두 눈을 키웠다.

"바위에 조금 스쳤어!" 하고 대수롭지 않게 넘겨버렸다. 그러나 멀쩡하게 걸어오는 나를 보고는 놀란 가슴을 가라앉히는 것 같았다. 추락하고 나서 엉덩방아를 찧는 순간 뒤통수에서 딱 소리가 날 때는 정신 차리라고 꾸짖는 몽둥이질과도 같은 느낌이 들었다. 다행히도 위기의 순간에 당황하지 않고 왼쪽으로 몸을 틀어 미끄럼틀 난간 같은 바위 쪽으로 몸을 날렸기에 망정이지 그렇지 않았더라면 어떻게 되었을까 하고 생각하니 정말 아찔했다. 신명의 가호로 큰 부상을 면한 것을 알 수 있었다.

옛친구 인재 생각을 하느라고 정신을 빼앗겨서 그런 실수를 저질렀을까? 연락이 닿았으면 만사 제쳐놓고 당장 뛰어가서 만나지 못한 데 대한 벌이 아닐까 하는 뉘우침도 일었다. 이쯤 충격을 받았고, 비록 가볍긴 했지만 부상까지 입었으면 오던 길을 되짚어 돌아가는 것이 정상인데도 나는 끝까지 오기를 살려 평소와 같이 난코스를 빼지 않고 거의 다 탔다. 쪽바위만은 손가락 부상 때문에 어쩔 수 없이 포기했지만.

집에 돌아와서는 팔다리를 제대로 놀릴 수 없어서 목욕도 생략하고 물수건만으로 대강 몸을 닦고, 머리는 감지도 못했다. 하도 엄지가 아파서 볼펜을 잡을 수가 없어서 닷새 동안 글도 쓸 수 없었다.

1989년 9월 6일 수요일 19~29℃ 갬

내가 부상당했다는 말을 들은 한 도우(道友)가 말했다.

"아니 김 선생님은 그렇게 도력이 높으신 분이 그만한 위험도 미리 예방하시지 못했단 말씀입니까?"

"내가 도력이 높다니 그게 무슨 말씀입니까? 당치도 않은 말씀 마십시오."

"왜 그러십니까? 몇만 리 밖에 있는 따님도, 이북에 계시는 가족들도 투시를 하시지 않았습니까?"

"아무리 투시가 됐다고 해도 인간이 지닌 한계는 극복할 수 없는 게 아닐까요? 그게 바로 육체를 지닌 인간과 신의 차이일 것입니다. 투시가 아니라 축지법을 쓰고 신명을 부리고 비월(飛越)을 하는 도인들도 앓게 될 때는 앓고 이 세상을 떠날 때는 떠납디다. 아 중이 제 머리 못 깎는다는 말 듣지도 못했습니까? 허허 다 변명입니다. 요컨대 제가 아직 수련이 부족해도 한참 부족하다는 것을 이번 기회에 깨달았을 뿐입니다."

"그렇다고 그렇게까지 자책하실 필요는 없습니다. 제가 보기에는 암벽 타기 그만 하시고 수련에 더욱더 정진하라는 하늘의 경고가 아닌가 생각됩니다."

"제 생각과 너무나 흡사하군요."

어쨌든 이러한 대화를 나누어야만 했던 내 심정은 씁쓸했다. 사흘 만에야 도인체조를 다시 할 수 있었다. 손목이 아파서 엎드려 팔 굽히기는 도저히 할 수 없었다. 거울을 통해 내 얼굴을 유심히 살펴보니 평소의 정기가 어지간히 되살아난 것 같았다.

160

1989년 9월 16일 토요일 20~27℃ 개었다가 비

벌써 2주일 이상이나 오른팔 안쪽에 꼭 옻나무에 닿았을 때처럼 벌건 돈짝만한 반점이 생겨난 채 없어질 줄 모른다. 옻이 올랐을 때와 같이 가렵다. 옻이라면 사나흘 그러다가 마는데, 그렇지 않다. 아무래도 명현현상 같다.

명현현상은 한두 번으로 끝나는 게 아니고 두고두고 되풀이되는 것 같다. 양파처럼 한 꺼풀 벗기고 나면 속에 또 꺼풀이 있는 것처럼 몇 번으로 끝나는 게 아니고 수련 진행 정도에 따라 자꾸만 반복이 되는 것이 틀림없다. 몸속 어느 구석엔지 모르게 숨어 있던 탁기나 독기가 운기가 점점 더 강화되면서 하나씩 하나씩 벗겨져 몸밖으로 나가는 것 같다.

부상당한 손목은 지루할 정도로 서서히 나아가고 있다. 초등학교 시절에 친구와 싸우다가 담임선생님한테 걸상을 눈높이로 치켜들고 벌을 설 때와 같이 갑갑하지만 어쩔 수 없는 일이었다.

1989년 9월 17일 일요일 21~24℃ 하루 종일 비

벌써 낙상 이후 두 번째나 일요일 등산을 걸렀다. 지난 10일과 오늘이다. 10일엔 벼르고 별렀던 수도 공사를 하는 날이어서 어쩔 수 없이 못 갔고, 오늘은 아침부터 하루 종일 장대 같은 비가 쏟아지는 통에 배낭을 메고 나설 엄두가 나지 않았다. 그러나 한편 생각해 보면 내 부상을 치료하는 데는 잘된 일인 것 같다. 부상당한 팔목은 힘을 덜 쓰게 되어 치유는 빨라지게 될 테니까 말이다.

그건 그렇고 지난 3일에 당한 낙상은 곰곰이 생각할수록 이상한 점이 한둘이 아니다. 첫째는 평소엔 그런 충격적인 일을 당할 때는 그날 새벽꿈에 놀라서 깨어나 잠을 못 이루는 것이 통상 있는 일인데, 전연 그렇지가 않았다는 것이다. 도둑을 맞으려면 개도 안 짖는다는 말이 꼭 들어맞는 것만 같다. 그러고 보면 이러한 사건은 나의 인생 프로그램에서 이미 예정되어 있었던 일일까. 아니면 어떠한 예방책도 미리 강구하지 못하도록 어떤 섭리의 힘이 작용한 때문이 아니었을까 하는 생각도 들었다.

두 번째로 그날은 도대체 무엇 때문에 전에는 하지도 않던 모험을 했는지 모르겠다. 더구나 그 코스는 전에도 한번 시도했다가 미끄러지는 통에 중단했던 곳이 아닌가? 귀신이 씌지 않은 이상 그러한 어리석은 모험을 무엇 때문에 저질렀는지 이해가 되지 않는다.

세 번째로 미끄러지면서 오른쪽으로 몸을 내던진 순간 정신을 잃어버린 것이다. 아무리 위기에 처해 있었어도 나는 정신을 잃어버린 일은 없었던 것이다. 높은 곳에서 추락을 할 때 정신을 잃지 않으면 공포심에 사로잡혀 긴장을 하는 통에 더 심한 부상을 당한다고 한다. 그러나 정신을 잃으면 무의식중이라 어떤 일이 벌어지는지 모르게 되므로 공포심에 사로잡혀 근육이 경직되는 일이 없으므로 오히려 안전하다는 것이다. 철없는 어린애나 술 취한 사람이 높은 건물에서 떨어지고도 오히려 멀쩡한 일이 있는 것은 바로 이 때문이라는 것이다.

따라서 떨어지는 순간 정신을 잠깐 잃게 하는 것은 당사자를 보호하려는 신의 섭리라는 말이 있다. 그렇다면 내 경우 나를 보호하려는 어떤 보이지 않는 섭리가 작용했단 말인가? 그러나 보호는 하되 따끔한 맛은 보여주어야 한다고 작정했는지, 떨어지는 순간 누가 뒤통수를 딱 때리는 것 같은 타격을 가했던 것은 아닐까? 사실은 바위에 머리를 부딪친 것이지만.

장대같이 하루 종일 퍼붓는 빗속에서 집안에 앉아 텔레비전을 보면서 나는 내내 이러한 상념에 잠겨 있었다. 작년 바로 오늘 있었던 올림픽 개막식 광경을 텔레비전으로 흥미 있게 지켜보았다. 1988년은 6천 년 동안의 전개천(前開天)이 끝나고 후개천(後開天)이 시작되는 첫 해라고들 한다. 또 이 해는 단기 4321년인데 이 네 개의 숫자를 합치면 완성수(完成數)인 10이 된다. 역시 보이지 않는 조화의 섭리가 깊이 내재되어 있는 것 같은 느낌이 든다.

1989년 9월 21일 목요일 15~24℃ 흐림

자고 나자 부상당한 손목이 오늘도 소복히 부어있었다. 저리고 시큰거리는 것도 여전하다. 조금씩 나아가는 것은 분명한데도 왜 그런지 모르겠다. 혹시 병원에서 잘못 진단한 게 아닌가 하고 『가정백과』 책을 부지런히 뒤져 보았지만 그런 것 같지는 않았다.

요즘 나는 새로운 수련을 시작했다. 아침마다 허공에 대고 아홉 번씩 절을 하고 천부경을 아홉 번씩 암송한다. 이런 수련을 시작한 지 오늘로 벌써 8일째다. 처음엔 미처 몰랐는데 이제 서서히 그 효력이 나타나기 시작했다. 오전엔 낙상 이후 처음으로 한 시간 동안 정좌 수련을 했는데, 엄청난 기운이 쏟아져 들어오기 시작했다. 『천부경』을 아침에 아홉 번 외는 것 이외에도 시간만 나면 수시로 외워서 그런지 이제는 "일시무시일…" 하고 서두만 떼어놔도 그 뒤는 자동적으로 술술 외워진다. 그럴수록 기운도 더 많이 들어오고 차츰 기분도 좋아졌다.

부상당한 지 18일째, 비로소 어느 정도 정상을 회복했다. 손목도 아침보다 많이 나아서 글 쓰는 것도 타자 치는 것도 그전과 손색이 없다. 『천부경』을 속으로 외울수록 좋은 기운이 자꾸만 솔솔 더 들어오니 나도 모르게 더욱 열심히 암송하게 된다. 『천부경』은 조화경이라고도 한다. 이 경전 속에는 우주 삼라만상의 조화의 원리가 함축되어 있다. 조화경은 또한 '한'의 원리를 축약해 놓은 인류 역사상 가장 오래된 경전이기도 하다. 『천부경』은 조화의 기운 즉 한 기운을 끌어들이기 위한 암호이기도 하다. 라디오 주파수를 맞추듯 우리는 『천부경』을 외움으로써 조화의 주체인 우주의 대생명과의 교류가 가능해진다. 따라서 『천부경』은 한 기운과 천손(天孫)인 우리 인간과의 파장을 맞추는 주파수이기도 하다.

그러나 주의할 점은 아무나 『천부경』을 외운다고 해서 다 그렇게 되는 것은 아니라는 점이다. 적어도 『천부경』을 외우면서 기운을 받아들일 수 있는 조건을 갖추지 않으면 안 된다. 그 조건이란 무엇인가? 그것은 바로 선도의 기초 수련 과정을 말한다. 보다 구체적으로 말해서 적어도 축기 합격이 되어 운기는 할 수 있어야 한다.

1989년 9월 22일 금요일 16~26℃ 구름 조금

부상당한 지 19일째 드디어 손목에서 붕대를 풀었다. 부상당했던 인대 즉 힘줄을 눌러보아도 통증을 느낄 수 없었다. 회사에서 해설판을 쓰다가 붕대 한 것이 갑갑해서 풀어보니 며칠 전까지만 해도 눌러보면 몹시도 시큰대던 곳이 아무렇지도 않았다. 내 경험에 의하면 지금까지 인대가 상했을 때는 적어도 4주일은 걸려야 치유되었었는데, 겨우 2주일 5일 만에 다 나은 것이다. 『천부경』을 외우면서 운기(運氣)가 활발해졌기 때문에 가능한 일이었을 것이다. 만약 선도수련을 하지 않았더라면 이렇게 빨리 나을 리가 없었을 것이다.

『천부경』과 103배

1989년 9월 25일 월요일 15∼23℃ 갬

오랜만에 등산을 해서 그런지 양 손목과 발목뿐이 아니고 왼쪽 무릎까지도 무엇이 닿기만 하면 통증이 왔었지만, 아침에 일어나 보니 전날보다 몸이 훨씬 가볍고 기분도 상쾌했다. 9시 25분부터 40분까지 15분 동안에 103배를 했다.

허공에 대고 103배를 하기로 작정했다. 허공은 무심이고 무심은 무사무념의 상태이고 마음을 텅 빈 경지다. 바로 이 경지가 한이고 공이고 우주의 삼라만상을 포용할 수 있는 조화의 자리이다. 예부터 우리 조상들은 이러한 조화의 경지를 일컬어 하느님 또는 하나님이라고 했다. 그래서 천부경에서는 하느님을 한일자(一)로 취음했던 것이다. 하느님은 어떤 종교에서처럼 인간의 길흉화복생사를 주관하는 질투도 하고 시기도 하는 존재가 아니라 조화(造化)를 일으키는 주체와 원리로 파악되는 것이다.

바로 이러한 원리를 우리 민족에게 아득한 옛날 즉 9186년 전에 가르쳐준 분이 안파견 환인천제를 필두로 한 일곱 분의 환인천제였고, 5886년 전 거발한 환웅천황을 위시한 열여덟 분의 환웅천황이었고, 4322년 전 왕검단제(檀帝)를 비롯한 마흔일곱 분의 단군천제였다. 따라서 환인, 환웅, 단군 할아버지들은 전부 일흔두 분이다.

이 일흔두 분의 할아버지들을 우리는 간략하게 환인, 환웅, 단군 할아버지로 호칭하고 있다. 환인 시대 일곱 분을 대표한 분이 안파견 한인천제이고, 환웅시대 열여덟 분을 대표한 분이 거발한 환웅천황이고, 단군시대 마흔일곱 분을 대표한 분이 왕검 단군천제이다. 따라서 환인, 환웅, 단군은 각각 한 시대를 대표한다.

바로 이들 환인, 환웅, 단군 할아버지들은 우리 민족의 핏줄이고 기운줄이고 신명줄의 시초이다. 그뿐만 아니라 이 세 분 할아버지들은 바로 이 핏줄, 기운줄, 신명줄을 조화의 주체인 큰 하느님에게 연결해 준 우리 민족의 대성인이고 큰 스승이다. 따라서 이 세 분 할아버지들은 우리를 한의 자리, 조화의 자리로 이끌어준 큰 스승일 뿐 결코 신앙의 대상은 아니다.

선도 수련자들에게는 신앙의 대상이 없다. 오직 소우주인 우리 자신들을 대우주인 조화의 주체인 한의 자리와 일치시키는 것이 최종의 목표이다. 다시 말해서 우리들 자신이 수련을 통해서 다 같이 조화주 하느님이 되자는 것이다. 103배는 우리 자신들을 조화주인 큰 하느님과 일치시키려는 염원의 발산이다. 우리 자신들을 103배를 통하여 한의 자리와 일치시킬 때 우리는 엄청난 기운을 받을 수 있다. 지극한 정성으로 103배를 하고 나면 많은 기운이 들어오는 것을 느낄 수 있는 것은 바로 이 때문이다. 거듭 말하지만 103배는 신앙의 대상을 향한 예배 행위가 아니라 우리들 자신을 큰 하느님인 조화주의 자리까지 승격시켜 그와 한몸이 되게 하기 위한 수련 행위인 것이다.

내가 오늘부터 103배를 시작하기로 결심한 것은 결코 누구의 지시나

167

권고나 충고를 받아서는 결코 아니다. 어쩐지 나 자신도 모르게 허공에 대고 103배를 하고 싶은 강렬한 충동에 사로잡혀서였다. 허공은 삼라만상을 하나로 다 포용하고 있으면서도 원리에 따라 일점일획도 어긋남이 없이 우주의 천체들을 운행시키고 있다. 따라서 온누리에 있는 생물과 무생물은 모두가 한몸이고 결국 하나임을 깨닫게 된다. 따라서 우리는 이 세상 모든 것을 향해 절을 함으로써 우리 자신을 한없이 낮추어 겸손해질 수 있는데, 이 겸손은 결국 자기 자신을 조화의 자리, 한의 자리에까지 높이는 구실을 하게 된다.

불교의 108배 대신 완성수(完成數)인 10을 제곱하고 천·지·인 (天·地·人) 3재(三才) 수를 더한 103배는 또한 가장 효과적인 도인체조이기도 하다. 아무리 추운 날에도 103배를 하고 나면 등에서 땀이 난다. 엎드린 몸을 일으켜 세우면서 머리의 신정혈로 청신한 기운을 받아들여 임독맥을 거쳐 백회로 보내는 동안 몸속의 탁기를 뽑아낸다는 의식을 걸고 세웠던 몸을 엎드린다. 그 순간에 탁기뿐만 아니라 몸속에 숨어 있던 사기까지도 빠져 나간다. 이처럼 103배는 우리 몸을 정화하는 역할도 한다는 것을 명심해 둘 필요가 있다. 103배를 마치고 나서 정좌하면 몸은 한껏 이완되어 천기를 받아들이기에 가장 알맞는 상태가 된다.

1989년 9월 27일 수요일 15∼21℃ 비

아침 식사 후에 출근 준비를 하면서 아내가 말했다.

"직장 동료 하나가 하도 딱한 사정을 호소하면서 돈을 꾸어달라고

하기에 여러 번 완곡히 거절을 하다가 하도 끈질기게 늘어붙어 통사정
을 하기에 십만 원을 꾸어주었거든요. 그런데 이미 꾼 돈은 갚지도 않
고 또 돈을 꾸어달라는 거예요. 그래 먼저 꾸어간 것 갚지도 않고 또
무슨 돈을 꾸어 달라느냐면서 생활비가 빠듯해서 더 꾸어줄 수 없다고
거절했더니."

아내는 하던 말을 멈추고 기가 차다는 표정으로 나를 물끄러미 쳐다
보았다.

"그래 어떻게 됐소."

"그랬더니 글쎄, 새로 또 십만 원을 꾸어주지 않으면 먼저 꾼 돈도 안
갚겠다는 거예요. 그러면서 자가용에다가 비싼 옷에다가 있는 사치 다
부리고 입에서는 언제나 쩝쩝거리고 군것질이 떠날 날이 없다구요."

"그런 줄 알면서 애초에 돈을 꾸어준 게 잘못이지. 안 그렇소?"

"그래도 눈뜨면 매일 얼굴 맞대고 지내야 하는 처지에 어떻게 매정
하게 거절만 할 수 있어야죠. 결국은 인정을 베푼다는 게 콱 물려버린
꼴이 되었지 뭐예요. 괘씸한 걸 생각하면 밤잠이 다 안 온단 말예요."

"십만 원 뗀 셈치고 잊어버리는 게 상책이겠소."

"당신 누굴 약 올리는 거예요. 불난 집에 부채질 한다더니 당신을 두
고 하는 말이구료."

아내는 두 눈의 흰자위가 하얗게 되도록 나를 흘겨보았다. 나는 더
이상 말을 않기로 했다. 그래 보았자 아내의 화만 더 도둘 테니까. 아
내의 심중이 가슴에 와닿았다. 이번 경우 상대가 괘씸하다는 쪽으로만
생각을 굴리면 괴롭기가 지옥과 같을 것이다. 그러나 오죽하면 그렇게

까지 나올까? 시혜를 하기로 했으면 더 이상 상대를 원망하지 말아야한다. 자제력도 없고 야무지지도 못한 그녀를 측은하고 불쌍하게 여기면 오히려 이쪽의 마음이 편안해지고 기분도 가벼워지게 마련이다. 없어서 늘 걸걸하면서 꿈질이나 하는 그 여자에 대면 아내는 그래도 약간의 여유가 있어서 그 때문에 오히려 갈등을 느낀다고 생각하니, 배부른 소리 같고 고민거리도 되지 않는다는 느낌이 들었다.

누구나 물질의 소유욕에서 해방이 된다면 이런 문제는 능히 다스릴수 있을 것이다. 가능하면 이웃에게 은혜를 베풀자. 수혜자가 고마워하든 말든, 수혜자가 시혜자를 역이용하려고 하든 말든 일절 개의치말자. 수혜자가 꼭 고마워하기를 바라는 것 자체가 주고받는 식의 거래에 지나지 않는다.

그런데 어찌된 일인가? 이런 생각을 하는 순간 내 마음이 공의 자리와 어느 정도나마 가까워져서일까? 엄청난 기운이 백회로 밀려들어오고 있었다. 이웃에게 너그럽게 대하고 욕심에서 해방되어 마음을 비우라는 신호 같기만 하다. 결국 모든 것은 마음먹기에 달려 있는 것이 아닐까? 하늘이 비를 뿌릴 때 생물이 고마워할 것을 꼭 기대하는 것은 아니다. 그냥 무조건 대자연의 순환의 원리에 따라 비를 뿌릴 뿐이다. 아무런 대가도 바라지 않고 오히려 비를 뿌리는 행위 자체를 즐길 뿐이다. 시혜도 역시 무조건적이야 한다. 무슨 대가를 바란다면 벌써 그건시혜일 수 없다. 그것은 거래이고 물물교환일 뿐이다. 아내도 부디 이러한 마음을 가져주기를 속으로 빌었다.

1989년 9월 29일 금요일 11∼27℃ 갬

어제의 강연이 끝나고부터 어쩐지 전에 없이 심한 피로가 엄습해 왔다. 103배를 연 사흘 동안 계속한 데서 오는 몸살이 아닌가 생각되었는데, 반드시 그렇지만도 않은 모양이다. 오전 11시까지 누워서 앓았고, 점심 후에도 잠시 누워 있어야 했다.

감기몸살 같다. 기운은 계속해서 엄청나게 백회로 쏟아져 들어온다. 내 몸에 무슨 변화가 올 징후인 것 같다. 심신의 재조정이 필요할 때 몸살은 늘 오게 마련이니까. 그러니까 내 경우, 수련은 보이지 않는 곳에서 꾸준히 진행되어 오다가 어떤 계기를 만나면 이렇게 몸밖으로 발현되는 것 같다.

1989년 9월 30일 토요일 11∼22℃ 갬

어제처럼 오늘 오전에도 몸이 찌쁘듯했다. 몸살감기 같기도 하고, 갑자기 103배를 하게 되자 불어난 운동량을 미처 소화하지 못한 데서 오는 부작용 같기도 했다. 그렇다고 벼르고 벼른 끝에 작정한 일을 중단할 수는 없는 일이 아닌가? 요만한 일에 좌절을 할 수는 없었다. 그렇게 여린 마음을 갖고는 애당초 선도수련을 시작하지 말았어야 했다. 이왕에 결심한 일 끝까지 밀고 나가기로 다시금 마음을 다잡았다.

103배를 한꺼번에 하기가 벅차서 할 수 없이 33배씩 나누어 하기로 했다. 우선 오전 9시경에 33배 하고, 11시에 70배를 했다. 그리고 나니까 찌쁘듯한 몸이 어느 정도 풀리는 것 같았다. 오전 9시에 처음 33배를 시작할 때는 사실 힘닿는 대로 하는 데까지 해보기로 했지만 33배를 하고 나니 힘이 빠져서 더 이상 할 수 없었다. 11시에 두 번째로 시도했을 때는 첫 번째보다는 한결 더 쉬웠다.

1989년 10월 1일 일요일 12~24℃ 갬

한국의 전형적인 가을 날씨다. 쾌청이었다. 지난주보다 몸도 기분도 한결 가벼웠다. 낙상당한 지 꼭 4주째. 이제야 비로소 정상을 회복한 것 같다. 그러나 오른 손목과 왼쪽 발목은 아직도 충격을 받으면 시큰거렸다. 부상당한 지 4주일 만에 나는 바로 낙상을 당했던 그 난코스에 도전했다.

역시 암벽화의 우수성이 입증되었다. 아닌 게 아니라 4주일 전에 미끄러졌던 바로 그 슬라브 암벽에 붙는 순간 마음은 착잡했지만 암벽화를 믿는 나는 주저 없이 발을 옮겨 딛었다. 딴 길로 먼저 올라간 아내가 내려다보면서 "여보 미쳤어요. 도대체 어디로 올라오는 거예요!" 하고 질색을 하면서 절규하다시피 했다. 순간 가슴이 떨리고 캥겼다. 그러나 그럴수록 투지를 살려 재게 발을 놀렸다.

드디어 마의 난코스를 돌파하는 순간, 꼭 통쾌한 복수라도 한 것 같았다. 일시 꺾었던 자존심을 되찾는 후련한 순간이기도 했다. 이렇게 돌파를 해놓고 보니 싱겁기 조차했다. 사실 낙상만 입지 않았더라면 별 것도 아닌 곳이었다. 3년 전에 낙상을 입고서는 쳐다보지도 않고 지나다니던 천정바위도 통과했다. 너무나도 쉬웠다. 도대체 이렇게 쉬운 곳에서 슬립을 먹은 일이 이상할 정도였다. 진작 암벽화를 신지 않은 것이 두고두고 후회되었다.

아내도 암벽화를 신고는 발이 바위에 착착 잘도 달라붙는 바람에 바위에 자신이 붙는다면서 평소에 피해 다니기만 하던 난코스를 몇 군데나 탔다. 이처럼 나는 암벽화를 전적으로 믿었다. 바로 이것이 함정이라는 것을 나는 미처 깨닫지 못하고 있었으니 인간이란 한치 앞을 내다볼 줄 모르는 미물인지도 모른다.

1989년 10월 3일 화요일 14~23℃ 갬

간밤엔 8시간 반이나 깊은 숙면을 취할 수 있었다. 일체유심조(一切唯心造). 마음의 갈등이 사라지니 잠이 소나기 모양 쏟아진 것이다. 마음의 평화가 이렇게 소중하다는 것을 새삼 깨달았다. 우리는 흔히 주변 환경이 사람의 마음을 지배한다고 생각하지만, 결코 그렇지만은 않다. 그 주변 환경을 어떻게 보느냐의 시각 차이에 따라서 마음이 환경의 지배를 받느냐 아니면 환경을 지배하느냐의 하늘과 땅의 차이가 난다. 마음을 환경의 지배를 받는 상태에만 내버려둘 것이 아니라 그 환경과 여건을 지배하는 입장으로 우리 자신을 바꾸어야 한다.

적의 기습 공격을 받은 한 부대의 지휘관이 그 돌발적인 사태에만 사로잡혀 한탄만 하고 어쩔 줄 모르고 갈팡질팡하느냐 아니면 재빨리 기지를 발휘하여 그 역경을 헤쳐나가느냐 하는 것은 전적으로 그의 마음의 자세에 달려 있는 것이다. 어떠한 경우에도 마음의 평정을 잃지 말아야 한다. 마음의 평화가 이처럼 소중하다는 것을 예전에는 미처 깨닫지 못했었다. 그 마음의 평화를 얻기 위해서 어떠한 일을 해야 한다는 것도 확실히 깨달았다. 너무나 뒤늦게야 그러한 진리를 깨우쳤지만 그러나 끝내 깨우치지 못한 것보다는 백번 낫다.

드디어 나는 마음의 평화를 얻는 지름길을 발견한 것 같은 느낌이 들었다. 우리가 선도수련을 하는 목적의 하나는 될수록 많은 기운을 받는 것뿐만 아니고 마음의 평화를 얻는 방법을 알아내는 것이다. 내가 수련을 통해서 터득한 가장 구체적이고 실질적인 방법은 걱정, 근심과 갈등이 생겨 일단 마음의 평정이 깨어졌음을 느끼는 순간 될 수 있는 대로 빨리 대상을 보는 시점을 자기 본위에서 공의 자리, 조화의 자리, 한의 자리로 옮겨놓고 보는 것이다.

좀 더 알기 쉽게 말해서 속(俗)의 자리에서 선(仙)의 자리로 마음의 자리를 옮겨놓자는 것이다. 속(俗)이란 한자는 사람이 골짜기에 있는 것을 형상화한 글자이다. 다시 말해서 이해타산으로 아웅다웅하는 속세의 아귀다툼의 현장에서 재빨리 이탈하여 선(仙)의 자리로 옮겨가자는 것이다. 선(仙)자는 산 위에 있는 사람을 묘사한 글자이다. 사람들이 우글대는 골짜기에서 보는 시각과 산 위에 올라가 내려다보는 시점은 달라질 수밖에 없다. 산 위에서 보면 골짜기에서보다는 엄청나게 시야가 넓어진다. 속세에서 벌어졌던 아웅다웅과 질투와 시기와 애증과 이해 다툼과 고민과 갈등이 한갓 부질없는 티끌처럼 속절없고 허무한 것으로 보일 것이다. 바로 이 시점에서 문제를 관찰하면 가장 객관적이고 공평한 판단이 나올 수밖에 없다. 우리가 선도수련을 하는 가장 중요한 목적은 바로 이러한 공평무사한 시각을 획득하자는 것이다.

1989년 10월 24일 화요일 6~21℃ 갬

W선원 출판부에서 이보령 양에게 1미터 이상 떨어진 거리에서 내 장심에서 그녀의 장심으로 기를 보내 보았다. 따뜻한 기운이 굉장히 많이 들어온다고 좋아했다. 이 양은 103배를 87회나 했다고 한다. 대단한 열의다. 그런데 중간에 두 달 동안이나 수련을 중단했단다. 무슨 일이든지 한번 시작했으면 무슨 끝장을 보아야지 그렇게 하던 일을 중단하면 안 된다고 타일러주었다.

출퇴근 때 선릉 전철역까지 도보로 오가면서 선정릉 옆을 지날 때는 유난히 강한 기운을 느낀다. 선정릉은 조선왕조 제9대 성종과 그의 계비(繼妃)인 정현왕후와 11대 중종이 묻힌 곳이다. 왕릉이니까 당대 일류의 지관들이 총동원되어 좋은 혈자리를 찾았을 것이다. 지관들은 좌청룡 우백호 안산 규산 득수 따위를 살피고 나서 지남철이나 각종 계측기로 혈자리를 찾아냈겠지만 나는 이제 그러한 계측기 따위는 사용하지 않고도 순전히 기운을 느낌으로써 좋은 혈 자리를 찾아낼 수 있을 것 같다.

배달국 시대와 단군조선 시대의 우리 조상들은 원래 이러한 기 감각만으로도 능히 혈자리도 찾고 일기도 예보하고 앞일도 내다보았을 것이다. 선도수련을 일상생활화 했을 그때의 우리 선조들은 바로 이 때문에 서토인(西土人)들로부터 군자불사지국(君子不死之國) 즉 군자가 죽지 않는 나라라는 말을 들었던 것이다.

1989년 10월 25일 수요일 8~20℃ 갬

어제부터 갑자기 손발이 더워지고, 몸 전체가 후끈후끈 열기를 내뿜는다. 수련 때문인지 온난 기후 때문인지 정확히 분간을 할 수는 없는 일이지만 내 생각엔 아무래도 수련 때문인 것 같다. 온난한 기후로 갑자기 손발이 더워질 수는 없는 일이니까. 내 몸이 얼마나 더워졌는지는 악수를 해보면 금방 알 수 있다. 상대의 손에서 차가움을 느끼면 내 손은 그만큼 덥다는 것을 알 수 있다.

그전보다 도량도 넓어지고 사소한 이해타산에 얽매이고 싶지 않다. 웬만하면 상대의 요구를 들어주는 쪽을 택한다. 아웅다웅하기보다는 그렇게 하는 것이 훨씬 더 마음이 편하다. 우선 마음이 편하지 않으면 수련 자체가 되지 않으니까 그쪽을 택하지 않을 수 없다. 또 무슨 일이든지 무리를 해서라도 성취해 보려고 안타깝고 초조하게 애쓰는 일도 그만두게 되었다. 그보다는 자연의 섭리에 맡겨버리는 쪽이 더 유리하다는 것을 알게 되었다. 그렇다고 진인사대천명(盡人事待天命)을 잊을 수는 없는 일이지만.

이보령 양이 내 옆에 앉아있기만 해도 굉장히 따뜻한 기운이 많이 들어온다고 했다. 박승재 선사 옆에 있으면 기에 눌리는데 내게서는 포근하고 안정된 기운이 들어온다고 했다. 내가 생각하기에도 요즘엔 전에 없이 운기가 활발해진 것 같다.

1989년 10월 26일 목요일 15~20℃ 갬

출판부에는 김세화, 유영은, 이보령 세 아가씨가 근무하는데, 모두가 열심히 수련을 한다. 오늘은 김세화, 유영은 두 아가씨에게 기운을 보내주었다. 김세화 양이 기운 보내 준 것을 특히 고마워했다. 기운을 받고 나자 우울했던 기분이 싹 가시고 갑자기 활력을 되찾았다면서 주방에 가서 고구마튀김을 갖다 주었다. 무엇이든지 남에게 도움을 준다는 것은 기분 좋은 일이다. 김 양은 매일 좀 그렇게 해달라고 했다. 한번에 5분 이상만 넘기지 않으면 손기(損氣)는 되지 않는 다니까 그러기로 했다.

이렇게 기운을 보내주고 나서 잠시 시간이 흐르면 새 기운이 백회와 인당, 전중, 하단전, 장심, 용천 등으로 물밀듯이 몰려들어 왔다. 어떤 때는 폭포처럼 기운이 온몸으로 부딪쳐 들어오기도 했다. 11시부터 12시까지 수련실에서 정좌했는데 선계의 온갖 형상들이 두서없이 나타났다가 사라지곤 했다.

1989년 10월 28일 토요일 12∼20℃ 갬

3호선 전철이 연착이 되어 4시가 다 되어서야 안국역에 도착했다. 그냥 신문사로 가려니까 아무래도 무엇을 잃은 것 같이 허전해서 출판부에 잠시 들렀다. 87년 여름부터 사귀어 온 이갑성 도우가 와 있었다. 장심뿐만 아니라 인당으로도 함께 기운을 그에게 보내보았다. 훈훈한 바람 같은 기운이 빨려 들어온다고 했다. 그도 나에게 장심으로 기운을 보냈다. 더운 바람 같은 기운이 들어와 진동이 일었다. 그는 인당으로는 기운을 보낼 수 없다고 하면서 요즘은 수련시에 구형(球形)과 용의 형상이 보인다고 했다.

퇴근길에 안국 전철역에서 오랜만에 중학교 교사인 김진숙 도우를 만났는데 반색을 했다. 수련 얘기 나누다가 나란히 전철에 올랐다. 대화 도중에 인당으로 기운을 보내 보았다. 요즘 나는 기운을 보내고 상대방의 반응을 알아보는 데 제법 재미를 붙였다. 주로 인당으로 기운을 보내면서 한참 얘기를 하다가 물어보았다.

"혹시 기운이 들어오는 거 느끼시지 않습니까?"

"들어오는데요."

"나 만나기 전하고 지금하고 어떤 차이가 납니까?"

"김 선생님과 만난 뒤에 확실히 포근하고 편안한 기운이 많이 들어와서 몸이 훈훈해질 정도예요. 그동안 수련이 비약적으로 발전하신 거 아녜요?"

"비약적으로 발전까지는 하지 않았지만 약간 진전이 있은 것만은 확실한 것 같습니다."

"정말 진심으로 축하합니다. 빨리 성통하셔서 저 같은 중생들도 좀 구제해 주세요."

"너무 빨리 비행기를 태우면 떨어지는 수가 있습니다."

"김 선생님은 원래가 신중하신 분이니까 절대로 떨어지시는 일은 없을 거예요."

"그렇게 잘 보아주시니 감사합니다. 칭찬해주신 대가로 기운이나 더 보내 드리죠."

"정말 고맙습니다."

마침 앞에 앉아 있던 두 승객이 일어섰다. 우리는 나란히 앉았다. 이번엔 30센티쯤 간격을 두고 장심에서 장심으로 기운을 보내보았다.

"아아, 진짜 따뜻한 기운이 솔솔 들어오는데요. 아주 기분이 그만이 예요."

주위의 승객들이 영문을 모르고 어리둥절해서 우리를 지켜보고 있었다.

"밤엔 몇 시에 수련을 하십니까?"

"11시예요. 왜 그러세요?"

"시험적으로 기운을 보내 볼까요? 그런데 너무 늦네요."

"그럼 10시에 할 테니까 보내주세요."

내가 의식적으로 기운을 보내지 않았는데도 기운이 자꾸만 들어온 다면서 그녀는 내 옆을 떠나려 하지 않았다. 집이 둔촌동이라고 했다. 교대에서 내려 2호선까지 같이 타고 가다가 나는 선릉에서 내렸다. 밤 10시 정각에 나는 약속대로 그녀의 집 쪽을 향해 앉아 의식적으로 기운을 보냈다. 내 인당이 그녀의 집 쪽을 향하면서 기운이 바람줄기처 럼 빠져나가는 것을 분명히 감지할 수 있었다. (보름쯤 뒤에 그녀를 만 났을 때 확인해 보았더니 확실히 그날 기운이 들어오는 것을 느꼈다고 했다.)

기는 시공을 초월하여 아무 데서나 보내고 받을 수 있다고 했는데 그게 사실로 입증된 셈이다. 수련이 분명 향상되고 있다는 것을 피부 로 느꼈다. 이쯤 되면 누가 도시락을 싸 들고 따라 다니면서 말려도 막 무가내 수련을 강행하지 않을 수 없을 것이다.

『참전계경』의 묘미

1989년 11월 3일 금요일 9~17℃ 흐림

2시까지 『참전계경』에 몰입해 있었다. 요즘은 『참전계경』 읽는 데 재미를 붙였다. 읽으면 읽을수록 자꾸만 끌린다. 우리 민족의 순후한 심성과 윤리의 근본 뼈대가 바로 여기에 뿌리를 두고 있다는 것을 알 수 있다.

케케묵은 유교적 풍습이라고 말할 사람이 있을지 모르지만 그런 발상 자체가 서구적인 이기주의에 오염되어 있음을 알아야 한다. 유교의 덕목 자체가 『참전계경』에 그 뿌리를 두고 있다는 것을 새삼 깨닫게 된다. 지난 1천여 년 동안의 모화 사대주의 풍조가 이렇듯 우리의 주체성을 가려왔다. 여자가 남편에게 정절을 지키고 손님 모시듯 깍듯이 대하고, 아들 잃은 시부모를 남편 대신 모시고, 시집의 대를 잇기 위해서 유복자를 기르는 미풍양속은 한갓 유교의 덕목이기 이전에 환단시대 6960년 동안 우리 조상들이 지켜내려 온 전통이었다. 한국 전통사회에서는 이만한 여성들의 희생이 있었기에 그녀들은 언제나 집안에서는 실질적인 경제권을 장악할 수 있었던 것이다. 이러한 전통은 대부분의 한국 가정에서 지금도 건재하다.

선도수련에서 난 이제 확실한 기운줄을 잡은 느낌이 든다. 수련의 성패는 정성에 달려 있다는 것도 새삼 깨달았다. 좋은 기운이 하도 많이 들어오니까 이제는 만사를 제쳐놓고 정좌만 하고 싶다. 집필도 독서도 시들해지고 정좌하는 시간만 늘어난다. 정좌하는 시간에는 마음이 편안하고 즐겁다. 이 세상에서 부러운 것이 아무것도 없다. 명예도 치부도 승급도 한갓 물거품에 지나지 않는다.

1989년 11월 5일 일요일 10∼5℃ 하루 종일 비

아침부터 겨울을 재촉하는 늦가을 비가 주룩주룩 하염없이 내리고 있다. 등산은 엄두도 못 낼 정도였다. 신문 보고나서 『참전계경』을 읽다가 10시 반경에 도인체조를 했다. 점심 후에도 『참전계경』을 계속 읽었다. 그럴수록 점점 더 강한 기운이 들어왔다.

4시부터는 103배를 세 번하고 나서 다시 절을 하기 시작했다. 총 515배. 쉬엄쉬엄 하다 보면 3천배도 할 것 같다. 절을 마치고 나서 정좌를 하니 시원한 기운이 폭넓게 머리 전체로 쏴아 하고 몰려들어 온다. 홍수로 일부 손괴됐던 둑이 점점 더 폭넓게 무너지고 둑 전체가 물속에 가라앉으면서 세차게 물살이 밀고 들어오는 것과 방불했다. 103배의 빈도가 기운 들어오는 것과 정비례하는 것만 같다.

1989년 11월 10일 금요일 5∼12℃ 갬

요즘의 수련 진도는 일취월장(日就月將)이라고 할까? 하루하루가 다르게 진척되고 있다. 그 변화의 속도가 너무나 빨라 현기증이 일 정도이다. 그 미묘한 감각적인 변화의 양상을 표현하는 데 어쩔 수 없는 한계에 부딪치게 된다. 글 쓰는 재주 하나로 밥을 벌어먹는 나지만 도저히 붓으로는 그려낼 수가 없다. 이러한 경지를 옛 선인들은 언어도단(言語道斷)이라고 했는데 과연 수긍이 간다. 103배에 『천부경』과 『삼일신고』를 암송하고 『참전계경』을 읽으니 가속이 붙는 것 같다.

얼마 전부터는 용천으로 들어오는 기운의 양이 부쩍 늘었다. 발바닥 전체가 시원할 정도로 청량한 기운이 들어온다. "속인은 코로 숨 쉬고 신선은 발바닥으로 숨을 쉰다"는 말이 새삼 생각난다. 정좌 수련 시 무사무념의 상태에서 허공을 염원하면 자연 무아의 경지에 들어가게 된다. 이 무아의 경지 속에서는 자신의 지위도 이름도 직업도 잊어버리게 되고 온갖 세속적인 욕망도 꼬리를 감추게 된다. 이때 비로소 우리는 외부의식(또는 현재의식)과 내부의식의 차원을 넘어 깊은 무의식의 경지에 잠입해 들어갈 수 있다. 이 무의식의 경지가 바로 공의 자리, 한의 자리, 지극히 평온하고 안정된 경지이다. 사리사욕의 덩어리인 '나'라는 존재가 녹아 없어진 이 경지에 도달해야만 비로소 우리는 세상을 공평무사하게 내려다 볼 수 있는 것이다. 삼라만상을 다 포용하고도 오히려 넉넉한 마음의 여유를 가질 수 있는 자리이다.

작은 '나'가 큰 '나'와 합쳐지는 순간이다. 소우주가 대우주와 융합되는 순간이기도 하다. 지극한 정성으로 수련에 박차를 가하면 조만간 누구나 인간의 원래의 위치인 큰 하나 즉 하나님의 자리로 돌아갈 수 있다는 확신이 선다. 인간은 원래 하느님이었으니까. "철(哲)은 지감조식금촉(止感調息禁觸)하야 일의화행(一意化行) 반망즉진(返妄卽眞) 발대신기(發大神氣)하나니 성통공완(性通功完)이 시(是)니라." 바로 인간이 하느님의 자리, 조화의 자리, 공의 자리, 한의 자리를 되찾는 순간을 『삼일신고』는 이렇게 묘사해 놓았다. 다시 말해서 이 자리는 선악청탁후박(善惡淸濁厚薄)이 상잡(相雜)하여 종경도임주(從境途任走)하여 타생장소병몰(墮生長消病歿)의 고(苦)에서 해방된 경지인 것이다.

『삼일신고』는 선도인의 목표를 이처럼 일목요연하고 간단명료하게 정리해 놓았다. 이 이상의 군더더기는 혼란과 환상과 호기심과 신비감만 조장할 뿐이다. 하나님(또는 하느님)은 하늘 높은 곳에 존재하는 것이 아니라 바로 우리들 각자의 마음속에서 숨 쉬고 있다는 것을 알아야 한다. 욕망에 사로잡힌 소우주의 미망(迷妄)을 깨뜨리고 하나님인 큰 우주와 합치는 것은 전적으로 우리들 자신의 의지 여하에 달려 있다는 것을 새삼 깨닫게 된다.

인내천(人乃天)

1989년 12월 4일 월요일 8~12℃ 갬

기운이 부쩍 강하게 들어온다. 그전과 다른 것은 그 기운 때문에 피로나 졸음까지도 달아나고 기분이 좋아져 마음이 평온해진다는 것이다. 자율신경의 일부 조정도 가능해졌다. 음식을 급하게 씹다 보면 나도 모르게 나 자신의 구강 안의 근육을 깨물어 상처를 내는 일이 가끔 있었다.

음식을 씹는 일은 자율신경의 작용이다. 입안에 고형(固形) 음식이 들어가면 누구나 무의식적으로 씹게 되어 있다. 건강한 치아를 가진 사람이 밥을 입안에 넣고 씹지도 않고 목구멍으로 넘기는 일은 없다. 그와 마찬가지로 위장 속에 들어간 음식물을 연동작용을 일으켜 소장과 대장을 통과시켜 소화, 흡수시키는 작용 역시 자율신경이 맡아 하는 일이다.

내 경우, 무의식적으로 범하는 자율신경의 과오로 입안에 상처를 입게 된다. 이를 시정해 보기로 했다. 나는 의식적으로 내 자율신경에게 구강 내의 근육을 씹어서 상처를 내지 말도록 거듭 명령했다. 하루에도 여러 번 생각날 때마다 컴퓨터에 입력이라도 시키듯 자꾸만 같은 명령을 내렸다. 그것이 주효해서 일까? 최근 나는 입안의 근육에 스스로 상처를 내는 일이 없어졌다. 평소 같으면 벌써 몇 번이나 상처를 입었을 시일이 흘렀는데도 아무렇지도 않았다. 드디어 나는 내 자율신경을 스스로 조정할 수 있게 된 것이다. 소화와 마찬가지로 수면도 호흡도 혈액순환도 역시 자율신경 즉 생명력(神)의 작용이다. 수면도 되도록 짧은 시간 안에 숙면을 취할 수 있도록 조정할 수 있을 것이다. 물론 하루 이틀 사이에 원하는 성과를 얻기는 어렵지만, 꾸준히 노력하면 좋은 결과를 얻을 수 있을 것이다.

이러한 원리를 이용하여 우리는 몸에 상처를 입었을 경우 자연치유력을 극대화할 수도 있다. 약에만 의존할 것이 아니라 자기 자신의 잠재의식에 명령하여 빨리 낫게 하라고 명령을 내릴 수 있다. 상처 부위에 기운만 보낼 것이 아니라 염력(念力)까지 함께 보내 치유 기간을 단축할 수 있다. 신장(神將)이나 신명(神明)을 부리는 것을 용신(用神)이라고 하지만 이것도 용신한다고 한다. 신을 부린다는 말이다.

우리는 신에게 봉사할 줄 만 알았지 신을 부려보지 못했다. 특히 기독교에서는 어림도 없는 일이다. 신을 부려먹는다고 하면 신성 모독이라고 펄쩍 뛸 것이다. 그러나 그들은 사람 자신이 신(神)이고 하느님이고 하늘이라는 것을 새까맣게 모르고 있다. 그들은 하느님은 인간과 동떨어진 까마득히 높은 곳에 좌정하여 만물을 창조하고 인간사를 주관한다고 생각한다. 그들은 인간 각자의 내부에 하느님이 엄연히 주재하고 있는 것이 실상임을 모르고 있다. 그러나 우리는 인내천(人乃天), 즉 사람이 곧 하늘이라고 조상대대로 믿어왔다. 그래서 인심(人心)이 천심(天心)이란 말도 우리의 골수에 맺혀있다.

나 자신이 곧 하늘이고, 내 속에 하느님이 좌정하고 있다고 깨달은 사람은 신(神)을 부릴 수 있다. 그러나 이 사실을 새까맣게 잊고 사람은 하느님의 피조물이라고만 생각하는 사람은 평생가야 신을 부린다는 것은 엄두도 못 낼 것이다. 인간은 신의 피조물이고 태어나면서부터 죄인이라고만 생각하는 한 그 사람은 피조물이고 죄인의 굴레에서 벗어나기 어렵다. 단학 수련은 나 자신이 바로 하느님이고 신(神)임을 깨닫기 위한 방편이다.

하늘 기운은 바로 그 매개체이다. 우리는 운기(運氣)를 통하여 이 깨달음의 기간을 단축할 수 있는 것이다. 기운은 소우주인 인간과 대우주인 자연을 연결시켜주는 매개체이다. 다시 말해서 작은 생명인 인간과 큰 생명인 대우주의 핵심 사이를 연결시켜주는 역할을 기운은 맡고 있는 것이다. 앞으로도 지금과 같이 계속 기운이 들어온다면 화를 내거나 짜증을 내는 일은 영원히 사라질 것만 같다. 마음은 항상 평온하고, 졸음과 피로를 모르니까 일을 하는 데도 배전의 능률이 오른다.

그러면 도대체 신(神)이란 무엇인가. 여기서 말하는 신은 물론 하느님을 말한다. 하느님이라고 하면 기독교의 하느님만을 말하는 것으로 아는 사람이 있는 사람이 대부분인데 이것은 근본적으로 잘못이다. 기독교가 우리 민족의 심성 깊숙이 자리 잡은 하느님을 채용하여 선교 사업을 벌임으로써 큰 성과를 올렸다고 보는 것이 타당한 견해이다. 왜냐하면 우린 민족은 아득한 옛날부터 경천(敬天)사상이 뿌리 깊이 박혀 왔기 때문이다. 기독교가 들어오기 9천 년 전 아득한 옛날부터 우리 조상들은 하느님을 경배하여 온 것이다. 그렇다면 우리 민족이 전통적으로 받들어 온 하느님은 어떠한 존재인가를 규명해 볼 필요가 있다. 문헌상으로 확실한 근거를 가지고 알아볼 수 있는 길은 없을까?

『삼일신고』신훈(神訓)편에 보면 하느님에 대한 명확한 정의가 나와 있다.

하느님은 그 위에 더 없는 으뜸 자리에 계시사(神은 在無上一位하시고), 큰 덕과 큰 지혜와 큰 능력을 가지고(有大德大慧大力하사), 하늘 이치를 내시고 무수한 누리를 주관하시고 삼라만상을 만드셨으니(生天하시며 主無數世界하시고 造牲牲物하시니), 티끌만큼도 빠진 것 없이 완전무결하시고, 밝고도 밝아 참으로 신령하시어 감히 이름 지어 측량할 길이 없나니라.(纖塵無漏昭昭靈靈不敢名量이니라). 목소리로 불러 찾는다고 그 모습이 나타나는 것은 아니고 오직 성심껏 자기 마음속에서 하느님을 찾으라. 너희 머릿속에 내려와 계시느니라.(聲氣願禱면 絶親見이니 自性求子하라 降在爾腦니라.)

신(神), 즉 하느님의 정체를 가장 명확하게 밝혀놓은 『삼일신고』신훈(神訓)이다. 인류 역사상 아직 이만큼 하느님에 대하여 명확하고 간명하게 정의를 내린 경전을 아직 나는 접해 보지 못했다.

"하느님은 그 위에 더 없는 으뜸 자리에 계시사" 하는 말은 지구상의 인간의 시간과 공간의 개념을 초월한 절대적인 존재임을 말한다. '그 위에 더 없는 으뜸자리'라고 해서 하늘 까마득히 높은 우주 공간의 어느 지점을 말하는 것이 결코 아님을 알아야 한다. 인간의 두뇌로는 도저히 헤아릴 길 없는 시간과 공간을 초월한 존귀한 존재임을 말하는데, 뒤에

"너희 머릿속에 내려와 계시느니라"에서 극명하게 밝혀진 바와 같이 바로 우리들 인간의 마음속에도 내려와 있는 존재임을 말한다.

"큰 덕과 큰 지혜와 큰 능력을 가지시고"는 무엇을 말하는 것일까.『생명의 실상(生命의 實相)』이라는 40권짜리 책을 저술하는 등 초교회적이며 만교귀일(萬敎歸一)을 갈파하며, 전 세계의 온갖 종교를 다 포괄하고 그 진수를 수용하는 일본의 심신 수련단체인 '생장(生長)의 집'의 창설자인 다니구찌 마사하루는 하느님을 성신(聖神)이라고 표현하고 인간은 바로 '성신의 아들'이라고 했다.

그는 바로 성신을 '무한한 사랑, 무한한 지혜, 무한한 능력'을 가진 존재라고 했다. 여기서 '무한한 사랑'은『삼일신고』식으로 말하면 큰 덕(大德)을 말하고 '무한한 지혜'는 큰 지혜(大慧)를 말하고 '무한한 능력'은 큰 능력(大力)을 말하는 것은 두말할 나위도 없는 일이다.

"티끌만큼도 빠진 것 없이 완전무결하고, 밝고도 밝아 참으로 신령하시어 감히 이름 지어 측량할 길이 없나니라"를 다니꾸찌는 자유자재(自由自在), 원융무애(圓融無礙), 임기응변(臨機應變), 원만구족청정미묘(圓滿具足淸淨微妙), 무일물중무진장(無一物中無盡藏), 공중일체장(空中一切藏), 투명무상무한상(透明無相無限相) 등으로 표현했다.

"목소리로 불러 찾는다고 그 모습이 나타나는 것이 아니고 오직 성심껏 자기 마음속에서 하느님을 찾으라. 너희 머릿속에 내려와 계시느니라"는 신상관(神想觀)이란 수련으로 '인간은 누구나 성신(聖神)의 아들임을 깨달으면' 바로 하느님이 되는 것이고 불교에서 말하는 즉신성불(卽身成佛)이라고 했다. 물질과 육체는 허상(虛像)이고 실재하지 않는다는 것을 깨닫는 즉시 사람은 미망(迷妄)과 악몽에서 깨어나 금강불괴(金剛不壞)의 시작도 끝도 없는 영원불변의 생명체로 둔갑된다는 것이다.

다니구찌 마사하루의 『생명의 실상』 40권은 『삼일신고』의 신훈편을 가장 구체적으로 간명하게 해설해 놓은 역저(力著)라고 할 수 있겠다. 그러나 다니구찌는 기(氣)의 존재를 '에테르의 파동'이라는 막연한 말로 표현해 놓는가 하면 우주 삼라만상의 조화의 원리인 천부경을 응용한 동양 철학의 핵심인 역학(易學)과 노자와 장자에 대해서는 거의 언급하고 있지 않아 동양 사람인 그의 국적을 의심케 하는 대목도 없지 않다. 다니구찌는 분명히 사람은 '성신의 아들'이라고 했지만 우리는 고래로 사람이 곧 하늘(人乃天)이라고 믿어 왔다. 성신의 아들보다 한 단계 더 높은, 사람이 바로 하느님이라는 것을 강조하고 있다. 이것이 바로 천부경, 『삼일신고』, 『참전계경』의 핵심 주제이다.

그렇다면 성신과 인간의 육체를 포함한 물질과는 어떤 관계인가. 물질은 상념의 일그러진 그림자라는 것이다. 그러니까 바른 마음으로 보면 물질은 없다는 것이다. 바로 일그러진 시각의 반영이 물질이라는 것이다. 영사기에서 나오는 빛은 시각을 의미하고 바로 미망의 시각에서 나오는 빛을 받은 필름은 스크린에 형상을 투영시키는데, 이때 생겨난 영화 속의 장면들이 바로 물질에 해당된다. 따라서 물질은 필름의 영상과 같은 존재이므로 허상에 지나지 않으며 사실은 없는 것과 같은 것이다.

따라서 물질과 육체는 없다는 것을 깨달은 사람은 즉신성불(卽身成

佛)하는 것이고 더 이상 윤회의 사슬에 묶일 이유가 없게 된다. 즉신성불이란 다시 말해서 인간은 신(神)이라는 실상을 깨닫는 것을 말한다. 선도는 바로 인간이 신(하느님)이라는 실상을 기운(氣運)을 통하여 깨닫는 것이다. 따라서 기운은 인간과 신을 연결시켜주는 연결고리라고 할 수 있다.

1989년 12월 6일 수요일 -8~7℃ 갬

아침 6시 반에 103배. 오늘부터는 아침에 103배를 하기로 했다. 지금까지는 다소 무리하게 자시(밤 11시~1시 사이)에 103배를 해 왔는데, 어쩐지 내 체질에는 이 시간대가 맞지 않는 것 같다. 신기가 발동되는 시간이라고는 하지만 내 경우엔 반드시 그렇지만도 않은 것 같다. 하루 동안의 쌓인 피로가 풀리지 않은 채여서 그런지 몰라도 정신 집중이 잘되지 않고 머리가 맑지 않고 피로가 엄습해왔다. 가장 정성을 들여야 할 시간에 이럴 수는 없는 일이다.

밤새 피로가 회복되어서 그런지 아침에 103배를 하니까 기운도 나고 정신도 맑아져서 한결 정성을 들일 수 있어서 좋았다. 출생한 시간 즉 생시(生時)가 가장 수련하기에 알맞다는 말이 있다. 이 말이 나에게는 합당하다. 내 생시는 인시(새벽 3~5시 사이)와 묘시(새벽 5~7시 사이) 사이니까 그런 것 같다. 『선도체험기』 교정 작업 개시와 더불어 더욱 책 만드는 데 정성을 들이기 위해서라도 가장 정기가 왕성한 아침 시간을 택하는 것은 당연한 일로 여겨진다. 103배는 각자의 여건과 체질에 알맞는 시간을 택해서 할 일이다.

1989년 12월 9일 토요일 −3∼7℃ 갬

벌써 103배를 77회나 했다. 어제까지는 환웅천황 영정만 모셔놓고 절을 했었는데, 오늘부터는 단군 할아버지 초상도 같이 모셔 놓았다. 두 분 영정에서 동시에 기운이 들어오는 것을 확연히 느낄 수 있었다. 그전보다 꼭 기운이 두 배로 늘어난 것이다. 두 분 할아버지는 물론 숭배의 대상은 아니다.

단학의 대 스승이고 국조인 두 분을 모셔놓고 절을 하는 것은 일찍이 신성을 깨달아 성인이 된 분들을 본받아 깨달음을 얻으려는 데 그 목적이 있다. 우리 자신 속에 숨어 있는 신성을 발현시키려는 부단한 도 닦기의 일환일 뿐이다. 두 분 영정은 천부경이나 『삼일신고』, 『참전계경』과 마찬가지로 우리가 신인일치의 경지에 도달하는 데 필요한 기운을 받는 신령스러운 창구이다. 그 창구가 하나에서 둘로 늘어났으니 기운을 두 배로 받는 것은 당연한 일이다.

기운이 바뀌느라고 그런지 재채기가 났다. 전에는 재채기가 나면 으레 감기가 오는 것으로 알았다. 그러나 이것은 잘못된 관념이었다. 바로 이 관념이 잠재의식에 각인되어 버리면 재채기와 함께 감기에 걸려 버리고 만다. 감기에 걸렸다고 생각하는 마음 때문에 우리는 감기에 걸리는 것이다. 따라서 이러한 기존 관념을 타파해 버리면 우리는 감기에서 해방될 수 있다. 재채기는 찬 공기를 마셨을 때 기도를 자극해서 일어나는 일시적인 생리현상일 뿐이지, 감기와는 하등의 관계도 없다는 것을 깨달으면 그때까지 잠재의식 속에 각인되었던 기존 개념이 깨어져 나가게 되고 재채기와 감기와의 연결 고리는 끊어지고 만다.

이때 만약 운기를 할 수 있는 사람이면 감기 증세까지도 능히 제압할
수 있게 되고 제아무리 심한 재채기가 나도 감기와 연결되는 일은 없
어지게 된다.

생명의 실체

단학 수련을 통하여 기운을 느끼고 운기(運氣)를 자유롭게 하게 되면 조만간 우리는 명상 중에 자기의 몸이 안개와 같은 미세한 입자로 변하여 허공으로 변하는 것을 느끼게 된다. 그런데 이 허공은 만물을 포용한 허공이다. 육체가 허공으로 변했다고 해서 허망한 느낌 대신에 한없는 충족감을 느끼는 것은 바로 이 때문이다. 색즉시공(色卽是空) 공즉시색(空卽是色)의 경지를 체험하게 되면 누구나 우주의 삼라만상과 나는 한몸, 즉 우아일체(宇我一體)라는 느낌을 갖게 되면서 나 자신의 본질은 육체가 아니라 우주의 핵심이요 본질인 신(神)이라는 것을 깨닫게 된다.

신의 본질은 무한한 사랑, 무한한 지혜, 무한한 능력이고, 우주만물을 창조 주관하고 티끌 하나라도 소홀히 하지 않는 완전무결하고 밝고 신령스럽기 한량없다. 바로 이 신성(神性)이 우리 인간에게는 누구에게나 깃들어 있는 것이다. 이것을 깨닫게 되면 우리는 신과 같은 무한한 사랑, 무한한 지혜와 무한한 능력을 공유하게 된다. 이 깨달음의 정도, 다시 말해서 내가 바로 신이라는 중심 자각의 정도에 따라 우리는 초능력을 발휘할 수 있는 것이다. 초능력뿐만이 아니고 무한한 사랑과 무한한 지혜까지도 구사할 수 있는 것이다. 그리하여 바로 이러한 중심 자각에 도달한 사람은 앓던 지병이 치유되고 어둡던 눈이 밝아지는 기적을 경험하게 된다. 그러나 따지고 보면 이것은 기적도 아무것도 아니다. 바로 우리가 신이라는 큰 깨달음을 통하여 신의 능력과 지혜와 사랑을 공급받고 있기 때문인 것이다.

갑이라는 사람도 신인일체(神人一體)의 자각을 하게 되고 을도 병도 그렇게 된다면, 갑을병은 결국 한몸이 되어버린다. 결국 너와 내가 하나가 되는 자타일체(自他一體)의 경지를 깨닫게 된다. 바로 이것을 깨닫는 것과 깨닫지 못하는 것과의 차이는 어떤가? 실례로 자기 호주머니에 금덩이가 들어 있는 것을 모르는 사람과 아는 사람은 근본적으로 다르다. 금덩이가 있는 것을 알고 있는 사람은 위급한 때 유효적절하게 이용할 수 있지만 금덩이가 있는지도 모르는 사람은 굶어 죽을 지경이 되어도 그것을 이용할 수 없으니까 목숨을 잃을 수밖에 없다.

바로 이 금덩이가 자기 호주머니 속에 있다는 것을 알고 있는 사람은 적어도 경제적으로는 남에게 꿀리는 일이 없을 것이다. 필요할 때 돈으로 바꾸어 척척 쓸 수도 있고 궁핍한 이웃을 도울 수도 있고 필요한 때에 국가에 헌납도 할 수 있기 때문이다. 신성(神性)을 찾은 사람, 내가 바로 하느님이라는 자각을 한 사람은 위에 말한 금덩이와는 비교도 되지 않는 소중한 생명의 보물을 가지고 있는 것을 말한다. 큰 덕(大德), 큰 지혜(大慧)와 큰 능력(大力)을 가지고 있어서 불가능이 없는 바로 하느님과 같은 존재가 되어버리는 것이다.

이렇게 되면 우리는 사명당처럼 밤새도록 장작불을 지펴서 벌겋게 달아오른 무쇠집 속에서도 수염에 허옇게 서리가 앉게 할 수도 있다. 예수 그리스도처럼 떡 다섯 개와 물고기 두 마리로 5천 군중을 배불리

먹일 수도 있다. 치우천황처럼 안개를 피워 적을 혼란에 빠뜨릴 수 있다. 석가모니처럼 자신에게 날아오는 집채만한 돌덩이를 공중에서 딱 멈추게 할 수도 있다. 앉은뱅이를 일어서게 하고 암환자를 고치고 죽은 사람을 살릴 수도 있는 초능력을 발휘할 수도 있는 것이다.

단학 수련의 궁극적인 목적은 우리들 자신이 바로 하느님이 되자는 것이다. 신과 물질의 매개체인 기운을 통하여 가장 확실하고 정확하게 그 목표를 달성하자는 것이다. 종교처럼 신앙을 통해서가 아니고, 자기 자신의 심신의 변화를 일일이 확인해 가면서 돌다리도 두드려 가며 건너듯 확실한 길을 가자는 것이다. 운기를 통하여 기적(氣的) 감각이 살아난 사람들은 직감적으로 사물의 진위를 파악할 수 있게 된다. 그러나 불행하게도 이 정도의 경지에 오르지 못한 순진한 수련자들은 사기를 당할 우려도 있는 것이 바로 단학이다.

그러면 진짜와 가짜를 구별하는 기준은 무엇인가? 이것은 선도 수련자들이 기필코 알아두어야 할 좌우명이다.

첫째, 정상적인 회비 이외에 갖가지 수련 명목을 붙여 돈을 거두어들이는 일에 열중하는 단체가 있는데, 그 돈의 행방이 밝혀지지 않고 아리송하다.

둘째, 원장이 도장에 찾아오는 반반한 여자들을 호려내어 성적인 농락을 자행한다.

셋째, 필요 이상으로 스승과 제자 사이의 관계를 절대시하고 강조함으로써 무조건 복종을 강요한다. 이상 세 가지 사항에 착안하여 면밀하고 주의 깊게 관찰해 보면 금방 정체가 드러나게 되어 있다.

첫째와 둘째는 더 말할 필요도 없거니와 세 번째 사항은 약간의 설명이 필요하다. 한마디로 스승과 제자 사이는 절대적인 것이 아니고 어디까지나 상대적이다. 우리가 어려서 초등학교 다니던 때 일을 상기해 보자. 학급 담임선생은 이 세상에서 모르는 것이 없는 만물박사이고 인격적으로도 도덕적으로도 완전무결해 보이므로 은근히 존경하고 받들게 된다. 그러나 초등학교를 졸업하고 중학교 고등학교 대학을 졸업하고 박사 과정까지 마친 뒤에 전공 부문에서 일가(一家)를 이룬 20년쯤 뒤에 공교롭게도 초등학교 교사 보충 교육장에서 강사로 나온 옛 제자와 스승이 만났다고 치자. 이때 옛 스승은 자기가 어렸을 때 키운 제자가 어느덧 성장하여 도리어 옛 스승을 가르치는 입장이 된 것을 대견해하고 기뻐해 줄 것이다. 그렇다고 스승과 제자의 인연과 의리가 변한 것은 결코 아니다. 다만 강조하고 싶은 것은 스승과 제자 사이는 이처럼 상대적인 것이지 결코 절대불변의 것이 아니라는 것이다.

그런데 단학이 정신수련 분야라는 특수성을 과장하여 스승과 제자 사이는 절대로 변할 수 없다고 강변한다면 이것은 분명 사기꾼일 수밖에 없다. 더구나 그 가짜 스승은 바로 사제지간의 신뢰를 악용하여 제자들로부터 금전을 갈취하고 엽색 행각을 자행하고 무보수 봉사를 요구한다면 사기꾼 치고는 단수가 꽤 높다고 할 수 있다. 독자 여러분은 절대로 이러한 사기꾼의 교활한 농간에 넘어가지 말아야 할 것이다.

요즘 나는 금속으로 된 도어의 손잡이에 손을 대기가 겁난다. 찌릿찌릿 감전 현상이 일어나기 때문이다. 운기가 활발할수록 대전(帶電) 현상도 증폭된다는데 그 말이 맞는 것 같다. 할 수 없이 손수건을 도어

에 말아 쥐고 문을 열곤 한다.

1989년 12월 15일 금요일 −4∼5℃ 갬

밤 11시 반에 취침해 새벽 3시에 깨어나 한 시간 이상 심한 기침으로 시달렸다. 하도 기침이 심해서 전에 먹다 남은 용각산이라도 먹어볼까 하고 찾아보았지만 눈에 띄지 않았다. 내 몸은 내가 조절할 수 있다는 자신감을 일깨워 가면서 나는 기침을 멈추라고 나 자신의 잠재의식에 명령을 내렸다. 처음엔 별 효과가 없는 것 같았지만 거듭 되풀이해서 명령을 하니까 드디어 기침이 수그러들면서 푹 잠이 들었다.

깨어보니 6시 15분이었다. 다섯 시간 반밖에 잠을 못 잤는데도 낮에 전연 졸리지 않았다. 만만치 않은 기몸살을 앓고 있음을 알 수 있다. 지난 2월 강화도 마리산에 갔다 와서 격심한 기몸살을 앓고 나서는 지금까지 뚜렷한 변화는 없었다. 단지 기운이 날이 갈수록 강화될 뿐이었다. 103배를 103번 해도 아무런 변동이 없으면 3천배라도 할 각오가 섰다. 변화는 수련의 진척을 의미한다. 국조 할아버님들과 기운줄이 이어진 것을 깨달은 이상 이것을 타고 계속 올라가다 보면 신성을 깨닫게 될 것을 믿어 의심치 않는다.

12월 18일 월요일 0.6∼8℃ 갬

선도수련에 있어서도 지감 조식 금촉은 바로 무사무념의 경지에 들어가 본능의 욕구를 다스리고 이를 초월하여 성통에 이르는 과정이라고 할 수 있다. 조그마한 수련의 성과에 자만하거나 들뜨지 않는 길은 바로 자기 자신을 객관적으로 냉정하게 성찰할 수 있는 시각을 유지하는 데 있다. 수련 중에 백회가 열리고 인당이 열려서 투시가 된다고 해서 지나치게 흥분을 하게 되면 과대망상에 사로잡혀 마치 성통이 된 듯이 착각을 하는 수가 있다. 이 세상에서 스스로 성통했다느니, 깨달았다느니 하고 잘난 척하는 자칭 '스승'은 거의가 이런 과대망상증 환자인 경우가 많다.

바로 이 과대망상증은 영계의 저급령을 불러들여 접신이 되는 기회를 만들어 준다. 과대망상도 따지고 보면 욕심에서 나온다. 결국은 욕심이 화근 덩어리인 셈이다. 바로 이 욕심 때문에 자기 자신만 망친다면 탓할 것이 없겠지만 수많은 사람들이 피해를 보고 있으니 한심한 일이 아닐 수 없다. 더구나 이 욕심에 사로잡힌 사람이 지도층에 속할 경우엔 큰 사회적 재난을 불러 오게 된다.

1989년 12월 21일 목요일 2~3℃ 비

오전 9시 『선도체험기』 교정보느라고 며칠 동안 쌓였던 피로 때문에 도저히 몸을 가눌 수 없어서 한 시간쯤 누워 있었다. 깜박 잠이 들었는데 분명 어떤 날카로운 목소리가 "깨어나라!" 하고 외쳤다. 반사적으로 번쩍 눈을 뜨고 시계를 보니 9시 15분이었다. 겨우 15분 동안 잠이 들었다. 물론 아무도 깨워준 사람은 없지만 나는 분명 내 두 귀로 "깨어나라!"는 다급한 소리를 들은 것이다. 전에도 늘 있는 일이어서 심상했다. 어떤 때는 "휘익! 휘익!" 하고 휘파람 부는 소리가 날 때도 있다.

보호령이 대낮에 필요 없이 잠에 떨어진 날 깨워주는 소리임을 나는 잘 알고 있다. 집에서뿐 아니라 사무실에서도 전철칸에서도 이런 일은 흔히 있다. 특히 약속 시간에 잠이 들었을 때는 반드시 날 깨워주는 소리가 들려온다. 전철에서 내가 내릴 역이 가까워 오는데도 잠들어 있을 때도 이 소리는 나를 깨워준다. 이처럼 보호령은 내가 실수 없이 일상생활을 영위할 수 있도록 독려하는 역할도 수행한다. 감사할 일이다.

『삼일신고』 외우기

1989년 12월 27일 수요일 −8∼2℃ 갬

어제부터 『삼일신고(三一神誥)』를 외우는 데 재미를 붙이고 있다. 벌써 열두 번쯤은 외웠다. 걸어가면서도 전철에서도 외웠다. 처음에 몇 번은 중간에 막히는 데가 있어서 수첩에 적어놓은 것을 보기도 했었지만, 곧 안 보고도 암송할 수 있게 되었다. 『천부경』 외우기 시작할 때 모양, 술술 자동적으로 잘도 외워진다. 마치 아득한 옛날 숱하게 외웠던 것을 다시 되풀이하는 듯한 착각에 빠진다.

1989년 12월 28일 목요일 −6∼1℃ 개었다 흐림

오전 다섯 시부터 『삼일신고』를 다섯 번이나 외웠다. 환웅천황 할아버지 영정만을 모시다가 단군 할아버지 영정까지 함께 모시고 103배를 하자 기운이 그전보다 배 이상으로 들어오는 통에 한달 이상이나 기몸살로 고생한 일이 있었는데, 『천부경』만 외우다가 『삼일신고』까지 함께 외우니까 그전보다도 기운이 꼭 두 배로 강하게 들어온다.

신성(神性)이란 무엇일까? 신성은 바로 신을 말한다. 그러면 신은 무엇인가. 『삼일신고』 신훈에 보면 "신은 그 위에 더 없는 높은 자리에 계시고 큰 덕(德)과 큰 지혜와 큰 능력을 가지고, 하늘을 낳으시고 무수한 세계를 주관하시고 삼라만상을 만드시고 티끌 하나도 빠짐없이 소상히 살피시고, 지극히 밝고 신령하시어 감히 이름 짓거나 헤아릴 길이 없는데, 사람이 소리쳐 부른다고 나타나시는 게 아니고 스스로 자기 자신의 마음속에서 구하면 이미 머릿속에 내려와 계신다"는 내용이 나와 있다. 바로 신 즉 하느님의 정체다.

우리는 수련 중에 가끔 자신의 몸이 안개처럼 미세한 입자로 분해되어 공중으로 사라지면서 완전히 아무것도 없는 허공으로 변해 버리면서도 무한한 충족감을 느낄 때가 있다. 색즉시공(色卽是空) 공즉시색(空卽是色)의 경지다. 신성이 나타나기 시작하는 극히 초보적인 단계를 말한다. 이러한 초보적인 단계는 이미 수련 초기에 경험한 일이 있다. 그러나 그 뒤에는 이보다 한걸음 더 발전된 경지를 경험하지 못했다. 수련이 계속 진척되면 누구나 조만간 그러한 경지를 맛 볼 수 있게 될 것이다.

주의할 것은 남들이 경험한 것에 너무 관심을 둘 필요가 없다는 것이다. 그렇게 되면 남이 경험한 것과 같은 장면이 잠재의식에 각인되어 나타나는 수가 있기 때문이다. 그러니까 남의 얘기는 하나의 참고로 들어둘 뿐 너무 머릿속에 깊이 새겨 넣지 말아야 한다. 상상력으로 일어난 현상을 진짜 신성으로 착각할 우려가 있기 때문이다. 더구나 남들은 이런저런 현상을 보았다는데 왜 나는 그런 현상을 못 볼까 하고 초조해 할 필요도 없다. 수련은 언제나 유유자적하게 나름대로 자기 페이스를 잃지 않고 꾸준히 정진해 나가기만 하면 된다. 조급해 한다고 해서 되는 일이 결코 아니기 때문이다. 과일 나무가 열매를 맺고 술이 제대로 익으려면 일정한 숙성 기간이 흘러가야 하는 것과 같이 수련도 정성과 시간을 필요로 한다.

1989년 12월 29일 금요일 1~2℃ 흐림

어제 새벽처럼 오늘도 새벽 다섯 시에 서재에서 103배를 하고『천부경』열 번에『삼일신고』를 다섯 번 외웠다. 불을 안 땐 방이어서 103배를 할 때는 몸이 달아오르지만 가부좌하고 10분만 앉아 있어도 몸이 얼어들어 왔다. 그대로 참고 앉아서『삼일신고』를 계속 외우고 있자니까 몸이 덜덜 떨려왔다. 할 수 없이 어제 아내가 사 온 오리털 잠바를 입어보자 그렇게 따뜻하고 포근할 수가 없었다.

출근 차 전철역까지 걸으면서도 전철 안에서도『삼일신고』를 외웠다. 전부 10번 이상이나 외웠다. 기운이 점점 더 강하게 들어온다. 기분이 차분하게 가라앉고 피로가 회복되고 마음은 평온해진다. 백회와 인당에 누가 박하를 발라 놓은 것같이 시원하고 상쾌한 기운이 끊임없이 들어온다.

연말이면 언제나 공연히 쓸쓸해지고 나도 모르게 인생의 허무를 느끼곤 했었는데 금년엔 그런 게 없어졌다. 망년회 하자고 찾는 사람이 없어도 섭섭하기는커녕 부질없이 수련할 시간을 빼앗기지 않게 되어 오히려 잘됐다는 느낌이 든다.

1990년 1월 6일 토요일 -6~1.2℃ 갬

평소보다 한 시간 늦게 7시가 되어서야 간신히 일어났다. 몸이 착 가라앉으면서 땅속으로 스며드는 것 같다. 이번 기몸살은 일반 감기와 비슷해서 순전히 수련 때문이라기보다는 혹시 추위 때문이 아닌가 하고 의심도 가져 보았었는데 전연 그렇지 않다는 것을 알 수 있다. 그 이유는 기운이 너무나 강하게 들어오기 때문이다. 일단 일어났다가도 몸이 천근같아서, 다시 누웠다 일어나기를 몇 번 거듭하다가 2시 반에야 집을 나섰다.

1990년 1월 7일 일요일 −8~2℃ 갬

선도수련의 최종 목표는 무엇인가. 그것은 두말할 것도 없이 인간이면 누구에게나 맘속에 깃들어 있는 신성(神性)을 깨닫고 생활화하여 신인일치(神人一致)가 되는 것이다. 『삼일신고』가 말하는 성통공완(性通功完)하는 것을 말한다. 이것을 내 인생의 확실한 목표로 정한 이후 일요일 등산에 대한 나의 종래의 시각이 조금씩 바뀌기 시작했다.

전에는 등산을 못 하면 큰일 나는 줄 알았고 사실 어쩌다가 한 번 거르면 일주일 내내 중독증으로 심한 무력증에 시달리곤 했었는데, 이젠 꼭 그렇지도 않다. 다시 말해서 등산에 그전처럼 집착을 하지 않게 되었다는 것이다. 등산보다는 더 좋은 것이 내 일상생활 속에 깊숙이 파고들어 더 큰 비중을 차지하기 시작했기 때문이다. 암벽 타기의 스릴 이상으로 나를 매료시키는 것이 정좌 수련이다.

엄청난 운기를 통하여 나는 거의 무아지경 속에서 한없는 환희를 맛볼 수 있게 된 것이다. 생활이 바뀌면서 마음도 바뀌고 관념도 바뀌게 되었다. 일체유심조(一切唯心造). 마음먹기에 따라 생체 리듬도 변화될 수 있고, 운동 중독증도 해소될 수 있다는 것을 알게 되었다. 그전 같으면 이만한 기몸살쯤은 아랑곳 않고 등산을 했으련만 오늘은 103배, 『천부경』, 『삼일신고』 외우기와 『참전계경』 읽기에 뒤이어 좌선으로 등산을 대신했다.

1990년 1월 11일 목요일 2~4℃ 흐림

선도수련을 시작한 1986년 2월부터 나는 내복을 벗어버렸다. 그 후 내내 아무리 추워도 내복을 입은 일은 없었다. 그러나 요즘 벌써 몇 달째 지속되는 심상찮은 기몸살로 인한 심한 한기를 견딜 수 없어서 어제는 내복을 입어보았다. 그러나 숨이 콱콱 막힐 것 같이 갑갑해서 하루 종일 뜻밖의 고역을 치르고 나서 다시 벗어버리고 말았다. 오싹오싹 한기를 느낄 때는 추워서 얼어붙는 것 같았는데도 막상 내복을 입으니 못 견딜 정도로 답답했다. 심상한 일이 아니었다. 곰곰이 그 원인을 생각해 보았다. 도대체 왜 그럴까? 숨이 콱콱 막히는 것은 무엇 때문일까? 숨이 막히는 것은 호흡이 안 되기 때문이 아닌가.

그렇다. 호흡 장애가 아니고는 그렇게 숨이 막힐 이유가 없는 것이다. 사람은 코를 통해서만이 아니고 피부로도 숨을 쉰다는 것은 상식에 속하는 얘기다. 피부의 3분의 2 이상 화상을 입으면 호흡장애로 사망한다지 않는가. 드디어 나는 그 원인을 알아내는 데 성공했다. 나도 모르게 지금까지 나는 강한 피부호흡을 하고 있었던 것이다. 그렇다. 나는 지금 대주천의 경지에 들어 활발한 피부호흡을 하고 있었던 것이다. 가끔 머리 전체가 박하를 뿌린 것처럼 쏴 한다든가, 느닷없이 온몸이 오싹오싹할 때는 음기나 사기가 들어올 때였던 것이다.

『선도체험기』 발간

1990년 1월 15일 월요일 −5∼2℃ 구름

『선도체험기』가 드디어 시중에 나왔다. 20세트를 가져다가 출판부 직원들과 지원장들에게 서명하여 나누어주었다. 표지가 잘됐다고 야단들이다. 아주 예쁘고 맘에 쏙 들게 한다고들 말했다. 그런데 이상한 일이다. 하긴 법을 전하는 것도 수련의 한 형태라는 말은 들어왔지만 그게 사실이라는 것을 나는 이번에 『선도체험기』가 책방에 나가면서부터 절실히 깨닫게 되었다.

책이 시중에 나가면서부터 훨씬 더 강하고 엄청난 기운이 쏟아져 들어오기 시작한 것이다. 글을 써 놓고 있는 것하고 그것을 책으로 만들어 관심 있는 사람들에게 직접 읽히는 것하고는 근본적인 차이가 있음을 알 수 있다. 그 책을 읽고 흥미를 느끼거나 감동을 받는 사람이 많으면 많을수록 나한테로 들어오는 기운의 양이 늘어난다는 사실을 나는 깨닫게 되었다. 20질을 다 나누어주고 보니까 내가 읽을 책도 없어서 3질을 더 가져왔다.

1990년 1월 17일 수요일 −3∼6℃ 바람

아내가 출근을 한 뒤에 나는 103배를 하고『천부경』을 열 번,『삼일신고』를 한 번 외우고,『참전계경』을 10개 조 읽고 나서 가부좌를 틀고 앉아 명상에 들어갔다. 한참 만에야 간신히 마음의 평온을 찾을 수 있었다.

이곳보다 프랑스는 8시간이 늦으니까 그런지 딸애의 잠자는 모습밖에는 비치지 않는다. 이북에 계신 어머니를 찾았다. 작년보다도 더 허리가 굽은 꼬부랑 할머니가 지팡이에 의지한 채 지척지척 힘겨운 발걸음을 떼어 놓고 있다. 얼굴의 주름살도 작년보다 한층 더 많고 골도 깊어졌다. 주변 환경은 아무리 살펴보아도 도시는 아니고 산간벽지 같다. 냇물도 보이고 밭 둔덕 같은 것도 보인다. 1908년생이니까 금년 82세. 잘하면 돌아가시기 전에 만나볼 희망을 가져볼 수도 있을 것 같다. 통일은 8.15 해방처럼 갑자기 닥쳐올 수도 있으니까.

책으로 나온 『선도체험기』 교정을 보았다. 세 번이나 이미 교정을 보고 인쇄에 돌렸는데도, 다시 읽어보니 뜻밖에도 오자가 자꾸만 눈에 띈다. 이 책이 시중에 깔린 이후로 날이 갈수록 더 강한 기운이 들어온다. 독자가 이 책에 흥미를 느끼거나 조금이라도 깨우침을 받는 정도에 따라 나에게도 기운이 들어오는 것을 느낄 수 있다.

1990년 1월 20일 토요일 −11∼3℃ 갬

『선도체험기』 2권을 반쯤 읽었다. 이 책을 읽는 맛은 각별하다. 내가 언제 이런 글을 썼나 하고 새삼스레 어리둥절해진다. 전연 생소한 남의 글을 읽는 것과 같다. 내가 이 글을 쓸 때는 선계(仙界)의 특정 신명(神明)과 나의 파장이 일치한 것이 아닌가 생각된다. 신명의 지도와 가호가 없이는 도저히 씌어질 수 없는 글이다. 나 스스로 내 글 아닌 내 글을 읽는 데 담뿍 취해서 요즘은 잠까지 설치고 있다. 신필(神筆)이란 이런 경우를 두고 하는 말이 아닐까? 내 글이 아닌 글을 책으로 내놓고 내 이름을 붙여 놓은 것 같아서 송구스럽다. 이러한 글을 또 영감(靈感)을 받아서 쓴 글이라고도 하는 것 같다.

좌우간 선도에 관심이 있거나 단학 수련에 뜻이 있는 사람이 읽으면 수련에 큰 보탬이 될 것만은 틀림없을 것 같다. 과연 하늘은 나를 글 쓰는 도구로 삼아 그 뜻의 일부를 편 것은 아닐까? 만약에 그렇다면 무상의 영광이지만 하필이면 나 같은 천학비재(淺學非才)가 택함을 받은 것이 그지없이 송구스럽다. 어쩐지 책이 나오는 날 까닭 없이 흥분이 되어 밤잠을 설친 일 자체가 결코 범상한 일이 아니었다.

날씨가 몹시 추워졌다. 7년 만의 혹한이라고 한다. 그런데도 기몸살이 거의 나아가서 그런지 별로 추위를 느끼지 않았다.

1990년 1월 27일 토요일 −11~2℃ 갬

『선도체험기』가 시판되면서 갑자기 기운이 많이 들어오는 이유가 무엇일까? 나는 요즘 이 문제를 골똘히 생각해 보았는데 드디어 다음과 같은 결론을 얻어냈다. 인간은 소우주이다. 대우주와 소우주는 에너지의 호스 즉 기운줄로 연결되어 있다. 그런데 수련을 하지 않는 일반 사람들은 생명 유지에 필요한 에너지만을 간신히 공급받고 있으므로 그 기운줄이 거미줄만큼 가늘다. 그러나 수련을 하여 운기를 할 수 있을 정도가 되면 기운줄은 점점 더 굵어진다. 『선도체험기』를 읽는 사람은 내 글을 매개로 하여 지금까지 몰랐던 새로운 사실을 알게 되고 기운줄도 알게 된다.

중간 도매상을 통하여 소매상으로 상품이 공급되듯 나는 책을 통하여 일반 독자에게 기운을 알려주고 깨닫게 해 준다. 중간 도매상은 대우주에 해당되는 공장으로부터 물건을 받아다가 소매자나 최종 소비자에게 넘겨준다. 소매자와 소비자의 수요가 늘어날수록 중간 도매상은 많은 물건을 가져다 놓아야 한다. 다시 말해서 더 많은 기운을 받아 놓아야 하는 것이다. 그것은 또 본 저수지, 중간 저수지, 말단 저수지와 논과의 관계와도 같다. 말단 저수지에 많은 물을 공급하려면 중간 저수지의 물이 그만큼 많아야 한다. 이 중간 저수지의 규모가 커지면 커질수록 본 저수지로부터 더 많은 물을 공급받아야 한다. 나는 어쩌면 이 중간 저수지 역할을 하는 것 같다.

1990년 2월 3일 토요일 −5~1℃ 갬

대구의 고3 독자에게서 다음과 같은 전화가 걸려 왔다.

"김 선생님 전화로 죄송합니다. 선생님의 『다물』도 읽었고 『선도체험기』도 다 읽었는데요. 꼭 한마디만 하겠습니더. 지구 전체가 하나의 생활 단위로 점차 바뀌어가고 우리도 세계인을 지향해야 할 이때에 선생님은 너무 우리 것만 고집하시는 것 같은데, 어떻게 생각하십니까?"

"세계인이라고요. 물론 지구상에 사는 인류는 전부 세계인이라고 할 수 있겠죠. 그러나 세계인이라는 개념은 우리가 외계인(外界人)과의 접촉이 있을 미래에나 사용될 말이지 지금은 하나의 관념에 지나지 않습니다. 가령 미국인, 일본인, 중국인, 영국인, 프랑스인, 독일인, 소련인과 구별하기 위해서 한국 땅에 사는 우리는 한국인이라는 말이 필요하듯, 가령 목성인, 북두칠성인, 화성인, 금성인, 안드로메다성단인, 토성인, 카시오페아 성단인이 우리와 교섭을 갖게 된다면 지구인 또는 세계인이라는 단위가 필요하겠죠. 그러나 아직은 외계인과의 접촉이 전무한 형편이니까 세계인이란 말은 미래의 우주 시대를 가상한 관념어에 지나지 않습니다.

세계인 하면 지극히 막연합니다. 구체적으로 누구를 세계인이라고 할 수 있겠습니까? 일단 지구상에 사는 사람 전체를 호칭한다고 합시다. 그렇다면 그 세계인은 누굽니까. 어느 나라 사람이냐가 문제입니다. 대한민국 여권은 존재해도 세계인 여권 같은 것은 존재하지 않기 때문입니다. 한국 땅에 태어난 우리는 우선 한국인이 된 다음에 세계인이 될 수 있다는 논리를 알 수 있겠습니까? 미국인, 일본인, 프랑스인, 독일인, 영국인은 통해도, 세계인은 통하지 않는 것이 현실이 아닙니까?

그런데 이 세계를 주름 잡고 있는 소위 선진국들은 비록 입으로는 세계인을 부르짖고 있을지 몰라도 그들 개개인을 보면 얼마나 철두철미한 국수주의자라는 것을 알 수 있습니다. 다시 말해서 세계의 선진국들은 민족주의, 국수주의를 이미 졸업한 나라들입니다. 그런데 우리는 아직도 우리 민족이나 국가의 주체성을 지난 845년 동안 상실하고 모화 사대주의만을 철두철미하게 믿어 왔고 그 때문에 일본의 식민지가 되었고 남북이 분단되는 비극을 겪고 있습니다. 중화독(中華毒), 왜독(倭毒), 양독(洋毒)이 아직 판을 치고 있습니다. 그러니까 우리는 선진국들이 이미 옛날에 졸업한 민족주의와 국수주의를 아직 마치지도 못한 단계에 있는 것입니다. 수신제가치국평천하(修身齊家治國平天

209

下)는 동양인의 덕목이기도 하지만 우리는 아직 치국의 단계를 완전히 졸업하지 못했다 그겁니다.

이 단계를 거치지 않으면 선진국이 될 수 없으며 평천하 즉 세계인 운운할 자격도 없는 것입니다. 집안을 제대로 다스리지 못하여 아내는 가출을 하고 아들은 깡패로 전락되었고 딸은 행방불명이 된 가장이 국회의원에 출마했다고 하면 누가 표를 찍어주겠습니까? 집안 단속부터 제대로 하고 출마하라고 누구나 충고할 것이 틀림없습니다. 우리 처지에 세계인 운운하는 것은 집안이 풍비박산이 된 가장이 국회의원에 출마하여 통일이 어떻고 정치가 어떻고 지역감정이 어떻고 공해 문제가 어떻고 떠드는 것과 똑같습니다. 더구나 아직 우리나라 역사 교육은 지금도 일본 제국주의자들이 양성해 놓은 식민사학자들의 손에서 놀아나고 있는 형편입니다. 진정한 우리 역사의 뿌리를 되찾지 않고는 세계의 선진국 대열에 낄 수 없기 때문에 우리 것부터 찾자고 주장했을 뿐입니다."

"선생님 장시간 감사합니다. 이제 확실히 깨달았습니다. 고맙습니다."

1990년 2월 6일 화요일 −3~3℃ 갬

지난 3일 오후 7시부터 들어오기 시작한 '큰 기운'은 오후 6시 35분인 지금까지 줄기차게 들어오고 있다. 내가 유독 '큰 기운'이라고 이름을 붙인 이유는 이 기운이 들어오면서부터 피로도 졸음도 놀라운 속도로 회복되었기 때문이다. 물론 전에도 나한테 들어오는 기운이 피로와 졸음을 쫓아내는 힘이 전연 없었던 것은 아니지만 지금처럼 뚜렷하게 느낄 수 있을 정도는 아니었다. 행여 하루 이틀 들어오다가 그치는 게 아닌가 했었지만 벌써 사흘째나 조금도 줄지 않고 점점 더 강하게 쏟아져 들어오고 있다. 그 때문에 손발이 그전보다 훨씬 더 따뜻해졌다. 그전에 악수를 했을 때는 늘 나보다 손이 따뜻했던 사람들의 손이 지금은 정반대로 차갑기만 했다.

1990년 2월 9일 금요일 1~7℃ 흐림

오후 1시, 같은 도장에 나가는 민소영 씨 차로 문화원에 나갔다. 집 앞에서 그녀의 차에 편승하자마자 "아니 웬 기운이 이렇게 세어졌어요?" 그녀가 깜짝 놀랐다.

"『선도체험기』가 시중에 깔린 이후부터 기운이 강하게 들어오기 시작하는군요."

"그래요? 아주 엄청난 기운인데요. 그런데 미안한 얘기지만 약간의 탁기도 섞여 있네요."

"미안합니다. 어떻게 하면 탁기를 몰아낼 수 있겠습니까?"

"마음이 우선 맑아지셔야죠."

"아직 마음공부가 덜돼서 그렇군요. 그 밖에 탁기를 몰아낼 수 있는 방법은 없나요?"

"있어요. 스와이소우를 하세요."

"스와이소우라니 뭘 말합니까?"

"아니 아직 그것도 모르세요. 일종의 도인체조죠. 앗 어머머 정말 얌체네요."

갑자기 차선 위반을 하며 급정거를 하는 앞차를 재빨리 피하면서 그녀가 소리쳤다.

"좀 가르쳐 줄 수 없겠습니까?"

"운전대를 잡았으니 말로만 할 수밖에 없네요. 상반신과 두 다리를 쭉 펴고 일어서서 다리는 어깨 너비로 벌리고요. 발가락에 힘을 주고 발톱을 땅속에 박는 기분으로 섭니다. 이런 자세로 양팔을 앞뒤로 흔드는데, 뒤로 흔들어 올릴 때는 약간 힘을 주고, 앞으로 흔들어 올릴 때는 힘을 주지 않고 탄력으로 움직이게 합니다. 두 팔을 쭉 펴고 굽히지 않도록 하고 눈은 앞을 보고, 잡념이 생기지 않도록 마음속으로 소리를 내지 않고 수를 셉니다. 손을 흔드는 횟수는 처음에는 2백 내지 3백에서 시작하여 나중에는 1천 내지 2천까지 늘여나갑니다. 시간은 약 30분. 이때 흔드는 요령은 상반신에 3, 하반신에 7의 비율로 힘을 주어야 합니다. 손끝에서 탁기가 쭉쭉 빠져나가는 걸 느끼실 꺼예요. 자아 이제 아시겠어요?"

"알겠습니다. 감사합니다."

저자와의 만남의 시간

오후 3시. 『선도체험기』를 읽고 들어온 수련생 30명을 앞에 앉혀 놓고 첫 번째 문답식 강연을 했다. 저자와의 만남의 시간이었다. 그들은 굉장한 열의를 갖고 질문을 했다. 두 번째 강연은 오후 7시, 세 번째는 8시 20분에 있었다. 늦은 시간일수록 청강자는 늘어났다. 이십대, 삼십대, 사십대, 오십대가 골고루 섞여 있었다.

질문 : 『선도체험기』를 읽어보면 선생님은 전생에서부터 많은 수련을 쌓아 오신 걸로 되어 있는데, 전생에 전연 수련을 해 본 일이 없는 사람은 어떻게 됩니까?

답 : 어떻게 되다뇨. 무엇이 어떻게 된다는 말씀입니까? (하하하....)

질문 : 아무리 열심히 수련을 해도 선생님 수준을 따라가려면 역부족이 아니겠느냐 그겁니다.

답 : 질문하신 분은 무언가 큰 착각을 하고 계신 것 같습니다. 아까도 말씀드렸지만 단학 수련의 최종 목표는 성통공완이라고 분명히 말씀드렸습니다. 그런데 무엇 때문에 한낱 구도자에 불과한 김태영이라는 사람의 수련 수준을 목표로 삼으려고 하십니까?

질문 : 그게 아니고요. 선생님을 중간 목표쯤으로 삼을까 해서요. (하하하...)

답 : 성경에 보면 먼저 된 자가 나중 되고 나중 된 자가 먼저 된다는 말이 있고 토끼와 거북이의 경주에서는 결국 누가 이겼습니까. 결국 예상을 깨고 거북이가 이겼습니다. 물론 선배 수련자의 경험을 참고로 삼는 것은 좋지만 비록 중간 목표라고 해도 선배를 목표로 삼을 필요는 없다고 생각합니다. 그것은 오히려 수련에 방해가 될 수도 있으니까요. 최후의 목표를 향해 열심히 뛰기만 하면 어느 땐가는 목적지에 도달할 수 있을 텐데, 중간 목표에 연연하다가 자칫 잘못하면 거북이를 업신여기고 자신만만했던 토끼처럼 낮잠을 자다가 망신을 당하는 수도 있습니다. 그러니까 단학 수련은 어디까지나 이미 자기 마음속에 내려와 있는 신(神)을 깨닫기 위한 자기 자신과의 싸움이지 남을 의식할 필요는 없다고 생각합니다. 오직 지극정성으로 게으름 피우지 말고 열심히 도를 닦다가 보면 어느 순간 이미 자신은 깨달음의 경지에 도달해 있는 것을 느끼게 될 것입니다. 지극 정성이라는 큰 길을 가기만 하면 될 텐데 가끔 중간에 지루하고 꾀가 나는 게 인지상정입니다. 바로 이러한 인간의 약점을 노리고 파고드는 자들이 바로 가짜 스승입니다. 가짜 스승은 흔히 내가 아니면 절대로 아무도 성통공완 할 수 없다는 거짓말을 밥 먹듯이 하면서 양념으로 약간의 초능력을 이용하여 수련자들을 현혹시키고는 돈을 갈취하고 예쁜 여자에게서는 정조를 빼앗습니다. 여러분은 제발 이러한 사기꾼의 농간에 놀아나지 않도록 추호도 경계를 늦추지 말아야 합니다. 인기 영화가 상영될 때는 꼭 암표상이 날뛰고 요즘처럼 해외여행이 붐을 이룰 때는 엉터리 여행사들이 순진한 여행객들의 주머니를 텁니다. 단학 수련이 좋다더라 하는 소문

이 나니까 여기에도 어김없이 사기꾼이 끼어들어 돈벌이에 혈안이 되어 있습니다. 도둑놈도 나쁘지만 도둑맞는 사람도 나쁩니다. 사기꾼도 나쁘지만 사기당하는 사람도 나쁘다고 할 수밖에는 없지 않겠습니까? 사기불범정(邪氣不犯正)이라고 했습니다. 나쁜 기운은 정기를 침범할 수 없습니다. 한눈팔지 말고 꾀부리지 말고 게으름 피우지 않고 지극 정성으로 수련에 매진한다면 조만간 누구나 목표에는 기필코 도달하고야 맙니다.

질문 : 선생님은 다른 어떤 문필가보다도 민족의 뿌리와 상고사 복원을 강조하고 계신데 꼭 그렇게 해야만 할 특별한 이유라도 있습니까?

답 : 여러분 군대생활 다 해 보셨죠. 물론 이 중에는 아직 군대에 가 보시지 않은 대학생들도 섞여 있는 줄 알고 있지만 거의 다 군대생활을 마치신 분들이라 생각합니다. 군대생활을 한 분들 중에는 대대나 연대 또는 사단, 군단 작전과에서 근무해 보신 분들이 계실 겁니다. 작전실에 들어가 보면 5만분지 1 또는 2만 5천분지 1 작전지도가 비치되어 있고 거기에는 적과 아군의 부대 위치가 기호로 표시되어 있습니다. 적군의 목표와 아군 부대의 진지는 지도상에 기호로 표시되는데 그 위치를 뭐라고 합니까?

질문자 : ……

답 : 숫자 같은 걸로 표시하죠?

질문자 : 아아 좌표 말입니까?

답 : 맞았습니다. 좌표입니다. 포병 부대에서는 이 좌표를 설정하는데, 위급 시에는 지도상에서 대략 산출해 내지만 조금이라도 시간이

나면 측지반이 기준점을 찾아 현지 측량을 하여 정확한 좌표를 계산해 냅니다. 왜 그렇게 하겠습니까? 정확한 아군 포(砲)의 위치를 계산해 내고 이곳으로부터 목표까지의 정확한 사거리를 알아내기 위해서입니다. 바로 이 포의 위치가 중요합니다. 자기 위치가 정확하지 않으면 목표까지의 사거리도 정확하게 산출해 낼 수가 없습니다. 그렇게 되면 포를 쏘아도 엉뚱한 곳에 떨어지기 일쑤입니다.

제가 우리나라의 삼국시대 이전의 단군시대와 배달국 시대의 역사를 되찾으려고 애쓰는 것도 이러한 자기 좌표를 정확히 설정하기 위해서입니다. 그러면 지금까지 우리는 자기 좌표를 정확히 모르고 살아왔느냐 하면 유감스럽게도 바로 그렇다고 할 수 밖에 없습니다. 고려 인종 때 서기 1145년에 김부식의 『삼국사기』가 편찬된 이래 이 땅에는 애석하게도 모화 사대주의 사상체계가 확고하게 구축되었고 이 사상체계가 765년 동안 득세하다가 서기 1910년에 경술국치 이후로는 일본 제국주의의 반도식민사관이 대물림을 했고, 35년 뒤 1945년 해방에는 이후 서구(西歐) 우월주의 사상이 이 땅을 깡그리 휩쓸어버렸습니다. 결국 김부식의 『삼국사기』 이래 금년(1990년)까지 845년 동안 우리의 역사는 뿌리부터 왜곡 날조되어 노예와 굴종과 피지배의 역사로 일관되어 왔습니다. 그리고 우리 민족이 대륙에서 웅비했던 배달국, 단군시대, 삼국, 발해, 고려, 조선왕조 시대의 영광스러운 역사는 자취를 감추어버리고 말았던 것입니다. 쉽게 말해서 우리는 종노릇을 한 일이 없는데도 대대로 노예생활을 한 것으로 날조된 역사를 배워왔던 것입니다. 하나의 민족의 역사는 바로 그 민족의 정확한 좌표를 설정해줍니다.

그런데 우리는 지금껏 자기가 서있는 자리도 정확히 모르고 살아 왔다 그겁니다. 성도 뒤바뀌고 조상의 이름도 날조된 족보를 진정한 자기 족보인 양 착각하고 있었다 그겁니다. 주소도 틀리고 아버지 이름도 틀린 엉터리 주민등록증을 발급받고도 여러분은 가만히 있겠습니까? 정확한 자기 아버지 이름과 정확한 주소가 주민등록증에 기재되기를 바라지 않는 사람이 어디 있겠습니까? 제가 우리 민족의 진정한 역사를 되찾기를 열망하는 것은 바로 이러한 이유에서입니다. 보충 질문 없으면 다음 질문으로 넘어 가겠습니다.

질문 : 책으로만 뵙다가 이렇게 선생님 얼굴을 마주 대하고 대화를 나눌 수 있게 된 것을 기쁘게 생각합니다. 저는 이제 수련 시작한 지 6개월이 되었습니다만 정좌 수련에 들어가 명상을 하려고 하기만 하면 어김없이 잡념과 망상이 방해를 놓는 바람에 고민입니다. 어떻게 하면 이 망상과 잡념을 효과적으로 물리칠 수 있겠습니까? 좋은 가르침을 부탁드리고 싶습니다.

답 : 우리가 명상 수련을 하는 목적은 우리 자신 속에 들어와 있는 하느님의 실상 다시 말해서 생명의 실체를 깨닫기 위해서입니다. 하느님 즉 생명의 실체라고 했습니다만 다른 말로 표현하면 공(空), 한, 진리, 법의 실상을 말합니다. 이것을 통틀어 생명의 실체라고 합니다. 바로 이 생명의 실체 이외에 우리의 오관(五官)으로 감지되는 일체의 것은 한갓 상념의 그림자일 뿐입니다. 그림자는 실체도 아니고 실상도 아닙니다. 따라서 죄도, 병고도, 악도, 고통도, 번민도, 잡념도, 망상도,

물질도 하나의 유한한 허상에 지나지 않습니다. 다시 말해서 망상도 잡념도 없다고 보면 됩니다. 망념과 잡념이 있다고 생각하기 때문에 자꾸만 달겨드는 것입니다. 옛날에 어떤 사람이 밤에 시골길을 가다가 으슥한 길모퉁이에서 갑자기 도깨비가 달려드는 바람에 죽기 아니면 살기로 밤새껏 싸움을 벌였습니다. 그런데 새벽에 날이 훤히 밝아오면서 정신을 차리고 보니 도깨비는 간 곳 없고 썩은 나뭇가지를 잡고 있었습니다. 그는 바로 이 썩은 나뭇가지를 도깨비로 착각을 하고 밤새도록 피나는 싸움을 벌인 것입니다. 잡념과 망상은 바로 형체도 실체도 없는 도깨비와 같은 것입니다. 잡념이 있다고 생각하니까 여러분을 괴롭히는 것이지 없다고 생각하면 괴롭힐 리가 없습니다. 도깨비를 만났다고 착각을 했으니까 밤새도록 싸웠지 도깨비 따위는 애초부터 존재하지 않는다고 확신했다면 밤새도록 무엇을 상대로 싸웠겠습니까. 이와 마찬가지입니다.

질문 : 그럼 잡념이 없다고만 생각하면 되겠습니까?

답 : 물론 타성이라는 것이 있으니까 잡념은 없다고 생각한다고 해서 금방 사라져 버리지는 않을지도 모릅니다. 그러나 계속 잡념은 없다고 생각하고 상대하거나 관심을 일절 두지 않으면 조만간 없어져 버리고 맙니다. 가령 여러분의 호주머니를 노리고 사기꾼이나 네다바이꾼이 접근해 온다고 칩시다. 그때 여러분은 그 사기꾼이나 네바다이꾼을 쳐다보지 않고 일절 상대를 해 주지 않는다면 처음에는 비록 끈질기게 달려들지 몰라도 결국은 지쳐서 나가떨어지고 말 것입니다. 대인관계도 그와 꼭 같습니다. 접근해 오는 사람에게 눈도 거들떠보지 않

고 관심도 보이지 않는다면 그 사람은 싱거워서라도 결국은 떨어져 나가고 말 것입니다. 잡념은 우리가 냇물이나 구름이 흘러가는 것을 내버려두듯 하면 됩니다. 구태여 쫓아버리려고 애를 쓰지 않아도 그냥 내버려두면 결국은 사라져 버리고 맙니다. 제아무리 잡념과 망상이 수련을 방해한다고 해도 때가 되면 결국은 사라져 버리고 맙니다. 태양을 가린 구름이 제아무리 두껍다고 해도 때가 되면 사라져 버리고 햇볕이 온누리를 비치듯이 여러분은 지극정성으로 꾸준히 수련을 거듭하다가 보면 언젠가는 자신 속에 숨어 있는 신성(神性)의 빛을 쏘이게 될 것입니다.

질문 : 투시와 전생의 진위를 어떻게 가릴 수 있습니까?

답 : 투시와 전생을 보는 것은 객관적이고 과학적으로 확인하는 방법은 현재까지는 없다고 봅니다. 단지 우리는 투시를 하거나 전생을 본 사람의 인격과 수련 정도를 보고 믿거나 말거나 할 뿐입니다. 필자의 경우는 유럽을 여행 중인 딸을 투시한 날짜와 상황을 기록해 두었다가 귀국한 뒤에 맞추어보고 사실임을 확인한 일이 있었습니다.

질문 : 명현현상은 왜 일어납니까?

답 : 명현현상은 몸속 깊숙이 잠복해 있던 병소(病巢)가 수련이 진전되면서 운기가 활발해지니까 밖으로 노출되어 파괴되는 현상입니다. 산속에 숨어 있던 반란군을 적발하여 밖으로 끌어내어 소탕하는 과정과 같다고 할까요?

질문 : 저는 고아원 출신입니다. 저 같은 경우엔 혈통줄과 기운줄은 어떻게 됩니까?

답 : 비록 고아원 출신이라고 해도 부모가 없는 것은 아닙니다. 단지 누군지 모를 뿐입니다. 부모도 있고 조상도 분명 있습니다. 눈에 보이지 않는다고 해서 조상의 혈통줄, 기운줄까지 끊어졌다고 본다면 그것은 착각입니다. 분명 조상님 중의 훌륭한 분이 보호령으로 와서 수련을 돕고 있을 것입니다. 아마도 조상령들은 남보다 큰 기운을, 질문하신 분에게 내려주실 것입니다. 왼팔이 없는 사람은 그 보상으로 오른팔에 두 배의 능력이 부여되는 것과 같습니다. 육체를 낳아준 분은 부모님이고 영혼의 수련을 책임진 영혼의 부모는 지도령입니다. 그리고 누구나 자기 속에 내려와 있는 하느님을 깨달으면 하느님과 하나가 됩니다. 신아일체(神我一體) 자타일체(自他一體) 우아일체(宇我一體)의 자리에서 보면 육체를 나눈 부모는 장거리 여행객에게 편리를 보아준 하숙집 주인 정도로밖에는 보이지 않을 것입니다. 그러니까 고아라고 해서 조금도 기죽을 필요는 없습니다.

질문 : 요가, 참선, 초월명상(TM), 마인드컨트롤(MC)과 단학은 어떻게 다릅니까?

답 : 요가, 참선, 초월명상, 마인드컨트롤은 근본적으로는 단학과 같은 뿌리에서 나왔다고 봅니다. 다만 지역, 문화, 인종적인 환경에 따라 수련방법에 차이가 있을 뿐이지 크게 보면 단학과 상부상조하고 상호보완하면 더 좋은 수련 효과를 거둘 수 있을 것이라고 생각합니다.

그러면 '저자와의 만남의 시간'은 벌써 밤 11시가 가까워 오므로 더 이상의 질문이 없으면 이것으로 마치기로 하겠습니다. 오늘 저는 3차에 걸쳐서 문답식 강연을 했는데 여러분들이 한결같이 진지하게 호응

해 주셔서 저 자신도 보람을 느끼고 흐뭇하기 짝이 없습니다. 앞으로
여러분의 선도수련에 큰 성과가 있기를 충심으로 바라 마지않습니다.

〈5권〉

예비 삼합진공

1990년 2월 15일 목요일 -7~6℃ 비

신문사에서 막 일을 끝내고 퇴근을 하려고 하는데 민소영 씨에게서 전화가 걸려왔다.

"오늘이 21일 수련 시작하는 날이라는 것 아시죠?"

"그렇다는 얘기는 듣고 있었지만 왜 그러시죠?"

"혹시 김 선생님께서 그 수련에 빠지실까 봐서 그러는데요. 오늘 무슨 일이 있어도 꼭 참석하세요."

"왜요, 꼭 그래야 될 이유라도 있습니까? 전 갈 생각도 않고 있었는데요."

"좌우간 오늘 저녁 일곱 시까지 K지원에 나가세요. 지금은 힘을 길러야 할 때니까요. 아시겠죠. 꼭 나가셔야 해요."

그녀는 거의 명령적으로 말했다. 그런데 이상하게도 그녀의 이런 명령조에 거부감이 일지 않았다.

"민 선생님도 나오실 겁니까?"

"아뇨. 전 안 나갈 테니까 김 선생님만 나가세요. 아시겠죠. 꼭 나가셔야 돼요."

그녀는 이렇게 두 번이나 다짐을 두었다. 7시 반 K지원에 도착. 50명 정도의 회원들이 모였다. 천제, 강천, 신명풀이 춤판이 벌어졌고 각 회원들의 체험담이 시작됐다. 청중들 속에 끼어 앉아 얘기를 듣고 있는데 9시쯤 대선사가 나를 찾는다는 전갈이 왔다.

"아까 환웅천황께서 상, 중, 하 단전을 틔워주라는 분부가 계셔서 삼합진공(三合眞空) 공부를 하겠어요" 하고는 내 양 장심, 백회, 상중하 단전에 촉수하는 일을 40분간 계속했다. 이것은 상중하 단전을 하나로 연결시켜 주는 수련이라고 했다. 내내 눈을 감고 있었는데, 붉은 빛, 노란 빛, 여명이 비치기도 했다. 이런 수련은 선계에서 직접 하거나 자기를 통해서만 한다고 그는 말했다.

1990년 2월 16일 금요일 3~9℃ 갬

시간이 흐를수록 삼합진공 수련의 효과가 나기 시작했다. 운기가 훨씬 더 잘되었다. 지금까지는 비포장 도로를 터덜터덜 달리다가 갑자기 시원하게 뚫린 고속도로를 씽씽 달리는 기분이다. 4시 20분경 출판부에 나가 2미터쯤 떨어진 곳에서 김시화에게 장심으로 5분간 기를 넣어주었다. 그전보다 어떻게 다르냐고 물었더니

"기가 굉장히 강해졌어요. 금방 온몸이 후끈후끈 달아올라요. 막 진동이 일어나려고 하는데요" 했다. 이로써 나는 대선사가 시행한 소위 삼합진공 수련의 효과를 인정하지 않을 수 없었다. (그러나 이로부터 꼭 15개월 뒤에 있은 삼합진공은 비교도 안 될 정도로 강력하고 충격

적이고 황홀한 것이었다. 그것에 대면 이것은 장난감 정도의 효력밖에는 없었다. 그런 의미에서 예비 삼합진공 정도라고나 할 수 있을 것 같다. 이번 것은 대선사의 말대로 "위에서 자기를 통해서" 해준 것이라면 15개월 뒤의 것은 선계에서 직접 해준 것이었다. 추후에 나올 『선도체험기』에 상세하고 구체적으로 기술할 예정이다.)

1990년 2월 17일 토요일 1~10℃ 맑고 흐림

15일 예비 삼합진공 수련 이후 시간이 흐를수록 기운이 점점 더 강하게 흐른다. 오후 6시 민소영 씨와 통화가 있었다. "전화선을 통해서도 강한 기운이 전달이 되네요" 하고 그녀는 말했다.

하루에 다섯 시간밖에 자지 않는데도 졸음을 느끼거나 피로하지 않았다. 백회에서 하단전까지 일직선으로 기운이 들어와 단전을 뜨겁게 달구어 놓고 있다. 직장 동료들이 화장실에서 마주친 나를 보고 "아주 건강하고 밝은 안색"이라고 했다. 시간이 흐를수록 기운은 점점 더 강해진다.

1990년 2월 18일 일요일 5~7℃ 하루종일 비

간밤에는 거의 밤잠을 이루지 못했다. 예비 삼합진공 수련 이후 운기가 갑자기 강해진 것을 깜박 잊고 화를 낸 것이 탈이었다. 너무나 강한 기운이 갑자기 지속적으로 들어오니까 몸이 이를 미처 수용치 못하여 긴장을 한 탓인지 신경이 날카로워졌다. 수련이 진전될수록 감정 처리에 신중을 기해야 된다는 것을 절감했다. 어떠한 일이 있어도 화

224

를 내지 말아야 한다. 강한 운기 현상 때문에 오히려 몸을 크게 상할 우려가 있다. 하루 종일 강한 빗줄기가 쏟아졌다. 등산은 어쩔 수 없이 포기했다. 산에 오를 시간이 되었는데도 그전처럼 오금이 쑤시고 저려 오거나 비틀리지 않아서 참으로 다행이었다.

운기가 강해질수록 성을 내는 것은 수련에 장애가 될 뿐 아니라 까딱하면 건강까지도 크게 해칠 수 있다. 기운 자체에는 선악을 구별할 수 있는 능력이 없다. 물이나 공기나 음식과 같이 선한 사람이 먹으면 선한 일을 할 수 있는 힘이 되고 악한 사람이 먹으면 악한 일을 할 수 있는 힘이 되는 것과 같다고 할까. 똑같은 물이라도 젖소가 마시면 우유를 만들고 독사가 마시면 맹독을 만드는 이치와 같다. 따라서 운기가 활발해질수록 마음공부도 그에 따라 가속화되어 누구한테나 깊숙이 감추어져 있는 신성(神性)을 개발해야 된다. 이 신성이 바로 자성(自性)이다. 출판부에서 김시화가 말했다.

"김 선생님 전 멋도 모르고 동생에게 화를 냈다가 며칠 동안 꼬박 앓았어요."

역시 화는 독이다. 수련자에게는 더욱 그렇다.

1990년 2월 19일 월요일 7~8°C 비

화를 낸 여독이 아직 풀리지 않아서인지 간밤에도 거의 잠을 이루지 못했다. 그러나 화를 낸 첫날처럼 괴롭지는 않았다. 그렇다고 낮에 피곤하지도 않았다. 오히려 발걸음은 가볍고 몸은 새털 같이 가벼웠다. 기운이 들어오는 속도가 점점 빨라지고 있다. 수련생들에게 기를 넣어

보면 금방 수련 정도가 판가름 난다. 수련으로 심신이 열린 사람일수록 기운이 잘 들어가고, 그렇지 못한 사람일수록 기운이 벽에 부딪쳐 맴돌다가 되돌아온다. 심신이 열린 사람도 그 열린 정도에 따라 받아들이는 양이 천차만별이다.

1990년 2월 22일 목요일 7~10℃ 비

대구의 박순열 도우가 전화로 알려 왔다. "『선도체험기』를 읽는 동안 내내 백회로 청량한 기운이 솔솔 들어오네요."

기몸살이 점점 더 심해져서 오후 3시까지 누워있었다. 하도 강한 기운이 계속 들어오는 통에 미처 수용을 못해서 그러는지 아니면 탁기 때문인지 기운을 차릴 수가 없다. 집필도 못했다.

1990년 3월 1일 목요일 3~13℃ 맑음

오후 6시 수원에서 백 명의 청중을 상대로 '저자와의 만남의 시간'을 가졌다. 다음과 같은 질의응답이 있었다.

질문 : 중학교 역사 교삽니다. 단학과 종교는 어떤 관계에 있는지 말씀해 주셨으면 합니다.

응답 : 단학은 이 세상에 존재하는 모든 고등종교의 핵심 부분을 전부 수용하고 이를 초월하는 심신 수련체계입니다. 모든 종교의 궁극적인 목적은 생명의 실체를 깨닫는 데 있습니다. 이 생명은 신(神), 하느님, 부처, 진리, 법, 한 등으로 표현됩니다. 사람 속에 바로 하늘이 있고 사람의 마음은 하늘의 마음이라는 실상을 깨닫게 되면 우리 자신 속에

숨어 있던 신성(神性)에 불이 붙어 겉으로 나타나게 됩니다. 그러면 신이란 도대체 무엇인가를 알아야 합니다. 신은 『삼일신고』 신훈편에 나오는 무한한 사랑인 큰 덕(大德)과 무한한 지혜, 무한한 생명력을 가지고 있습니다. 전지전능(全智全能) 무소부재(無所不在)하고 하늘을 만들고 삼라만상을 창조하고 조화를 주관하는 존재입니다. 우리는 수련을 통하여 신성을 깨달으면 바로 이러한 신의 속성을 닮게 되는 것입니다. 선도는 기운을 타고 신을 깨닫는 과정을 추구하고 종교는 신앙의 힘으로 이를 달성하려는 데 차이가 있을 뿐입니다. 기운은 바로 육체와 신(神) 사이의 매개체입니다. 다시 말해서 이 기라는 운반수단을 통하여 몸안에 들어와 있는 신성을 깨닫자는 것입니다. 수련을 하여 운기를 해 본 사람은 누구나 다 아시겠지만 기운을 느끼면서부터 고질병이 낫기 시작하는 것은 바로 신의 무한한 생명력이 발동되기 시작했음을 의미합니다. 신에게는 병이 있을 수 없기 때문입니다. 고질병이 나은 뒤에는 머리가 맑아지고 지혜가 발휘되기 시작합니다. 각종 초능력이 나타나는 것은 바로 이 때문입니다. 그리고 바다와 같은 넓은 아량을 갖게 됩니다. 왜 그럴까요, 신의 무한한 사랑을 자기도 모르게 닮아가기 때문입니다. 육신통(六神通)이 열리고 의통(醫通)이 열리는 것도 바로 이러한 이치입니다. 단학과 종교는 한말로 이신동체(二身同體)입니다.

질문 : 선생님, 보충 질문하겠습니다. 신은 무한한 사랑, 무한한 지혜, 무한한 생명력을 구사하고 우주의 삼라만상을 만들고 조화를 부린다고 하셨는데 그렇다면 그러한 신의 다스림을 받는 이 지구상에는 무

엇 때문에 전쟁, 갈등, 파괴, 질병, 불평등, 불행, 온갖 부조리와 비리가 존재하며 지진, 태풍, 홍수와 같은 천재지변이 일어납니까?

응답 : 불경에 보면 삼계유심소현(三界唯心所現)이란 구절이 있습니다. 전생, 현생, 내생 또는 과거, 현재, 미래가 다 마음에서 일어난다는 뜻입니다. 이 세상에 불행한 사태가 일어나는 것은 신의 소치가 아니고 바로 사람들의 마음에 그 원인이 있다는 얘기입니다.『삼일신고』진리훈에 나오는 기쁨, 두려움, 슬픔, 노여움, 탐욕, 혐오에 그 원인이 있는데 이것은 한말로 미망(迷妄)의 소산입니다. 다시 말해서 이 세상에 비극이 일어나는 원인은 바로 우리 인간이 마음을 잘못 먹었기 때문입니다. 다시 말해서 미망에 빠져 있기 때문에 벌어진 현상입니다. 인과응보(因果應報)의 원리는 진리입니다. 일체유심조(一切唯心造) 역시 삼계유심소현(三界唯心所現)을 달리 표현한 것에 지나지 않습니다. 이렇게 불경의 구절을 자꾸만 인용한다고 해서 제가 불제자인가 하면 그렇지는 않습니다. 불경의 위 구절들이 바로 진리를 꿰뚫고 있기 때문에 불제자이든 아니든 간에 진리를 추구하는 사람은 누구나 이용할 수 있는 게 아니겠습니까? 이 세상의 모든 종교의 경전은 인류 공동의 자산이지 어느 특정 종교나 종파만이 이용할 수 있는 전유물은 결코 아니기 때문입니다. 하느님이 불행을 가져온 것은 아닙니다. 니체는 바로 이러한 진실을 몰랐기 때문에 "신은 죽었다"고 선언했습니다만, 신은 서양의 한 염세 철학자가 죽었다고 해서 호락호락 죽어버리는 그렇게 나약한 존재가 아닙니다. 신은 영원불멸하고 융통자재하고 대자대비하고 완전원만한 절대적인 생명력입니다. 우리 눈에 보이는 삼라

만상은 실제로 존재하지 않습니다. 현상이나 미망은 그림자일 뿐 실상은 아닌 것과 같습니다.색즉시공(色卽是空)은 바로 이것을 갈파한 진리입니다. 물질은 없다는 것은 현대 물리학이 증명하고 있지 않습니까? 봉선화 씨를 현미경으로 들여다보면 씨 이외에는 아무것도 보이지 않습니다. 그러나 적당한 토양과 습도와 일광이 주어지면 싹이 트고 잎과 줄기가 자라고 꽃이 핍니다. 무엇이 눈꼽보다 작은 씨앗을 그렇게 만들까요? 이것이 바로 생명력입니다. 이것이 바로 신이고 하느님입니다. 이러한 순수한 생명력인 신이 인류에게 불행을 몰고 올 리가 있겠습니까? 인류의 갖가지 불행은 인류 자신들이 자초한 것입니다. 신과는 아무런 관련도 없음을 단언하는 바입니다.

질문 : 한 번만 더 보충 질문하겠습니다. 그러면 천재지변도 마찬가지입니까?

응답 : 천재지변 역시 인류의 집단적인 미망(迷妄)의 산물입니다. 불안과 공포, 원망과 저주, 시기와 질투와 같은 인류의 집단적인 미망의 결과입니다. 이러한 미망의 파장이 지구의 핵심 부분에 작용하여 용암을 분출케 할 수 있고 지진과 해일, 전쟁까지도 유발할 수 있습니다. 미망을 품는 것과 실제로 불행한 사태가 발생하는 것 사이에는 시간의 간격이 있을 뿐입니다. 미망은 바로 불행의 씨앗입니다. 이 씨가 토양에 뿌려져서 뿌리를 내리고 열매를 맺으려면 일정한 시간이 필요하다는 말입니다.

질문 : 회사원입니다. 선생님의 『선도체험기』를 읽어보면 등산하는 장면이 자주 등장하는데 단학과 등산에는 어떤 상관관계가 있을 수 있

는지요?

응답 : 선도라고 쓰는 신선 선(仙)자를 보면 사람인 변 옆에 뫼 산 자로 되어 있습니다. 이 신선 선자와 대치되는 한자는, 사회 속(俗)자 인데 이 글자는 사람인 변 옆에 골짜기 곡자로 되어 있습니다. 그러니 까 선도는 원래가 산속에서 피어난 인류 문화의 한 형태라고 할 수 있 겠죠. 실제로 우리는 높은 산에 오르면 오를수록 세속을 굽어볼 수 있 습니다. 세속에 묻혀 살 때는 미처 몰랐던 일들을 깨닫게 됩니다. 사리 사욕과 명예를 위해서 아웅다웅 동료와 이웃들과 복닥대고 부대끼며 정신없이 살아온 자신이 보잘것없는 한갓 속물로 보일 때도 있을 겁니 다. 이때 우리는 이러한 명리와 세속의 욕망을 초월한 구원한 진리를 간절히 원하는 심정이 되기도 합니다. 바로 이러한 진리를 추구하는 욕구가 선도 문화를 일으켰던 것입니다. 산에 오르면 이러한 마음의 정화뿐만 아니라 신체의 단련으로 튼튼한 몸을 기를 수 있는 이점도 있습니다. 산에 오르려면 자연 두 다리를 많이 움직이게 됩니다. 그렇 게 되면 단전에 어쩔 수 없이 큰 힘이 주어지게 되어 단전이 강화됩니 다. 그래서 옛날 화랑들은 산과 들에서 노닐면서 심신을 단련했습니 다. 마음을 깨끗이 정화하고 몸을 튼튼하게 단련시킬 수 있는 이중의 효과는 바로 단학 수련과 직결됩니다.

이 밖에도 민족의 주체사상과 상고사에 대한 질문이 수 없이 쏟아져 나왔다. 어느덧 두 시간이 훌쩍 지나가 버리고 말았다. 그래도 질문자 는 자꾸만 손을 들어 올렸다. 이러다가는 밤을 새워도 끝이 없을 지경 이 될 것 같았다. 김욱성 사범이 질문을 중단시켜버리고 말았다.

신성(神性)을 낚는다

소년 시절을 함경북도 청진에서 보낸 나는 바다와 친했다. 부두의 긴 방파제 끝에 앉아 바다낚시를 즐겼다. 팔뚝만한 망둥이가 낚싯바늘에 걸려 몸부림칠 때의 그 육감적인 짜릿한 쾌감은 너무도 생생하여 지금도 손에 잡힐 것 같다. 더구나 오랜 인내와 기다림 끝에 얻어지는 보상일 때의 그 성취감은 더욱 값진 것이다. 바로 이 순간의 쾌감이 잠재의식에 유감화(類感化)되어서 그런지 나는 그 후 내내 내 인생에서 각고와 인내 끝에 중요한 성공을 거둘 때는 꼭 대어를 낚는 꿈을 꾸곤 했다. 특히 몇백 대 1의 경쟁을 뚫어야 하는 당선의 영예를 안기 전날에는 영락없이 이러한 꿈을 꾸어 오곤 했었다.

특히 20여 년간의 긴 문학 수업과 응모 끝에 내 소설이 당선되었을 때는 그 전날에 예외 없이 그 상의 비중에 따라 크고 작은 물고기를 낚는 꿈을 꾸었다. 문학을 인생의 전부로 알고 열심히 노력해 온 대가였기 때문에 그랬는지도 모른다. 그러나 그 밖의 세속적인 성공, 예컨대 대학에서 장학금을 타게 되었다든가, 원하던 직장에 취직이 되었다든가 하는 따위는 웬만한 사람이면 누구나 다 할 수 있는 일이어서 그런지 아니면 너무나 세속적인 일상사여서 그런지 아무런 꿈도 사전에 꾼 일이 없었다. 그러나 지금 와서 곰곰이 생각해 보면 여지껏 몇 번

꾸어 온 대어 낚는 꿈은 실은 별게 아닌 것 같은 느낌이 든다. 그것들 역시 엄격히 말해서 하나의 세속적 명리를 낚은 데 지나지 않기 때문이다. 명리(名利)란 이 세상을 살아가는 데 어느 정도 편리를 제공해줄 수 있을지는 몰라도 그 이상도 이하도 아니다.

그렇다면 무슨 거창한 꿈을 꾸고 있기에 당신은 그런 말을 하느냐고 혹 독자들 중에는 반문할 분이 있을지도 모른다. 이에 대해 나는 서슴지 않고 '신성(神性)을 낚는' 꿈을 실현하기 위하여 그 준비를 착착 진행시키고 있다고 말하겠다. 이것은 아마도 내가 이 세상에 태어난 가장 큰 보람이 될 것이고 일생일대의 가장 큰 대어를 낚는 꿈이 될 것이다. 그리고 처음이자 마지막 낚는 대어가 될 것을 확신하는 바이다. 그것은 바로 명리와 생사와 시공을 초월한 대생명의 본체인 신(神)이 되는 길이기 때문이다. 이렇게 말하면 독실한 기독교 신자들은 신성을 모독한다고 분개할지도 모르지만 사실은 우리 조상들이 먼 옛날부터 일상생활화 했던 심신수련을 통해 신선(神仙)이 되는 길을 말한다.

『환단고기』라는 선가(仙家)의 옛 문헌을 보면 지금으로부터 꼭 5502년 전(서기전 3521년)에 배달국 제5대 태우의 한웅천황 때에 바로 이 심신 수련법이 민간에 널리 공포되어 수많은 신선들과 선인(仙人)들이 배출되어 왔음을 역사는 증언하고 있다. 바로 선도수련을 말한다. 우리 민족 고유의 경전이기도 한 『천부경』, 『삼일신고』, 『참전계경』에는 바로 이 수련을 위한 지침이 구체적으로 기술되어 있다. 이들 경전의 기본 명제는 인내천(人乃天) 사상이다. 인심(人心)은 곧 천심(天心)이란 격언도 있다. '인심은 천심이다' 하면 으레 임금이나 나라의 실권자가 실정(失政)을 거듭할 때 인심의 동향은 바로 천심이라는 뜻으로 아는 경우가 대부분이지만 실상은 그런 정치적인 의미보다는 훨씬 더 심원한 인생의 근원적인 문제를 꿰뚫고 있는 금언임을 알아야 한다.

다시 말해서 사람의 마음은 바로 하늘의 마음이라는 뜻이다. 사람은 몸과 마음으로 이루어져 있다. 몸에서 마음이 떠나버리면 몸은 생체 활동을 정지당하고 주검으로 변해버린다. 따라서 몸은 마음의 지배를 받게 되어 있다. 이로써 마음이 있다는 것은 누구나 알고 있지만, 그것은 오관(五官)으로는 감지할 수 있는 것은 아니다. 바로 이 사람의 마음이 하늘의 마음이라는 뜻은 사람은 바로 하느님이라는 것을 말한다. 사람이 곧 하늘임을 말하는 인내천(人乃天)이나, 사람 속에 천지가 다 들어 있음을 말하는 『천부경』의 한 구절인 인중천지일(人中天地一)이나 인심은 천심이라는 격언은 두말할 것도 없이 아득한 옛날부터 사람이 바로 하느님 자신이라는 것을 우리 조상들은 알고 있었고 이를 일상생활의 지침으로 삼아왔었다는 것을 말해준다.

사람은 본래가 하느님이고 누구나 신성(神性)을 갖고 이 세상에 태어난다는 것을 깨닫는 과정이 바로 선도수련이다. 신(神) 즉 하느님의 특성은 『삼일신고』 신훈편에 있는 대로 무한한 사랑(大德), 무한한 지혜(大慧), 무한한 능력(大力)이다. 우리 자신이 바로 하느님 자신임을 깨닫는 정도에 따라 우리는 점점 더 이 같은 하느님의 특성을 닮아가게 되어 있다.

그러나 불행하게도 인간의 마음속에 깃들어 있는 이 신성은 욕망의 때인 미망(迷妄)에 가려서 제 빛을 내지 못하고 있다. 우리는 수련을 통해서 바로 이 미망에 가려진 신성을 되찾을 수 있고 수많은 선인(仙人)들은 바로 이를 실천해 왔다. 나는 우연한 계기로 이 수련을 시작한지 어느덧 5년째가 되었다. 『삼일신고』진리훈(眞理訓)에는 분명 지감, 조식, 금촉 수련을 통하여 성통공완하는 과정이 서술되어 있다. 성통공완이란 바로 이 신성을 깨닫는 것이다. 불교식으로 말하면 대각(大覺)이나 해탈(解脫)을 얻어 천상천하유아독존(天上天下唯我獨存)이 되는 길이요, 기독교식으로 말하면 "길이요, 진리요, 생명"을 찾아 하느님의 자녀가 되는 길이다. 나는 이 길을 기독교나 불교와 같은 외래 종교의 방식이 아니라 우리 민족 고유의 방법으로 터득하려는 것이다. 그것이 원시반본(原始反本)의 현시대 상황에도 가장 알맞는 방법이라고 생각되기 때문이다.

1990년 3월 5일 월요일 0~9℃ 갬

어제부터 백회, 명문, 장심, 용천으로부터 일시에 뜨거운 하늘 기운이 들어오기 시작하더니 오늘부터는 드디어 기몸살로 번지기 시작했다. 새 기운이 하도 거침없이 쏟아져 들어오니까 이번에는 그 강한 압력 때문에 몸이 땅 위로 내리 눌리는 것 같다. 몸이 오싹오싹하기도 하고 으실으실하기도 해서 누가 무엇을 물어와도 대꾸하기조차 귀찮았다. 몸살을 앓는 내 얼굴이 하도 안되어 보였던지 편집국의 한 동료는 심하게 앓는 사람의 얼굴이라고 했다.

3월 12일 월요일 1~10℃ 아침 비 온 후 갬

　요즘은 따로 시간을 내어 수련하지 않는데도 밤낮을 가리지 않고 엄청난 기운이 상, 중, 하단전이 한통으로 뚫려버린 굴뚝 같은 공간으로 세차게 빨려 들어온다. 낮에 직장에서 일할 때도 온종일 기운이 호호탕탕하게 흐르는 대하처럼 흘러들어왔다.

　계속 이러다가는 정말 어떻게 되는 게 아닐까. 적어도 가까운 장래에 무슨 큰 변화가 반드시 일어날 것 같다. 내 마음속에 잠재해 있는 신성에 불이 붙기 시작하면 어떠한 현상들이 일어날 수 있을까? 우선 생각할 수 있는 것은 말문이 열림으로써 평소에는 하지 않던 하늘의 소리를 자기도 모르게 줄줄 외우게 될지도 모른다.

　또 한 가지 생각할 수 있는 현상은 의통이 열려 현대의학이 해결할 수 없는 일을 손쉽게 해결할 수 있을지도 모른다. 이러한 초기 과정을 거쳐 마침내 무한한 인덕(仁德), 무한한 지혜, 무한한 능력의 일단이 발휘되는 본격적인 성통의 단계에 들어가게 될지도 모른다. 그러나 어떠한 일이 있더라도 이러한 능력들을 사리사욕을 위해서는 쓰지 않을 작정이다. 사리사욕은 결국은 파멸을 가져오기 때문이다. 그러면 어떻게 이 능력을 쓸 것인가? 될 수 있는 대로 많은 사람들이 적어도 나와 비슷한 수준에 도달할 수 있도록 도움을 줄 작정이다. 가능하면 내 특기를 살려서 활자의 힘을 이용할 작정이다.

호흡의 길이는 얼마인가

1990년 3월 17일 토요일 1~5℃ 갬

숙면을 취하지 못했다. 식전엔 느닷없이 재채기가 나기 시작했다. 또 새 기운이 들어오면서 기몸살이 오는 모양이다. 수련이 아주 빠른 템포로 진행되고 있다. 내 의지와는 상관없는 어떤 초자연적인 힘이 위에서 내 수련을 지휘감독하고 있는 느낌이다. 온몸이 오싹오싹하고 뼈마디가 쑤셔오는 바람에 앉아 있을 수가 없어서 오전 내내 자리에 누워 있었다. 쌍화탕을 두 병이나 마시고.

오후 6시 40분부터 서울 시내 두 개 도장에 나가는 청단회원들만 20여 명 모인 가운데 '저자와의 대화 시간'을 가졌다. 청단회원들이 뜻밖에도 나를 우러러 보는 것 같다. 나라는 인간은 사실은 아무것도 아닌데 단지 활자의 위력이 그들을 그렇게 만들었음을 나는 잘 알고 있다. 현대는 뭐니뭐니 해도 매스컴의 시대이다. 정권도 사상도 사업도 상거래도 이 매스컴을 효과적으로 이용할 줄 아는 자가 승리한다. 기자들의 인기를 끌지 못했던 닉슨은 졸지에 권좌에서 물러났고, 매스컴을 가장 잘 이용할 줄 알았던 케네디는 미국인의 우상이 되었다. 알 카포네 같은 마피아의 대부(代父)도 신문기자를 살해하고는 맥없이 무너지고 말았다. 공산주의가 한때 지구에서 활개를 칠 수 있었던 것도 바로 이 매스컴을 독점했었기 때문이었다. 동구 공산제국들이 저렇게 맥없이 붕괴되어 버린 것도 따지고 보면 매스컴에 대한 통제력을 상실했었기 때문이었고, 북한의 김일성·김정일 부자 세습 체제가 지금까지 유지될 수 있는 것도 바로 언론을 완전 장악했기 때문이다.

청중들은 세세한 부분에 이르기까지 나를 익히 알고 있었다. 알고 있을 뿐만 아니라 친밀감까지 느끼고 있었다. 그들의 표정에서 그러한 마음을 읽을 수 있었다. 나는 비록 그들이 낯설었지만 그들은 나를 십년지기처럼 따뜻한 마음으로 대하고 있는 것이 기운으로 전달되어 왔다. 하긴 『선도체험기』 1·2권에서 나는 내 사생활의 사소한 비밀까지도 필요할 때는 서슴지 않고 털어놓았으니까 그럴 수밖에 없을 것이다. 숱한 질문들이 끊임없이 쏟아져 나와 아홉 시까지 대화가 진행되었다. 대부분의 질문들이 다른 강연회 때에 있었던 것과 중복이 되었다. 중복되지 않는 몇 가지를 추려 본다.

질문 : 선생님은 호흡 시간이 얼마나 되며 몇 계제(階梯)나 되십니까?

응답 : 호흡의 길이와 계제를 묻는 것을 보니 ○○회나 XX원에 나가 보셨거나 그곳에서 나온 책을 읽어보신 모양인데, 그쪽 동네에서는 이상하게도 호흡의 길이로 수련의 척도를 삼고 있더군요. 그러나 내가 보기에는 그것이 선도의 수련 정도를 측정하는 일부의 척도는 될 수 있을지는 모르지만 그것만 가지고 전부를 측정하기 어렵다고 봅니다.

호흡 시간의 길이에 지나치게 집착한 나머지 억지로 숨을 참기만 하다가 호흡기 계통 질병을 일으킨 사람이 부지기수입니다. 모든 일은 자연의 순리에 따라야지 무리를 하다 보면 꼭 엉뚱한 부작용이 일어나게 마련입니다. 호흡 수련을 하다가 호흡기 질병을 얻었다면 그것은 혹 때려 갔다가 혹 하나 더 붙이고 온 꼴이 아니고 무엇이겠습니까? (웃음소리) 그쪽 동네에서는 한 호흡을 30분에 하는 사람도 있다는 말을 들었습니다만 호흡이 길어졌다고 해서 도대체 어떻다는 말입니까? 인도의 요기들 중에는 며칠씩 무덤 속에 들어가 숨을 안 쉬고 배긴다고 하며 고구려의 연개소문은 한나절 동안이나 물밑에서 헤엄을 쳤다고 합니다.

그렇다고 해서 이런 사람들은 전연 숨을 쉬지 않고 배길 수 있었는가 하면 그렇지는 않습니다. 정상적인 호흡기를 통한 호흡만 안 했을 뿐이지 피부호흡은 하고 있었습니다. 이것은 제가 보기에는 변신술이나 축지법이나 비월과 같은 일종의 초능력에 지나지 않습니다. 초능력자가 반드시 영급이 높은 도인이라고는 말할 수 없습니다. 이런 의미에서 저는 호흡의 길이로 단학 수련의 척도를 삼는 것에는 반대합니다. 그러면 무엇으로 기준을 삼을 수 있을까요? 선도수련은 여러분도 다 아시다시피 운기를 통하여 수련자 자신이 신(神)이라는 실상을 깨닫는 과정입니다.

이것을 성통공완이라고 합니다. 성통(性通)이라 하면 어떤 사람은 성(性)을 섹스로 보고 섹스에 완전히 도통했다고 곡해하여 팔난봉에다가 똔판이 되어 마누라는 생과부로 만들어놓고 멋대로 놀아나는 사람이 있는데 이는 착각 치고는 아주 치명적인 착각입니다. 이것은 바로 신세 망치는 무서운 착각입니다. 도통한 사람은 성에 구애받지 않고 제멋대로 방종을 해도 무방하다고 보는 경향처럼 위험천만하고 퇴폐적인 발상은 없다고 봅니다. 성이 문란하면 결국은 정상적인 성생활에 싫증을 느끼게 되고 드디어는 자연에 역행하는 동성연애로 타락하여 끝내 소돔과 고모라와 같은 파멸만이 기다리고 있기 때문입니다.

성통을 프리섹스로 왜곡하는 사람은 어김없는 가짜 스승임을 여러분은 깨달아야 합니다. 만약에 어떤 심신수련 기관의 장이 자신의 지위를 이용하여 수련하러 오는 반반한 여제자들을 최면을 걸어 성적인 노리개로 삼는 일이 있다면 이것이야말로 가짜 스승입니다. 여러분은 절대로 이러한 속임수의 함정에 빠지지 말아야 합니다. 잘 나가다가 이상하게 삼천포로 빗나가 버렸죠. (웃음) 다시 본론으로 되돌아가서 선도는 기운을 통하여 성통공완하는 수련이라고 했습니다. 따라서 호흡의 길이에 신경을 쓰거나 집착을 하기보다는 어떻게 하면 더 맑고 깨끗한 하늘 기운을 받아들여 운기를 활발히 함으로써 수련 효과를 높일 수 있을까 하는데 더 많은 관심이 집중되어야 하겠습니다. 여러분 어떻게 생각하십니까? 그렇지 않습니까? (청중 속에서 "그렇습니다" 하는 소리가 들려온다.) 네 그렇습니다. 정충기장신명(精充氣壯神明)으로 정기신(精氣神)을 강화해야 합니다. 호흡은 기운을 몸속에 끌어들이기 위한 수단일 뿐이지 절대로 단학의 목적이 아닙니다. 이것을 똑똑히 알아야 합니다. 이것을 제대로 모르기 때문에 호흡의 길이에만 집착한 나머지 호흡기병과 심장병에 걸리는 예가 허다합니다. 밥은 못 얼을망정 쪽박까지 깨는 어리석음을 결코 범하지 말아야 합니다.

또 몇 계제가 되느냐는 질문인데, XX원에서는 수련의 급수를 말하는 것 같습니다. 각 도장마다 용어가 다르니까 한쪽 기준만 가지고 뭐라고 말하기는 곤란하겠죠. 가령 을지문덕, 원효대사는 5계(階), 제갈공명은 4계라고 하는 말이 있기는 합니다. 을지문덕이 과연 5계였다면 그 당시 고구려에는 조의선인 제도가 있었으니까 그런 공인을 받을 수도 있었겠죠. 그 당시만 해도 을파소, 을밀선인 같은 아주 도력이 높은 큰 스승들이 있어서 그러한 급수를 매길 수 있었는지는 몰라도 지금 우리나라에는 급수를 매길 만한 기관도 개인도 없으니까 누가 몇 계제다 하고 객관적으로 입증해 줄 만한 권위 있는 평가 주체가 없습니다.

이러한 판국에 가령 제가 스스로 나는 몇 계제다 하고 떠든다면 누가 그것을 인정해 주려고 하겠습니까? 돈키호테와 같은 비웃음의 대상이 될 뿐이 아니겠습니까. 그러니까 우리나라에도 단학 수련원들이 하나의 연합체로 통합되어 평가 위원들이 선정된 뒤 공식기구화 되기 전에는 어떤 사람이 나는 몇 급 또는 몇 계제라고 외쳐보았자 아무 의미가 없다고 봅니다. 객관적인 판단이 비교적 정확한 것이지 자칭 몇 계제라고 한다고 해서 될 일이 아닙니다.

전쟁놀이 하다가 한 아이가 갑자기 내가 대장이다 하는 것과 무엇이 다르겠습니까? 이럴 때는 호흡 길이니 계제니 하는 따위에는 일절 관심을 두지 말고 꾸준히 지극정성으로 수련에만 매진하는 것이 제일이라고 생각합니다. 그렇게 계속 정진하다가 보면 어느덧 자기도 모르는 사이에 정상에 오르게 될 것입니다. 온몸의 경혈이 하나하나 열리고 운기가 점점 활발해지다 보면 마침내 하늘 기운과 내 기운이 하나가 되는 것을 실감하게 되고 미망으로 가려졌던 영안이 뜨이고 기운의 교류를 통하여 앞에 있는 사람의 마음의 움직임까지도 실감할 수 있게 될 것입니다. 이것을 무엇이라고 하는지 아십니까? (청중 속에서 "타심통"하는 소리가 들린다.) 네, 타심통(他心通)입니다. 이처럼 수련이 깊

240

어지면서 자기도 모르는 사이에 점차 초능력이 발휘되고 수련의 급수도 계제도 높아지게 되어 있습니다.

실질과 내용이 중요하지 남이 나를 어떻게 인정해 주고 말고는 그리 중요한 것이 아니라고 생각합니다. 은인자중하는 가운데 지극정성으로 수련에 매진하다 보면 어느새 만인이 우러러보는 대단히 중요한 인물, 영어식으로 말하면 Very Important Person, 즉 VIP로 탈바꿈될 날이 기필코 도래할 것입니다. 신성에 불이 붙은 사람은 호흡의 길이나 계제 따위와는 상관없이 자기 주위에 은근한 광채를 비추어주게 되어 있습니다. 환웅 할아버지, 단군 할아버지, 석가, 예수와 같은 성인처럼 후광을 발할 수 있게 되면 호흡의 길이나 계제 따위가 무슨 소용이 있겠습니까? 자, 여러분. 여러분들도 열심히 수련하여 스스로 내부에서 빛을 발할 수 있는 성인이 될 수 있도록 분발합시다. 다음 질문 받겠습니다.

질문 : 미국 사람이나 영국 사람들이 단학 수련을 하면 어떻게 되겠습니까. 그 사람들은 우리들과는 혈통줄이 다른데도 수련이 제대로 될 수 있을까요?

응답 : 지구상에 생존하는 모든 생물은 겉으로 보기에는 무질서하게 되는대로 살아가고 있는 것처럼 보이지만 자세히 관찰해 보면 엄연히 소속이 있고 계통이 있습니다. 하찮은 잡초 한 포기로부터 육안으로는 보이지도 않는 미생물에 이르기까지 계보와 소속이 엄연히 있습니다. 그래서 보이지 않는 질서가 유지되고 있습니다.

가령 사람은 척추동물, 온혈동물, 포유류들을 거쳐 유인원과 영장류에 속한다는 것은 상식입니다. 같은 계보에 따라 지구상에 퍼져서 나라와 민족, 부족과 씨족, 가족을 형성하고 있지 않습니까? 미국 사람이나 영국 사람도 혈통을 따라 올라가면 마지막에는 우주를 주관하는 대생명인 하느님한테까지 거슬러 올라가게 되어있습니다. 그들은 그들의 조상이 있고 우리는 우리의 조상이 있습니다. 선도수련에서 혈통줄을 중요시하는 이유는 생체에너지인 기운이 바로 이 혈통줄을 통해서도 흐르고 있기 때문입니다.

세계의 각 민족에게는 예외 없이 그 민족의 조상신이 있습니다. 우리 민족의 조상신은 삼황천제이고, 이스라엘의 민족신은 여호와이고, 일본인의 민족신은 아마데라스 오호미까미이고, 중국인의 민족신은 태호복희나 반고인 것과 같이 영국인, 독일인, 프랑스인, 스페인들은 다 그들 나름의 민족신이 있을 것입니다. 그러나 겨우 2백 년 전에 생겨난 미국인의 민족신은 아직 정해지지 않지 않았나 생각됩니다. 워낙 미국이라는 나라는 유럽을 비롯하여 세계 각국에서 흘러들어 온 이민으로 구성된 혼합 민족으로 구성되어 있기 때문입니다. 지금부터 몇천 년 뒤에는 아마도 조지 워싱턴 같은 미국의 초대 대통령이 미국 민족의 조상신이 될 수 있을지도 모르는 일입니다. 그러나 아직 미국은 하나의 혼합 인종으로 이루어진 국가이기는 하지만 민족이라는 단위로 결합되어 있지는 않습니다. 그러니까 미국 사람이나 영국 사람이나 단학수련을 하는 데는 아무런 지장도 없다고 봅니다. 다시 말해서 그들 나름의 혈통줄을 찾아서 대생명체와 하나가 되면 되니까요.

대생명체와 합치되는 중간 과정에 다리를 놓아주는 역할을 하는 분들이 바로 조상 신령들이라는 것을 알아야 합니다. 조상 신령들은 비록 이 세상을 떠나 영계에서 살고 있지만 언제나 자손들을 생각하고 있습니다. 우리가 조상에게 제사를 지내는 것은 바로 이 조상 신령들의 자손 사랑에 감사하고 노고를 위로하는 행사입니다. 그런데도 우리는 제사를 하나의 요식행위로 알기 쉬운데 결코 그래서는 안 된다는 것을 알아야 합니다. 우리가 제상을 차려놓고 조상님들에게 제사를 올릴 때는 우리의 염파(念波)가 영계에 있는 조상신령들에게 그대로 전달이 됩니다. 그런데도 불구하고 제사를 폐지해 버리거나 아주 무성의하게 형식적으로 치르게 되면 뜻하지 않는 재앙을 받게 됩니다.

일본의 다니구찌 마사하루가 쓴 『생명의 실상』 27권에 보면 이런 얘기가 실려 있습니다. 사람이 일단 이 세상을 하직하게 되면 그 영은 조상령들의 인도를 받아 영계 생활을 하게 되는데, 제때에 제사를 올리지 않는 사람의 영은 영계에서 조상들의 냉대를 받게 됩니다. 조상령들의 외면을 당한 영은 갈 데가 없어서 영계 생활에 적응하지 못하고 불안하고 초조한 나날을 보내다가 갈래야 갈 곳이 없으니까 자손들 중에서 자기를 받아 줄 만한 사람에게 빙의되어 버립니다. 그렇게 되면 어떤 현상이 일어나겠습니까? 빙의당한 사람은 중풍, 반신불수, 소아마비, 전신마비 같은 증세를 일으키게 됩니다.

육체는 마음의 그림자입니다. 그래서 불경에 보면 일체유심조(一切唯心造), 삼계유심소현(三界唯心所現)이니 하는 말이 나옵니다. 즉 일체유심조는 모든 것은 마음먹기에 달렸다는 뜻이고 삼계유심소현은 전생, 현생, 내생이 마음먹기에 따라 나타난다는 뜻입니다. 영계에서 불안하고 초조한 나날을 보내느라고 심신이 극도로 쇠약해진 영이 자손에게 붙어버렸으니 그러한 난치병에 걸리게 되는 것도 당연한 일입니다. 신도(神道)와 일본화된 불교가 일본인의 전통적인 종교입니다만 근대화 이후 일부 사람들이 기독교로 개종하면서 조상에게 제사를 지내지 않다가 이 세상을 하직하고 영계에 가면 조상도 모르는 예수쟁이라고 하면서 조상령들이 자손 취급을 안 하고 영계 생활에 적응하도록 인도해 주지 않는 겁니다. 그래서 일본에서는 기독교 신자들 중에 유독 반신불수, 중풍, 소아마비 환자들이 많다고 합니다. 물론 기독교도들은 다 그렇다고 할 수는 없겠지만 기독교 신앙으로 구제받지 못한 채 조상신을 외면한 탓으로 그런 현상이 일어난다고 봅니다.

우리나라에서는 어떤지 모르겠습니다만은 서구화가 진행되면서 조상에게 제사를 지내지 않는 경향이 늘어나면 늘어날수록 그러한 난치병 환자들이 불어나는 것만은 틀림이 없다고 봅니다. 경조효친(敬祖孝親) 사상이 투철했던 옛날보다 오늘날에는 중풍, 반신불수, 소아마비, 전신마비 증세로 고생하는 사람들이 늘어나고 있다는 것만은 확실하다고 봅니다.

이 모두가 조상을 모실 줄 모르는 서구 문화를 무분별하게 받아들인 부작용이 아닌가 생각됩니다. 얘기가 약간 곁길로 샜습니다만, 요컨대 영국 사람이든 미국 사람이든 제각기 자기 조상을 위하게 되면 조상들의 보살핌으로 좋은 기운을 받아 수련에도 큰 보탬이 될 수 있다는 것을 알 수 있습니다. 조상들이 믿던 종교를 함부로 바꾸게 되면 영계에 갔을 때 조상들의 냉대를 받아 자손에게까지 피해를 준다는 것은 틀림이 없습니다.

　　그러니까 조상들이 믿던 종교를 바꿀 때는 신중에 신중을 기해야 할 것으로 생각합니다. 물론 이것은 이웃나라 일본의 실례이고 기독교신앙으로 구제받지 못한 사람이나 영혼들의 얘기일 뿐 착실한 믿음으로 영혼을 구원받은 독실한 크리스천들에게는 해당이 되지 않는 얘기임을 밝혀둡니다.

　　질문 :『선도체험기』를 읽어보면 김 선생님은 기체험이 빠른 것을 알 수 있는데, 이것은 선생님이 전생에 수도를 많이 했기 때문이라고 생각됩니다. 그렇다면 금생에 와서야 비로소 선도를 하려는 사람은 어느 하세월에 성통공완을 할 수 있겠는지요. 선생님의 명쾌한 해답을 원합니다.

　　응답 : 비록 전생에 도를 좀 닦았다고 하더라도 금생에 게으름을 피우고 수련을 하지 않는다면 무슨 소용이 있겠습니까. 과거에 제아무리 부자로 잘 살았던 사람도 방탕한 끝에 현재에 와서 찢어지게 가난해졌다면 지난날에 잘 살았던 것이 무슨 보람이 있겠습니까? 과거를 묻지 마세요 하는 유행가 가락도 있지 않습니까. 그러니까 중요한 것은 과거가 아니라 언제나 현재입니다. 지금 깨닫고 바른 생활을 한다면 그게 가장 올바른 길입니다. 과거와 미래는 오직 현재가 있음으로써만이 의미가 있는 것입니다. 성경에 보면 먼저 된 자가 나중에 되고 나중에 온 자가 먼저 된다는 말이 있습니다. 바로 현재 어떤 생활을 하고 있느냐에 따라 선후는 얼마든지 뒤바뀔 수가 있습니다. 지금 이 순간부터 심기일전하여 크게 분발하면 전생에 도를 닦은 사람도 능히 따라 잡을 수 있다고 저는 확신합니다. 과거에 벌어 놓은 돈이 있는 사람은 약간 게으름을 피

울 수도 있지만 무일푼에 적수공권으로 생존 경쟁의 한 가운데 뛰어든 사람은 오히려 더욱더 분발하여 기적을 이룰 수도 있습니다.

정주영이나 김우중 같은 사람은 부모에게서 물려받은 돈 한푼 없이 오직 제 손으로 자립하여 열심히 뛴 결과 오늘날의 부를 이룩하지 않았습니까? 수련도 마찬가지입니다. 과거를 돌아보지 말고 오직 앞만 보며 열심히 수련하다 보면 오히려 전생에 도를 좀 닦았다는 사람을 훨씬 앞설 수도 있습니다. 스승이 제자가 되고 제자가 스승이 되는 일은 이래서 얼마든지 일어날 수 있는 것입니다. 스승과 제자의 관계는 절대적이 아니라 상대적이라는 것을 똑똑히 알아야 합니다. 따라서 언제나 현재를 충실히 살 줄 아는 사람이 승리자입니다.

질문 : 다소의 개인 차이는 있겠지만 수련을 하는 데 있어서 결정적인 요인은 무엇이라고 생각하십니까?

응답 : 이 세상에서 무슨 일을 하든지 성패의 요인은 언제나 그 일을 하는 사람의 성의 여하에 달려 있습니다. 집채 같은 사자가 토끼 한 마리 잡아먹는 데도 전력투구를 합니다. 전심전력을 기울여 한 가지 일에 열중하면 성취하지 못할 일이 어디 있겠습니까?

인간은 원래 신의 분신(分身)입니다. 하느님의 아들딸이라는 말입니다. 그렇다면 하느님은 어떤 분입니까? 『삼일신고』 신훈편에 나와 있는 대로 대덕(大德), 대혜(大慧), 대력(大力)하다고 했습니다. 현대적인 말로 쉽게 풀어보면 끝없는 사랑, 한없는 지혜, 무한한 능력을 가진 존재입니다. 우리는 바로 이러한 대생명체의 분신이고 자녀이므로 근본적으로는 대생명과 같습니다. 우리가 일상 보고 듣고 냄새 맡고 맛보고 감촉하는 오감(五感)의 세계는 어디까지나 가상(假想)의 세계이지 실상의 세계는 아닙니다. 가상의 세계는 진짜가 아니라 가짜입니다. 그러니까 물질이나 육체는 존재하지 않습니다. 색즉시공(色即是空)이죠. 불로초를 구하려고 부하들을 삼신산으로 보냈던 진시황도 결국은 죽어서 한줌의 먼지로 와해되어 버렸습니다. 물질은 유한합니다. 유한한 것은 결국은 없는 것입니다. 유한한 것은 절대로 무한한 능력을 발휘할 수 없는 것입니다.

우리는 이 진실을 똑바로 깨달아야 합니다. 무한한 것만이 무한한 능력, 지혜, 사랑을 발휘할 수 있는 것입니다. 우리는 바로 이러한 능력을 갖춘 신의 분신입니다. 이 사실을 깨닫고 지극정성으로 수행을 계속하는 것이야말로 수련의 성패를 가름하는 결정적인 요인이 아니고 무엇이겠습니까? 물론 멀쩡한 사람이 갑자기 나는 신의 아들이다, 나는 하느님의 딸이다 하고 떠든다면 신성(神性)을 깨닫지 못하고 있는 주변 사람들은 갑자기 돌아버린 게 아닌가 의심하고 정신 병원에 들어가야 할 사람이 아닌가 의심할지도 모릅니다. 그러니까 너무 대외적으로 떠들 필요는 없습니다.

주위의 인식이 바뀔 때까지는 은인자중하고 속으로 각자는 하느님의 분신이므로 무한한 능력을 발휘할 수 있는 사람임을 자각하면서 지극정성을 기울여 수련에 전력투구한다면 기필코 빠르고 확실하고 능률적인 수련 효과를 거둘 수 있을 것이라고 확신합니다.

질문 : 선생님은 전에 술과 담배를 즐기신 적이 있는지요? 『선도체험기』를 읽어보면 지금은 술 담배를 안 하시는 걸로 알고 있는데 왜 그

렇게 되었는지 알고 싶습니다.

응답 : 술은 직장에서 회식이 있을 때 분위기 때문에 어쩔 수 없이 입에 대게 되는 경우가 있었습니다. 그러나 즐겨하지는 않았습니다. 담배는 군대에 들어가서 배급이 나오니까 호기심으로 피우기 시작했지만 역시 즐기는 편은 아니었습니다. 그런데 포로가 되어 수용소에 갇힌 뒤 담배 배급이 한동안 끊어진 일이 있었는데, 이때 한번 인이 박혀 버린 담배를 못 피우게 되니까 수용소 내에 있던 솔잎과 쑥은 말할 것도 없고 잡초나 종이까지도 담배 대용으로 이용되는 통에 씨가 말라 버리는 현상을 체험한 일이 있었습니다.

니코틴 중독은 이렇게 무서운 것입니다. 그 뒤 속상하는 일이 있을 때마다 담배를 피우곤 했죠. 장교 시절에는 어떤 처녀와 사귀었는데 배신을 당하는 바람에 이때 받은 충격이 병이 되어 급성 폐결핵이 된 일이 있었습니다. 의사가 담배를 피우면 안 된다는 통에 죽지 않으려고 담배를 끊어버렸다가 5년쯤 뒤에 다시 피우기 시작했다가 30대 초반에 와서 완전히 끊어버렸습니다. 이때 끊어버린 이유는 신혼생활에 들어간 아내가 담배를 몹시 싫어해서 같이 한방에 있을 때는 나 혼자 밖에 나와 피우곤 하다가 끝내 마누라의 등살에 못 이겨 담배를 아예 끊어 버렸습니다. 수련을 시작한 뒤로는 조금씩 들던 술도 거의 마시지 않게 되었습니다.

술과 담배에 대하여 이 자리에서 여러분에게 분명히 밝혀두고 싶은 것이 있습니다. 뭔고 하니 수련이 진행되면 누구나 기운이 맑아지게 되고 그렇게 되면 자연히 술과 담배를 자기도 모르는 사이에 기피하게 된다는 것입니다. 유유상종(類類相從)이라는 말이 있지 않습니까? 유(類)는 유(類)를 부르게 되어 있습니다. 다시 말해서 비슷한 것끼리는 어울리게 되어 있다는 말입니다. 술과 담배는 일종의 탁기입니다. 수련으로 기운이 맑아진 사람에게 탁기가 좋을 리가 없습니다. 자연히 싫어지게 되어 있습니다. 저처럼 담배를 끊은 지 오래 되었고 남들이 피우는 담배 연기에도 어지간히 만성이 되어 있던 사람도 수련이 진전되면서 주위에서 피우는 담배 연기가 날이 갈수록 더 싫어지는 경우도 있습니다.

이처럼 기운이 맑아지면서 자기도 모르는 사이에 술과 담배가 싫어지게 되려면 너무 시간이 오래 걸린다고 생각되는 분이 있으면 그렇게 되기 전에 먼저 순전히 의지력으로 끊어버릴 수도 있습니다. 술 담배는 몸에 해롭다는 말을 자기 자신에게 자꾸만 들려줍니다. 컴퓨터에 자료를 입력시키는 것과 똑같습니다. 자신의 잠재의식에다가 자꾸만 나쁘다는 사실을 되풀이해서 새겨 넣다가 보면 언젠가는 술 담배를 싫어하게 될 것입니다. 기운이 맑아져서가 아니라 잠재의식의 작용으로 자연히 술 담배를 싫어하도록 심신의 메커니즘을 잠재의식이 바꾸어 버렸기 때문입니다. 일종의 최면 작용이라고 할 수 있습니다. 지독한 골초는 수련이 상당히 높은 경지에 올랐는데도 담배만은 계속 피우는 경우를 보았습니다.

중국에서 기공학 교수로 있는 교포를 만난 일이 있는데, 이분과 운기를 해 보았더니 상당한 경지에 올라 있었습니다. 그런데 강한 니코틴 탁기가 운기 중에 스며들어오는 것이었습니다. 담배 피우는 것을 본 일이 없는데 이상하다고 생각했습니다. 혹시 단학 도장 안이 되어서 담배를 삼가는 게 아닐까 하는 느낌도 들었습니다. 그러다가 도장 내의 화장실에서 그를 우연히 마주쳤는데, 이때 그는 화장실 안이 자욱할 정도로 열심히 담배를 피우고 있었습니다. 그는 날 보고 심히 멋적은 표정이었습니다.

아무리 수련이 높은 경지에 이르렀다고 해도 담배를 고집하는 사람은 어쩔 수 없는가 봅니다. 이런 사람은 그 콜타르 같은 끈적끈적한 니코틴 때문에 유체이탈을 할 수 없다고 합니다. 유체가 이탈을 하려고 아무리 몸부림을 쳐도 아교처럼 찰싹 붙어 있는 니코틴 찰기 때문에 어쩔 수 없이 육체에서 떨어질 수가 없는 것입니다. 수련의 한계가 뻔히 내다보입니다. 아마도 그 중국서 온 그 기공학 교수는 그곳 주위의 분위기 때문에 담배를 끊지 못한 게 아닌가 하는 생각이 듭니다.요즘은 선진국일수록 금연 운동이 활발히 전개되어 흡연자의 공간은 날이 갈수록 점점 더 좁아지고 있는 것과는 대조적으로 후진국일수록 담배를 즐기는 사람들이 늘어나고 있습니다.

술보다도 담배가 수련에는 더 나쁩니다. 단전호흡은 호흡기관을 특히 많이 활용하게 되어 있는데, 담배는 바로 이 호흡기를 상하게 합니다. 밑 빠진 독에 물 붓기입니다. 담배를 피우면 맑았던 기운도 금방 탁해지고 마니까요. 그러니 어느 하세월에 성통공완을 할 수 있겠습니까? 단학을 안 하기로 했다면 몰라도 이왕에 수련으로 승부를 보기로 작심을 한 분이라면 담배는 하루 속히 끊어버리는 것이 큰 도움이 되는 것만은 확실합니다. 수련은 일종의 극기력의 시험이기도 합니다.

자기 자신을 이기느냐 못 이기느냐에 따라 승패는 판가름 나게 되어 있습니다.

끝으로 단학 수련하시는 여러분들에게 권하고 싶은 것은 주위의 분위기 때문에 어쩔 수 없는 경우 술만을 몇 잔 마시는 것은 혹 있을 수 있는 일이라고 해도 담배만은 끝까지 사양해 주셨으면 합니다. 왜냐하면 담배는 단학 수련에는 치명적인 장애가 되니까 하는 말입니다.

질문 : 선생님에게 육식 기피 현상이 나타난 까닭은 무엇입니까?

답 : 불교는 육식을 금합니다. 그 이유는 육식이 살생을 조장하기 때문입니다. 선도에서는 육식을 일부러 금하지는 않습니다. 다만 수련을 해 나가다가 보면 기운이 맑아지니까 자연 탁기가 많이 포함되어 있는 육식이 싫어지게 되는 겁니다. 수련이 일정한 단계에 이르게 되면 누구나 기름기 있는 음식과 육식이 자기도 모르게 싫어지게 됩니다. 그런데 이 육식 기피 현상도 사람에 따라 천태만상입니다. 저 같이 좀 민감한 축에 드는 사람은 이 현상이 한동안 주기적으로 반복되다가 어느 단계에 이르니까 안정이 되더군요. 그러나 확실히 말할 수 있는 것은 수련이 자꾸만 깊어지면서 육식 기피 현상은 증가되고 있다는 것입니다.

육식 기피 현상으로 빚어지는 가장 곤혹스러운 일은 모처럼 가족이나 동료들이 모여 오손도손 함께 모여 식사를 나눌 때 남들은 맛있게 드는 육식을 못할 때입니다. 여럿이 다정스럽게 모여서 식사를 나누는 것은 확실히 인생의 즐거움 중의 하나인데 이것을 함께 나누지 못하는 것을 생각하면 내가 공연히 단학 수련을 한다고 내숭을 떠는 게 아닌가 하고 후회가 될 때가 있습니다. 갑자기 내가 인생의 소외자가 되어

버린 듯 외로움을 느끼는 경우가 한두 번이 아니었습니다. 그렇다고 수련을 중단해버린다면 지금까지 적지 않은 세월을 통하여 투자한 노력이 아깝기 그지없습니다. 일종의 회의입니다. 이런 때 기죽지 말고 초지일관 앞으로 밀고 나가는 기백이 필요합니다. 결론적으로 말해서 육식엔 탁기가 많으니까 수련으로 기운이 맑아진 사람에겐 맞지 않으니까 자연 싫어지게 된다는 것이 육식 기피의 이유입니다.

현상 세계의 실상

질문 : 수련을 하시면서 전생을 보신 일이 있습니까?

응답 : 있습니다. 한두 번이 아니고 여러 번 본 일이 있는데, 지금 곰 곰이 생각하면 전생이 보일 때마다 다 이유가 있었습니다. 신은 나에게 전생의 특정 장면을 보여줌으로써 어떤 깨달음을 얻게 하여 수련을 촉진시키려는 것 같았습니다. 가령 전생에 수련하는 나 자신의 모습을 본 일이 있는데 이것은 금생에도 수련에 더욱더 정진하라는 뜻이 숨어 있는 것 같았습니다.

또 이런 일도 있었습니다. 어떤 여자 수련생을 도장에서 만난 일이 있었습니다. 이상하게도 첫눈에 확 끌렸습니다. 어디서 많이 본 것 같기도 했구요. 몇 마디 대화를 나누는 사이에 갑자기 친밀해졌습니다. 물론 이전에 만나 본 일도 없는 여자입니다. 이런 경우는 틀림없이 전생에 깊은 인연이 있었음을 직감적으로 알 수 있습니다. 우연히 그 여인과 마주 앉아 수련을 하고 있는데, 홀연 입정 상태에 들면서 우리나라 삼국시대의 궁전의 한 전각 안에서 그 시대의 복장 차림으로 부부 사이로 지내고 있는 나 자신과 그녀의 얼굴 모습이 보입니다.

이것은 전생에 부부였음을 보여주는 것입니다. 이런 때는 어떻게 해야 되겠습니까? 두 사람이 다 유부남 유부녀라면 일종의 시험이기도 합니다. 이런 때 만약에 자제력을 잃는다면 두 남녀는 급속히 가까워질 수도 있습니다. 전생의 경험과 습관이 그대로 생생하게 재생되어 두 사람은 물불을 가리지 않고 부적절한 재결합이 될 수도 있습니다. 만약에 그렇게 된다면 가정은 파탄되고 간통죄로 고소를 당하는 사태가 일어날 것입니다. 그래서 이 세상에서 일어나는 대부분의 혼외정사는 바로 전생의 인연 때문에 벌어지는 일이 많다고 봅니다. 물론 두 남녀가 독신이거나 처녀 총각일 때는 별 문제가 없겠지만 양쪽 다 가정을 가지고 있을 때는 보통 복잡한 문제가 벌어지는 게 아닙니다.

전생에 부부였던 가정을 가진 남녀가 만났을 때는 전생에 길들여진 감정이나 습관에 따라 행동할 것이 아니라 지혜를 발휘하여 이를 슬기롭게 극복해야 합니다. 이것은 어쩌면 금생에 두 남녀에게 맡겨진 숙제이기도 하고 조심스럽게 피해 가야 할 함정이기도 합니다. 따라서 수련이 일정한 단계에 이르면 이러한 전생의 인연도 현명하게 피해 갈 수 있는 지혜도 생깁니다.

인연은 상념의 축적입니다. 우리가 선도수련을 하는 목적 중의 하나는 바로 이러한 끈질긴 인연의 벽을 초월하기 위해서 입니다. 오감의 세계나 영계, 선계 같은 가상의 현상 세계에서 맺어진 인연을 되풀이하지 않으려면 바로 이 장벽을 뛰어 넘어야 합니다. 어떻게 해야 이것이 가능할까요? 그것은 우리가 하느님의 분신임을 깨닫고 대생명체와 맞닿는 한몸이 되어야 합니다.

한 가지 경계해야 할 일은 단학 수련을 전생이나 보는 수단으로 이용하면 안된다는 것입니다. 만약에 자신이 남의 전생이나 보는 쪽으로만 자꾸만 관심을 갖게 되면 그쪽으로만 발달하게 되어 수련의 본줄기에서 이탈하게 되고 맙니다. 이렇게 되면 한갓 초능력자는 될 수 있을지 모르지만, 성통공완과는 거리가 멀어지게 됩니다. 이런 어리석음은 결코 범하지 말아야죠. 어떠한 일이 있더라도 본줄기를 망각하고 곁가지로 새는 일은 없어야 되겠습니다.

수련을 꾸준히 하다가 보면 누구나 전생을 볼 수 있는 경지에 이르게 됩니다. 그렇게 되기도 전에 너무 성급하게 전생을 보려고 하면 어떻게 되는지 아십니까? 이것도 하나의 욕심이고 미망입니다. 미망에 사로잡히게 되면 그것과 알맞는 파장을 가진 저급령과 동조되어 자기도 모르는 사이에 빙의가 되고 접신이 되는 수가 있습니다. 그러니까 수련 중에 욕심을 품는 일은 절대로 금물임을 알아야 합니다.

질문 : 단학 수련의 최고 목적이 무엇인지 말씀해 주십시오.

응답 : 단학 수련의 목적을 모르고 이 자리에 앉아 계시는 분들은 얼마 되지 않을 것입니다. 그러나 다시 한번 일깨우는 의미에서 간단히 말씀드리겠습니다. 그것은 운기를 통하여 큰 깨달음을 얻자는 것입니다. 여러분 다 같이 따라 해 주시기 바랍니다.

"나는 하느님의 분신으로서 하느님의 무한한 사랑, 무한한 지혜, 무한한 능력과 생명력을 구사하고 있다. 이 큰 깨달음을 통하여 나는 뜬구름 같은 오감의 세계를 벗어나 상부상조하는 대조화의 세계, 하느님과 나, 남과 나, 우주와 내가 하나로 합쳐지는 실상의 세계 속에 살고 있다."

선도수련은 물론이고 모든 종교의 궁극적인 목적을 바로 이 두 개의 문장 속에 요약, 응축해 놓았다고 자부하는 바입니다. 그래서 이것을 '큰 깨달음' 또는 대각경(大覺經)이라고 이름 붙였습니다. 운기를 할 수 있는 경지에 이른 분들은 103배를 하고 나서 좌정하고 심파를 가라앉힌 다음에 『천부경』을 열 번, 『삼일신고』를 한 번, 대각경을 열 번 외우면 큰 기운을 받을 수 있을 것입니다. 한번 실험해 보시기 바랍니다. 우리는 수련을 통하여 하느님의 무한한 생명력을 공급받고 있습니다만 이것만으로는 의미가 없습니다. 공급받은 생명력을 구사할 수 있어야 합니다.

하느님의 분신이란 이 경우 하느님의 대행자라는 뜻도 되고 하느님의 자녀라는 뜻도 됩니다. 하느님의 대행자, 분신, 자녀는 기능면에서 분류가 되었을 뿐 결국은 하느님 자신을 말하는 것입니다. 우리는 하느님의 분신에 그치지 않고 하느님의 무한한 사랑, 무한한 지혜, 무한한 생명력을 펼치는 존재입니다. 펼친다는 것은 신장시킨다는 말입니다. 바로 이러한 큰 깨달음을 통하여 우리는 상념의 그림자인, 뜬구름과도 같은, 유한한, 오감의 세계를 벗어나야 합니다. 이 현상 세계에 갇혀 있는 한 우리는 제아무리 발버둥을 쳐 보았자 이 유한한 미망의 세계, 가상의 현상계를 벗어날 수가 없습니다.

큰 깨달음을 통해서만이 바로 이 가상의 세계를 벗어나 실상의 세계로 들어갈 수 있는 것입니다. 그렇다면 실상의 세계는 가상의 세계와는 어떻게 다를까요? 이곳에서는 모든 것이 공생 공존하고 서로 부축해주고 서로 도와주는 대조화의 세계입니다. 그뿐만이 아니라 하느님과 나, 남과 나, 우주와 내가 하나가 되는 세계입니다. 이것이 바로 미망과 욕망에 휩싸여 있는 유한한 현상 세계 즉 가상의 세계와는 대조되는 실상의 세계입니다. 바로 이 실상의 세계 속에 살고 있음을 깨닫고 생활하는 것이 바로 단학의 최고 목적입니다.

질문 : 신(神)에는 여러 가지 종류가 있습니까? 자세히 좀 말씀해 주십시오.

응답 : 주신(主神)이고 대생명체인 큰 하느님은 하나입니다. 그렇지만 그 하느님의 역할을 대행하는 신들은 수없이 많습니다. 환인, 환웅, 단군천제, 석가, 예수와 같은 성통한 사람들은 바로 하느님의 대행자로 이 세상에 나와 사람을 교화했습니다.

그러나 질문하신 분은 인간의 모습을 하지 않은 신을 말하는 것 같은데, 가령 천사, 사자(使者), 신장(神將), 신명(神明), 천신(天神)들도 역시 선계(仙界)나 천계(天界), 천당이나 극락에서 하느님의 사자나 대행자로서 자기 역할을 수행하고 있습니다. 이 밖에도 지도령, 신장(神將), 보호령, 수호령으로서 인간의 수련을 지휘 감독하는 일을 맡은 선계에서 파견된 영(靈)들도 있습니다. 이들은 전부 다 하느님의 할 일을 제각기 분담하여 수행하고 있습니다. 이 밖에도 진화가 덜된 저급령들이 이른바 무당이나 박수에게 빙의되어 인간의 온갖 욕망을 조장시키거나 충족시키는 좋지 않은 역할을 담당하고 있습니다.

선도수련을 하는 사람들이 경계해야 할 것은 바로 이러한 저급령들입니다. 이들 중에는 얼핏 보아서는 신명이나 고급령을 뺨칠 정도로 진짜 행세를 하는 일도 있습니다. 수련이 미숙한 사람들은 이러한 저급령에게 빙의된 자를 진짜 도인이나 각자(覺者)로 착각을 하고 절을 세 번씩 하는 어리석음을 범하는 일이 간혹 있는데 이렇게 되면 수련을 하려다가 신세까지 망치는 비극을 초래하게 되니 조심해야 합니다.

진짜 도인과 가짜 도인을 구별하는 방법은 『선도체험기』 4권에 자세히 써 놓았으니 참고하시기 바랍니다.

질문 : 인간은 어떠한 존재이기에 자꾸만 신이 되려고 하는지요?

응답 : 인간은 원래가 신이었고 지금도 신성을 품고 있기 때문입니다. 다만 자기 자신이 신이라는 사실을 깨닫지 못하고 있을 뿐입니다. 구원은 아득한 미래나 죽은 뒤에 오는 것이 아니라 바로 지금이라도 자기 자신이 신이라는 사실을 깨닫고 생활하기만 하면 신인일체의 경지에 도달할 수 있습니다. 우리가 35년 동안 일본 제국주의자들에게 나라를 빼앗겼을 때 수많은 애국투사들이 목숨을 내걸고 끈질기게 독립투쟁을 벌인 것은 무엇 때문이었습니까. 질문하신 분 대답해 주세요, 무엇 때문에 우리 선조들은 일제의 무자비한 총칼의 탄압을 무릅쓰고 그렇게도 오매불망 독립을 외쳤겠습니까?

질문자 : 원래가 독립국이었기 때문입니다.

답 : 그렇습니다. 우리는 배달국 이래 지금까지 5887년을 살아오면서 일제에게 35년간 주권을 빼앗겼던 일 이외에는 단 한 번도 독립을 상실해 본 일이 없었습니다. 원래 우리는 독립을 누려 왔었기 때문에 일제의 강탈행위를 용납할 수 없었던 것입니다.

해방 이후 강대국에 의해 나라가 분단된 뒤 우리 한민족 전체가 자나 깨나 소망하는 것은 무엇이겠습니까? ("통일"하고 청중 속에서 외치는 소리) 바로 맞혔습니다. 통일이야말로 우리 세대에게 맡겨진 지상과제가 아니고 무엇이겠습니까? 무엇 때문에 우리는 그렇게도 통일을 소망하겠습니까? 그것은 바로 우리는 원래 통일되어 있었기 때문입니다.

그와 마찬가지로 우리가 자꾸만 신이 되려고 하는 이유는 우리 자신이 원래 신이었기 때문입니다. 지금도 우리는 분명 하느님의 분신입니다. 그런데 이러한 사실을 모르고 있을 뿐입니다. 신은 무한한 사랑, 무한한 지혜, 무한한 능력과 생명력을 구사하는 존재이고 무소부재 즉 없는 데가 없이 어디든지 충만해 있고 불가능이 없고 영원부터 영원까지 존재하고 원만구족(圓滿具足) 융통자재(融通自在)한 존재입니다. 우리는 원래 이러한 하느님이었는데, 상념의 그림자인 미망에 가려서 제 빛을 내지 못하고 욕망에 사로잡혀 근근이 목숨을 부지하는 가련한 존재로 타락해 버린 것입니다.

물질은 유한한 존재입니다. 육체 역시 유한한 존재입니다. 유한한 것은 궁극적으로는 실존하지 않는 존재입니다. 색즉시공(色卽是空)입니다. 가상(假想)의 존재입니다. 오감의 세계는 오직 마음의 파동일 뿐 실재하지 않는 유한한 것입니다. 무한한 생명력을 가진 신이 이러한 유한한 세계에 만족할 리가 없습니다. 그러니까 유한한 오감의 세계 속에 사는 무한한 존재인 우리의 영혼이 만족을 할 리가 없습니다. 인간은 원래가 신적인 존재였기 때문에 자꾸만 신이 되려고 하는 것입니다.

질문 : 인간의 업장이 너무나 두꺼워서 신이 되는 것은 어렵지 않을까요?

응답 : 그것은 순전히 우리의 마음에 달려 있습니다. 제아무리 두꺼운 땅덩이에 짓눌려 있다고 해도 봄이 오면 씨앗은 움이 터서 지각을 뚫고 치솟아 오르게 되어 있습니다. 바위에 짓눌려 있으면 그것을 피해서라도 어떻게 해서든지 땅 위로 솟아오르게 마련입니다. 그것은 씨

앗의 의지입니다. 그 씨앗의 생명력이 그렇게 하는 것입니다.

제아무리 두꺼운 업장에 짓눌려 있다고 해도 신으로서의 원상을 회복하려는 끈질긴 의지만 있으면 길은 열리게 마련입니다. 그것은 바로 깨달음을 성취하려는 마음의 자세를 말합니다. 마음먹기에 따라 순간적으로 깨달음을 얻을 수 있습니다. 즉신성불(卽身成佛)이란 바로 이러한 경지를 말합니다. 깨닫는 즉시 부처가 된다는 뜻입니다. 누구에게나 기름과 심지는 다 갖추어져 있습니다. 단지 필요한 것은 이 심지에 불을 당기는 것뿐입니다. 불을 당기는 것은 바로 우리의 마음이 시킵니다.

신성(神性)에 불이 당겨지는 즉시 뜬구름 같은 미망에 가려진 오감의 세계를 벗어나 상부상조하는 대조화의 세계, 하느님과 나, 남과 나, 우주와 내가 하나로 합쳐지는 실상의 세계 속에 살게 되는 것입니다. 이 다음에 죽은 뒤에 그렇게 되는 게 아니고 바로 이 세상에 살면서 바로 이 자리에서라도 신성에 불만 당겨지면 그렇게 될 수 있습니다. 유한의 세계에서 무한의 세계로, 가상의 세계에서 실상의 세계로 넘어가는 경계를 뚫는 것은 바로 여러분의 마음에 달려 있습니다. 무서운 난치병에 시달리던 환자도 이러한 신성을 깨닫는 즉시 병이 나을 것이고, 설상가상 잇달은 불행으로 삶의 의욕을 상실했던 사람도 깨달음을 얻는 즉시 새로운 지혜의 눈을 뜨게 되어 행운을 되찾게 될 것입니다.

왜냐하면 그는 이미 가상의 세계를 벗어나 실상의 세계 속에 들어 와 있기 때문입니다. 하느님의 무한한 지혜와 능력과 생명력을 자기 것으로 했으므로 제아무리 무서운 병고에서도 해방이 될 것입니다. 하느님의 무한한 지혜를 몇만분의 일이라도 갖게 되니까 불행의 구렁텅이에서 헤어나올 지혜도 열리게 됩니다. 신성에 불이 붙음으로써 마음의 파장이 바뀌어 좋은 일들이 잇달아 일어나게 되어 있습니다. 영원을 흐르는 대생명과 자신의 생명력이 맞닿아 하나가 됨으로써 갑자기 마음이 바다같이 넓어지면서 편견이 사라지게 되면 근시, 원시, 색맹, 사시(斜視), 난시(亂視)가 순간적으로 나아버리는 기적이 일어나게 됩니다.

이기적이고 자기 앞만 바라보는 사람은 근시에 걸리기 쉽고, 현재 일보다 먼 앞날을 늘 걱정하는 사람은 원시에 걸리기 쉽습니다. 사물이나 남의 의견을 수용할 때 차별하는 경향이 심한 사람은 색맹에, 사물을 바로 보지 못하는 사람은 사팔뜨기가, 차분하지 못하고 마음이 흩어져 있어 늘 불안에 떠는 사람은 난시에 걸리기 쉽습니다.

그러나 일단 신성에 불이 붙은 사람은 이러한 비뚤어진 감정에서 해방이 되므로 병의 원인이 없어지게 됩니다. 따라서 사물을 올바르게 보고 생각하는 습성이 붙게 되면 온갖 눈병도 다 낫게 됩니다. 한말로 업장이 두꺼워서 신이 되기 어렵다고 생각하는 사람은 언제까지 신이 될 수 없습니다. 업장은 태양을 가린 구름에 지나지 않습니다. 제아무리 두꺼운 업장이 가려 있다고 해도 기필코 그것을 뚫고 나가 신성을 되찾겠다는 의지에 불타는 사람은 수련이 일정한 단계에 이르면 순간적으로 마음과 몸과 운명이 바뀌게 되어 있습니다.

즉신성불(卽身成佛)하게 되어 있다 그겁니다. 일체유심조(一切唯心造)니 삼계유심소현(三界唯心所現)이니 하는 불경의 귀절들은 바로 마음먹기에 따라 모든 상황이 백팔십도로 달라진다는 진리를 설파하고 있습니다. 어떤 사람은 이 다음에 천천히 성통하겠다고 합니다. 또 어떤 사람은 금생은 이럭저럭 보내고 내생에나 성통해 보겠다고 느긋해 합니다. 이것은 성통 같은 것은 하지 않아도 좋다는 말과 똑같습니다. 인명(人命)은 재천(在天)이란 말이 있지 않습니까? 사람의 목숨은 하늘의 뜻에 달려 있다는 말입니다. 한치 앞을 못 내다보는 것이 인생입니다.

제가 친구인 한 사업가를 보고 선도를 권했더니 지금 벌여놓은 사업을 매듭지은 3개월 뒤에 하겠다고 굳게 약속을 했습니다. 그러나 그 사업가는 일주일 뒤에 교통사고로 불귀의 객이 되고 말았습니다. 미래는 언제나 관념의 세계일 뿐 현실은 아닙니다. 언제나 있는 것은 지금의 현실뿐입니다. 그러므로 우리는 현실에 충실한 후회 없는 인생을 살아야 합니다. 제아무리 두껍게 끼어있다고 해도 업장은 한갓 마음의 파동에 지나지 않습니다. 그것은 그림자이고 뜬구름입니다. 우리의 마음 여하에 따라 당장 제거할 수 있는 것입니다.

기회는 언제나 오는 것은 결코 아닙니다. 내일도 모래도 지금과 똑같은 기회가 오리라고 생각한다면 그것은 큰 착각이고 망상입니다. 기회는 왔을 때 지체 없이 움켜잡아야 합니다. 사냥을 나갔을 때 숲속에서 갑자기 모습을 드러낸 큼직한 노루를 보고 "아 그 노루 참 잘생겼구나, 지금은 구경이나 해야지. 내일도 모레도 앞으로 소 털 같이 많은 날들이 있는데 오늘만 날인가, 이 다음 또 나타나면 그때 잡아야지" 하고 지켜만 보는 사냥꾼도 있습니까. 그러한 사냥꾼은 아마도 동서고금을 막론하고 없을 것입니다. 유효사거리 안에 들어온 노루를 보는 즉시 방아쇠를 당기지 않는 포수는 이 세상에 없을 것입니다. 우리는 우리 자신들 속에 숨어 있는 신성을 찾을 기회가 오면 지체 없이 방아쇠를 당겨야 합니다. 그렇게만 된다면 신이 되는 것도 그렇게 어렵지 않을 것입니다.

질문 : 말세가 온다고들 하는데 그때까지도 성통공완을 못하면 어떻게 되겠습니까?

응답 : 거듭 말하지만 모든 것은 마음먹기에 달려 있습니다. 그렇다면 어떤 사람은 이렇게 질문을 할지도 모릅니다. 난 잘살아 보겠다고 마음을 먹은 지 오래되었는데 왜 아직도 잘살지 못합니까 하고 말입니다. 잘살아 보겠다는 마음을 먹은 것은 부자가 되겠다는 씨를 밭에 심는 것과 같습니다. 일단 그러한 씨앗을 심었으면 그 씨가 움터나올 때까지 기다려서 잘 가꾸어 좋은 열매를 맺도록 관리를 잘해야 합니다.

그런데 그러한 노력은 하지도 않고 밭에다 되는대로 씨만 뿌려놓고 잘산다는 좋은 열매가 맺어지기만을 학수고대한다면 어떻게 되겠습니까? 벼가 빨리 자라지 않는다고 벼 줄기를 쑥 뽑아 올리면 어떻게 되겠습니까? 금방 말라 죽어버리고 말 것입니다. 우물에 가서 숭늉을 달라고 하는 격입니다. 마음의 씨앗을 심었으면 그것을 꾸준히 가꾸면서 열매가 익을 때까지 기다려야 합니다. 그것이 오감의 현상 세계의 법칙입니다.

말세엔 천재지변이 일어나고 전쟁이 끊이지 않아 인류는 거의 멸망하게 될 것이라는 예언서들이 나돌고 있습니다. 성경도 노스트라다무스도 격암유록도 정감록도 그러한 예언들을 하고 있습니다. 물론 그러한 가능성이 없지도 않습니다. 그러나 없을 수도 있습니다. 그러면 이러한 가능성의 유무는 무엇이 결정한다고 보십니까? 아는 사람 있으면 대답해 주시기 바랍니다. 아무도 없습니까? 그러면 할 수 없이 제가 대답해 드리겠습니다. 그것은 우리 인류의 마음에 달려 있습니다. 다시 말해서 이 세상 모든 일은 마음먹기에 달려 있다는 것입니다. 원효대사가 당나라에 유학 가는 길에 발견한 이 진리는 역시 변함이 있을 수 없습니다. 말세가 오고 안 오고 하는 것도 역시 지구 가족들의 마음먹기에 달린 일입니다.

지금으로부터 백년 전쯤 인왕산 근처 어떤 마을에서 일어난 일입니다. 겨울 밤, 마을 사람들이 촌장 집 사랑에 모여 앉아 호랑이 얘기로 밤 지새는 줄 몰랐습니다. 인왕산 호랑이는 사납기로 유명했습니다. 사람들은 제각기 요즘처럼 호환(虎患)이 심하다간 마을 사람들이 다 호랑이 밥이 될 것 같다고 말하면서 한숨들을 땅이 꺼지게 쉬고 있었습니다. 온 마을이 호랑이 공포증에 걸려 있었습니다. 그것도 그럴 것이 며칠에 한 번씩 호랑이한테 어른들이 상하고 아이들이 물려가기도 했기 때문입니다.

바로 이때였습니다. 근처 산속 호랑이 굴속에 누워 잠자던 숫호랑이 한 마리가 부스스 일어나 어슬렁어슬렁 마을로 내려가고 있었습니다. 왜 그랬을까요? 호랑이가 왜 잠자다가 느닷없이 일어나 마을로 내려갔겠습니까? 아는 사람 있으면 말씀해 보십시오. 아무도 없습니까? 호랑이도 제 말하면 온다는 말 못 들었습니까? (웃음) 이것이 바로 마음의 법칙인데 우리 조상들은 실생활 체험을 통해서 일찍부터 이를 터득하고 있었음을 말해주는 격언입니다.

사랑방에 모인 사람들이 무서운 호랑이 이야기를 하니까 그 마음의 파장들이 근처 굴속에서 잠자고 있던 호랑이의 마음의 파장과 일치한 결과입니다. 그리하여 마침내 마을 사람들은 스스로 호환을 불러들인 꼴이 되었습니다. 한 사람의 마음의 파장만이 아니고 여러 사람들이 모인 집단적인 마음의 파장이 인근에 있는 여러 호랑이 굴에서 잠자고 있던 수많은 호랑이들을 깨워 마을로 불러들인 꼴이 되어 그날 밤 마을은 수많은 사람들이 호랑이에게 물리고 납치되는 비극을 겪게 되었습니다. 이것은 무엇에 원인이 있었겠습니까? 두말할 것도 없이 마을 사람들의 마음이 스스로 불러들인 환난이었습니다.

과거에도 여러 번 인류는 이러한 말세론에 시달려 왔지만 정작 말세는 오지 않았던 경험을 갖고 있습니다. 그때마다 말세가 막상 올 것 같았는데도 오지 않은 이유는 인류의 대다수가 말세가 온다는 생각을 품지 않고 있었기 때문이었습니다. 현재도 마찬가지입니다. 그러나 제가 보기에는 이러한 말세를 믿는 사람은 백분의 일 정도밖에 되지 않지 않나 생각됩니다. 일부 종파에서 자꾸만 이러한 근거 없는 혹세무민하는 말세론을 조장시켜 나간다면 위기가 닥쳐올 수도 있습니다.

1910년대에도 일부 구미제국에서는 말세가 온다고 철석같이 믿는 일부 종파들이 있어 가지고 종말이 오기 전에 있는 재산을 몽땅 처분하여 먹고 마시고 온갖 향락을 일삼은 일도 있었습니다만 결국 그날은 오지 않았습니다. 이러한 실례는 여러 번 반복되었습니다. 앞으로도 건전한 이성을 가진 사람들이 인류의 과반수를 차지하는 한 말세 같은 것은 없을 것이라고 확신하는 바입니다. 여기 모인 여러분들은 제발

265

그러한 허황된 말세론에 휩쓸리지 않기를 진심으로 바라는 바입니다.

아까 질문하신 분은 말세가 될 때까지도 성통공완을 못하면 어떻게 되느냐고 질문을 했습니다. 자아 여러분, 만약에 그러한 경우가 온다면 어떻게 되겠습니까. 아무도 말할 분 없습니까? 그러면 할 수 없이 제가 또 말해야겠네요. 제가 오늘도 여러 번 말씀드린 바와 같이 우리가 살고 있는 오감의 세계 즉 현상 세계는 마음의 파동에 지나지 않으며 뜬구름과 같다고 했습니다. 왜 그럴까요?

그것은 물질로 이루어져 있기 때문입니다. 제행무상(諸行無常), 색즉시공(色卽是空)입니다. 우리의 육체도 역시 물질로 이루어져 있습니다. 물질은 유한합니다. 현대 물리학으로 물질을 자꾸만 분석해 들어가 보면 궁극에 가서는 분자와 원자의 경지를 지나 전자를 거쳐 소립자로까지 추적이 되는데 바로 이 소립자는 물질이 아니고 일종의 에너지의 파동에 지나지 않는다는 것입니다. 서양 사람들은 이것을 에테르라고 하고 우리 동양에서는 이것을 예부터 기(氣)라고 했습니다. 기는 일종의 에너지의 파동을 말합니다.

결론적으로 말해서 우리가 사는 현상계는 존재하지 않는다고밖에 말하지 않을 수 없습니다. 이 물질의 현상 세계가 없어지는 것은 바로 마음의 파동이 지나간 것과 같습니다. 영사막에 비춰졌던 영상이 사라진 것과 같습니다. 인간의 본질은 물질이 아니라는 것은 바로 이 때문입니다. 우리 인간은 본래 오감으로 감촉되는 물질이 아닌 영원히 없어지지 않는 대생명체의 일부라는 것을 똑똑히 알아야 합니다. 이 대생명체가 바로 하느님이고 신이고 부처입니다. 인간의 본질은 바로 신불(神佛)입니다. 하느님입니다. 물질의 세계가 종말이 왔다고 해서 하느님의 분신(分身)이 어떻게 되겠습니까? 하느님은 무한한 사랑, 무한한 지혜, 무한한 능력과 생명력입니다. 하느님의 분신인 우리 인간은 바로 이 하느님인 대생명체의 일부인 것입니다. 영원을 사는 대생명체의 일부인 우리는 비록 물질세계에 종말이 왔다고 해서 손상을 입을래야 입을 수가 없습니다. 파괴되거나 멸망될 수 없는 영생하는 실상의 존재이기 때문입니다.

우리 자신이 하느님의 분신이라는 것을 진실로 깨닫고 그 하느님의 속성에 따라 하느님의 무한한 능력을 구사할 수 있는 한, 말세 따위는 있을 수도 없는 것입니다. 법화경에 보면 "중생은 겁이 다하여 이 세상이 불타는 것으로 보일 때도 나의 정토는 평안하다"라는 말이 있습니다. 이것은 무엇을 말할까요. 비록 현상계는 불타 없어져도 실상 세계는 평온하다는 말입니다. 우리는 바로 실상의 인간이 되어야 합니다.

지금까지의 실례로 보아 말세를 주장하여 공포 분위기를 조장하는 사람들이 노리는 것은 무엇일까요? 결국 돈입니다. 사회가 불안하고 어수선할 때일수록 일확천금을 노리는 사이비 교주들이 설치게 마련입니다. 지구의 종말이 올 때 살아남기 위한 선택된 인간이 되려면 돈을 내야만 한다고 꼬드깁니다. 거기에 속아 가산을 탕진하는 어리석은 사람들이 있습니다. 바로 이러한 우매한 사람들 때문에 가짜 교주, 혹 세무민하는 사기꾼들이 날뛰는 것입니다.

소위 예언서라고 하여 나도는 책들은 어찌 보면 영계에서 한때 작성되었던 청사진이라고 보면 됩니다. 청사진은 미래에 대한 설계도입니

다. 설계도는 어디까지 설계도에 그칠 뿐이지 그것이 그대로 실현되는
것은 아닙니다. 가령 여러분이, 지금, 10년 후에는 어떤 집을 짓고 살
겠다고 마음속에 상상했다고 해서 그것이 10년 뒤에 그대로 실현되는
것은 아닙니다. 비록 한때 마음속에 그렸던 설계도라고 할지라도 10년
뒤에 막상 건물을 지으려고 할 때는 10년 전에 상상했던 것과는 주변
상황이나 여건이 엄청나게 변해 있어서 그 설계도대로 집을 지을 수
없는 경우가 얼마든지 있을 수 있습니다.

사람의 마음은 그때그때 상황에 따라 변할 수 있으므로 환경도 여건
도 바로 이 마음의 작용으로 수시로 변합니다. 우리가 하느님의 아들딸
임을 깨닫고 하느님의 무한한 사랑, 무한한 지혜, 무한한 능력과 생명력
을 구사할 수 있게 된다면 십년 전 백년 전 천년 전에 예언되었던 엄청
난 인류종말의 비극도 한갓 휴지 조각으로 변할 수 있습니다. 그럼, 오
늘은 너무 많은 시간이 흘렀으므로 강연을 이것으로 마칠까 합니다.

1990년 3월 21일 수요일 4~19℃ 구름조금

아침 식사 후에 갑자기 또 새 기운이 들어오기 시작하면서 으스스
온몸이 떨려왔다. 기몸살이었다. 하도 심해서 자리에 누워야 했다. 독
자들로부터 잇달아 전화가 걸려 왔다. 그중엔 마산에서 온 전화도 있
었다. 산속에 들어가서 조용히 수련에 열중할 만한 곳을 소개해 달라
는 요청도 있었다.

오후 6시경 종로지원엘 나갔더니 안욱희 씨가 웬 중년 여인을 데리
고 와서 인사를 시켰다. 안욱희 씨는 역술인 단체에서 법사로 있다가

268

내 책을 읽고 도장을 찾은 지 얼마 안 되었는데도 수련이 아주 잘되는 사람이었다. 얼핏 보아 여인은 얼굴에 신기가 있었지만 평범한 주부형이었다. 그녀가 말했다.

"며칠 전 꿈에 하얀 두루마기를 입고 육환장 짚으신 고귀하게 생긴 할아버지 한 분이 나타나시더니 책을 내 보이시며 이 책을 읽으라고 하시는 거예요. 전 그땐 그 책을 어디에 가야 구할 수 있는지도 모르고 있었어요. 그러다가 평소에 알고 지내던 안욱희 씨를 길가에서 우연히 만났는데 마침 이 책을 들고 있는 거예요. 어쩌면 꿈에 보았던 그 책 표지와 그렇게 똑같은지 모르겠어요. 그래서 그 책을 당장 구입해서 읽고 있습니다. 다행히도 그 책을 쓰신 선생님을 만나게 되어 정말 영광으로 생각합니다."

무심코 기운을 보내어 운기를 해 보았다. 의외로 기 교류가 잘 이루어졌다.

"꿈속에 보신 할아버지는 분명 아주머니를 지켜주시는 보호령이십니다. 자기를 이 세상에 낳아주신 부모가 육체의 부모라면 보호령은 영적인 부모에 해당됩니다. 현상계에서도 부모를 잘 만나야 좋은 교육을 받을 수 있는 것과 마찬가지로 보호령을 잘 만나야 영적인 수련을 잘 받을 수 있습니다. 보호령은 바로 수련을 담당한 분이시기 때문입니다. 보호령에게 늘 고마운 마음을 지니고 있어야 영적인 교류가 원만히 이루어집니다. 부모 자식 사이에도 서로 대화가 없으면 정이 식어버리는 것과 같이 보호령과의 영적 교류가 없으면 원만한 수련이 이루어지지 않습니다. 늘 보호령께 감사하는 걸 잊지 마셔야 합니다."

이렇게 말하면서도 나는 이상한 느낌이 들었다. 어떻게 되어서 얼굴도 모르는 그녀의 보호령이 내 저서를 지적까지 할 수 있었을까? 내가 그녀의 보호령에게까지 알려졌단 말인가? 갑자기 내 어깨가 무거워짐을 의식했다. 안욱희 씨가 말했다.

"이 아주머니는 경신(敬神)협회 회원인데 앞으로 많은 회원들에게 단학을 보급할 계획을 갖고 계십니다."

"듣던 중 반가운 소식입니다."

접신자(接神者)가 구도자(求道者)로 탈바꿈 할 수 있다면 얼마나 좋은 일인가.

입원(入院)

1990년 3월 25일 일요일 −10~9℃ 갬

이모 생일에 꼭 참석해야 한다고 아내가 아침 일찍 집을 나가는 바람에 나 혼자 평소보다 한 시간 늦게 등산길에 올랐다. 마루에 설치했던 연탄난로를 떼어내느라고 한 시간이 지체되어 9시에야 집을 나섰기 때문이다. 바람은 불었지만, 하늘은 활짝 개었다. 등산하기에 알맞은 날이었다. 한 시간의 시간대 차이 때문인지 등산길에는 아는 사람은 하나도 만날 수 없었다.

도봉산 난코스를 다 타고 났는데도 힘이 좀 남았다. 오래간만에 끝바위를 타보기로 했다. 아내가 늘 따라다니면서 위험하다고 못 타게 말리는 바람에 몇 개월 동안 탈 수 없었던 아주 힘든 난코스였다. 전에도 두 번이나 이곳에서 추락을 하는 바람에 약간의 부상을 입었던 곳이었다. 이렇게 어려운 난코스니까 도전을 하고 싶은 게 바위꾼들의 심리다.

끝바위는 전체 모양이 직벽보다도 더 안쪽으로 휘여 있어서 오버행에 가까운 바위다. 떨어져서 바라보면 그렇게 험해 보이지 않는데도 막상 타보면 몸이 바깥으로 쏠리므로 균형을 잡는 데 애를 먹는 곳이기도 하다. 제일 어려운 지점은 갈라진 바위틈이 꾸부러지는 곳이었다. 오른발이 먼저 길게 째진 바위틈 속의 디딤돌에 닿았건만 왼발이 너무 바위에 위쪽으로 밀착되어 있어서 움직일 수가 없었다. 할 수 없이 보폭을 좁히는 수밖에 없었다. 왼발 가까이로 옮겨 균형을 잡으려고 오른발을 떼어 두 스텝을 위로 올라갔다가 다시 내려 짚는 순간 바위 틈에 밀착시켰던 두 손이 미끄러져 버렸다. 암벽 타기의 기본은 삼점(三點) 확보에 있다.

그런데 두 손이 한꺼번에 허공에 뜨는 바람에 몸 전체가 바위에서 분리되어 아래로 떨어졌다. 바위를 잡았던 손을 놓치면서 생긴 탄력으로 몸이 180도로 회전했다. 순간적으로 당한 일이라 어떻게 손써 볼 틈도 없이 당하고 말았다. 높이 7미터나 되는 직벽 밑바닥 역시 비스듬히 경사져 있는 암반이었다. 보행용 등산화보다 훨씬 바닥이 얇은 암벽화의 뒤축이 먼저 경사진 바위에 부딪칠 수밖에 없었다. 착지하면서 정신을 잃고 급경사 진 바위로 굴러 내리다가 순간적으로 정신을 차리면서 구르는 몸을 반사적으로 역전시켰다. 10여 년 동안 암벽을 타면서 발달된 운동신경 덕분에 바위 아래로 굴러 떨어져 뇌진탕을 일으키는 위기는 간신히 면했다.

구르는 몸을 바위 위에서 정지시킨 나는 반사적으로 몸을 일으키려고 했지만 양발 다 바위 바닥을 딛고 일어설 수가 없었다. 왼발보다는 오른발에 더 심한 통증이 왔다. 이상하다 생각하면서 오른발을 주시하는 동안 암벽화 신은 발이 풍선처럼 부풀어 오르기 시작했다. 지나가던 등산객들이 큰 구경거리나 생겨난 듯 웅기중기 모여들었다.

"발을 다친 것 같은데요."

한 중년이 말했다.

"발이 더 부어오르기 전에 암벽화를 벗으세요."

또 누가 말했다. 나는 재빨리 신을 벗었다. 과연 발뒤축 종골(踵骨)이 불룩하게 물러내려 앉아 있었다. 지켜보고 있는 사이에 엄지발가락이 활처럼 휘면서 자라목처럼 위로 치켜 들려졌다. 오른발은 완전히 못쓰게 된 것을 눈으로 확인한 나는 왼발은 그래도 짚을 수 있지 않을까 하고 둘러선 사람의 부축을 받아 일어서보려고 했지만 역시 딛고 일어설 수가 없었다.

이제 양발이 전부 못쓰게 된 것을 확인한 나는 어쩔 수 없이 앉은뱅이가 된 것을 자인하지 않을 수 없었다. 칠팔 명의 등산객들이 내 주위에 둘러서서 지켜보고 있었다. 그중 한 사람이 주위를 둘러보면서 말했다.

"아무래도 젊은 사람이 이런 때는 좀 나서야 되겠소. 등산하는 사람은 누구나 사고당하지 말라는 법은 없으니까 이런 때 서로 도와야지 어떻게 하겠소."

그의 말이 떨어지자 두 젊은이가 나섰다. 20대 후반쯤 된 그들 중 하나는 키가 훤칠하고 몸이 저갈짝 모양 가냘펐는데, 그가 내 앞에 앉으면서 등을 디밀었다. 업히라는 것이었다. 벗어놓은 암벽화를 배낭에 챙겨 넣은 나는 그 청년의 등에 업히는 신세가 되었다. 한없이 처량했다. 그래도 죽으라는 법은 없구나 하는 안도감이 일었다. 청년은 금방이라도 옆으로 쓰러질 듯이 휘청대면서도 용케도 가파른 비탈길을 요리조리 피해 내려가고 있었다. 보통 걸음으로 30분이면 우이동 버스 정류장까지 갈 수 있는 거리였다. 그러니까 이 지점쯤 오면 누구나 피

로를 느끼게 마련인데, 얼굴도 모르는 청년에게 이런 폐를 끼쳐주게
된 것이 미안하기 그지없었다. 업는 사람도 업히는 사람도 전연 익숙
하지 않는 동작이어서 업힌 내 몸뚱이는 걸음을 옮길수록 자꾸만 밑으
로 처져 내렸다. 그럴 때마다 청년은 걸음을 멈추고는 내 몸을 추스르
곤 했다.

"이거 정말 미안해서 어떻게 하죠?"

내가 청년의 귀에 대고 말했다.

"괜찮습니다. 우리는 젊은걸요, 뭘."

청년이 대답했다.

"그래도 기분 좋은 등산길을 망치게 해서 무어라고 미안한 말을 해
야 할지 모르겠네요."

"별말씀을 다 하십니다."

백 미터쯤 나를 업고 심한 비탈길을 걸어내려 온 호리호리한 숙련공
타입의 젊은이는 길가 바위 위에 나를 내려놓았다. 얼굴에서 땀이 비
오듯 했다. 몸이 통통한 편인 젊은이가 임무교대를 했다. 키는 작지만
몸이 다부지고 실해서 그런지 전보다 훨씬 안정감을 느낄 수 있었다.

부상당한 지점에서 3백 미터쯤 내려오면 송아지만한 개가 늘 지나는
사람들을 유심히 살펴보는 노점이 있다. 그 노점을 50미터쯤 지난 평
평한 땅에서 우리는 쉬게 되었다. 호리호리한 젊은이가 들것을 만들어
야 한다면서 나무를 꺾어다가 네 귀를 맞추고 있었다. 나는 파김치가
되어 멍청히 앉아 있었다. 이때 지나가던 등산객들 중에 낯익은 얼굴
이 나를 유심히 살펴보더니 가까이 다가왔다.

"아니 이거 김 선생님 아니세요. 어떻거다 이렇게 됐어요?"

한때 수퍼우먼으로 이름을 날렸던 정 여사였다. 뒤이어 미스 한, 김우성, 서영용, 임영운 씨 등 잘 아는 얼굴들이 다가왔다. 이렇게 되자 여기까지 나를 업어다 준 젊은이들은 들것 만들던 일을 중단하고 그들에게 나를 인계해주고는 먼저 내려갔다. 남자 셋에 미스 한까지 가담하여 넷서 교대로 택시 정류장까지 업고 내려왔다.

도봉산 암벽사고 환자 전문 치료 병원이라는 수유리 전철역 부근에 있는 대한병원에 실려 들어갔다. 엑스레이부터 찍어보았다. 오른발 뒤꿈치는 완전히 으스러졌고 왼쪽은 그냥 골절이라고 했다.

병상에 누워 있을망정 안정을 되찾자 나는 단전에 의식을 두고 호흡을 하면서 운기를 의식적으로 시켜보았다. 백회와 인당을 통해서 강한 기운이 들어오는 것을 느낄 수 있었다. 다소 안심이 되었다. 응급처치도 끝나고 나를 업어다 준 등산 친구들도 돌아간 뒤 저녁 8시 반쯤 아내가 헐떡이면서 얼굴이 하얘가지고 들어왔다. 두 다리에 부목을 대서 석고 붕대를 감고 누워있는 지아비를 본 아내는

"아니 도대체 어떻게 된 거예요. 끝바위는 안 타기로 나하고 철석같이 약속하지 않았어요."

"미안하게 됐소, 누구한테 연락을 받았소?"

"저, 잠실 김 씨(김우성)한테서요. 막 집에 들어오는데 전화벨이 울리더라구요. 우리가 지금껏 살아오면서 이런 일은 없었는데, 부상당했다는 소리 듣고 하도 놀라고 다리가 떨려서 어떻게 여길 찾아왔는지도 모르겠어요."

아내가 입원 수속을 하고 있는 사이에 나는 생각에 잠겼다.

1990년 3월 27일 화요일 6~14℃ 구름

오늘로 벌써 입원 사흘째다. 남녀 환자가 20여 명이 들끓어대고 밤에도 끊임없이 환자들이 들고 나는 바람에 도저히 안정을 취할 수가 없다. 정식 입원실이 빌 때까지는 참는 수밖에 없었다. 문안객이 쉴새 없이 찾아오는 바람에 외롭지는 않았다. 오후 4시가 되자, 갑자기 새로운 기운이 무더기로 쏟아져 들어오기 시작했다. 부상의 충격으로 그동안 멈칫했던 기운이 이제야 발동이 걸린 것 같았다. 어쩌면 사흘 동안 양발의 부상으로 소모되기만 했던 기운을 일시에 보충하려고 그러는 것인지도 모를 일이었다.

아직은 일어나 앉을 수도 없다. 누워있는 채로 수련은 자동적으로 진행되고 있음을 알 수 있었다. 백회와 인당으로 쏟아져 들어오는 기운이 하도 강해서 오한이 왔다. 쌍화탕을 두 병이나 들었다. 병원서 주는 하루치 분량의 약 세 봉지 중 한 봉지를 잃어버렸다. 다시 신청을 했더니 내 서류를 잃어버렸다면서 아무런 조치도 취하지 않았다. 저녁 8시경에야 서류를 찾았다면서 간호원이 약을 새로 지어 왔다. 8시부터 9시까지는 고열로 신음하다.

지난 해 8월에 냇골 레이백 코스에서 추락상을 입었을 때부터 조심을 했더라면 이렇게 큰 사고는 능히 면할 수 있었을 텐데. 그때 암벽화를 사 신고 한층 더 바위에 대해 연연했던 것이 이런 결과를 가져온 것이다. 바위에 대한 욕심이 빚은 사고였다. 그때 나는 분명 암벽등반을 삼가라는 신호를 수 없이 받았건만 정신을 차리지 못한 것이 불찰이었다.

오른발은 잔뜩 팽창된 풍선처럼 부풀어 있었다. 왼발은 그보다는 훨씬 덜 부어 있었다. 두 발을 고무 백으로 받쳐서 심장보다 높게 올려놓았다. 발 위에는 얼음주머니를 매달아 놓았다. 거북하고 갑갑하고 시리고 아픈 것은 필설로 다할 길이 없었다. 바로 이 부기 때문에 수술을 할 수 없다고 담당 의사가 말했다. 이 부기가 수술을 할 수 있을 정도로 가라앉으려면 일주일은 걸려야 한다고 했다.

문병객이 돌아간 뒤에 나는 백회로 들어오는 강한 기운을 부상당한 부위 쪽으로 보냈다. 그 기운 때문인지 통증은 한층 더 심했다. 그와 함께 잔잔한 진동이 일었다. 아픔을 무릅쓰고 계속 기운을 보내니까 아픔은 점차 줄어들었다. 『천부경』을 열 번 외우고 『삼일신고』를 한 번 외웠다. 차츰 마음이 안정되면서 졸음이 몰려왔다. 이틀 동안 노인의 기침 때문에 못 잔 잠이 일시에 몰려오고 있었다. 만 이틀 만에 나는 깊은 잠에 떨어질 수 있었다.

1990년 3월 29일 목요일 6~11℃ 비

한밤중에 두 번이나 새 환자가 들어오는 통에 잠이 깨기는 했지만 입원 후 간밤엔 제일 깊은 잠을 잤다. 새벽녘에 이상한 꿈을 꾸었다. 창고 속에 방치되어 있는 컴퓨터로 조작되는 미군용 곡사포를 조작해 보았는데, 작동이 되지 않아서 분해를 막 해 놓았는데, 미군의 습격을 받아 체포당했다. 꼭 무슨 불길한 일이 일어날 것만 같은 느낌이 들었었는데, 낮에 담당 의사가 와서 내 오른발 석고 붕대를 풀어보더니 예상보다 상태가 좋지 않아서 수술을 할 수 있을 만큼 부기가 빠지려면 시간이 좀 걸릴 것 같다고 말했다. 꿈땜이었다.

오른발 엄지발가락으로 강한 기운이 들어오는 것을 알 수 있었다. 뒤에 안 것이지만 발뒤축만 으스러진 것이 아니고 발목도 크게 상했다. 방광경이 흐르는 바깥쪽 복숭아뼈 부근의 발목을 몹시 다쳤다. 평소에도 항상 이곳이 취약했었다. 조금만 삐끗해도 심한 통증을 느끼곤 했었다. 나는 그 이유를 모르고 있었는데, 이것이 정관 절제수술과 관련이 있다는 것을 1년 3개월 뒤에야 알아냈다. 정관수술을 하면 방광경이 상하게 되므로 바로 이 발목 부위에 흐르는 경맥이 관장하는 발목이 약해지게 된다. 정관 복원수술을 한 뒤에야 상처가 신속히 회복되었다.

오후 4시부터 아주 강한 기운이 지속적으로 들어오기 시작했다.

"작은 정성은 하늘을 의심하고 보통 정성은 하늘을 믿으며 지극한 정성은 하늘을 믿고 의지한다. 지극한 정성으로 세상을 살아가면 하늘이 반드시 감싸고 도와 스스로 의지할 수 있게 되지만, 무릇 남다르게 위험한 짓을 행하고 괴이한 것을 찾는다면 지극한 정성인들 무슨 쓸모가 있으랴. (『참전계경』 46조)"

지난 25일 끝바위 타기 직전에 내 머릿속에 얼핏 떠올랐던 대목이다. 내 보호령과 내 마음속에 깃들어 있는 신성(神性)이 보낸 마지막 신호였다. 위험을 깨닫고 끝바위를 비켜갔더라면 좋았을 것을 후회막급이다.

"무릇 위험한 짓을 행하고 괴이한 것을 찾는다면 지극한 정성인들 무슨 쓸모가 있으랴"는 정도(正道)를 걸으려고 하지 않는 모든 사람들에게 대한 엄숙한 경고였다. 그 경고를 무시한 대가가 바로 중상이었다.

민소영 씨가 보라고 갖다 준 리처드 버크의 『갈매기의 꿈』을 다 읽었다. 그녀가 무엇 때문에 이 책을 읽으라고 했는지 그 이유를 알 것 같았다. 주인공인 조나단이라는 모험심이 유달리 강한 갈매기는 주위의 온갖 세속적인 멸시와 조소와 비아냥을 무릅쓰고 숱한 좌절과 실패와 심한 부상에도 굴하지 않고 끝끝내 초자연적인 인내력을 발휘하여 갖가지 장애를 하나하나 극복해 나간다. 여러 번 죽음까지도 극복한 처절한 시도 끝에 조나단은 마침내 광명과 환희와 기쁨으로 충만된 부조리와 비리를 모르는 대조화의 세계에 파김치가 되어 도달하게 된다. 백절불굴의 구도정신이 한 갈매기의 생애를 통하여 절묘하게 그려졌다. 3천 시간의 비행기록을 가진 조종사답게 평소의 관찰 경험을 살려 작가는 갈매기가 날아다니는 모습과 그 생태를 아주 리얼하게 그려나 감으로써 실감을 더해 주었다.

비록 중상을 입은 채 어수선한 병실에 누워 있을망정 내 병상 주위에는 독특한 기의 자장이 형성되어 있어서 내 수련을 도와주고 있었다.

수술(手術)

1990년 4월 2일 월요일 5~18℃ 맑고 구름

입원 8일째 오전 9시 55분부터 드디어 수술이 시작되었다. 수액주사 병으로 마취약이 투입되었다. 30대 전후에 나는 세 번이나 수술을 받았었다. 26세 때는 온양의 109 육군병원서 맹장수술, 28세 때는 수도육군 병원서 치질수술, 34세 때는 맹장수술이 잘못되어 국수가락처럼 유착되었던 장을 떼어내는 수술을 받은 이후 이번이 네 번째 수술이다. 전에는 모두 내장이나 근육을 수술하는 것이었는데, 이번에는 뼈를 수술하는 것이다. 그전에는 척추에 마취 주사를 놓았는데 이번에는 마취 방법이 달랐다.

나와 기운줄이 직접 연결되어 있는 단학의 대스승인 환웅천황 할아버님께 수술이 무사히 끝날 수 있게 해달라고 거듭 도움을 청했다. 이상하게도 그전에 수술할 때와는 달리 불안감이 느껴지지 않았을 뿐 아니라 기운이 나를 중심으로 두터운 보호막을 형성하고 있는 것 같은 느낌이 들었다. 수액병에 투입된 노오란 마취약이 점점 줄어들면서 차츰 의식이 멀어지기 시작했다. 내 몸과 의식 전체가 하늘로 붕붕 떠오른다.

1990년 4월 4일 수요일 2~10℃ 갬

오후 3시경 아내가 내가 일하던 코리아타임스 편집국에 가서 내 책상을 정리해 가지고 왔다. 75년 여름부터 내가 부상을 당해서 못나가게 된 금년(90년) 3월 25일까지 16년 동안 일하던 직장을 어쩔 수 없이 그만두게 되었다. 정년퇴직을 한 뒤에 원고료를 한 달에 전에 받던 월급의 반액씩 받으면서 촉탁으로 하루에 두세 시간씩 일을 해 주었으므로 휴직이나 회복 후에 직장에 복귀하는 일도 있을 수 없는 일이었다.

떠날 때가 되어서 떠나는 것은 좋은데, 내 손으로 내 책상을 정리하지 못한 것이 못내 아쉬웠다. 영자 신문이 우리나라에 생긴 이래 나는 제일 오래 '시사영어 해설판'을 맡아 왔다. 코리아 헤럴드에서 8년 동안 일한 것까지 합치면 23년간을 영자지에서 거의 해설판을 써 온 셈이다. 그동안 눈에 보이지 않는 독자들을 상대로 글을 써오긴 했지만 전화나 편지로 수많은 격려와 편달을 받아오는 동안 독자들과 정이 들 대로 들기도 했었는데, 인사 한마디 나누지 못하고 붓을 놓게 된 것이 두 번째로 아쉬웠다.

1990년 4월 5일 목요일 0~11℃ 갬

새벽 두 시와 네 시 사이에 무척 고생을 했다. 양 발목이 갑자기 팽창하여 깁스를 부수어버리고 싶은 충동에 사로 잡혔지만 진통제는 끝까지 맞지 않았다. 마치 내 인내력의 한도를 시험이라도 해 보겠다는 듯이 끝까지 참아보기로 작정했다. 수술 후에 흔히 있는 현상이라고 한다. 수술 부위가 마치 숨이라도 쉬는 것같이 부풀어 오르곤 했다.

고통이 심할 때마다『천부경』과『삼일신고』를 교대로 외워나갔다.

아픔은 왜 오는 것일까? 아픔의 진원은 어딜까 하고 나는 진지하게 생각해 보았다. 아픔은 육체에 있는 것일까, 마음에 있는 것일까? 아무리 생각해 보아도 육체에는 아픔이 있을 것 같지 않았다. 육체는 어디까지나 물질로 이루어져 있다. 육체 자체에는 마음이 있을 수 없다. 그래서 마음이 떠난 육체 즉 주검은 아픔을 느끼지 못한다. 아픔을 느끼는 것은 육체에 마음이 깃들어 있기 때문이다.

그렇다면 아픔을 느끼는 것은 마음이지 육체는 아니지 않는가. 육체에서 분리되어 나간 팔다리 역시 통증을 못 느낀다. 그러나 살아 있는 사람의 육체는 상처를 입으면 어김없이 아픔을 느낀다. 이것은 육체가 아픔을 느끼는 것이 아니고 마음이 아픔을 느끼기 때문이다. 육체에 퍼져 있는 신경은 바로 마음의 느낌을 전달해 주는 통신선 역할을 한다. 그러나 마음이 떠나간 신경 역시 통증을 전달할 수 없다.

인도에는 깨달음의 한 수단으로 고행만을 전문적으로 하는 사람들이 있다. 활활 타는 숯불 위를 걷는다든가, 무거운 물건을 이고 서있다든가, 몸에 상처를 내고 피가 흐르는 것을 참아낸다든가 하는 고행을 아무렇지도 않게 수행한다. 석가모니도 한때 이러한 고행을 한 일이 있었다. 그는 고행이 깨달음의 수단이 될 수 없다고 해서 이 일을 그만두었지만 육체적인 아픔을 참는 그들의 인내력만은 가상하다 아니할 수 없을 것이다. 그들은 어떻게 이런 끔찍한 고통을 아무렇지도 않게 참아낼 수가 있었을까?

그 비결은 오랜 수련 과정을 통하여 아픔을 느끼는 마음을 조절할 수 있었기 때문이라고 생각한다. 이에 착안한 나는 아픈 것도 아프지 않다고 내 잠재의식에 타일러주었다. 물론 처음에는 습관성 때문에 잘 먹혀들지 않았지만 이것도 자꾸만 계속하다 보니까 일종의 최면 상태에 들어가 통증은 가벼워지기 시작했다.

6.25 때 최전방에서 싸울 때 일이다. 비오듯 하는 적탄 속을 포복으로 전진하다가 다리나 팔에 부상을 당하는 일이 흔히 있다. 하도 긴장을 하니까 다리에 총탄을 입고도 아픈 줄도 모르고 전진을 하다가 옆 전우가 그 사실을 일깨워주고 나서야 피가 흐르는 자신의 다리에 눈이 가자마자 "아이구머니!" 하고 비명을 지르고 통증을 호소하는 일이 흔히 있다.

이것은 무엇을 말하는가. 총탄을 맞아서 피가 흐르면 아프다는 기성관념이 있기 때문에 그 사실을 목격하면서 금방 통증을 느꼈기 때문이다. 그렇지 않다면 부상을 당했다는 사실을 인식하기 전에는 아픔을 느끼지 못하는 사실을 설명할 수 없다. 긴장 때문이라고도 할 수 있을 것이다. 그러나 똑같이 긴장해 있으면서도 부상 사실을 알기 전과, 안후의 아픔을 느끼는 정도는 하늘과 땅의 차이가 있다는 사실을 해명할 방법이 없게 된다.

그렇다면 철없는 어린애는 매를 맞으면 통증을 느끼지 않는가 하면 그렇지 않다. 그것은 무엇 때문일까. 비록 철은 없다고 해도 그 아이의 잠재의식은 가동되고 있을 것이고 매를 맞으면 아프다는 것도 바로 그 잠재의식에 새겨져 있을 테니까 그럴 수밖에 없을 것이다.

문제는 뼈가 부러지든가 근육에 상처를 입었을 때 아픔을 느끼는 것은 장구한 세월 동안 축척된 인류 공동의 고정관념의 소산인 것은 틀림없다. 그렇다면 이 고정관념을 수정하면 적어도 아픔을 줄이거나 없앨 수 있을 것이다. 여기에 착안한 나는 통증이 갈헐적으로 엄습해 올 때마다 "나는 아픔을 모른다. 아픔을 느끼지 않는다" 하고 속으로 주문을 외우듯 했다. 그렇다고 해서 당장 통증이 사라진 것은 아니지만 시간이 갈수록 줄어든 것만은 확실했다.

인심은 천심이다. 다시 말해서 사람의 마음은 하느님의 마음과 같다는 얘기다. 하느님은 끝없는 덕망과 사랑이고 자비다. 또는 한없는 지혜와 능력과 생명력이기도 하다. 내 마음은 하느님의 마음이다. 나는 하느님의 분신(分身)이므로 나는 하느님의 무한한 능력과 지혜를 발휘할 수 있고 구사할 수도 있다는 확신을 가질 수도 있다. 아픔 따위를 무한한 능력으로 극복 못 할 이유가 없다고 나는 스스로 다짐했다. 사람은 하느님의 분신이고 아들이고 딸이라는 실상을 머리로만 깨닫는 게 아니고 가슴으로 깨우치고 실천하고 생활화하는 데 그 진정한 뜻이 있다. 사람은 누구나 다 하느님의 분신이면서도 이 사실을 마음을 활짝 열고 받아들이고 실천하려고 하지 않기 때문에 하느님의 속성인 무한한 능력을 발휘할 수가 없는 것이다.

1990년 4월 8일 일요일 3~10℃ 갬

병상에서나마 매일 새벽 깨어나자마자 남들이 자고 있을 때 나 혼자 합장하고 상체를 굽혀 나 자신 속에 깃들어 있는 하느님에게 103배를 했다. 몸을 일으킬 수 없으니 어쩔 수 없이 그렇게라도 해야 했다. 어떤 사람은 103배를 하는 대상은 누구냐고 흔히 묻는다. 그때마다 나는 "나 자신입니다" 하고 대답한다. 그러면 의외라는 듯이 두 눈이 휘둥그래진다. "나 자신의 육체에 103배를 하는 것이 아니라, 나의 양심을 향해서 절을 합니다. 양심은 누구에게나 깃들어 있는 하느님의 분신입니다. 우리 사회가 제아무리 부패하고 강력 범죄가 들끓는다고 매일 매스컴이 떠들어대도 여전히 질서가 유지되고 기강이 완전히 무너지지 않는 것은 누구에게나 바로 이 양심이 있기 때문입니다.

바로 이 양심을 향해 103배를 한다고 생각하십시오. 작은 생명체이며 소우주인 인간은 무소부재(無所不在)한 하느님이며 신불(神佛)인 대생명체와 대우주하고 연결되어 있으므로 자기 자신 속에 깃들어 있는 양심에게 절을 하는 것은 대생명체인 하느님에게 절을 하는 것과 같습니다. 절을 하는 목적은 우리 자신이 하느님의 분신(分身)임을 깨닫고 하느님과 같은 속성을 발휘하자는 염원의 발산입니다. 그렇게 함으로써 우리는 한발한발 나 자신이 하느님 자신이라는 중심자각에 접근해 갈 수 있습니다." 이렇게 설명을 하면 어느 정도 수련이 된 사람은 고개를 크게 끄덕거린다.

103배를 약식으로 하고 나면 『천부경』을 열 번, 『삼일신고』를 한 번 외우고 마음공부를 위해서는 꼭 필요한 『참전계경』을 한 번에 10개 조씩 읽는다. 이러한 과정을 거치고 나면 엄청난 기운이 기다리고 있었다는 듯이 백회와 인당, 장심과 용천, 명문과 단전 등으로 밀려들어온다. 더구나 요즘은 부상 정도가 심한 오른발 엄지발가락 끝으로 싸아하니 에어콘에서 풍겨오는 것 같은 시원하고 차가운 기운이 들어왔다.

하도 차갑다 못해 저리기까지 해서 나도 모르게 만져 보면 이게 웬일인가. 엄지발가락엔 차갑기는커녕 따뜻한 열기가 있었다. 희한한 일이 아닐 수 없었다. 나는 선도수련이 병상에서도 여전히 진행되고 있고 이것이 운기가 활발해져서 일어나는 현상이라는 것을 알게 되었다. 부상으로 기가 허한 신체 부위에 집중적으로 기운이 공급되는 과정인데, 일종의 자연치유 현상이었다.

1990년 4월 10일 화요일 8~22℃ 맑음

아침부터 아내는 퇴원 수속을 하느라고 신바람이 났다. 입원한 지 꼭 16일째다. 직장 다니랴, 집안 일 돌보랴, 병원에 왔다 갔다 하랴 이번 사고로 제일 고생을 많이 한 사람은 뭐니뭐니 해도 아내였다. 우선 왕복 두 시간이나 걸리는 병원 출입을 하지 않게 된 것이다.

그동안 나는 이런 사고를 당하지 않았더라면 평생 맛볼 수 없었을 희한한 경험들을 했다. 양다리를 못 쓰니 힘센 장정이 아니면 도저히 운반할 수 없었다. 생각 끝에 암벽 친구인 김우성 씨에게 도움을 청했더니 그는 역시 암벽 친구인 이현구 씨를 데리고 나타났다. 이 씨는 작년 겨울 냇골 슬라브에서 미끄러질 때 오른 다리가 부러진 일이 있었다. 그는 그때 쓰던 목발까지 가져다주었다.

12시쯤 집에 도착했다. 집에 와 보니 병원에서보다 굉장히 강한 기운이 들어 왔다. 물은 높은 데서 낮은 데로 흐르게 마련이다. 기(氣)도 마찬가지다. 병원에서는 내가 다른 환자들에게 많은 기를 빼앗기고 있었다는 것을 알 수 있었다.

1990년 4월 16일 월요일 6~14℃ 구름 조금

『소설 한단고기』를 교정보기 시작한 이후로는 『천부경』과 『삼일신고』, 『참전계경』을 따로 외우지 않는데도 기운이 엄청나게 들어왔다.

1990년 4월 21일 토요일 9~21℃ 맑은후 구름

하루 종일 엄청난 기운이 계속 밀려들어 왔다. 비록 가부좌를 틀고 앉을 수 있는 형편은 못되었지만 조용히 누워 있을 수 있으므로 안정된 기운을 받아들일 수 있었다. 앞으로 이런 상태로 줄곧 기운을 받아들일 수 있다면 몇 개월 안에 무슨 큰 변화가 일어날 것 같은 느낌이 들었다.

1990년 5월 6일 일요일 9~19℃ 맑은 후 흐림

일요일이라서 그런지 걸려오는 전화도 없고 방문객도 일체 없었다. 일요일은 가족끼리만 오순도순 지내는 습관이 어느새 일반화되어서 그런 것일까. 그건 그렇고 부상당한 뒤로는 식량이 부쩍 늘었다. 이치로 따지자면 아무 운동도 못 하고 자리보전하고 누워 있거나 앉아 있는 것이 고작이니 에너지 소모가 없어서 식사량도 줄어들어야 할 텐데, 내 경우는 오히려 늘었다.

오전 일곱 시에 아침 식사를 하면 10시경에 중참을 들어야 한다. 12시에 점심을 들고 나면 5시에 또 새참을 꼭 들어야 한다. 그렇지 않으면 8시 저녁 식사까지 도저히 허기를 참아낼 수가 없기 때문이다. 속이 비면 상처가 더 저리고 시큰거려서 견딜 수 없다. 그런 때 요기를 하면 저리고 시큰대던 상처는 곧 진정이 된다. 특히 오른발의 상처가 말썽이다. 상처 치유를 위해 그만큼 더 많은 에너지를 필요로 하기 때문인 것 같다. 나는 자연치유력을 믿는다. "병은 하느님이 고치고 돈은 의사가 받는다"는 서양 속담은 정곡을 찌른 것이다. 질병이나 부상 치료에 있어서 사실 자연치유력만큼 위대한 것은 없다. 자연치유력이야말로 생명력이 제 본래의 사명을 구사하는 것이다.

바로 이 자연치유력, 생명력, 하느님, 천지신명은 물질의 차원을 벗어난 신령스러운 우주 삼라만상의 조화의 주인이다. 명칭만 다를 뿐 실은 똑같은 뜻을 갖고 있다. 육체는 물질에 속한다. 물질을 불교에서는 색(色)이라고 한다. 색즉시공(色卽是空)은 물질은 궁극적으로 존재하지 않는다는 말이다. 이것은 현대 물리학이 입증하는 진리다. 그렇다면 실제로 존재하는 것은 무엇인가?

그것은 자연치유력, 생명력, 하느님, 천지신명, 신(神), 불(佛), 성(性)이다. 이러한 모든 생명의 실체를 하느님이라고 부르기로 한다. 하나님이라고 해도 좋다. 우리 민족의 생성과 더불어 가장 친숙해진 대생명체에 대한 보통 명사이기 때문이다. 색즉시공이지만 공즉시색(空卽是色)이기도 하다. 여기서 공은 바로 대생명체를 말한다. 빌공(空)이라고 해서 텅텅 비어있는 아무것도 없는 것을 의미하는 것은 결코 아니다. 오히려 비어 있기 때문에 만물을 포용할 수 있고 변화를 일으킬 수도 있는 것이다.

공이 있기 때문에 색이 있는 것이지 색이 있기 때문에 공이 있는 것이 아니다. 다시 말해서 하느님이 있기 때문에 삼라만상이 있는 것이지 삼라만상이 있기 때문에 하느님이 있는 것은 아닌 것이다. 하느님은 언제나 조화의 주체이다. 육체와 물질세계는 하느님의 뜻인 마음에 의해 만들어졌다. 그런데 이 마음에는 선과 악이 있다.

『삼일신고』 진리훈에는 "유중(唯衆)은 미지(迷地)에 삼망(三妄)이 착근(着根)하니 왈 심기신(心氣身)이라. 심(心)은 의성(依性)하여 유선악(有善惡)하니 선복(善福) 악화(惡禍)니라"로 되어 있다. 현대 한국어로 풀어보면 '일반 사람들은 배태(胚胎)할 때에 세 가지 미망(迷妄)이 뿌리를 내리는데 그것이 마음, 기운, 몸이다. 마음은 성(性)에 의존하여 선과 악이 있게 마련인데 선하면 복이 되고 악하면 화가 된다.' 다시 말해서 사람의 마음에는 선과 악이 상존하고 있다는 뜻인데 그것은 실상이다. 19세기 러시아의 세계적 문호인 도스토예프스키가 쓴 『죄와 벌』이나 『카라마조프의 형제들』이라는 소설을 읽어보면 인간의 마음 속에 상존하고 있는 선과 악의 실태를 가장 적나라하게 극적으로 그려내고 있다.

일체유심조(一切唯心造)니 삼계유심소현(三界唯心所現)이니 하는 불경의 구절들은 바로 마음먹기에 따라 모든 것이 결정된다는 것을 말한다. 다시 말해서 우리가 마음을 어떻게 먹느냐에 따라서 우리의 영격(靈格)이 높아질 수도 있고 낮아질 수도 있다는 뜻이다. 금생뿐만 아니라 전생도 내세도 바로 이 마음먹기에 따라 좌우된다는 것이다. 그뿐 아니라 육체는 마음의 그림자에 지나지 않는다는 것도 바로 이 때문이다. 선한 마음을 갖느냐 악한 마음을 먹느냐에 따라 우리의 육체도 따라서 선하게도 악하게도 되는 것이다. 마음이 없는 사람은 없다. 그런데 그 마음 중에서도 선한 마음 즉 양심이 하느님이다. 소우주인 인간의 마음속에 있는 이 양심은 바로 대우주에 편만해 있는 하느님과 통해 있다.

나는 바로 이 양심을 믿는다. 내 마음에 들어와 있는 하느님을 믿는다는 말이다. 하느님은 생명력이고 치유력이다. 이 치유력을 믿기 때문에 나는 부상이 언젠가는 완치되리라는 것을 확신한다. 하느님은 무한한 사랑이고 무한한 지혜이며 무한한 능력이고 생명력임을 믿고 있으므로 나는 언젠가는 이 능력을 구사할 수 있으리라는 것을 의심치 않는다. 왜냐하면 인간은 하느님의 분신(分身)이기 때문이다. 하느님의 분신은 결국은 하느님 그 자체이다. 이 큰 깨달음이 체질화되고 생활화되면 인간은 하느님의 속성을 갖추게 되어 대덕(大德) 대혜(大慧) 대력(大力)을 구사하게 될 것이다. 다만 깨달음의 정도에 따라 오감(五感)의 현상 세계의 특징인 시간과 공간의 제한을 받을 뿐이다.

1990년 5월 7일 화요일 13∼23℃ 흐리고 비

심신이 약해졌을 때, 특히 뜻하지 아니한 부상을 입거나 병이 들었을 때 사람은 누구나 자칫하면 남을 원망하기 쉽다. 그만큼 마음이 약해져서 여유가 없다는 증거다. 가난한 사람이 누구보다 먼저 허기를 느끼는 것과 같은 이치다. 이번 사고로 내가 입원을 했을 때, 나는 응당 나를 찾아주어야 할 옛 직장 동료들이 오지 않는 것을 원망했었다. 특히 내가 그들을 위해 문병을 갔었고 부모의 장례식에도 두세 번씩 문상을 갔었던 동료들이나 내가 취직을 시켜주려고 무척 애를 쓴 끝에 힘겹게 그 목적을 달성한 친구가 못 본 척했을 때는 섭섭하다 못해 괘씸한 생각까지 들었었다.

그러나 지금은 아무렇지도 않다. 오히려 그런 생각을 했던 나 자신이 지금은 옹졸하고 가련할 정도다. 내가 그들을 문병하고 문상했을 때는 같은 직장에 다니는 동료로서 응당 그래야 하는 것으로 인식되어서였고 반드시 뒷날 어떤 반대급부를 바라서만은 아니었다. 만약 그랬다면 그거야말로 불순하고 치사한 일이 아닐 수 없을 것이다. 그러나 비록 부상 전까지는 같은 직장에 다니고 있었다고 해도 지금의 내 처지는 그들과 같은 직장 동료가 아닌 것이다.

직장을 그만두었으니까 같은 직장 동료도 아닌데 그들이 무엇 때문에 나를 찾을 것인가? 지극히 간단한 논리다. 과거에 같은 직장 동료였을 때 나의 문상이나 문병을 두세 번씩이나 받고도 직장을 그만 두었다 해서 나를 찾아오지 않는 것은 전적으로 그들의 사정이다. 그들에게는 그럴 만한 이유가 있다. 그 이유란 이젠 같은 직장 동료가 아니라는 것이다. 같은 직장 동료도 아닌데 비록 그가 과거에 자기를 문상하고 문병 오기를 몇 번씩이나 거듭했다고 해도 앞으로 다시 얼굴을 대할 기회도 거의 없는 사람을 찾을 이유가 있을 리가 없는 것이다.

그런데도 불구하고 나를 찾았다면 그는 바보가 아니면 의인(義人)일 것이다. 현대인은 바보도 의인도 되기를 원치 않는다. 이처럼 지극히 간단한 논리를 이해하고 나니 마음은 새털처럼 가벼웠다. 의리나 인정 따위에 연연했던 내가 얼마나 구차한 인생이었던가? 생각만 해도 나 자신이 초라해진다. 이제 나는 이만한 일에 연연할 때가 아니다. 이를 초월한 세계를 바라보아야 한다. 상부상조하는 대조화의 세계, 하느님과 나, 남과 나, 우주와 내가 하나로 합쳐지는 실상의 세계 말이다. 이렇게 생각하니 마음이 한층 더 편안하다.

오후 4시 45분에 박유석과 정윤선 양이 왔다가 5시 반에 돌아갔다. 그들은 우리집에 와서 내 앞에 앉기만 하면 상쾌한 기운이 들어 와서 머리가 시원해진다고 했다. 그들은 꼭 나에게 큰절을 했다. 그러지 말라고 해도 막무가내다. 이제 나는 그들이 나를 자주 찾는 이유를 알았다. 그들은 문병보다는 수련 때문에 온다. 여기 와서 한 시간 동안 앉아 있기만 해도 도장에서 보름이나 한달 동안 받은 것보다 더 많은 기운을 받는다고 실토했다. 과연 그럴까?

그렇다면 내가 부상을 당해서 누워있는 동안에도 수련이 많이 진전되었다는 뜻이 아닌가? 아닌 게 아니라 그들이 와서 내 앞에 앉으면 기운의 순환이 활발해져서 나 역시 기분이 좋다. 머리도 상쾌해지고. 이게 바로 상부상조하는 조화 세계의 한 편린 같기만 하다.

운사합법(運思合法)

1990년 5월 9일 수요일 11~27℃ 맑은 후 구름

오후 2시 반에 한국성, 김기호 두 젊은이가 왔다가 4시에 돌아갔다. 특히 김기호 씨의 경우는 5개월 동안 수련을 했다는데 벌써 백회가 열릴 단계에 와 있었다. 내가 의식으로 그의 백회에 기운을 보내면 충분히 받아들일 수 있을 정도였다. 이들은 정윤선, 박유석, 박인수 씨 등과 함께 열심히 수련하는 기특한 친구들이다. 김기호 씨는 서울대 출신으로 사회학을 전공하는데, 7년간 미국 유학을 갈 것인지, 아니면 한국에서 선도수련을 할 것인지 갈등을 느끼고 있다고 했다.

어제처럼 셋이 둘러 앉아 운기를 했다. 어제 정윤선 양은 왼팔이 감전이 된 듯 찌르르했다고 했는데, 김기호 씨는 갑자기 백회가 시원해지면서 단전이 뜨겁게 달아오르기 시작했다고 말했다. 그는 어제의 정윤선 양처럼 내가 기운을 보내는 동안 얼굴이 벌겋게 달아올랐다. 김기호 씨의 백회가 열린 것이 확실했다. 백회가 시원하면서 단전이 달아오르는 것은 이를 증명한다. 내가 보낸 기운이 그의 백회를 뚫고 들어가 단전에 모이기 시작한 것을 의미하기 때문이다. 그 뿐만이 아니고 얼굴이 벌겋게 달아올랐다는 것은 그 기운이 어느새 임독을 돌아 좌우의 12경락과 기경팔맥을 따라 온몸을 돌고 있다는 것을 뜻한다.

나도 모르는 사이에 상대방의 백회를 뚫어주는 원격시술 능력이 처

음으로 발휘되기 시작한 것을 확인하는 순간이었다. 이것을 운사합법
(運思合法)이라고도 한다. 그러나 나는 아직은 그것을 의식하고 있지
않았다. 이들과 활발한 대화를 하면서 운기를 해서 그런지 기분도 좋
아지고 몸도 한결 가벼워졌다. 한국성 씨는 도장에 나오기 전에 국내
의 각종 종교단체를 거의 다 섭렵했다고 한다. 그는 말했다.

"결국 가장 확실한 기준은 자기 자신의 심신이 좋게 변하면서 신성
을 깨닫게 해주는 수련을 도와주는 사람이나 기관입니다."

정신수련 분야에서 다년간의 경험을 쌓지 않고는 얻을 수 없는 귀중
한 산 교훈이었다.

"그러나 한 가지 꼭 조심할 것이 있습니다."

내가 경고하듯 한마디 했다.

"그게 뭡니까, 선생님."

"수련에 너무 욕심을 내다보면 어느덧 그 사람이나 기관에 홀려버리
게 되어 진위를 가릴 수 없게 됩니다. 이 세상의 모든 사기 협잡꾼은
꼭 그럴듯한 미끼를 준비하게 마련입니다. 가짜 식품일수록 겉포장이
요란하고 맛도 좋지만 그것은 미끼에 지나지 않을 뿐, 결국은 사람을
병들게 하는 독소를 품고 있습니다. 그와 마찬가지로 가짜 스승은 제
자들을 홀릴 만한 미끼를 반드시 갖고 있습니다. 그것이 바로 그가 수
련 중에 터득한 약간의 초능력입니다. 이것으로 얼마든지 순진한 초보
들을 매혹시킬 수 있는 것입니다. 물론 수련도 처음엔 아주 잘됩니다.
그러나 어디까지나 미끼입니다. 일단 그 미끼에 걸려 들어버리면 심신
이 중독되어 맹종자가 되어버립니다. 이 함정을 경계해야 합니다. 욕

심과 집착에서 해방이 되어야 합니다. 이것이 바로 함정이거든요."

"좋은 말씀 들려주셔서 감사합니다."

1990년 5월 11일 금요일 14~18℃ 비온 후 갬

오후 4시경 남원에 사는 독자한테서 전화가 왔다.

"안녕하십니까. 김 선생님 전화로 죄송합니다. 『선도체험기』 애독자인데요. 뭣 좀 여쭤보고 싶은 것이 있어서 이렇게 실례를 무릅쓰고 전화를 걸었습니다."

"어서 말씀해 보시죠. 무슨 일인지."

"혼자서 책을 보고 단전호흡을 한 지 2년이 되었는데요. 호흡만 하면 기운이 떠버리고 밤에는 끊임없이 몽정을 합니다. 물어볼 만한 데도 없고 해서 혼자서 고민 끝에 이웃 마을에 사는 무당한테 물어보니 조상신이 빙의되어 있다는 겁니다. 어떻게 하면 좋겠습니까?"

"수련 방법에 허점이 있어서 단전에 축기가 제대로 되지 않아서 그렇습니다. 단전에 축기가 안 된 상태에서 기를 임독맥으로 돌리니까 기가 위로 떠버렸습니다. 수승화강(水昇火降)이 안 이루어지니까 기가 허해져서 빙의가 되었습니다. 지금이라도 믿을 만한 도장을 찾아가십시오."

"그런데 남원 근처에는 도장이 없거든요."

"그렇다면 지금부터 단전에 의식을 두고 단전호흡을 하십시오. 한시라도 단전에서 의식이 떠나지 않게 하십시오. 행주좌와어묵동정(行住坐臥語默動靜) 염염불망의수단전(念念不忘意守丹田)이란 말을 한시도 잊지 말고 실천하세요. 그리고 물론 영안으로 보인다면 좋겠지만 보이지 않더라도 자신의 보호령에게 간절히 부탁하여 빙의된 영이 나가도록 협조를 구하십시오. 그리고 빙의된 영에게도 『천부경』이나 『삼일신고』를 암송하면서 간절히 염원하십시오. 제발 떠나달라고 말입니다. 『천부경』이나 『삼일신고』에는 하늘의 이치가 있고 신과 인간이 살아가야 할 도리가 내포되어 있습니다.

이 이치와 도리를 일깨워 줌으로써 후손의 생체 속에 의탁하고 있는 것이 잘못되었다는 것을 깨닫게 하여 영계의 자기 자리로 돌아갈 수 있도록 간절히 설득하십시오. 영은 영으로서 살아가는 길이 있는데 후손의 몸속에 의지하면 양쪽이 다 같이 불행해진다는 것을 잘 알아듣도록 일깨워주어서 되도록 스스로 그 영이 떠나도록 분위기를 잡아 보십시오. 그 영이 백회를 통하여 나가는 것이 감지될 때까지 끊임없이 아주 지속적으로 설득을 하십시오. 그렇게 하면 정말 조상령이라면 후손의 간절한 소망을 저버리기만 할 수는 도저히 없을 것입니다."

"김 선생님 잘 알겠습니다. 참으로 감사합니다."

"네, 분발하십시오."

1990년 5월 14일 월요일 14~24℃ 비조금

부상을 당한 지 벌써 50일째가 되었다. 내 생전에 지금까지 50일씩이나 양 다리를 못 쓴 일은 없었다. 그동안 내 다리 근육이 모조리 다 빠져버렸다. 허벅지 살은 말할 것도 없고 장딴지의 살도 풀주머니처럼 헐렁헐렁했다. 사람이 이 세상에 태어나서 두 다리로 땅을 딛고 걸을 수 있다는 것이 얼마나 행복한 일인가 하는 것을 새삼 뼈저리게 느꼈다. 내가 만약 양 다리에 이처럼 부상을 당하지 않았더라면 두 다리의 고마움을 이처럼 절실하게 깨닫지는 못했을 것이다. 내 육신을 원하는 장소에 언제나 불평 없이 옮겨 주는 두 다리만큼 대견한 친구를 나는 지금껏 너무나 소홀히 다루어 왔다. 내가 지금만큼만이라도 이 다리의 소중함을 깨우쳤더라도 그런 철없는 암벽타기의 모험은 저지르지 않았을 것이다.

사람은 병이 깊어져 보아야 건강의 소중함을 알게 된다고 한다. 나는 다리가 부러진 뒤에야 비로소 다리의 소중함을 뼈저리게 느낀다. 두 발로 확실하게 바닥을 딛고 다니는 모든 사람들이 부러워서 못 견딜 지경이다. 최근에 등산을 할 때면 언제나 나보다 뒤쳐지는 아내를 보고 "무슨 놈의 다리가 그렇게 굼떠. 재게 놀려 보라구" 하고 곧잘 핀잔을 주곤 했었다. 그런데 지금 내 발을 대신해서 온갖 시중을 다 드는 아내의 다리가 그렇게 위대하게 돋보일 수가 없다. 저 탄력 있고 매끈한 아내의 다리에 대면 내 다리는 북어처럼 삐쩍 말라붙어서 도저히 비교가 되지 않는다. 언제나 내 다리는 아내의 다리처럼 자유롭게 내 몸을 실어 나를 수 있단 말인가?

생각하면 생각할수록 나는 이 귀중한 다리를 학대한 나 자신의 어리석음을 뉘우치고 또 뉘우치지 않을 수 없다. 나는 일찍이 6·25 때 포탄이 비오듯 하는 싸움터에서도 내 몸에 이렇다 할 상처 하나 입은 일이 없었다. 20대 중반에 급성 폐결핵으로 죽음의 고비를 한번 넘긴 일이 있었고 맹장수술을 두 번 받은 일이 있었다. 지금 생각하면 모두가 나 자신의 미망(迷妄)이 불러들인 화(禍)였다. 그러나 이번 부상에 대면 새 발의 피였다. 부상의 확률이 가장 높았던 전쟁터에서는 무사했던 것은 하늘의 도움이 있었기 때문이었다.

그러나 평화시에 이런 큰 부상을 당한 것은 아무리 생각해도 나 자신의 어리석음의 소치이다. 이렇게 우매한 짓을 하는 나를 하늘이 돌보아줄 리가 있겠는가? 이제야 나는 무엇인가 구름에 가려졌던 어떤 움직일 수 없는 진리의 세계가 바늘구멍만큼 열리는 것을 깨달았다. 사람들이 겪는 온갖 불행과 질병과 고통은 인간들 스스로가 불러들이는 것이다.

온갖 화의 근원은 바로 사람 스스로가 자초한 미망이다. 개인의 불행뿐만이 아니고 집단의 불행도 국가의 불행도 인류 전체의 불행도 그들 자신들이 끌어들인 미망 때문이다. 그렇다면 이 미망은 어디서 오는 것일까? 그것은 마음에서 온다. "심(心)은 의성(依性)하야 유선악(有善惡)하니 선복악화(善福惡禍)니라."(『삼일신고』 진리훈) 풀어보면 '마음은 하느님에게서 나오는데, 선과 악이 있다. 착하면 복이 오고 모질면 화를 부른다.' 마음을 착하게 가지느냐 아니면 모질게 가지느냐 하는 것은 전적으로 마음의 선택에 달려있는 것이다.

요컨대 만사는 마음먹기에 달려 있다는 말이다. 착한 마음은 지혜롭고 거룩하고 신령스럽고 평화롭고 덕스럽고 사랑스럽지만 모진 마음은 미련하고 사악하고 탐욕스럽고 두려워하고 불안해하고 슬퍼하고 시기하고 질투하고 미워한다. '선복악화(善福惡禍)'라는 네 글자 속에 모든 인생의 진리는 함축되어 있다. 나는 다리가 부러져 누워서 50일이나 지난 뒤에야 비로소 이 진리를 뼈저리게 깨닫게 되었다. 너무나 뒤늦은 깨달음이다. 그러나 전연 깨닫지 못하고 이생을 하직하는 것보다야 얼마나 다행인가. 조문도석사가의(朝聞道夕死可矣)다. 다시 말해서 아침에 도를 깨치고 저녁에 죽어도 여한이 없겠다. 저녁에 죽는 것은 영혼의 죽음이 아니고 육체의 죽음이다. 비록 육체는 죽는 한이 있더라도 영혼만은 영원한 삶을 누리고 있음을 깨닫는 것이 바로 진리이고 도(道)이다. 내 생명과 우주의 생명이 하나가 되는 것이 바로 도를 깨닫는 것이다. 하느님과 나, 남과 나, 우주와 내가 하나로 합쳐지는 실상의 세계를 깨닫는 것이 바로 도를 아는 것이다.

이제 나는 나 자신의 불행뿐만 아니고 민족과 국가와 인류의 불행이 신(神)의 장난 때문이 아니고 바로 나와 민족과 인류 자신이 불러들인 것이라는 것을 절실히 깨닫게 되었다. 파괴, 전쟁, 질병, 지구 환경 오염, 핵무기, 에이즈, 국경분쟁, 이념분쟁, 노사갈등, 범죄, 마약, 성폭행, 사기, 협잡, 강도, 절도, 청소년 범죄, 교통사고, 수돗물 오염, 자연 훼손, 기아, 억압, 부자유, 인권탄압, 분단의 비극, 심지어 천재지변까지도 인간 스스로 불러들인 재앙이다. 지금까지 서구의 지성들은 이 모든 재난의 원인을 신의 잘못으로 돌림으로써 니체의 말대로 "신은 죽었다"고 선언했다. 그러나 그것은 큰 착각이었다. 신은 엄연히 태양처럼 의연히 생존하고 있건만 인간의 미망이 구름처럼 햇빛을 가렸을 뿐이다.

미망은 바로 구름과 같다. 구름이 한때 태양을 완전히 가렸다고 해도 미구에 사라지고 만다. 뜬구름의 운명이 바로 그렇기 때문이다. 제행무상(諸行無常), 제법무아(諸法無我), 열반적정(涅槃寂靜)이요, 색즉시공(色卽是空)이다. 결국 오감의 세계, 물질의 세계는 궁극적으로는 존재하지 않는 것이다. 물질의 세계, 시간과 공간이 지배하는 3차원의 세계는 미망이 만들어 놓은 환상에 지나지 않는다. 미망의 그림자에 지나지 않는 것이다.

다른 것은 몰라도 어떻게 해서 천재지변까지도 인간의 미망이 빚어 냈다고 할 수 있느냐고 혹자는 반문한다. 그러나 인간의 집단적인 공포와 불안과 증오가 쌓이고 쌓여서 빚어낸 것이 바로 천재지변이라는 것은 불변의 진리이다. 상부상조하는 대조화의 세계를 관장하는 사랑과 덕망과 지혜의 하느님이 천재지변 따위를 만들어낼 리가 없다. 물질세계 자체가 마음의 그림자이며 뜬구름 같은 미망이 만들어낸 허상에 지나지 않기 때문이다.

그러나 이 물질세계, 허상의 세계는 시간과 공간의 법칙에 따라 『천부경』에서 파생된 역학(易學)의 원리에 의해 변화된다는 것을 알아야 한다. 구체적으로 말해서 하나가 무궁한 수로 변했다가 온갖 조화를 부린 다음에 다시 하나로 되돌아가는 원리를 말한다. 『천부경』에서 말하는 하나는 바로 하느님이다. 이 하나는 셋으로 변하는데, 이것을 천지인(天地人) 삼재(三才), 또는 삼태극이라고도 하고, 음양중(陰陽中)이라고도 한다. 이것을 삼신(三神) 또는 삼신할머니라고도 하고 삼성(三聖)이라고도 하여 조화주(造化主) 교화주(敎化主) 치화주(治化主) 또는 환인, 환웅, 환검 또는 삼황천제(三皇天帝)라고도 한다. 이것은 물론 실제로 나라를 다스린 임금님들을 지칭하는 것은 아니고 조화의 원리를 말한다. 음양중은 다시 사상(四象), 오행(五行), 육기(六氣)로 나뉘어 각기 그 특성에 따라 상생, 상극, 상화함으로써 변화하게 된다.

인간도 우주와 마찬가지다. 인간은 소우주이기 때문이다. 따라서 인간을 포함한 우주만물이 운행되고 유지되는 법칙도 바로 음양중, 오행, 육기의 상생(相生) 상극(相剋), 상화(相和)의 원리에 따른다. 삼라만상, 물질세계 자체가 비록 미망의 그림자에 지나지 않는다고 해도 이러한 법칙에 따라 질서 있게 변화한다는 것 역시 나에겐 깨달음이다. 태양계는 태양을 중심으로 변화한다는 것 역시 나에겐 깨달음이다. 태양계는 태양을 중심으로 12개의 행성이 질서 있게 운행하고 있는데 그 운행 법칙 역시 음양중, 사상, 오행, 육기의 상생, 상극 상화의 원리에 따르고 있다. 인간의 육체 역시 예외일 수 없다. 이것은 엄연한 자연의 원리이므로 티끌 하나라도 예외가 있을 수 없는 것이다.

1990년 5월 23일 수요일 10~23℃ 가끔 흐림

오후 3시에서 4시 20분 사이 박유석, 정윤선 방문 수련. 그들은 기운이 떨어질 만하면 우리 집에 와서 기운을 보충받아 간다고 했다. 연료 떨어진 자동차가 주유소에 가서 기름 보충받듯 한다는 뜻인가? 나에게서 기운을 받아간다니 아무래도 실감이 나지 않는다. 그들이 나에게서 기운을 받고 즐거워하는 것이 생생하게 가슴에 와 닿는다. 보내는 기운을 받아들일 수 있을 만큼 수련이 되는 것도 결코 쉬운 일이 아니다.

내 가족이지만 아내와 현준이, 현아에게는 내가 기운을 보내고 싶어도 보낼 방도가 없다. 심신이 내 기운을 받아들일 만큼 수련이 되어 열려 있지 않기 때문이다. 발전소가 바로 이웃에 있어도 전선줄로 연결이 되어 있지 않은 집은 한밤에도 촛불을 켜야 하지만 아무리 먼 곳에 있는 집도 전선줄만 연결되면 환한 전기 불을 쓸 수 있는 이치와 같다.

1990년 5월 24일 목요일 11~20℃ 한때 소나기

몸을 물수건으로 닦아내다가 나는 우연히 놀라운 사실 하나를 발견했다. 군대 있을 때, 지금으로부터 35년 전에 온양 온천에서 목욕하다가 사타구니에 옮겨졌던 피부병이 자연 치유된 것을 알아냈다. 온양 온천에는 전국에서 각종 피부병 환자들이 모여든다는 것을 미처 깨닫지 못하고, 멋도 모르고 공중탕에 들어갔다가 화를 당한 것이다. 이 피부병은 지독한 악성이어서 좋다는 약은 모조리 다 써 보았지만 듣지 않았다. 봄 가을 겨울에는 수그러들었다가 한 여름에만 유난히 도지는 피부병이었다. 한 10년 동안 고쳐보려고 무진 애를 쓰다가 포기한 채 지내왔다. 크게 도지지도 않았으므로 거의 나아버린 줄 알았다. 그런데 실은 피부 속에 깊숙이 잠복되어 있었던 것이다.

물수건으로 닦다가 보니 사타구니에 새까만 딱지가 뒤덮여 있어서 깜짝 놀랐다. 마치 멍들었던 부위가 자연 치유되면서 시커멓게 죽은피가 피부 겉으로 배어나오면서 굳은 딱지로 변해버린 것과 같은 현상이 일어난 것이다. 부상 이후 운기가 더욱 활발해지면서 자연치유력이 한층 더 왕성해진 것을 알 수 있다. 이 피부병은 내가 만약 수련을 하지 않았더라면 결코 완치되지 않은 채 죽을 때까지 잠복해 있었을 것이다. 아내는 부상 이후 병상에 누워 있으면서 이상하게도 내 머리칼이

더 새까매졌다고 했다. 그 말을 듣고 거울을 비춰보았다. 내가 보기에
도 그런 것 같다. 그러나 앞머리 빠진 것은 큰 변동이 없다.

1990년 6월 5일 화요일 15~26℃ 가끔 구름

어제 밤 10시 45분부터 깁스 입히는 작업 시작. 11시 45분에 끝났다.
부상 정도가 심한 오른발은 왼발보다 더 부어 있다. 담당 수련의는 목
발을 반드시 짚고 화장실 출입을 해야 된다고 말했다. 양 정갱이는 보
기에 비참할 정도로 매말라 있었다. 그야말로 피골이 상접이었다. 게
다가 피부 색깔까지 붉으죽죽하게 변해 있었다.

간밤엔 12시가 넘어서야 잠자리에 누웠는데도 숙면을 취하지 못하
고 5시에 깨어났다. 부상 전과 흡사한 상태로 되돌아온 느낌이다. 그러
나 그때보다는 수련은 월등하게 진전되어 엄청난 기운이 쏟아져 들어
온다. 의식으로 오른발에 기운을 보내면 금방 부르르 진동이 일어난
다. 기운이 많이 들어오면서 마음이 편안해진다. 짜증이나 화내는 것
을 스스로 자제하는 능력이 크게 향상되었다.

1990년 6월 17일 일요일 12~29℃ 대체로 맑음

아무리 생각해도 이번 부상은 차분하게 집에 앉아서 나를 수련시키
려는 섭리의 작용과 같은 느낌이 든다. 기운만 많이 들어온다고 해서
반드시 수련이 잘된다고는 할 수 없다. 기운이 들어오는 것만큼 깨달
음이 수반되어야 한다. 그러한 의미에서 나는 이번 낙상으로 숱한 깨
달음을 얻었다. 중상을 입지 않았더라면 결코 내가 지난 3개월 동안에

303

얻은 것과 같은 깨달음은 도저히 얻을 수 없었을 것이다. 이런 것을 생각하니 이 사고는 나에게는 오히려 전화위복의 계기가 되었다.

1990년 6월 21일 목요일 19~21℃ 가끔 비

그저께 즉 19일 오후 5시쯤 민소영 씨에게서 전화가 왔었다. 나는 한 번도 그녀에게 전화를 걸지 않았건만 그녀는 이따금 전화를 걸어왔다. 전화를 걸어올 때마다 중요한 메시지가 담겨 있었다.

"요즘 무슨 책 읽으세요?"

"『보병궁 복음서』라는 책을 읽고 있습니다."

"전 『소설 동의보감』을 읽고 있는데요. 선생님도 꼭 한번 읽어보셨으면 해요. 꼭 읽어 볼 만한 책입니다. 그건 그렇고 전 수련 중에 환웅천황 할아버님과 자주 대화를 나누는데요. 지금은 구약 시대와 같이 간절히 기원하면 이루어지는 때랍니다. 지금이 바로 수련을 집중적으로 해야 할 적기예요. 21일 수련, 40일 수련을 연속으로 하도록 하세요. 선생님은 부상 전보다 오히려 수련이 깊어져 영적으로는 더 발전했어요. 아시겠죠. 오늘부터 집중적으로 수련하는 거 잊지 마세요."

"무엇을 목표로 수련을 하라는 겁니까?"

"성통공완케 해달라고 큰 스승이신 환웅천황 할아버님께 매달리세요. 반드시 큰 진전이 있을 거예요. 수련하는 거 잊지 마세요. 아셨죠?"

"네 좌우간 고맙습니다. 그렇게 신경을 써주시니."

"사실은 선생님이 스스로 알아서 하셔야 되는 건데, 아직도 그걸 못 알아채시니까 제가 대신해서 알려드리는 거예요. 선생님을 지도하시는 신명과 직접 대화를 하실 수 있을 때까지 제가 중계 역할을 해드릴 뿐입니다."

"어쨌든 고맙습니다."

전화를 끊고 나서 곰곰이 생각해 보았다. 그녀의 말을 어디까지 믿어야 할지 몰랐다. 그녀가 나에게 이렇게 전화까지 일부러 걸어서 이런 일을 알려주는 것은 아무리 생각해도 심상한 일이 아니었다. 분명히 무엇인가 있기는 있는 것 같은데 내가 신(神)이 어두워서 아직은 그것을 알아차리지 못하는 것을 그녀가 대신해서 알려준다는 심증만은 확실했다.

또 한 가지 확실한 것은 지난 2월 15일 나는 민소영 씨의 연락을 받고 선단원에서 시작한 21일 수련에 참가했다가 '예비 삼합진공' 수련을 받은 일이 있었다는 것이다. 그때도 민소영 씨의 연락이 없었더라면 그 수련에 참가할 생각도 하지 않고 있었을 것이다.

그때 그 수련을 받고 효과를 보았던 일을 생각하면 그녀의 말을 무시할 수도 없었다. 밑져야 본전이다. 그녀의 말대로 수련을 강행해 보기로 작정을 했다. 새벽 세 시와 네 시 사이에 일어나 앉은 채로 103배를 하고 『천부경』을 열 번, 『삼일신고』를 한 번 외우고 그녀가 가르쳐 준 대로 큰 스승인 환웅천황 할아버님께 성통공완을 할 수 있게 이끌어 달라고 기원을 하는 수련에 들어갔다.

이처럼 수련을 시작하자마자 본격적으로 새 기운이 쏟아져 들어오기 시작했고 식사량도 점점 줄어들기 시작하더니 오늘 아침에는 한 공기도 못 들었다. 자주 되풀이되는 물갈이와 같은 현상이었다. 새 기운이 묵은 기운을 몰아내는 것을 피부로 느낄 수 있었다. 백회가 열리고 상중하 단전이 통했을 때 이상으로 강한 기운이 쏟아져 들어오기 시작했다. 실로 놀라운 일이 아닐 수 없었다. 그녀의 예언대로 내 수련이 진행되고 있는 것은 엄연한 현실이었다. 이것은 부정할래야 부정할 수 없는 사실이었다.

1990년 6월 24일 일요일 21~28℃ 비

오른편 손등 왼쪽에 나 있던 검버섯 비슷한 반점이 점점 검어지기에 이상하다 생각했었다. 피부에 난 검은 반점이나 검버섯은 선도수련이 본격적으로 진행되기 시작하면서 점차 엷어지거나 없어진다고 했는데, 점점 더 색깔이 진해졌기 때문이었다. 그런데 아침에 우연히 손톱으로 긁어보았더니 맥없이 부스러지다가 떨어져 버리고 말았다. 수련이 어느 수준에 이르면 기미, 주근깨, 검버섯 따위가 없어진다는 말이 옳은 것 같다. 오늘이 깁스를 하는 마지막 날이 될 것 같다. 오른발 엄지발가락과 새끼발가락의 마비가 아직 풀리지 않았다. 열심히 주물러보았지만 별 무효과다.

1990년 6월 29일 금요일 16~25℃ 한차례 비

오후 5시 반, 민소영 씨에게서 전화가 왔다. 그녀는 일방적으로 자기 말만 했다.

"듣기만 하세요. 성통에 대해서 말씀드리겠어요. 영통(靈通), 도통(道通), 도통에는 의통도 포함됩니다. 그다음에 법통(法通)의 순서로 성통은 이루어집니다. 기독교의 성령은 신명을 의미합니다. 성통이 있은 뒤에야 공완(功完)이 있습니다. 기(氣)는 유한하고, 마음은 무한한데 마음이 열린 만큼 기를 이용할 수 있습니다. 허공은 진공(眞空)에 의해 이용되는데, 진공은 신명의 단계입니다. 이것은 환웅천황 할아버님의 말씀입니다. 잘 기억해 두세요."

이마에 났던 흑갈색 반점 하나가 드디어 떨어져 나갔다. 그 옆에 있는 이보다 큰 반점도 부스러지려 한다. 오후 3시. 목발 짚고 마당에 나가 난간 위에 앉아 석 달 5일 만에 처음으로 햇볕을 쏘이다. 이제 나는 분명 새 삶을 시작했다는 것을 실감했다. 오후 3시 5분부터 4시 반까지 좌선한 채 폭포수마냥 쏟아져 내리는 기운을 온몸으로 받아들였다. 마치 하늘이 새 삶을 축복이라도 해 주는 것 같다.

1990년 7월 1일 일요일 19~27℃ 밤에 비 조금

격심한 운동을 하고 난 뒤라, 흠씬 몰매를 맞은 뒤처럼 온몸이 쑤시고, 오한이 나고, 나른하고 피곤하여 아침 식사 후 8시 20분부터 10시 20분까지 깊은 잠에 빠졌다. 11시 20분부터 45분까지 목발 짚고 마당을 두 바퀴 돌고, 이웃집 무성한 정원수의 기운을 인당과 양 장심과 백회로 빨아들였다. 싱그러운 기운이 상쾌하게 온몸을 순환한다. 내내 현관 문턱에 앉아 있었다. 마당의 그늘진 곳에 앉아 보았지만 햇볕 때문에 오래 버틸 수가 없었다. 오른발의 부기만 아니라면 좀 더 걸어 볼 수도 있으련만. 이제 보니 난 영락없는 중환자였다.

오후 3시 10분. 양 용천, 양 장심, 명문, 상·중·하 단전, 백회 모두 아홉 개 경혈을 통해 일시에 기운을 끌어들였다. 용천, 장심, 백회, 인당으로는 시원한 기운이, 그 나머지 경혈로는 더운 기운이 들어온다. 그러나 아무리 기운을 끌어들여도 피로를 물리치는 데는 아직 역부족이었다. 목발을 짚고 걷기 시작하면서 엄습해 오는 피로를 실감하고 내 몸이 이렇게까지 쇠약해졌는가 하고 순간순간 비감이 치솟는다. 정말 나는 이번에 죽을 수를 겪어 낸 것일까?

1990년 7월 2일 월요일 20〜21℃ 한 차례 비

새벽 다섯 시 자리에 누워서 눈을 감고 있는데, 느닷없이 프랑스에 가 있는 딸애의 모습이 보였다. 승용차 뒷좌석에 끼어 앉아 있다. 빠리인지 리용인지 모르겠다. 프랑스 현지 시간은 밤 11시. 이번 투시의 특징은 가부좌 상태에서가 아니고 누워있는 채였다는 것이다.

오후 3시 반. 오른쪽만 목발을 짚고 2층에 올라가 재실, 현아, 현준이 방, 화장실까지 골고루 살펴보고 내려왔다. 큰 발전이다. 어쩌면 며칠 안으로 목발 없이도 걸을 것 같다. 갑자기 몸속에 이상한 기운이 치솟기 시작했다. 아무래도 일어나서 기운을 내어 활동을 하라는 얘기 같다.

1990년 7월 17일 화요일 22〜26℃ 오후 비

오전 9시부터 33배를 했다. 과도한 운동량 때문에 한동안 숨이 막혔다. 오후 2시 40분부터 3시 10분까지 30분간 정좌 수련. 갈피를 잡을 수 없는 갖가지 형상들이 줄이어 나타났다가 사라지곤 했다.

1990년 7월 18일 수요일 22~25℃ 흐리고 비

오전 8시부터 45배까지 했다. 1시 15분부터 1시 50분까지 정좌 명상. 옆 건물에서 한 여자가 춤을 추는 광경이 격벽투시되었다.

2시 30분 안창수 경감 오다. 운기가 잘되어 얼굴이 훤했다. 전에는 얼굴이 가무잡잡한 게 신 방광이 나쁜 것 같았고 독서를 하면 쉬 피로를 느끼곤 했다는데 이젠 그런 장애가 말끔히 사라졌다고 했다. 기운을 느끼면서도 식량은 줄어들고. 수련을 너무 늦게 시작한 것이 자꾸만 후회가 된다고 했다. 마주 앉아서 기운을 돌려 보았다. 수련 시작하기 전보다는 3배나 운기가 활발해진 것 같았다. 그를 데리고 2층 재실에 올라가 수련을 도와준 할아버님께 3배를 같이 했다. 아무리 생각해도 그와는 전생서부터 나와 각별한 인연이 있었던 것 같다. 나를 찾아온 것도 결코 우연이 아니었다.

1990년 7월 19일 목요일 22~29℃ 한때 소나기

그저께와 어저께 연이틀 동안 33배, 45배씩 한꺼번에 하고, 졸려도 눕지 않고, 수련으로 버틴 것이 지나친 스트레스를 가져왔다. 비록 회복기이기는 하지만 나는 아직은 엄연히 환자라는 사실을 망각했었다. 혓바늘이 돋았다. 그래서 아침에 겨우 9배를 하고 말았다.

절을 하는 대상은 물론 나 자신 속에 있는 신성(神性)이다. 이 신성은 우주의 대생명체인 하느님과 연결되어 있으므로 하느님에게 절을 하는 것과 같다. 이렇게 함으로써 나 자신이 하느님의 분신임을 한시도 잊지 않고 확인하자는 것이다. 진정한 깨달음이 올 때까지. 나무로

어설프게 깎아 놓은 것처럼 볼품없던 오른발이 점차 제 모습을 찾아가는 것이 신기하다.

『불교성전』을 311면까지 읽었다. 우리의 3대 경전과 함께 불경과 기독교 성경은 인류 공동의 재산이다. 그러나 불교에는 이해하지 못할 대목이 있다. 수행을 위해 꼭 머리 깎고 출가를 해야 한다는 것은 사문들에게는 편리하겠지만, 가족이나 사회나 인류 전체로 볼 때는 일종의 자멸 행위로밖에는 보이지 않는다. 누구나 다 머리 깎고 절로만 모여든다면 결국 번식을 중단하게 된 인류는 종말을 고하게 될 것이기 때문이다. 모든 종교는 인간을 위해서 나온 것인데, 그렇게 된다면 결국 인간에게 무슨 보탬이 될까? 수행 방법에도 문제는 있다. 몇십 년씩 참선을 한 승려들이 병을 얻는다는 것은 근본적으로 수련 방법에 결함이 있기 때문이 아닐까. 수십 년씩 수행을 하고도 자기 자신의 병 하나 다스리지 못한다면 어떻게 남을 교화할 수 있단 말인가. 결국은 기를 제대로 운용할 줄 몰랐기 때문이 아닐까?

그저께부터 정좌 수련을 하기 시작한 이후 엄청난 기운이 몰려들어오면서 기몸살이 오기 시작한다. 수련이 또 한 단계 높아지려는 모양이다. 7시 20분에서 8시 사이 좌선했다. 유체이탈. 수련하는 나 자신의 모습이 보였다.

심공(心功)

1990년 8월 30일 목요일 21~32℃ 가끔 구름

오후 3시에 안창수 경감이 왔다. 그를 보니 나도 모르게 경혈을 터주고 싶은 충동이 불현듯 일었다. 약 한 시간에 걸쳐서 상·중·하 단전, 양 장심, 명문과 양 용천을 전부 다 터 주었다. 그는 놀랄 만큼 수련이 쾌조로 진행되고 있었다. 끝으로 백회를 열어 주었다. 2시간 반이나 계속 정좌했는데도 피곤하지 않고 오히려 기운이 남아돌았다.

5시경 민소영 씨와 통화했다. 내가 법수식에 참석했던 얘기를 하자.

"그건 신공(神功)이군요. 제가 바란 것은 심공(心功)인데."

"그럼 신공과 심공은 어떻게 다릅니까?"

"신공은 자기 최면에 걸려서 까딱하면 접신이 되는 거예요. 초능력자는 될 수 있어도 진정한 도인이 되기는 어렵죠."

"그럼 어떻게 하면 도인이 될 수 있단 말입니까?"

"심공을 해야 합니다. 시간이 좀 걸리더라도 꾸준히 자기 자신의 능력을 향상시켜 깨달음을 얻어야지 접신이 되어서야 되겠어요."

"어떻게 하면 심공을 할 수 있겠습니까?"

법수식에 참석하고 왔지만 사실 그에 잇따른 새로운 수련법을 배워오지는 못했던 것이다.

"그럼 제가 수련 중에 저를 가르치는 천신(天神)에게서 받은 메시지

311

를 말씀드릴게요. 선생님은 저와 기운줄이 연결되어 있어서 이것을 전
달합니다. 이제부터 새로 원력을 세우세요. 수련할 때 말입니다."

"어떤 원력인데요?"

"세 가지 원력인데요. 잘 들으세요. 첫째, 천지기운 천부경, 둘째, 홍
익인간 이화세계, 셋째, 민족통일 인류평화, 이 세 가지예요. 그리고 수
련 중에 잡념이 생기면 '한, 무심, 허공'을 염원하세요. 개인적인 기원
같은 것은 일체 중단하고 이것을 원력으로 세우세요. 아시겠죠."

"그런데 참 이상한 일도 있네요. 그 세 가지 원력은 요즘 저도 수련
할 때 저도 모르게 염원했던 것입니다."

"기운줄이 연결되어 있어서 무의식중에 메시지를 받으셨을 거예요.
좌우간 이제 말씀드린 대로 수련을 해 보세요."

과연 그녀가 가르친 대로 수련을 해보니까 엄청난 기운이 들어왔다.
가부좌를 하고 앉아 천지기운 천부경, 홍익인간 이화세계, 민족통일 인
류평화만을 외워도 기운이 하늘에서 폭포처럼 쏟아져 내려왔다.

1990년 9월 1일 토요일 19~21℃ 흐리고 비

민소영 씨가 또 메시지를 알려주었다. "기(氣)에서 마음이 떠나게 하라.
그리고 심단(心丹)을 형성하라"는 것이었다.

1990년 9월 3일 월요일 19~27℃ 흐리고 갬

오전 11시 20분, 민소영 씨의 전화.

"김 선생님 지금 뭐하고 계세요?"

"좌선하고 있습니다."

"제가 수련을 하고 있노라니까 김 선생님이 앉아서 명상하시는 모습이 보이는데요. 지금 독맥이 막혀 있어요. 뇌에도 스트레스가 쌓여 있고 가슴도 답답할 정도로 막혀 있어요. 그래서 운기가 제대로 안 되고 있어요."

"정말 쪽집게처럼 알아맞추시네요. 그렇지 않아도 요즘 배달되어 오는 우유를 아들애가 먹지 않아서 밀려 있기에 한 일주일 계속 마셨더니 약간 체한 것 같았는데. 전 원래 우유가 받지 않는 체질이지만 버리기가 아까워서 먹었더니 결국 탈이 난 것 같습니다."

"가슴도 안으로 우그러져 있어요. 될수록 쭈욱 펴도록 하세요. 등도 꼿꼿이 세우시고요. 가부좌를 틀고 앉아 계실 때도 항상 허리와 가슴을 쭈욱 펴도록 하세요. 와공 2, 3, 4, 7번을 하도록 하세요."

그녀가 시키는 대로 와공을 하고 허리와 등을 꼿꼿이 폈더니 체증이 많이 풀렸다. 거리상 우리집과 20리쯤 떨어진 자기 집에 앉아서 내 모습뿐만 아니고 내가 어디가 아프고 어디가 기운이 막혀 있다는 것까지 알아맞추는 그녀의 도력에 새삼 감탄을 아니 할 수 없었다.

9월 4일 화요일 19~27℃ 대체로 맑음

오후 4시 20분 대성공업사에 다닌다는 최윤성 씨가 왔다. 근 두 시간 정도 대화하는 동안 나는 그의 양 장심을 터주고 백회를 열어 주었다. 몇 달 전에 우리 집에 와서 나와 대좌하고 있는 사이에 백회가 열렸다는 청단회원 성영주, 김기호, 안창수 경감에 이어 네 번째로 대천문을 열어준 사람이 되었다.

백회를 연다고 해서 결코 무리하게 해서는 안 된다. 우선 하단전에 축기가 충분히 되어 있고 중단전과 인당에도 기운을 느껴야 한다. 축기가 충분히 되어 있지 않는 사람의 백회를 억지로 뚫어주면 대개의 경우 자동으로 막혀버린다. 만약에 저절로 막혀버리지 않으면 상기가 되고 기운이 뜨기 쉽다. 얼굴이 벌개지고 두통이 나고 접신이 되는 수도 있다. 축기가 되지 않은 사람은 절대로 백회를 열어주어서는 안 된다.

그런데 이상하게도 요즘 나는 나를 찾아오는 사람 중에서 축기만 충분히 되어 있는 것이 확인만 되면 백회를 열어주고 싶은 충동이 일어난다. 그래서 나도 모르게 내 의식이 상대방의 백회에 가 있게 되고 뒤이어 백회가 뚫리게 된다. 일단 백회가 뚫리면 시원하고 상쾌한 기운이 이곳으로 흘러들어오게 된다. 최윤성 씨는 자기의 백회가 뚫리면서 시원하고 상쾌한 기운이 쏟아져 들어오자 갑자기 빈손으로 나를 찾아온 것이 미안한 생각이 들었던지 일어나서 밖에 나가 패밀리 주스를 한 박스 사 들고 들어왔다.

1990년 9월 8일 토요일 23~28℃ 가끔 구름

오전 9시, 내가 여섯 사람의 백회를 열어주었다는 얘기를 듣고 대선사가 왔다. 그는 내가 운사합법(運思合法) 능력을 갖게 되었다고 말했다. 앞으로는 선단원에서 추천서를 주어서 보내는 수련자들에게만 시술을 해주기로 합의가 이루어졌다.

저녁 8시 반경 삼원조화신공에 들어갔다. 삼태극이 처음에는 희미하게 떠오르더니 점점 분명해졌다. 빨갛고 파랗고 노오란 삼원색의 구형(球型)이 점점 선명하게 위로 떠올랐다. 저녁 9시부터 11시까지 계속 정좌수련 중 구형의 삼태극이 빙빙 돌면서 꼬리를 길게 늘이고 뜨거운 열기를 내 안면에 퍼부었다. 그러다 그 형체가 엷어지면서 여명과 같은 빛으로 변했다.

1990년 9월 10일 월요일 21~23℃ 가끔 소나기

새벽 네 시에 누운 채로 눈을 감고 있는데, 삼태극이 떴다가 빛으로 변하면서 사라지고 그 자리에 황금빛 부처상과 비슷한 모양을 한 사람들이 움직이는 것이 보였다. 삼태극이 꼬리를 끌면서 기운을 발사하는데, 이 광경을 계속 관조하고 있으면 그 형체가 차츰 사라지면서 여러 가지 초능력이 생기는데 이때 만약 이 삼태극을 사리사욕에 이용하려고 들면 금방 사라져버린다고 한다.

오전 9시 반 민소영 씨에게서 전화가 왔다.

"최근에 무슨 변화가 없었습니까?"

"8월 29일에 법수식에 참석했던 얘기는 이미 했고 그 뒤 네 명의 백회를 열어주었습니다."

"결국은 그렇게 되셨군요."

"뭐가 말입니까?"

"전 심공(心功)으로 어디까지나 선생님을 큰 그릇으로 만들어 보려고 했는데, 선생님은 신공(神功) 쪽을 택하신 거군요."

"뭐 택하고 말고 할 것 있었나요. 법수식에 꼭 참석해 달라고 해서 나갔을 뿐이죠."

"그래도 그쪽 요구에 응락했으니까 그렇게 되셨죠. 일단 그쪽을 택한 이상 그 방면으로 나가세요. 그렇지 않아도 오늘 새벽 인시에 수련 중 무슨 변화가 일어났다는 걸 알았어요."

"양쪽에서 다 같이 수련을 받으면 안 됩니까?"

"그렇게 되면 헷갈려서 이것도 저것도 안 됩니다. 그전부터 신공 쪽으로 기울 것 같은 느낌이 들어서 사모님한테도 그쪽에 너무 깊이 빠지면 위험하다고 경고를 한 일이 있었어요. 무당이 된다고까지는 말하지 않았지만요. 이미 그쪽으로 나가시기로 작정하신 모양이시니 전 물러나겠어요."

"전 무슨 얘긴지 도통 모르겠습니다. 어쨌든 그쪽에서 저에게 오는 메시지가 있으면 전달해 주실 수 없겠습니까?"

마치 한쪽 팔이 떨어져 나간 듯한 허전한 느낌이 들었다.

"안 됩니다. 선생님에 대한 거부반응이 일어서 더 이상 그런 일은 못 하겠어요. 천계에는 360명의 신명이 있는데, 어느 분의 택함을 받든지 간에 그쪽으로 나아가게 되어 있으니까요" 하고 알쏭달쏭한 말을 하고는 전화가 끊어졌다.

1990년 9월 12일 수요일 17~27℃ 갬

오전 10시 박유석 씨가 잡지 원고 갖고 오다. 운사합법 시술을 점검해 보았다. 성공이다. 중단전이 막혀 있다고 하기에 가운데 손가락으로 막힌 부위에 촉수했더니 노오란 기운이 소용돌이 치고 향내가 나면서 마침내 전중이 시원하게 트였다고 좋아했다.

오후 3시. 롯데호텔 홍보실 길수경 양이 일전에 청탁한 콩트 원고 15매를 가지러 왔다기에 넘겨주고 원고료 15만 원 받다. 오후 5시. 이종훈 경감이 점검받고 돌아갔다. 그는 백회 열린 이후 잠실 지원 개원식 천제에 참석했는데, 그때 하늘에서 무수한 별이 자신의 백회로 쏟아져 들어왔다고 말했다. 하늘의 기운, 즉 한 기운이 들어온 것이다. 뒤이어 김시화 양의 백회를 열어주었다. 워낙 수련이 되어 있어서 쉽게 열렸다. 편도선이 부어 목이 아프다기에 손바닥을 대어 주었더니 시원해졌다면서 좋아했다.

백회가 열릴 만한 단계에 있는 사람이 내 앞에 앉기만 하면 내 어깨에서 대기하고 있던 독수리와 딱따구리 두 마리가 교대로 날아가 백회를 쪼아대는 것 같은 느낌이 들었다. 이 두 마리의 새가 일을 하기 때문에 나는 크게 손기 당하는 일 없이 원격시술이 별 지장 없이 실천되는 것을 알 수 있다.

1990년 9월 13일 목요일 18~27℃ 가끔 구름

인시 수련시, 내 몸에서 향내가 났다. 얼마 전부터 인시가 되면 자동적으로 눈이 떠져서 수련을 하게 되었다. 정오 12시 10분 이종훈 경감하고 통화했다. 이 경감이 말했다.

"선생님과 통화하는 사이에 백회를 비롯한 머리 전체에서 시원하고 상쾌한 기운이 쏟아져 들어오고 있습니다."

뒤이어 본부의 천승복 법사한테서 전화가 걸려 왔다.

"김 선생님 안녕하십니까. 마사회에서 수의사로 일하는 김인용 씨를 보냅니다. 도장에 들어온 지 10개월쯤 되었고 평생회원인데 나름대로 수련에 정성을 쏟고 있는데도 이상하게 수련이 진척되지 않고 이유 없이 몸이 아파서 고통을 당하고 있습니다. 저도 사실은 여러 가지로 애를 써보았는데 별로 호전되지 않아 애를 먹고 있습니다. 사람 하나 살리는 셈치고 김 선생님께서 특별히 좀 잘 보아주시기 바랍니다."

천 법사는 마치 내가 명의나 되는 듯이 말했다. 아무래도 일이 묘하게 돌아가는구나 하는 느낌이 들었지만 싫지는 않았다. 오후 4시 반 김인용 씨가 나타났다. 도장에서 몇 번 본 일이 있는 듯한 낯익은 얼굴인데, 안색이 흐리고 꺼멓게 사기가 끼어 있었다. 그래도 마음은 순하고 바르게 보였다.

"실은 천 법사님이 제 수련을 위해서 무척 애를 많이 썼습니다. 그렇지만 별로 뚜렷한 효과가 없어서 늘 미안한 생각이 들었었습니다. 천부원에서는 강한 진동을 일으키기도 했는데, 하도 몸이 아파서 애를 먹고 있었는데, 오늘 절보고 김 선생님한테 가보라는 연락을 천 법사님에게서 받자마자 이상하게도 골치 아픈 게 갑자기 사라졌습니다."

"그래요. 그건 참 좋은 징후군요. 혹시 다른 데서도 수련 받은 일 없습니까?"

"국선도에 1년 반 다닌 일이 있습니다."

"그럼 어디 한번 시도해 볼까요."

나는 단단히 각오를 하느라고 약간 뜸을 들인 뒤에 일에 착수했다. 그런데 싱거울 정도로 쉽게 백회가 열렸다. 천 법사로부터 워낙 신신

당부를 받았으므로 일을 단단히 마무리하려고 나는 그에게 두 시간 동안이나 기운을 보내 운기를 시켰다. 운기를 하면서 보니 시술을 완강하게 반대하는 기운이 느껴졌다.

"혹시 교회 같은 데 나가시지 않습니까?"

"실은 XX교회 집사로 있는데 요즘은 별로 교회에 나가지 않고 있습니다."

"최종적인 목적은 똑같지만 길은 여러 갈래가 있습니다. 선도를 택하든 기독교를 택하든 그것은 김인용 씨의 자유입니다. 그러나 어느 쪽을 택하든 태도를 분명히 해야 할 겁니다. 이쪽도 저쪽도 아닌 애매모호한 태도를 취하면 혼란이 일어나 수련에 지장을 초래할 수도 있으니까요."

"무슨 뜻인지 잘 알겠습니다."

두 시간 동안이나 김인용 씨와 운기를 했으므로 그가 돌아간 뒤에는 약간 지쳐 있었다.

때마침 퇴근한 아내가 내 얼굴을 보더니

"왜 그렇게 눈이 때꾼해졌어요. 무슨 일 있었어요?"

하고 물었다.

"있긴 무슨 일이 있어."

"내가 모를 줄 알아요? 당신 요즘 뭐 기 뚫어준다고 기를 너무 많이 써서 그런 거 아니예요?"

"기를 뚫다니, 그게 무슨 소리요?"

"긴지 백흰지 뚫어준다고 기운을 너무 쓰니까 그렇게 눈이 십리나

들어갔죠. 다리도 아직 완전히 회복되지 않은 양반이 그게 무슨 짓이예요?"

"응, 백회 열어주는 거 가지고 그러는 모양인데, 그거 별거 아니예요."

"아니긴 뭐가 아니예요? 내가 모를 줄 알아요. 당신 점점 이상한 데로 빠져들어가는 거 내가 모를 줄 알아요. 아무래도 민소영 씨 말이 맞아요. 당신 혹시 점점 더 이상한 데로 빠지다가 무당이 되려는 거 아니예요?"

"그런 거 아니라니까 그러네."

"당장 그만두세요. 그게 무슨 짓이예요. 백회를 뚫다니 도대체 세상에 그런 일이 어디 있어요? 오늘부터 당장 그만 두세요."

"알았어요. 당신이 정 원하지 않으면 그만 둬야지 뭐."

"당장 그만두지 않으면 나하고 아예 이혼합시다. 알았어요?"

"알았어요."

상대방이 이렇게 강세로 나올 때는 일보 후퇴하는 수밖에 없었다. 내가 이번 사고로 입원해 있을 때 민소영 씨가 아내에게 "김 선생님이 계속 선단원에 깊숙이 빠져들면 접신이 되어 무당이 될 수도 있으니 잘 감시하세요. 작가가 그런데 빠지면 되겠어요. 본업으로 돌아가시게 해야죠" 하는 경고를 한 말이 아내의 가슴에 맺혀 있었던 모양이다.

1990년 9월 14일 18~23℃ 한때 소나기

오후 2시 20분 김시화 사범에게서 전화가 왔다.

"그저께 선생님한테 백회를 연 뒤에 기운이 잘 들어오고요. 목 아픈 것도 깨끗이 나았어요."

뒤이어 유갑성 씨에게서 전화가 왔다.

"어이구, 요즘 김 선생님 아주 큰일 하신다는 소문 들었습니다. 혹시 의통이 열리신 것 아닙니까?"

"글쎄, 크게 보면 그렇게 볼 수도 있을지 모르지만 내 전공은 아무래도 원격시술인데, 그중에서도 경혈을 열어주는 수련을 돕는 일이 아닌지 모르겠습니다."

오후 6시 40분부터 정좌 수련. 천연색의 서구식 주택과 도시 풍경이 아주 선명하게 보인다. 그런데 이상하게도 차량이 보이지 않는다. 사람들은 한가롭게 유유히 움직이고 있었다. 아무리 생각해 보아도 지구상의 도시 모습 같지는 않고 은하계의 다른 별의 풍경 같은 느낌이 들었다.

1990년 9월 15일 토요일 16~26℃ 가끔 구름

오전 9시 그저께 왔던 김인용 씨가 연락도 없이 불쑥 나타났다.

"웬일이십니까?"

"죄송합니다. 김 선생님, 이렇게 연락도 없이 불쑥 나타나서. 그럴 사정이 좀 있어서 이렇게 무례한 줄 알면서도 왔습니다."

무심코 그의 얼굴을 보니 얼굴에 검은 그림자가 잔뜩 덮여 있었다. 심상찮은 사기가 끼어 있음이 분명했다.

"어서 말씀해 보세요. 무슨 일인지."

"실은 어제 저녁 때부터 갑자기 백회가 콱 막혀버렸습니다. 그런데 이상한 일은 그 순간에 김 선생님의 얼굴 모습이 생각나지 않는 거예요. 아무리 생각을 해도 김 선생님의 얼굴 모습이 기억나지 않는 겁니다."

"그래요?"

사기가 그의 백회를 막고 있다는 느낌이 왔다. 그 사기는 분명 김인용 씨가 전생이나 이승에서 저지른 업에 따라 그만한 이유가 있어서 그에게 들어붙은 것이 틀림없었다. 나는 속으로 그 사기를 향해 말했다.

"어떤 이유가 있는지는 모르지만 영계에 가 있어야 할 당신이 사람에게 침입해 들어오는 것은 천리(天理)를 어기는 짓이니 빨리 떠나도록 하시오. 당신은 영계에 있을 당신의 자리를 찾아가서 당신의 할 일을 하는 것이 도리지 이렇게 살아 있는 사람에게 빌붙는 것은 당신 자신과 김인용 씨 자신에게도 불행한 일입니다. 왜냐하면 하늘의 이치에 어긋나는 짓이기 때문입니다. 사람이나 영혼은 제각기 자기 자리를 찾아가야지 이렇게 질서를 어기면 천벌을 받게 되어 있습니다. 이치와 경우와 사리에 어긋나는 짓을 하면 불행만 가중시킬 뿐이니 한시 바삐 떠나시기 바랍니다. 영계에서는 당신이 엉뚱한 곳에 가 있으므로 당신의 조상령들이 걱정이 태산 같습니다. 자 어서 자기 자리로 찾아가서 수도(修道)를 하여 영격을 높이도록 하십시오!"

사령(邪靈)이 물러날 때까지 꾸준히 설득을 했다. 사령은 어떻게 하든지 떠나지 않으려고 앙탈을 부리고 있는 느낌이 전해 왔다. 그러자 계속 설득을 했다. 한 30분 동안이나 실랑이가 계속되자, 사령은 할 수 없이 단념을 하는 것 같았다. 그때까지 합장을 하고 눈을 감고 가부좌 자세로 앉아 있던 김인용 씨가 말했다.

"김 선생님, 제 백회에서 검은 구름 같은 것이 서서히 빠져 나와서는 머리 위에서 떠나지 않고 머물러 있는 것 같습니다."

나는 속으로 계속 사령에게 염원을 보냈다. "김인용 씨에게 지금까지 그만큼 고통을 주었으면 됐지. 이제 더 이상 주저할 것이 무엇이오. 빨리 영계의 자기 자리로 돌아가도록 하시오" 하고 계속 달래었다. 그러나 사령은 계속 앙탈을 부리고 어떻게 하든지 떠나지 않으려고만 했다. 한참을 또 옥신각신 한 다음에야 어쩔 수 없다는 듯이 백회에서 물러나는 느낌이 들었다.

"김 선생님, 심한 통증이 느껴지지만 백회를 꽉 막았던 기운이 서서히 걷히고 있습니다. 백회도 서서히 열립니다. 그런데 아직은 쐐기가 백회에 박혀 있는 것처럼 아픕니다."

"사기가 빠져나가면서 새 기운이 들어오느라고 그럽니다. 조금만 더 기다리세요."

나는 마치 쐐기를 박듯 벌어진 틈을 계속 넓혀 나갔다.

"아아, 이제 아픔이 멎고 포근한 빛의 덩어리가 떠오릅니다."

"손을 합장하고 『천부경』을 계속 암송하세요."

그는 내 말대로 따랐다. 근 한 시간 동안 그는 격렬한 진동을 일으켰다. 그가 진동을 일으키는 모습을 가만히 지켜보았다. 말이 네 굽을 안고 도약하는 것 같기도 하고, 무엇에 반항을 하듯 심한 도리질을 하기도 했다. 그는 또 합장한 손을 방아깨비 모양 찧어대기도 했다. 갑자기 잘못했다고 울면서 용서를 빌기도 했다. 전생에 말과 무슨 깊은 인연이 있어서 그 말의 영이 빙의된 것 같기도 하고 또 한편으로는 그가 집사로 있는 교회의 수호령이 선도와 가까워지려는 그를 필사적으로 말리는 것 같기도 했다.

"누구 주인이고, 누가 객인지, 그리고 누가 친부모고, 누가 양부모인지를 확실히 깨닫고 선택을 분명히 해야 합니다. 자기 자신의 신성에게 103배를 하고 『천부경』열 번, 『삼일신고』한 번씩은 꼭 암송하고 하루에 『참전계경』을 10개 조 이상씩 읽으면서 마음공부를 게을리하지 마십시오."

두 시간쯤 뒤에 일어설 때는 그의 얼굴에 환한 생기가 돌았다.

오후 2시에 유갑성 씨가 왔다. 그는 방안으로 들어오면서

"아이고, 한 달 전에 왔을 때와는 집안 분위기가 딴판입니다."

"딴판이라니 뭐가 달라졌다는 겁니까?"

"달라졌구말구요. 방안의 기운이 전보다 온화하면서도 맑아졌습니다. 그리고 김 선생님 얼굴 역시 그때와는 다릅니다."

"어떻게 다릅니까? 멀쩡한 사람 혼 빼놓는 거 아닙니까?"

"그럴 리가 있겠습니까? 그때보다 광대뼈가 더 나오고 하관이 길어져서 근엄해지고 신령스러운 기운이 돕니다."

"뭘 잘못 본 거 아닙니까. 그럼 어디 운기나 좀 해 볼까요?"

나는 그와 만나면 늘 하는 대로 장심과 백회로 기운을 그에게 보냈다.

"역시 그전보다 기운이 훨씬 강해지고 시원합니다. 그건 그렇고, 제 목덜미가 뻐근하고 아픕니다. 여기에 기운을 좀 넣어주실 수 없겠습니까?"

나는 아프다는 목덜미에 손바닥을 대고 기운을 넣어주었다. 5분쯤 되자, "이제 시원해지면서 통증이 사라졌습니다" 하고 그는 말했다. 겨드랑이가 아프다고 하기에 장심으로 기운을 넣어보았다. 그러자 아프

던 겨드랑이가 시원해졌다고 했다. 장심과 장심으로 그의 기운을 돌려 보았다. 지난 2월보다는 그의 기운이 현저하게 약해졌다. 왜 그렇게 되었느냐고 묻자, "회사 일로 하도 바쁘게 돌아치다 보니 수련을 못했어요" 하고 그는 말했다. 지난 2월에 그와 운기를 했을 때는 후끈한 열풍처럼 강한 기운을 느꼈었다. 기운의 강도가 대구의 박우열 씨와 막상막하였었다.

나는 그의 백회로 기운을 보내고 그는 내 하단전으로 기운을 보내면서 기운을 순환시켜 보았다. 이윽고 공명현상이 일어나면서 온몸이 달아오르고 기분도 상쾌해졌다. 뒤이어 박유식 씨가 와서 가슴이 답답하다고 했다. 오른쪽 중지를 그의 가슴에 대었더니 시원하다고 하면서 얼굴이 밝아졌다.

〈6권〉

백회 열어주기

단기 4323(서기1990)년 9월 16일 일요일 16~28℃ 대체로 맑음

간밤엔 10시에 잠든 뒤, 새벽 2시에 깬 후 통 잠을 못 이루었는데도 졸리지가 않았다. 수면 시간이 만약에 네 시간대로 줄어들었다면 정말 축하할 일이다. 그러나 아직은 더 지켜보아야 한다. 잠들기 전에 있었던 일이 생각났다.

"여보, 어떻게 된 거예요. 왜 사람이 그렇게 변했어요?"

"변하다니 뭐가?"

"전에는 독자들이 만나자고 목을 매도 시간이 없다고 만나주지 않던 분이 이제는 찾아오는 사람을 아무나 다 만나주니 어떻게 사람이 그렇게 변할 수 있어요?"

아내가 백회를 열려고 찾아오는 손님들을 맞아주는 나에 대해 심한 반발이었다.

"그땐 그때고 지금은 지금이지. 그땐 사람 만나는 것이 싫고 또 사실 그럴 시간도 없었지만, 지금은 형편이 바뀌지 않았소."

"바뀌긴 뭐가 바뀌었어요. 형편은 그대론데, 사람이 바뀌었단 말예

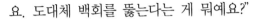

요. 도대체 백회를 뚫는다는 게 뭐예요?"

"그거 말요. 당신은 수련을 하지 않으니 뭐라고 설명을 해야 될지 모르겠는데 뭐라고 하면 좋을까? 사람의 몸에는 365개의 경혈이 있는데 말요. 그 중에서 머리 꼭대기에 있는 백회를, 수련으로 축기가 되고 운기를 할 수 있는 사람에게 한해서, 뚫어주면 수련을 크게 도와줄 수 있는 거요."

"그래 그게 어떻단 말예요. 남이 수련을 하는 거 하고 당신이 뚫어주는 거 하고 무슨 관계가 있단 말예요. 돈이 생겨요. 월급이 나와요? 무엇 때문에 금쪽같은 시간을 그런데 허비하느냐 그거예요. 그렇게도 할 일이 없어요?"

"사람이 반드시 어떤 물질적인 대가만 바라고 꼭 일을 해야 된다고 생각하는 사고방식 자체를 바꾸어야 해요. 대가 없이 좋은 일을 할 수 있다는 여유도 좀 가져보는 게 얼마나 좋소. 홍익인간이란 바로 그런 거 아니겠소?"

"당치도 않는 소리 마세요. 당신 자신의 주제 파악이나 좀 하구 그런 말을 하시는 거예요? 나이 오십이 넘은 마누라를 직장에 내보내는 주제에 뭐 대가 없이 일을 해요? 홍익인간 뭐 어쩌구 되지도 않는 말 하지도 말아요."

"듣고 보니 그건 당신 말이 맞는구만. 얼마 동안만 이 일을 하다가 곧 그만 두게 될 테니 조금만 더 참아줄 수 없겠소?"

아내의 주장과 이치에 눌려 나는 할 수 없이 후퇴하는 수밖에 없었다.

"당신은 아직은 그렇게 한가하게 할 일이 없어서 소일거리나 찾아야 할 그런 사람은 아니라는 것을 알아야죠. 지금이라도 본업으로 돌아가세요. 글을 한 줄이라도 더 쓰세요. 당신 신문사 다닐 때는 언제나 글쓸 시간이 없어서 쩔쩔 매지 않았어요. 멍석 펴 놓으니까 딴짓한다더니 글 쓸 수 있는 시간이 나니까 엉뚱한 짓을 하니 당신이 당신답지 않고 한심해서 하는 말이예요. 도대체 왜 그렇게 점점 이상하게 변해가는 거예요. 가만히 지켜보고 있자니까 누구 말마따나 꼭 반무당이 되어가는 것 같아서 불안해서 못살겠어요."

"반무당이라니 내가 뭐 굿을 하고 점을 치고 푸닥거리를 했다는 거요. 뭐요?"

"그렇지는 않다고 해도 도대체 이름도 들어보지 못한 이상한 짓거리를 하고 있으니까 그러죠. 백회 뚫는다는 게 도대체 뭐예요. 난생 들어보지 못한 일을 한다니까 이상한 생각이 안 들게 됐어요?"

"당신은 꼭 제도적으로 확립된 일이나 상식적인 것만을 수용하고 그 밖의 모든 것은 인정할 수 없다는 얘기 같은데, 그런 사고방식부터 뜯어 고쳐야 된다는 걸 알아야 해요."

"듣기 싫어요. 무당도 아니라면 당신이 뭐 의사예요 뭐예요? 남의 백회를 뚫어주느니 어쩌느니 하니. 그러다가 사고라도 나면 어떻게 할려구 그러세요. 당신이 뭐 의사 면허라도 있어요? 무슨 권리루 남의 백횐지 뭔지 뚫어준다는 거예요. 제도니 상식이니 해도 정도(正道)에 어긋나는 일은 일체 받아들일 수 없으니 제발 그런 짓 좀 안 할 수 없어요? 아아 어엿한 언론인이고 작가가 뭐가 부족해서 꼭 돌팔이 같은 짓을 하는 거예요. 사회가 인정도 하지 않는 돌팔이 짓을 나는 더 이상 눈뜨고 볼 수 없단 말예요. 그리고 도대체 집안 분위기가 이게 뭐예요. 조용하던 집안이 온통 시장바닥처럼 소란해졌으니. 오붓하고 아늑한 가정 분위기가 쑥밭이 됐으니 이게 뭐예요."

아내의 입장이 되어보니 충분히 그럴 수도 있는 일이었다. 이 시간 이후 아내의 출근 시간 이외에는 아무도 집에 오지 못하게 엄격히 제한을 가하기로 작정했다. 집어 치우면 간단히 끝날 일인데도 그렇게 되지 않는 게 내가 생각해도 이상했다. 아무리 곰곰이 생각을 해 보아도 내가 아내의 말마따나 왜 이렇게 변했는지 알 수가 없었다.

나는 원래 반복적으로 계속되는 일을 체질적으로 싫어하는 사람이다. 그런데도 이 일에서만은 예외다. 비록 똑같은 일을 되풀이하기는 해도 한 사람 한 사람이 다 시술할 때마다 그 과정이 특이하고 백회를 뚫어줌으로써 하늘 기운을 직접 몸속으로 끌어들이게 할 수 있고 이로써 하늘과 각자가 한 기운줄로 연결될 수 있다는 것에 보람과 스릴과 흥분을 느끼기 때문일까.

그것은 꼭 같은 암벽을 타더라도 그날의 기후와 몸의 컨디션과 분위기나 감정에 따라 그전과 똑같은 등반이 될 수 없는 것과 같다고 할까. 좌우간 기계적으로 되풀이되는 일과는 성질이 천양지차로 달랐다. 또 내가 하는 일이 아무나 할 수 있는 일이 아니고 특별히 선택한 능력자만이 할 수 있는 일이라는 데 보람과 긍지를 느낄 수 있었다. 물질적인 이해타산을 초월할 수 있는 뭔가가 틀림없이 있었다. 이 때문에 나는 쉽사리 이것을 포기할 수가 없었다.

이런 궁리 저런 궁리 하다가 어느덧 새벽녘이 되었다. 비몽사몽간에 환한 빛 속에 무궁화나 국화 같은 천연색 꽃들이 나타났다가는 스러지고 또 나타났다가는 스러지곤 했다. 아침나절엔 머리 전체가 지속적으로 들어오는 기운으로 붕 떠 있는 것 같다. 백회를 뚫어주는 공덕을 쌓아서 더 큰 기운이 들어오는 것일까. 부상당한 오른발 발목 부위가 한결 부드럽게 움직였다.

1990년 9월 17일 월요일 18~26℃ 비 조금

간밤엔 11시 반경 잠들어 4시에 깨어나다. 그저께는 네 시간을 잤는데, 오늘은 겨우 반시간을 더 잤다. 어제부터 몸살기가 일기 시작, 쌍화탕을 복용했다. 요즘은 운사합법으로 계속 과로를 해서 오늘은 쉬라는 섭리인지 아무도 찾아오는 사람이 없었다. 오래전부터 읽으려고 별러오던 책을 펼쳐 들었지만 읽히지 않았다. 그 대신 『참전계경』은 잘 읽혔다.

오후 2시 이후에는, 너무나도 엄청난 기운이 머리 전체로 들어와 미처 주체할 수 없었다. 기운에 취하여 쓰러져 잠들었다. 근 두 시간을 자고 났는데도, 기운은 조금도 줄지 않고 물밀듯이 밀려들어 왔다.

유갑성 씨한테서 두 번 전화가 걸려왔다. 백회가 열리려면 인당과 옥침이 꼭 열려 있어야 한다고들 도장에서 도우들이 말하더라고 했다. 도우들 사이에서 나를 화제로 많은 얘기들이 오갔다고 한다. 8월 30일 이후 지금까지 7명의 백회를 열어 주었는데, 그 중에서 안창수, 김시화, 이종훈 세 사람이 가장 성공적인 것 같다.

오후 5시 반부터는 머리뿐만 아니고 장심, 용천, 명문, 상, 중, 하 단전을 통해서도 기운이 맹렬하게 대시해 들어오기 시작했다.

밤 9시쯤 천승복 법사에게서 걸려온 전화 때문에 아내가 또 격분했다. 김인용 씨의 백회를 한번 열어주었는데, 사령(邪靈)이 그것을 막아버려 다시 열어주느라고 두 시간이나 애를 썼다는 얘기를 무심코 했는데, 어느새 아내가 내 뒤에 와서 전화 내용을 엿듣고 있었다.

"아니 당신 도대체 뭐하는 거예요. 둘이서 25년 동안이나 맞벌이 끝에 겨우 집 장만하고 이제 좀 살만하니까 선단원에 깊숙이 빠져들어 겨우 무당이 되어가고 있는 거예요?..."

아내는 전에 없이 눈이 홱 뒤집혀 이성을 잃어버릴 정도로 격분을 했다. 서재에 걸어놓았던 선단원 마크와 두 할아버지 초상과 받침대까지 깨뜨려버리겠다고 덤벼드는 것을 현준이가 말려서 겨우 진정시켰다.

"앞으로 선단원과 관계를 끊지 않으려면 아예 이혼해버려요" 하고 악을 써댔다.

밤 10시가 넘어서야 어느 정도 마음이 누그러졌다. 두 할아버지는 우리 조상이므로 선단원과는 아무 관계도 없다고 타일러 겨우 제자리에 갖다 놓았다. 선단원 마크는 끝내 치워버려야 했다. 앞으로 다시는 선단원에서 보내는 사람을 들어오지 못하게 하겠다는 내 다짐을 받아낸 뒤에야 아내는 잠자리에 들었다. 그 소란 통에도 기운은 강하게 들어왔다. 그래서 나는 평정을 유지할 수 있었다. 아내는 매번 민소영 씨의 말을 들먹였다. "남편 단속 잘하세요. 선단원에 깊이 빠져들면 반무당처럼 되어버릴지도 몰라요. 글 쓰는 본업으로 돌아가게 하세요" 했다는 것이다.

1990년 9월 18일 화요일 11~24℃ 가끔 구름

오전 10시 반경 안창수 실장이 왔다. 3미터 앞에 앉게 했다. 운기를 하는데 가장 이상적인 거리다. 이보다 가까우면 꼭 사각(死角)지대가 형성되는 것 같다. 그의 백회로 기를 보내고 나서 그의 임독맥으로 돌려 하단전에서 회수해 보았다. 그전보다 굉장히 강한 기운이 들어왔다. 적어도 3년쯤 지극정성으로 수련한 사람과 같았다. 유갑성 씨가 이와 비슷했다.

어떻게 돼서 요즘은 이렇게 수련이 빨라지는지 모르겠다. 하늘이 일꾼을 빨리 필요로 하는 게 아닐까 하는 생각이 들었다. 안창수 씨는 백회가 완전히 열린 후 수련 중에 천연색 금관이 보인다면서 서양식 금관 비슷한 것을 그림으로 그려 보이기까지 했다. 그에게도 중요한 사명이 떨어질 것 같은 예감이 들었다. 그는 잡지에 실릴 체험기 123매를 써 왔다.

오후 1시 40분 유갑성 씨가 오다. "이 방에 들어오니 막혔던 머리의 여러 경혈들이 시원하게 뚫려서 아주 기분이 상쾌합니다" 하고 그는 말했다. 그와 마주 앉아 그의 백회에 기운을 보내어 임독맥을 돌아서 하단전으로 회수하고 이 과정을 거꾸로도 해 보았다. 그런데 그의 기운이 내 백회에 닿자 기분이 좋지 않아서 중단해 버렸다. 탁기가 있는 것 같았다.

안창수 씨의 체험기 123매 감수 끝냈다. 좌공을 시작했다. 도인체조보다는 지금의 내 신체 조건으로는 이것이 오히려 하기가 좋았다.

1990년 9월 19일 수요일 10~26℃ 대체로 맑음

오래간만에 좌공 수련을 해서 그런지 간밤에는 여덟 시간은 푹 잤다. 현재까지 알려지기로는 안창수, 이종훈, 김시화, 박유석 씨가 가장 성공적이다. 김인용 씨와 최윤성 씨는 아직 보고가 없어서 모르겠다. 오유정 씨의 경우가 궁금했었는데, 오늘 유갑성 씨가 알려주었다. 대단히 성공적이라고 한다. 특히 안창수 씨는 수련한 지 2개월도 채 안 되어 백회가 완전히 열렸다는 게 뉴스감이었다.

아내의 태도가 약간 누그러져 다행이다. 김인용 씨의 경우와 같이 사령(邪靈)이니 영계(靈界)니 하는 얘기만 들먹이지 않는다면 괜찮다고 했다.

4시경 김시화 사범이 왔다. 얼굴이 몰라보게 화색이 돌고 명랑해졌다. 백회를 열어 준 덕을 톡톡히 본다고 말했다. "김 선생님한테 큰 은혜를 입었어요" 하고 그녀는 치하했다. 얼마나 보람 있는 일인가? 이게 어디 돈으로 헤아릴 수 있는 기쁨인가? 그렇게 해 줄 수 있는 능력을 갖게 되었다는 게 꼭 꿈만 같다.

1990년 9월 21일 금요일 15~27℃ 맑은 후 흐림

오전 10시 반, 안창수 씨가 왔다. 그동안 열심히 수련한 덕분으로 기운이 한층 더 맑아졌다. 수련시에 탁기를 빼내려고 손을 털 때 전에는 물방울이 빠져나가는 것 같았는데, 이제는 돌멩이가 떨어져 나가는 것 같단다. 기감이 이렇게 예민한 사람을 나는 아직 만나보지 못했다. 오후 3시, 이종훈 씨가 왔다. 운기를 해보니 안창수 씨와 거의 비슷했다.

2, 3일 전부터 백회가 열렸다 닫혔다 했는데, 오늘 내 방에 들어오니 활짝 열려버렸다고 했다.

1990년 9월 22일 토요일 16~27℃ 대체로 맑음

오후 3시에 오유정, 김용식 씨가 왔다. 선단원에서는 나한테서 한번 백회를 연 사람은 21일 동안 특별 수련을 하면서 일주일에 한 번씩 점검을 받아 이상 유무를 확인하고 21일까지 계속 잘 가동이 되면 합격 판정이 내리게 했다. 그래서 일단 백회를 연 사람은 수시로 점검을 받으러 오고 있었다. 오유정 씨는 바로 점검을 받으러 온 것이고 김용식 씨는 새로 추가되었다.

그는 1987년 9월에 종로 지원에 들어온 이래 꾸준히 해 오는 성실한 사람이었다. 작년 여름에 종로 지원에서 같이 수련하다가 그에게 장심으로 기를 넣어준 일이 있었는데, 그는 그때 나한테서 받은 기운이 도장에서 2, 3개월 수련한 것과 같은 효과를 냈다고 말한 일이 있었다. 나이는 31세, 회사원인 그는 키는 자그마하고 몸은 깡마른 편이고 얼굴은 노오랗게 병색이 짙었다. 비위장 계통에 이상이 있는 사람 같았다. 그는 오후 2시부터 3시반 사이에 시계처럼 정확하게 5년 동안 수련을 해왔다. 그런데도 막상 백회를 열려고 하니까 뜻대로 되지 않았다. 단전에 축기는 되었는데도 어쩐지 수련을 방해하는 기운이 있는 것 같은 느낌이 들었다. 애쓴 끝에 일단 열기는 했지만 곧 닫혀버리고 말았다. 그러다가 곧 다시금 열렸다. 그러는 사이에 그에게서는 매캐한 악취가 퍼져 나와 제대로 숨을 쉴 수가 없었다. 방문을 있는 대로 전부 열어 놓았지만 냄새는 가시지 않았다. 그렇다고 박정하게 빨리 가라고 할 수도 없고 하여 꾹 참는 수밖에 없었다.

오유정 씨는 아주 잘되는 편이었다. 3미터 전방에 앉혀 놓고 운기를 해 보았더니 금방 공명 현상이 일어났다. 공명 현상이란 파장이 비슷한 에너지끼리 만나면 그 에너지의 파장이 두 배로 증폭되는 것을 말한다. 백회가 열린 뒤에 그녀의 수련이 그만큼 향상되었다는 것을 말한다. 더구나 음양이 조화를 이룬 부드러운 기운이 방안에 충만했다. 오씨가 4시에 돌아간 뒤 김용식 씨는 계속 앉아서 운기를 하다가 6시에 돌아갔다.

우리집에 한번 와서 운기를 해 본 사람은 될 수 있으면 조금이라도 더 앉아 있으려고 한다. 방안의 기운이 포근하게 감싸주는 것 같아서 마음이 편안해지므로 마냥 앉아 있고 싶다는 것이다.

1990년 9월 25일 화요일 15~24℃ 대체로 맑음

오후 2시 반경 정숙희, 안화숙 두 중년 여자가 천승복 법사의 추천장을 갖고 왔다. 점검을 해 보니 정숙희 씨는 상, 중, 하단전이 전부 운기가 되고 있어서 자신이 딱 붙는데, 안화숙 씨는 느낌으로는 성공률이 반반이었다. 뒤이어 건설업을 하는 중년의 성낙호 씨가 또 추천장을 갖고 왔다. 그는 하단전에서만 겨우 기를 느끼고 중단전과 상단전은 꽉 막혀 있었다. 할 수 없이 다음 기회로 미루기로 했다. 정숙희 씨는 예상보다 쉽게 열렸다. 그녀가 말했다.

"꼭 사흘 전이었는데요. 불화살 셋이 제 뒤통수를 뚫는 꿈을 꾸었는데, 백회가 열리려고 그런 꿈을 꾼 것 같습니다.”

백회를 연다는 것은 하늘 기운과 직접 유통이 되는 것을 뜻한다. 그러니까 백회가 열리는 사람에게는 일생 중에서 어쩌면 가장 큰 사건이기도 하다. 영적으로 그만큼 격이 높아진다는 것을 의미하기 때문이다. 하늘 기운과 직접 통함으로써 그는 자기 자신이 바로 하느님의 분신(分身)임을 감각적으로 느끼게 된다. 이것은 그에게는 크나큰 깨달음이다. 신명계(神明界)에 입적이 되는 평생에 잊을 수 없는 사건인 것이다. 따라서 이 큰 행사를 앞두고 어떤 예시가 있을 수 있다는 것은 지극히 당연한 일이다. 개인이건 국가이건 큰 사건을 앞에 놓고는 꼭 어떤 징후가 있게 마련이다. 이것만 보아도 백회가 열린다는 것이 얼마나 그 사람의 일생에 크나큰 사건인가 하는 것을 알 수 있다.

그런데 안화숙 씨는 그렇게 호락호락 열리지 않았다. 약 30분가량 그녀의 백회를 뚫어보려고 갖은 시도를 다 했지만 잘되지 않아서 기진한 채 그만두려고 하는데 이상하게도 “계속 뚫어보라”는 텔레파시가 전해져 왔다. 다시 시도해 보았다. 아닌 게 아니라 곧 뚫렸다. 젓가락 두께만한 구멍이 뚫린 듯한 느낌이 든다고 말했다.

정숙희 씨는 백 원짜리 동전만큼 열린 것 같다고 말했다. 성낙호 씨는 큰 사과를 열 개나 사왔는데 그냥 보내자니 미안한 생각이 들었지만 어쩔 수 없는 일이었다. 오늘로 꼭 10명째 백회를 열었다. 도저히 이해할 수 없는 어떤 충동에 이끌려 도장에서 보내는 대로 대천문(백회)을 열어주기는 하지만 이게 과연 수련에 도움이 되는지의 여부는 앞으로 시간이 흐르면 점점 더 확실하게 밝혀질 것이다. 그러나 지금

까지의 결과만 놓고 보아도 거의가 다 수련에 큰 진전을 가져 온 것만
은 틀림없는 것 같다.

그러나 아직 부상당한 다리도 회복이 안 된 처지에 주제넘는 짓이
아닌가 하는 자책도 일었다. 한편으로는 이것이 손기(損氣)를 가져와
내 건강은 물론이고 상처가 회복되는 데 지장을 주는 것은 아닐까 하
는 의구심도 일었다. 그러나 아직은 뚜렷하게 손기가 되는 것 같지 않
았다. 오히려 운사합법을 실시한 이후 더 많은 기운이 들어와서 소모
된 기운을 금방금방 보충해 주는 것 같았다. 보충만 시켜줄 뿐만 아니
고 오히려 내 기운을 보강시켜주는 것 같기도 했다. 만약에 지속적으
로 기운이 빠져나가기만 했다면 나는 이 일을 계속할 수도 없었을 것
이다. 그러나 어떻게 하든지 손기가 되지 않도록 조심은 해야 했다. 그
래서 나는 일찍이 내 나름대로 한 가지 방법을 고안해 냈다.

그것은 백회를 뚫고 나서 피시술자의 대천문을 통해 내가 기운을 넣
어 임독맥을 돌려 하단전에서 내 하단전으로 회수하는 방법이었다. 이
렇게 함으로써 일방적인 기운의 손실은 어느 정도 막을 수 있었다. 그
러나 그것으로 손기를 완전히 막을 수는 없었다. 물이 높은 곳에서 낮
은 데로 흐르듯, 기운 역시 강하고 맑은 쪽에서 탁하고 약한 쪽으로 흐
르게 마련이다. 『삼일신고』진리훈(眞理訓)에 보면 이런 귀절이 있다.

"오직 백성들은 배태(胚胎)시에 세 가지 미망이 뿌리를 내리니 이것
이 심(心) 기(氣) 신(身)이다. 심(心)은 성(性)에 의거하여 선(善)과 악
(惡)이 있으니 선하면 복이 되고 악하면 화를 초래한다. 기(氣)는 명
(命)에 의거하여 맑음과 흐림이 있으니 맑으면 오래 살고 흐리면 요절

(夭折)한다"고 했다.

수련 정도가 높을수록 기는 맑게 된다. 기가 맑을수록 오래 살 뿐만 아니고 깨달음에 점점 더 가까워지게 된다. 기운이 맑은 사람은 영안이 뜨이고 투시가 되고 제한적이긴 하지만 초능력도 생긴다. 운사합법은 바로 이 맑은 기운과 흐린 기운을 잠시 동안 한데 뒤섞어 운기시킴으로써 흐린 기운을 맑게 할 수 있는 계기를 마련해 주는 것이다. 혼자 힘으로 높은 산을 오르던 사람이 힘센 사람을 만나 그의 손에 이끌림을 당하는 것과 같은 현상이다. 이 잠시 동안의 이끌림으로 그는 힘을 얻어 등반 요령을 터득하게 된다.

확실한 것은 아직은 뚜렷하게 손기는 느껴지지 않고 있다는 것이다. 그리고 시술받은 사람들이 대부분은 백회로 청신한 기운이 들어오는 것과 수련이 크게 향상된 것을 피부로 느끼고 건강까지도 크게 좋아졌다는 것이다. 나 역시 그동안 기운이 강해지고 있다. 상부상조(相扶相助), 공생공존(共生共存)이라는 말이 가장 어울릴 것 같다. 만약에 한쪽에는 이익이 되지만 다른 한쪽은 손실을 입는다면 이 일은 지속될 수가 없을 것이다.

인체의 모든 기관은 쓰면 쓸수록 발달한다. 인간의 어떤 능력도 구사하면 구사할수록 점점 더 그 능력이 향상되고 발달하게 마련이다. 이것이 자연의 원리다. 만약에 한쪽은 좋아지는데 다른 한쪽은 나빠진다면 이것은 자연의 이치에 어긋나는 것이다. 자연의 원리란 바로 하늘의 이치를 말한다. 천리(天理)를 뜻하는 것이다. 천리에 어긋나는 일이라면 즉시 중단하여야 한다. 그러나 나에겐 아직 그러한 증후가 보이지 않는다. 그렇다면 좀 더 추구해 볼만한 가치가 있지 않을까 하는 생각이 들었다.

가령 어떤 사람이 수련을 하다가 의통(醫通)이 열렸다고 치자. 그 사람은 처음에는 호기심으로 주변 환자들을 무료로 치료해 주기 시작했다. 그의 손이 닿자마자 제아무리 오래 끌던 고질병도 금방금방 기적처럼 나아버렸다. 이 소문이 퍼지자 그의 집 앞은 문전성시(門前盛市)를 이루었다. 그는 잘 나가던 직장까지 때려치우고 이 일에 매달리게 되었다. 그러다가 보니 생계가 막연했다. 할 수 없이 약간의 수수료를 받기 시작했다. 그러한 기간이 몇 개월 계속되다가 보니 점점 돈에 욕심이 생기기 시작했다. 처음에 한 사람 앞에 만 원씩 받다가 2만 원, 3만 원, 5만 원, 10만 원으로 단가가 올라가기 시작했다. 그는 어느새 땅을 사고 빌딩을 세우게 되고 집을 사기 시작했다. 큰 부자가 되었다.

바로 이때부터 문제가 생겼다. 그의 초능력이 차츰 떨어지기 시작했다. 손님도 줄어들었다. 그렇게 되자 그는 초조해지기 시작했다. 아직 능력이 있을 때 왕창 큰돈을 벌어 놓아야겠다는 생각이 일었다. 그러나 맘뿐이었다. 그는 능력만 떨어진 게 아니고 중병까지 얻어 드러눕게 되었다. 과욕이 부른 화(禍)였다. 천리(天理)를 어긴 재앙이었다. 그는 끝내 중병에서 헤어나지 못하고 목숨을 거두었다. 그 많은 재산 써보지도 못하고 몽땅 그냥 두고 떠나고 말았다. 이것을 욕심이 불러들인 어리석음이라고 한다. 꿀맛에 홀린 곤충이 끝내 꿀 독에 빠져 죽는 것과 같다. 나는 적어도 이런 우(愚)는 범하지 말아야겠다.

정숙희 씨는 남편과 중학교에 다니는 딸이 있는 주부이면서도 직장을 가지고 있었다. 남편이 무능하여 어쩔 수 없다는 것이다. 어느 절의 스님을 찾아가서 3년 동안이나 참선을 해 왔다고 했다. 도심(道心)이 워낙 깊은 여자였다.

"수련에 열중하다 보면 만사 다 제쳐두고 혼자 깊은 산속에 들어가 죽을 때까지 도나 닦아볼까 하는 생각이 문득문득 듭니다. 어떤 때는 당장이라도 산속으로 숨어버릴까 하는 생각이 굴뚝같습니다. 선생님 께서는 저의 이런 생각을 어떻게 생각하시는지요?"

"남편과 딸은 어떻게 하구요?"

"매일 술로 세월을 보내는 남편은 정신을 번쩍 차리고 개과천선할 것이고 딸이야 다 컸으니까 무슨 수가 생겨나겠죠?"

"신흥종교에 깊이 빠진 주부들이 가정을 버리고 교주의 울타리 안으로 잠적해버리는 경우가 흔한데, 이것은 종교를 빙자한 일종의 현실도 피라고 생각합니다. 물론 정숙희 씨는 그런 경우와는 성질이 다르지만 남이 보기에는 그게 그겁니다. 가정도 살리고 자신도 살리는 방법을 강구하셔야죠. 그래서야 되겠습니까? 저는 어디까지나 생활인의 선도를 주장하는 사람입니다. 가정을 가진 남자나 여자가 자기 의무를 망각하고 수도에만 열중하는 것은 공무원 용어로는 일종의 근무 태만입니다. 일상생활과 선도를 잘 조화시켜나가는 데 큰 보람이 있다고 생각합니다. 한쪽을 희생하고 한쪽만 잘되겠다는 생활 태도는 원래 선도가 지향하는 길과는 다릅니다."

1990년 9월 26일 수요일 16~26℃ 대체로 맑음

오후 2시 15분 김용식 씨가 왔다. 지난 23일 백회가 열렸었는데, 그 날 자고 나니 꽉 막혀버렸단다. 그리고 몸에서 악취가 난다고 아내가 불평을 한다고 했다. 지금도 그의 몸에서는 고린 듯한 역한 냄새가 났다. 이것은 김용식 씨 자신을 위해서는 좋은 일이다. 기운이 바뀌느라고 일어나는 일종의 명현현상이기 때문이다. 그는 나와 마주 앉자마자 온몸을 비비꼬면서 양팔을 괴상야릇하게 휘두르고 있었다. 몹쓸 전염병에 걸린 아이가 죽기 직전에 몸부림치는 것과 같았다. 빙의령(憑依靈)이 생시에 자신이 죽을 때의 괴로웠던 장면을 그의 몸을 빌어 재연하는 것 같은 느낌이 들었다. 바로 이 빙의령이 그의 인당과 백회를 꽉 막고 있었다.

"아무래도 빙의령이 백회를 막고 있는 것 같은데."

하고 나도 모르게 혼잣소리를 했다.

"그렇지 않아도 지금까지 무슨 일을 해도 되는 일이 없고 몸은 자꾸만 삐쩍 마르고 약해지고 하여 아무래도 이상한 생각이 들어서 용하다는 무당을 찾아간 일이 있습니다."

"그 무당이 뭐라고 합디까?"

"제가 어렸을 때 죽은 두 동생의 넋이 씌어서 하는 일마다 훼방을 놓는답니다. 형만 잘되고 나는 이렇게 내버려 둘 것이냐고 악착같이 따라 다니면서 방해를 한다는 겁니다. 그래서 굿도 해보고 살풀이도 해보았지만 효과가 없었습니다. 하도 건강도 나쁘고 일도 안 되고 해서 한 때는 자살까지 하려고 했다가 잘 아는 사람의 권고로 도장에 나오면서 그래도 건강만은 많이 좋아졌습니다. 그러나 그 이상 진전은 없었습니다."

이렇게 말을 하면서도 그는 계속 몸을 뒤틀고 팔을 이상야릇하게 비비 틀거나 꼬고 있었다. 무려 한 시간 동안 나는 그의 백회를 막고 있는 빙의령을 천도하려고 했지만 끄떡도 하지 않았다. 생각 끝에 할 수 없이 그 빙의령을 살살 달래보기로 했다. 한 살 때와 세 살 때 사망한 동생이 있다고 그는 말했다. 이들 두 동생들이 다 같이 심한 열병으로 죽었다고 했다. 김용식 씨가 진동을 일으키는 모습을 보면 꼭 이들 두 동생의 죽을 때의 광경을 알 수 있을 것 같았다.

"아무래도 우격다짐으로는 안 될 것 같으니 지금 김용식 씨에게 빙의된 동생의 영들에게 마음속으로 간절히 타일러 주세오."

"어떻게 말입니까?"

"전생부터 어떤 필연적인 이유가 있어서 이렇게 형의 몸에 빙의가 되어 있겠지만 이것은 하늘의 이치에 어긋나는 일이니 빨리 영계의 자기 위치를 찾아가라고 하십시오. 아마도 김용식 씨가 전생에 두 동생에게 원한을 살 만한 일을 저질렀는지 모르니까요. 이제 수련이 깊어지면 무슨 일이 있었는지는 자연히 알게 될 겁니다."

"과연 그런 일이 있을 수 있을까요?"

"원인 없는 결과가 어디 있겠습니까? 인과율은 우주의 변함없는 법칙이니까요. 상부상조, 공존공생의 법칙과 함께 인과응보는 영원히 변하지 않는 자연의 원리이기도 하구요. 공산주의는 바로 이 공존공생의 원리를 무시하고 인류 역사를 착취계급과 피착취 계급으로 분류하고 이 두 계급의 투쟁의 역사가 바로 인류의 생존 방식이라고 억지를 부렸습니다. 착취계급을 물리적으로 말살한 결과가 어떻게 됐습니까? 결국은 쇠망의 길을 걸어오지 않았습니까? 이제 지구상에 정통 공산주의는 북한과 쿠바에 밖에는 없습니다. 그 밖의 지역의 공산주의는 변질되고 붕괴되지 않았습니까? 공생공존의 원칙을 무시하고 인류를 두 계급으로 나누어 한쪽이 다른 한쪽을 타도하고 말살하려다가 그 인과응보로 이런 꼴을 당한 것입니다."

"선도에서 주장하는 상부상조의 원리를 이제는 저도 좀 알게 된 것 같습니다. 지난번에 회사에서 직원들이 저한테 억지로 노조 일을 떠맡기는 통에 어쩔 수 없이 대전으로 교육을 떠난 일이 있었거든요. 그런데 교육 내용이란 것이 전부가 선동적이고 투쟁적인 것 일색이어서 생리적으로 맞지 않았습니다. 그 교육 내용을 듣고 있자니까 자연히 기가 역상해서 더 앉아 있을 수가 없었습니다. 그래서 그만두고 말았습니다. 누가 누구를 타도한다는 것이 영 마음에 들지 않았습니다."

"그건 그래도 지난 5년 동안 꾸준히 수련을 해 오면서 선도의 이념이 자기도 모르게 체질화되어 그들과 생리적으로 이질감을 느꼈기 때문입니다. 수련으로 그만큼이라도 마음이 변할 수 있었다는 것이 얼마나 다행한 일입니까? 앞으로는 상부상조하고 공존 공생하려는 자만이 살아남을 수 있는 세상이 오게 될 겁니다. 이웃을 위해서 손해도 볼 줄 아는 넓은 아량을 가진 사람이나 민족만이 살아남을 수 있다는 얘기죠. 무역적자가 조금 나는 한이 있더라도 국제적으로 협력할 것은 협력을 할 수 있는 도량이 필요하다고 생각합니다. 다른 나라의 이익 같은 것은 안중에도 없고 오직 자기 나라만의 이익을 추구하는 악착같은 민족은 앞으로 생존해나가기 힘든 세계가 반드시 오게 됩니다."

"어쨌든 저는 선도수련을 하게 된 덕분에 천만다행으로 살아날 수 있었습니다. 이제는 온갖 잡병이 거의 다 떨어져 나갔으니까요. 담배도 자연히 끊게 되었고요."

"몸에서 병이 물러났으니까 기초 과정은 이수한 셈입니다. 다음에는 기를 맑게 하고 마음이 변해야 할 단계입니다. 다시 말해서 정·기·신(精氣神)이 다 같이 좋아져야 합니다."

1990년 9월 27일 목요일 16~24℃ 맑은 후 흐림

오전 10시 50분 이종훈 씨가 마지막 점검을 마쳤다. 그는 안창수 씨보다 도장에 한 달이나 늦게 들어왔는데도, 지금은 그와 거의 대등한 수준으로 수련이 향상되었다. 사과를 한 상자 가져왔다. 기껏 가져온 것을 도루 가져가라고 하는 것도 예의가 아닌 것 같고 하여 엉겁결에 받아놓기는 했지만 이래도 되는 건지 찜찜했다. 수련 효과가 좋으니 그나마 다행이었다. 국선도에서 장기간 수련을 해 온 것이 밑거름이 되었을 것이다.

1시 50분에 정숙희 씨가 왔는데 문제가 생겼다. 그저께 (25일) 여기와서 백회를 열었는데, 이제 완전히 막혀버렸다는 것이다.

"혹시 무슨 일이 없었습니까?"

"이상한 꿈을 꾸었어요."

"어떤 꿈인데요?"

"다른 사람들이 외면하는 아이를 보듬어 안고 있었어요. 또 얼마 전에는 이웃에 사는 할머니를 방문했더니 웬 아이가 따라 들어오는 것이 보인다고 하시는 거예요. 저 혼자 찾아갔는데도 말입니다."

"혹시 임신했던 아이를 지운 일이 없습니까?"

"한 십 년쯤 전에 그런 일이 있었습니다. 꼭 회임 1개월 만에 지웠습니다. 그때 어떤 고승을 만난 일이 있었는데, 아주 이상한 말을 했어요."

"무슨 말인데요?"

"그 스님이 말하는데, 제가 완수해야 할 사명은 그 아이를 낳아 나라에서 꼭 필요로 하는 훌륭한 인재로 키우는 건데, 그 일을 마다하여 아이를 지우고 하늘의 뜻을 어겼으므로 온갖 장애가 왔다는 거예요. 사실 그때 전 이상하게도 하는 일이 안되고 몸도 점점 쇠약해져서 고민 중이었거든요. 그래 그 스님의 소개로 어느 절에서 1년 반 동안을 참선을 했더니 건강만은 어지간히 회복이 되었습니다. 직장 때문에 계속 참선을 할 수가 없어서 그만 두었더니 건강이 다시 악화되었어요. 이번엔 어느 친지의 소개로 도장에 나오게 되었어요."

김인용 씨와 김용식 씨의 경우와 비슷하여 고전을 각오하고 우선 내 기운으로 다시 백회를 열어보기로 했다. 그런데, 의외로 쉽게 열리고 그 아이의 영도 떠나버리고 말았다. 그녀와 운기를 해보면 유달리 친화력이 강했다. 기운은 속일 수 없는 것이다. 전생부터 깊은 인연이 있었다는 직감이 왔다. 천승복 법사가 두 여자를 보낸다는 전화를 받는 순간부터 이상하게도 마음이 들떴었다. 마치 오랫동안 헤어졌던 핏줄이라도 만나게 된 것처럼. 뒤이어 김인용 씨가 왔다. 점검을 해 보니 몰라보게 상태가 좋아졌다. 그에게서는 이제 탁기가 느껴지지 않았다.

"선생님 댁에만 오면 마음이 타악 가라앉으면서 상쾌하고 포근한 기운이 무더기로 들오옵니다. 저만 그런 것이 아니고 이곳에 다녀간 사람은 누구나 다 그런 말을 합니다."

이런 말을 듣고 자만할 만큼 나는 어리석지 말아야겠다고 스스로 다짐했다. 이때가 위험한 고비라는 걸 나는 알고 있다. 이런 때 우쭐해지기 시작하면 걷잡을 수 없이 빗나가게 된다.

저자 약력

경기도 개풍 출생
1963년 포병 중위로 예편
1966년 경희대학교 영어영문학과 졸업
코리아 헤럴드 및 코리아 타임즈 기자생활 23년
1974년 단편『산놀이』로《한국문학》제1회 신인상 당선
1982년 장편『훈풍』으로 삼성문예상 당선
1985년 장편『중립지대』로 MBC 6.25문학상 수상

저서로는 단편집『살려놓고 봐야죠』(1978년), 대일출판사, 민족미래소설『다물』(1985년), 정신세계사, 장편『소설 한단고기』(1987년), 도서출판 유림,『인민군』3부작(1989년), 도서출판 유림,『소설 단군』5권(1996년), 도서출판 유림, 소설선집『산놀이』①(2004년),『가면 벗기기』②(2006년),『하계수련』③(2006년), 지상사,『선도체험기』시리즈 등이 있다.

약편 선도체험기 2권

2021년 1월 20일 초판 인쇄
2021년 1월 30일 초판 발행

지 은 이   김 태 영
펴 낸 이   한 신 규
본문디자인 안 혜 숙
표지디자인 이 은 영
펴 낸 곳   글터
주소   05827 서울특별시 송파구 동남로 11길 19(가락동)
전화   070 - 7613 - 9110   Fax 02 - 443 - 0212
등록   2013년 4월 12일(제25100 - 2013 - 000041호)
E-mail geul2013@naver.com

ⓒ김태영, 2021
ⓒ글터, 2021, Printed in Korea

ISBN 979 - 11 - 88353 - 25 - 5   04800   정가 20,000원
ISBN 979 - 11 - 88353 - 23 - 1(세트)